Collection dirigée par Glenn Tavennec

L'AUTEUR

David Camus est né en 1970, dans le sud de la France, entre mer et montagnes. Spécialiste des littératures de l'imaginaire, il est l'auteur de plusieurs bandes-dessinées et romans (notamment le cycle d'aventures *Le Roman de la Croix*, traduit dans six pays), et est reconnu pour son travail de traducteur sur l'œuvre de H.P. Lovecraft.

Retrouvez David Camus sur davidcamus2.academia.edu/
et sur Mastodon : @DavidCamus@imaginair.es
Pour écrire à l'auteur : https://davidcamus2.academia.edu/contact

David Camus

LE PAYS QUI DESCEND

Éditrice : Elsa Whyte

ISBN : 978-2-221-27261-9
ISSN : 2258-2932

Loi nº 49-956 du 16 juillet 1949
sur les publications destinées
à la jeunesse et aux jeunes adultes
Dépôt légal : octobre 2023

Éditions Robert Laffont – 92, avenue de France, 75013 Paris

À nos enfants.
Puissent-ils inventer leurs propres pentes.

Descendez, descendez, lamentables victimes,
Descendez le chemin de l'enfer éternel !

CHARLES BAUDELAIRE,
« Femmes damnées (Delphine et Hippolyte) »

Prologue

Quinze ans, c'est bien jeune pour descendre.

C'est ce que Li n'arrêtait pas de se répéter alors qu'elle tombait en chute libre vers la mer.

Quatorze. Treize.

Faisant voler ses cheveux et sa robe en tous sens, le vent la giflait si violemment qu'elle n'arrivait plus à respirer.

Douze. Onze.

Ses poumons la brûlaient.

Dix.

Puis, moins sous l'effet des larmes que du manque d'oxygène, sa vision se troubla.

Neuf.

Mais tandis que l'horizon se réduisait à une immense tache bleue, synonyme de mort, elle ne put s'empêcher de sourire.

Huit.

Car si sa mort prochaine était assurément une mauvaise nouvelle, son esprit, fonctionnant à toute allure, lui en indiquait deux bonnes, comme en compensation.

Sept.

La première, c'est qu'elle n'avait pas vécu en vain.

Six.

La seconde, c'est qu'elle serait bientôt la Fille la Plus Basse du Village – et même de tout Vertical.

Cinq.

Ses parents seraient fiers d'elle !

Quatre.

Le problème, c'est qu'à ce moment-là elle serait morte.

Trois.

Li ferma les yeux, se demandant si ce qu'on disait était vrai.

Deux.

Revoyait-on toute sa vie en un éclair avant de mourir ?

Un.

Dans un instant elle le saurait.

PREMIÈRE PARTIE

LA VIE EN PENTE

39

Debout ! C'est l'heure de te lever !

Li se frotta les paupières, ouvrit les yeux et regarda autour d'elle. Ma était penchée sur elle, comme tous les matins, et lui souriait avec amour.

— Je t'ai laissé dormir un peu plus tard que d'habitude, parce que aujourd'hui…

— C'est mon anniversaire, grommela Li, je sais.

— Eh bien ? Ça ne te fait pas plaisir ?

— Mais justement ! Tu aurais dû me réveiller à l'aube ! Le jour de mon quinzième anniversaire, c'est le jour de ma soupe de vie !

Ma posa un doigt sur la bouche de sa fille et lui rappela :

— Les enfants ne sont pas censés assister à la préparation de cette soupe. Cela porte malheur.

Li esquissa une moue contrariée.

— N'empêche. Surtout qu'on ne sait pas vraiment si c'est mon anniversaire, vu que personne ne sait quand je suis née.

Décontenancée, Ma ne sut quoi répondre. Elle se sentait fautive. Mais de quoi ? D'avoir recueilli et adopté cette adorable petite chose rose que Tokamak et elle avaient trouvée il y a quinze ans, au pied du Grand Rocher, emmaillotée dans une étrange fourrure verte ? Quinze hivers, déjà. Okami n'avait pas vu le temps passer. (Les parents ne le voient jamais.)

— C'est bien la première fois que tu me fais cette réflexion, dit-elle à sa fille.

— Faut croire que j'ai grandi, rétorqua Li en étouffant un bâillement.

— Il faut croire, en effet, ajouta Ma toujours aussi peinée.

Li bredouilla quelque chose.

— Qu'est-ce que tu dis ? demanda Ma.

Les yeux encore embués de sommeil, Li se tourna vers sa mère, déposa un baiser sur sa joue parcheminée couleur de cuivre, et lui souffla tout bas à l'oreille :

— Que je serai toujours ton *baba*, mais ne le répète à personne !

Ma sourit et Li bondit avec agilité hors de son alcôve. L'estomac grondant, elle s'exclama : « J'ai une faim de griffu ! », ôta précipitamment sa chemise de nuit, revêtit sa tunique, enfila ses braies, laça ses chausses, s'attacha les cheveux derrière la tête avec un ruban rouge, salua prestement les statuettes de ses ancêtres disposées devant l'autel de la maison et fila droit vers la salle commune. Un chaudron suspendu dans la cheminée clapotait gaiement en exhalant un fumet délicieux. Juste à côté, Ma s'activait auprès d'une sorte de buffet qui servait à la fois de garde-manger et de réserve d'ingrédients pour ses potions – feuilles de thé, mues de serpentes, gosiers de gypaètes ou boyaux de tornouilles, racines, baies, bulbes et plantes herbacées étaient accrochés à un fil ou rangés dans des casiers, des bocaux transparents et des pots en terre soigneusement étiquetés. Impossible de savoir quels ingrédients Ma utilisait pour la soupe de vie de sa fille.

Li huma l'air, se dressa sur la pointe des pieds pour regarder par-dessus l'épaule de sa mère. En vain. Elle eut beau faire, Ma s'arrangeait toujours pour lui tourner le dos et cacher ce qu'elle cuisinait.

Quinze ans d'attente pour cette satanée soupe, et elle n'avait pas le droit d'en connaître la recette ?

— Quels sont les ingrédients ? demanda Li en repoussant du pied une maman groin et ses petits qui couinaient entre ses jambes.

— Descends plutôt la table et tiens-toi tranquille, répondit Ma en jetant des épluchures aux pachydermes, qui grognèrent de plaisir.

— Comment pourrai-je préparer celle de mes descendants si tu ne m'apprends pas ?

— Tu as bien le temps d'apprendre, ne sois pas si pressée. Ce n'est que ton quinzième anniversaire aujourd'hui, pas le jour de ta Descente.

Ronchonnant pour la forme, Li obéit à sa mère et – d'un coup de manivelle – abaissa la table du plafond, avant de s'asseoir sur son tabouret avec une moue boudeuse. En face d'elle, la porte d'entrée semblait la narguer avec son air d'invitation à partir pour l'aventure, alors que c'était impossible : elle n'avait pas encore dix-huit ans. Comme s'il y avait un âge pour s'élancer à la conquête de l'Aval ! Li poussa un soupir de dépit, auquel Ma, croyant qu'il lui était destiné, répondit :

— Ça vient, ça vient. On attend ton père et on mange. Je ne sais pas ce qui le retient le jour de ta soupe de vie. Pourvu que rien de grave ne lui soit arrivé.

Li se tournait vers sa mère pour lui répondre que Ba était plus fort que tout et que rien de grave ne pourrait jamais lui arriver, lorsque son regard tomba sur l'unique fenêtre, petite et ronde, du logis. Quand elle n'était encore qu'un petit *baba*, elle aimait contempler le bleu du ciel, avec un curieux pincement au cœur.

Pour la première fois, Li eut l'impression qu'un œil de géant la regardait. Un bel œil bleu, qu'aucun nuage ne voilait. « Un œil d'amoureux », comme disaient ses parents. Expression que Li avait toujours trouvée d'autant plus curieuse que personne, à Cent-Maisons (Et-Pas-Une-De-Plus), n'avait les yeux bleus.

Hormis elle.

— Maman ?

— Oui ?

— Pourquoi Ba et toi dites-vous toujours que cette fenêtre est comme « un œil d'amoureux » ?

— Oh ça ! s'exclama Ma avec un petit rire. Ça date de ta petite enfance. Tu ne te souviens pas ?

— Non.

Ma touilla sa préparation, d'où s'échappèrent des odeurs épicées.

— Quand tu étais petite, tu te précipitais à la fenêtre au moindre rayon de soleil pour regarder le ciel. Ton père et moi avions le plus grand mal à t'en détourner.

Ba prétendait que c'était la preuve que tu étais un cadeau tombé du ciel, conclut-elle en s'épongeant le front.

Mais Li ne l'écoutait déjà plus. « Tombé du ciel... », songeait-elle. « N'est-ce pas notre lot à tous ? »

Elle laissa échapper un second soupir, qui suscita ce commentaire chez sa mère :

— « Cœur qui soupire...

— ... n'a pas ce qu'il désire », termina Li.

— Ne sois pas impatiente, ma chérie...

— ... Aval vient à point à qui sait tomber..., entonna Li avec ennui.

Elle avait entendu cette repartie au moins un millier de fois.

— À pic !

Suivie par un concert de grognements, Ma s'approcha en claudiquant de la table où elle déposa une énorme soupière, fermée par un épais couvercle.

Li se lécha les babines, impatiente de goûter ce fameux brouet que sa mère lui avait préparé pour son quinzième anniversaire. C'était chaque année différent, chaque année délicieux. Chaque année meilleur que l'année précédente. Aujourd'hui – jour de son Quinzième Hiver –, ce serait exceptionnel. L'aboutissement de presque quinze années durant lesquelles les ingrédients les plus improbables avaient mijoté, reposé et fermenté dans le secret des fourneaux, casseroles et bocaux de Ma.

Pour obtenir une telle fantasmagorie de saveurs, sa mère devait être une sacrée magicienne – ou sorcière, à en croire certaines rumeurs malveillantes.

Soudain, la porte s'ouvrit et un vent glacé s'engouffra dans la pièce, manquant souffler la lampe à huile suspendue au plafond. Les groins se réfugièrent en couinant près de l'âtre, où les flammes redoublèrent de fureur, arrachant au chaudron une sarabande de clapotis indignés. Le cœur de Li bondit dans sa poitrine.

— Ba !

Elle sauta de son tabouret et courut vers la porte d'entrée – où se découpait Tokamak. De toute la force de ses jambes, Li se jeta dans les bras de son père, le faisant reculer de deux pas dans la neige.

— Tu as perdu la tête ? fit-il en prenant sa fille dans ses bras.

Sa voix avait des accents bizarrement terrifiés.

— Désolée, se repentit Li. Je n'ai pas pu m'en empêcher…

— Ne recommence jamais ça ! la gronda Tokamak. Tu as passé l'âge de ces bêtises !

Le cœur battant à tout rompre, il lança un regard de défi au précipice qui s'ouvrait à un pied derrière eux, immense et vertigineux, et reposa sa fille à terre. Il s'apprêtait à la sermonner de nouveau, mais Li lui adressa un tel sourire que Tokamak la pressa sur sa poitrine et lui déposa un baiser sur le front.

— Tu m'as fait une peur abyssale.

— Je savais que tu m'empêcherais de tomber !

— Ne sous-estime pas l'appétit du Vide, répliqua-t-il en se signant vers le bas, alors qu'un bruit de louche frappée contre la table s'élevait dans la salle commune.

— À table ! les appela Ma.

— J'ai hâte de goûter à ma soupe, s'exclama Li.

— Moi je me demande surtout ce que tu vas avoir comme cadeau, déclara Tokamak avec un clin d'œil.

Impatiente de goûter à sa soupe de vie et de découvrir son cadeau d'anniversaire, Li se dépêcha de rentrer.

38

C'était un tout petit terrier, étroit et bas de plafond. Sa pièce principale faisait à la fois office d'entrée, de cuisine, de salon et de salle à manger – ainsi que (malgré les grognements et mauvaises odeurs qu'ils exhalaient) de soue pour les groins. Creusé dans la roche, tout en bas de la Pointe de l'Éperon, il offrait peu de prise à la neige, abondante en ces lieux. Bien qu'il fût sombre, malodorant et souvent enfumé (parce que la cheminée tirait mal), Li aurait pu y vivre heureuse s'il n'y avait eu, juste en face de chez eux, le gouffre qui jadis avait englouti son frère aîné, Jubal.

— Allez, avance…, dit Ba en la poussant gentiment devant lui tout en prenant garde à ne pas se prendre les pieds dans le seuil, surélevé pour empêcher les esprits d'entrer.

Il avait hâte de fermer la porte non pas seulement à cause du froid, mais surtout pour ne plus sentir dans son dos le poids terrible de l'abîme où son fils avait plongé à la suite d'un glissement de terrain.

Avalé par le Bas, quinze ans auparavant.

« Quinze hivers », murmura Ba avec une pointe de tristesse en espérant ne pas être entendu. Mais Li entendait tout, toujours. (À vrai dire, elle entendait surtout ce qu'on cherchait à lui dissimuler – et n'entendait jamais ce qu'on aurait voulu qu'elle entende, comme se brosser les dents ou remonter la table.)

— Tu penses encore à Jubal ? demanda-t-elle timidement à son père.

Tokamak hocha la tête, entre sourire et larmes, parce que sa fille – oui, *sa fille* –, Li, venait encore une fois de lui apporter la preuve de son extrême sensibilité. Si quelqu'un était doué d'empathie, capable de se mettre à la place d'autrui, c'était Li.

Tandis que les groins se pressaient autour d'eux, grognant et couinant à qui mieux mieux, Li lui prit la main et la serra de toutes ses forces, le gros poing de son père comme un rocher dans son petit poing à elle, où il se réchauffait peu à peu.

— Je suis certaine, murmura-t-elle, qu'il est heureux là où il est, Tout En Bas Tout En Bas.

Tokamak étreignit la main de sa fille, ôta sa lourde pèlerine et son bonnet fourrés puis les mit à sécher près du feu. Sans se soucier de la neige qui commençait de fondre dans sa barbe et ses sourcils, il s'agenouilla près de Li et promit :

— Je serai toujours, toujours, *toujours* là pour te rattraper. Quoi qu'il arrive. N'arrête jamais de courir, sauter, bondir. Sois toujours heureuse, vis, tombe, descends.

— C'est ça, mon cadeau ?

Il lui caressa la joue et dit en riant :

— Non, c'est *toi* mon cadeau ! Le cadeau que la vie nous a offert, à ta mère et à moi. Enfin, quand tu ne fais pas ta mauvaise tête !

Li embrassa la barbe glacée de son père, en se disant que la vie était bien étrange. Comment pouvait-elle prendre un enfant à ses parents le matin, puis leur en donner un autre à la nuit tombée ?

Alors, oui, c'était certain : Li était un mystère. Un prodige. Une offense, peut-être. Ses yeux bleus, couleur de ciel, n'auraient-ils pas dû être arrachés ? Et ses cheveux, si blonds qu'ils en étaient presque étincelants, n'auraient-ils pas dû être rasés ? L'astre solaire et les cieux se conjuguaient si bien en elle qu'elle était une insulte, un blasphème, pour l'ensemble des habitants de Vertical – dont les yeux étaient couleur de leur unique pensée, Tout En Bas Tout En Bas, dont la peau reflétait la rudesse de la pente qu'ils s'échinaient à labourer, et sur les cheveux desquels avait déteint la noirceur du trou où ils seraient descendus à leur mort.

Li était une étrangère – une Sans-Nom, qui ne descendait de personne. Un nourrisson abandonné par on ne savait qui ni pour quelles raisons, et que le vieux Tokamak et son épouse, Okami, avaient recueilli après que leur fils unique eut été emporté par l'éboulis qui avait vu le Vide amputer leur cœur et abolir leur descendance.

« Peut-être son esprit est-il en train de chasser le griffu là où même l'eau se repose ? » se demanda Tokamak en soupirant. C'était son vœu le plus cher – que son fils, Jubal, ne soit pas mort en vain. Qu'il ait pu accomplir le Grand Voyage et atteindre Tout En Bas Tout En Bas. Mais si c'était le cas, pourquoi n'était-il pas remonté leur annoncer la Bonne Nouvelle ? Pourquoi les ancêtres de Ma restaient-ils cruellement silencieux, cachés derrière la fumée des bâtonnets d'encens que l'on brûlait en leur mémoire ?

La douleur étreignait Ba. Son seul réconfort, c'était les mains de Li posées sur son poing.

— Dites donc vous deux, maugréa Ma en s'approchant, et ma soupe, on l'oublie ?

De sa grosse louche taillée dans un os d'aurochs, elle désigna les tabourets et invita sa fille et son mari à venir y poser leurs fesses. Gibecière à la main (Li avait remarqué que sa surface ondulait, comme si un cœur y battait), Tokamak s'assit, ses gros genoux touchant le rebord rugueux de la table, et attendit sagement que Ma dépose devant chacun d'eux un bol fumant de soupe de vie.

Quand Li se fut assise à son tour près de la cheminée, Ma souleva le couvercle de la soupière – et père et fille se redressèrent légèrement pour en humer le contenu.

— Patience, fit Ma avec un sourire. Patience…

— Qu'est-ce que c'est ? demanda Li.

On aurait dit un potage noir sur fond laqué noir. Des légumes y flottaient parmi des morceaux de viande blanchâtres, qui remontaient à la surface du liquide quand Ma le touillait, pour redescendre après dans le sillage de la cuillère.

— Tu sens ? demanda Ma.

Ba et Ma regardaient Li intensément, curieux de connaître sa réponse. Sentait-elle ces effluves entêtants, où l'amertume de la gentiane se mêlait aux senteurs poivrées de la cardamome et aux fragrances anisées de l'aneth ? Une fille comme elle – aux sens si aiguisés que ses parents n'auraient pas été étonnés d'apprendre qu'elle en possédait plus de cinq – devait les sentir, forcément.

Li huma la soupe odorante, emplissant ses narines de parfums dont le mélange inédit semblait charrier quelque secret message, à elle seule destiné. Elle crut y déceler des odeurs de myosotis – encore appelé « herbe d'amour ».

— C'est une soupe spéciale, n'est-ce pas ? demanda Li.

Ma et Ba ne lui répondirent pas. Ils se contentaient de sourire d'un air entendu.

Jamais Li n'avait vu ses parents ainsi. Plutôt qu'un repas d'anniversaire, on aurait dit une épreuve. Ou un test du genre de ceux auxquels Maître Babackas soumettait nuit et jour ses disciples.

Soudain, telle une ondine sortant de son bassin, un fin filet de vapeur blanche s'éleva de la soupière. Il parut hésiter sur la direction à prendre, puis se dirigea vers Li. Ma et Ba échangèrent un regard. Li ne quittait pas des yeux cette étrange fumée qui s'avançait vers elle en ondulant. Était-ce cela, le plat cuisiné par sa mère ? Une ondine de fumée ? À moins que ce ne fût l'un de ces esprits maléfiques que le seuil surélevé de leur maison cherchait à empêcher d'entrer ?

Était-ce normal ? Mais elle n'eut pas le temps de poser la question à sa mère que déjà la mystérieuse sylphide se divisait en deux, ondoyant brièvement devant son visage comme pour l'étudier, avant de se glisser dans ses narines.

Li ferma les yeux. C'était d'une violence et d'une douceur extrêmes. Tout et son contraire. Une mosaïque d'images colorées jaillit dans son esprit – gigantesques éboulis ensevelissant les camps, petits et grands, sous des avalanches de roches ; éclairs zébrant l'air d'un horizon à l'autre ; étendue d'eau si gigantesque que le ciel peinait à la couvrir ; amoncellements de nuages grossissant rapidement, si lourds qu'ils chutaient du firmament pour tomber tels de gros flocons blancs ; étranges oiseaux gris ballottés par l'orage où leurs ailes battaient l'air en vain ; tempêtes de neige blanchissant tout, effaçant tout, à perte de vue, pour ne plus rien laisser qu'une immense page blanche où le Très Bas pourrait écrire un nouveau monde.

Toutes ces visions traversèrent Li de part en part comme autant de coups de lance. Elles lui criaient leur vérité au visage, alors qu'elles appartenaient – Li en avait la conviction – à des lieux et à des temps différents. Passé ? Présent ? Ou bien futur qu'elle ou ses descendants connaîtraient ? Impossible à dire. Li fut prise d'une quinte de toux et recracha des filets de fumée, qui refluèrent aussitôt vers elle, telles des vapeurs réintégrant leur encensoir.

— Qu'est-ce… que… c'est ? demanda-t-elle à moitié pliée en deux, les doigts crispés sur la table, le souffle court et le rouge aux joues.

— C'est la première fois que je vois ça, déclara Ma.

— Moi aussi, ajouta Ba en fronçant les sourcils.

— Étrange, vraiment étrange…

Ils la regardaient, attendant qu'elle parle, vaguement inquiets.

— Que… que m'avez-vous donné ? demanda Li. C'était quoi ?

Ma tourna sa louche dans la soupière, et fit remarquer à sa fille :

— Pour l'instant, rien. Apparemment, cette soupe est venue à toi d'elle-même.

— Ou plutôt sa fumée, précisa Ba.

— J'ai cru que… J'ai cru…

Ses parents l'observaient.

— C'était comme si… tout… toute ma vie était contenue là. Ou plutôt non. Toute *la* vie. J'avais envie de pleurer et de rire à la fois. C'était… Comment dire ?

Ses parents lui souriaient chaleureusement. Son père hocha la tête pour l'encourager à parler.

— J'ai l'impression que c'était un esprit. Mais lequel ?

Li se leva de son tabouret, prit la louche des mains de sa mère et la plongea brusquement dans la soupe. Des bouts de légumes – des navets ? – remontèrent à la surface avec des exhalaisons poivrées, puis plongèrent pour céder la place à des morceaux de viande blanche – groin ou caqueline ?

— Qu'est-ce que c'est ? Juste une soupe ?

— En quelque sorte, répondit Ma. C'est le plat qu'on sert à tous les enfants – mais peut-on encore les appeler « enfants » ? – le jour de leurs quinze ans. Une soupe de vie. Elle est censée dire ta vie. Un condensé des joies et des souffrances placées sur ta future pente. Beaucoup de ces jeunes en recrachent la première cuillerée. Très peu parviennent à en avaler une deuxième. On compte sur les doigts d'une main ceux qui en ont pris plus de trois.

— Quoi qu'il en soit, c'est bien la première fois en plus de soixante hivers que je vois ses effets se produire alors que son destinataire n'y a même pas trempé les lèvres, ajouta Ba.

Li regarda son père, plongea de nouveau la louche dans la soupe et la porta à ses lèvres. Elle en avala le contenu, fermant les yeux pour mieux le savourer. C'était sucré et salé à la fois. Non, pas sucré. Ni salé. Amer. Horriblement amer. Avec un goût de sang mêlé de terre. Et d'autre chose encore. Un goût d'un nouveau genre. Innommable. Et c'était chaud. Comme de la lave ! Elle fit la moue, faillit tout recracher et se força à déglutir. La décoction se fraya un chemin vers son estomac. On aurait dit un médicament – où elle crut reconnaître des arômes d'armoise et de digitale. Ça lui collait aux dents. S'accrochait à sa langue et lui trouait la gorge.

— Pouah ! C'est infect !

— C'est la vie, fit sa mère.

Son père hocha la tête, approuvant en silence.

— Non ! s'écria Li. La vie n'est pas comme ça. *Ma* vie n'est pas comme ça !

Sa mère lui ôta la louche des mains et lui dit :

— La prochaine fois que tu y goûteras, pour aider tes enfants, tu ne diras pas ça.

Elle plongea à son tour la louche dans la soupe, en porta le contenu à sa bouche et l'engloutit sans tressaillir.

— Car tu ne seras plus la même Li, conclut-elle en tendant la cuillère à son mari.

— On dit qu'avec le temps, ajouta Ba en se servant lui aussi, après beaucoup d'épreuves et de souffrance, on en vient même à l'apprécier.

Il aspira la soupe avec appréhension. Elle lui piqua un peu la langue, mais il la trouva quand même à son goût.

— Je ne sais pas si j'en ai très envie, fit Li avec une moue dubitative.

— Il vaudrait mieux, rétorqua Ma en reprenant la louche à Ba. Car la tradition veut qu'on n'en laisse pas une seule goutte. C'est synonyme de longue et heureuse vie. En buvant maintenant ce condensé de malheurs à venir, tu te les épargnes pour plus tard.

— Et vous ? cria presque Li.

— Moi aussi j'en ai bu, quand j'avais ton âge, et mes parents m'ont aidée, répondit Ma sur un ton qui se voulait apaisant.

— Alors ce ne sont pas de bons parents !

Ma ouvrit grand la bouche, stupéfaite. Elle était à la fois choquée et blessée.

— Li ! s'indigna son père.

— Désolée, mais je n'ai pas envie d'une telle horreur, déclara Li sur un ton sans appel.

— Mais nous t'aiderons, insista son père.

— Non, c'est moi qui vais vous aider !

Joignant le geste à la parole, elle renversa la soupière, dont le contenu se vida sur la table. Ses parents échangèrent un regard mortifié. Peu importe ce que Li croyait. La vie se chargerait de lui courber l'échine.

Une lourde chape de silence s'abattit sur la pièce, ponctuée par les crépitements du feu et les grognements des groins. Li, Ma et Ba avaient l'air tous les trois désolés, comme si le monde s'était retrouvé à l'envers.

— Alors, c'était ça votre cadeau ? demanda Li en laissant s'échapper un hoquet accompagné d'un petit nuage de fumée qui s'attarda dans ses sourcils, avant de s'écouler vers ses oreilles.

— Ce n'est pas vraiment un cadeau, en effet, reconnut Ma. Mais ce n'est pas non plus son contraire. C'est la vie. Juste la vie. En théorie, les aînés de celui à qui elle est servie, ses parents, grands-parents, grands frères et grandes sœurs, oncles et tantes, doivent l'aider à la finir. On en sert même une petite quantité à ses ancêtres, quand on en a. Ça symbolise la solidarité, l'entraide entre les générations – passées, présentes et futures.

(Ce que ne disait pas Ma, c'est que – en théorie – les camarades de l'adolescent dont c'était l'anniversaire étaient également invités à la partager avec lui. Malheureusement, à cause de ses origines, Li n'avait pas d'amis.)

— Pourquoi ne pas se contenter, *par solidarité*, de ne plus la servir ? proposa Li.

— Parce que si tu es là, c'est que tu n'as pas le choix. Que tu le veuilles ou non, tu as déjà été *servie*, fit gravement remarquer Ba.

Li se demanda si, cette fois encore, elle n'était pas allée trop loin. Le repas du matin – le plus important de tous, car on ne savait jamais si on vivrait jusqu'au soir pour en prendre un autre – était un moment de recueillement, l'équivalent d'une prière. Et elle venait de tout gâcher.

— Je crois que dans certaines familles on aurait considéré ça comme un sacrilège, poursuivit Ba. Mais nous te connaissons. Tu es notre fille. Avec toi, il ne faut pas s'étonner si les choses prennent un tour différent de celui qu'on attend. Après tout, qui sait si tu n'as pas raison ?

— En tout cas, précisa Ma, à ma connaissance, personne n'a jamais vu pareille fumée.

— Et encore moins se diriger vers celle à qui la soupe a été servie, ajouta Ba. C'était peut-être un signe ?

— J'ai l'impression que c'était un esprit, et qu'il s'est insinué en moi, expliqua Li sans savoir s'il fallait s'en réjouir ou s'en inquiéter.

— Je ne crois pas, répondit Ma. Cette soupe a des propriétés mystiques, mais il ne faut pas exagérer.

— En même temps, dit Ba, c'est la soupe de Li. Notre fille aux yeux de la couleur du ciel. Et puis, précisa-t-il en se tournant vers Ma, ça fait tellement d'années que tu la prépares. Rappelle-toi : la plupart de ses ingrédients ont l'âge de notre fille, à peu de chose près. Les soupes de vie que tu concoctes sont réputées pour être les plus… Comment dire ?

— Les plus éloquentes, compléta Ma. C'est ce qu'on me dit toujours. Je mitonne des soupes qui plongent loin vers l'avenir, vers Tout En Bas Tout En Bas. On vient des quatre coins du camp me demander d'en préparer, pour tel ou tel enfant qui vient de naître. J'en ai même mis une hier à mijoter dans la réserve, pour dans quinze hivers.

— Et alors ? Que suis-je censée comprendre ? demanda Li.

— Comprendre, je ne sais pas, répliqua Ma en souriant. Mais peut-être pourrais-tu commencer par écouter ?

Les plis soucieux de son front rehaussaient l'intensité de ses yeux noirs. On aurait dit deux obsidiennes serties au creux de sillons automnaux.

— Je ne sais même pas d'où je viens, déplora Li en regardant la soupe tracer de petites rigoles sur la table.

En fait, elle n'était pas aussi sombre que Li l'avait cru – de grands reflets d'or et d'argent s'y dessinaient par endroits, rappelant les écailles irisées des serpentes. Çà et là, des morceaux de navet et de caqueline faisaient penser à des pèlerins sur le chemin du Grand Voyage. Ma se leva pour aller chercher de quoi essuyer.

— Laisse-moi t'aider ! s'exclama Li.

Elle fila vers le placard où sa mère rangeait les torchons, tandis qu'aux pieds de la table les groins s'en donnaient à cœur joie, lapant avec force grognements la soupe qui gouttait par terre. C'est alors que la porte s'ouvrit une nouvelle fois, dans un grand coup de froid, et que Maître Babackas fit son entrée.

— Bonval, bonval, lança-t-il en époussetant la neige qui couvrait sa pelisse. J'ai cru comprendre que c'était aujourd'hui l'anniversaire de ma petite Li.

Trois regards se tournèrent vers lui, surpris et honteux.

— Si vous venez pour la soupe de vie…, commença Okami.

— J'ai tout fichu en l'air, avoua Li en baissant les yeux.

— Eh bien, pour une première c'est une première, commenta Maître Babackas avec un beau sourire édenté, plissant si bien les yeux qu'ils disparurent sous ses longs sourcils blancs. Qui sait si ce n'était pas pour un mieux ?

37

Pendant que Li tentait tant bien que mal d'éponger les dégâts, et que sa mère sauvait ce qui pouvait l'être des morceaux de légumes et de viande naufragés, Ba fouilla dans sa gibecière.

— Je t'avais parlé d'un cadeau.

— Je ne sais pas si je le mérite, souffla Li d'une voix d'autant plus plaintive qu'elle mourait d'envie de l'avoir.

— Mais chi, mais chi, fit Maître Babackas en enfournant une grosse tartine de pain sur laquelle Ma avait fait fondre une tranche de fromage. Tu es une bonne petite, malgré che qu'on dit chur toi.

— Qu'est-ce qu'on dit sur moi ? demanda Li, inquiète.

— Que tu n'en fais qu'à ta tête ! Que tu n'écoutes jamais tes aînés ! Qu'avec toi le monde pourrait bien che retrouver chens dechus dechous, chi tu vois che que je veux dire.

— Oh ! fit Li.

Ba et Ma s'étaient rapprochés, silencieux et songeurs, mains croisées sur l'estomac, écoutant ce que Maître

Babackas – l'un des Plus Bas du Camp, avec de très nombreux villages au-dessus de lui – avait à dire sur leur fille. Rien, en fait, qu'ils ne sachent déjà.

— Je suis désolée, susurra Li.

— Mais non ! Allons, moi j'ai confianche en toi. Je chuis chûr que tu nous apporteras plein de bonnes choches.

Sur ce, il attaqua la maigre assiette de soupe que Ma venait de lui servir, où surnageaient quelques morceaux de caqueline. Honteuse, Li baissa la tête, songeant au potage renversé, aux efforts de sa mère, à la nourriture gâchée. Elle avait déçu ses parents. Pour elle, rien n'était pire.

— Allez, la rassura Ma. Ça s'est passé comme ça devait se passer. De toute façon, ce n'est jamais facile la première fois.

— Et pour toi, ça s'est passé comment ? demanda Li à sa mère, tandis que les *chliiirp* et les *chluuurp* de Maître Babackas se mêlaient aux lapements enthousiastes des groins.

— Oh ! j'ai tout recraché, dès la première cuillère ! J'ai cru que mes parents avaient cherché à m'empoisonner, à cause de mon pied bot ! J'étais terrifiée. Jusqu'à ce qu'une de mes amies, plus âgée que moi, m'explique qu'on lui avait infligé le même supplice.

— Les enfants ne sont jamais au courant ?

— Bien chûr que non ! intervint Maître Babackas en relevant le nez de son assiette. Les parents cachent toujours des tas de choches aux chenfants, tu devrais déjà avoir compris cha, à ton âge !

Puis il se replongea dans sa soupe, laissant Ma poursuivre son récit :

— Les plus jeunes sont tenus à l'écart. Il faut avoir au moins quinze ans pour goûter à la soupe de vie. Autrement…

— On peut en mourir, fit Ba.

— Vrai, confirma Ma.

Li les regardait, les yeux grands ouverts. Disaient-ils la vérité ? Ou croyaient-ils la dire ? Ou bien lui mentaient-ils parce que les circonstances l'exigeaient ? Li n'avait aucun moyen de le savoir. Elle se tourna vers Maître Babackas, en quête d'un regard rassurant ou d'une parole réconfortante. Mais le vieux maître n'écoutait pas. Il terminait son assiette de soupe, qu'il avait levée à hauteur de sa bouche, pour boire goulûment.

— Heureusement, mes frères aînés étaient là, continua Ma. Ils m'ont aidée à finir ma soupe, et grâce à eux j'ai pu rejoindre ma lignée. Sans mes frères, je n'aurais jamais connu Tokamak. Jamais eu Jubal. Ni toi.

Ma se retourna et se tamponna discrètement les yeux avec son tablier. Elle n'aimait pas qu'on la voie pleurer.

— Et pour toi, Ba ? demanda Li à son père. Ça s'est passé comment ?

— Ce genre de cérémonie n'existait pas chez moi. La première fois que j'ai goûté à cette soupe, c'était pour les quinze ans de Jubal. J'avoue que j'ai bien cru que Ma avait – pour la première fois de sa vie – raté son plat ! Quel smog ! Mais comme chaque cuillerée que je prenais était une cuillerée de moins pour lui à avaler, j'avais bon appétit !

— Ce qui n'a pas changé grand-chose à son destin, constata Ma en serrant plus fort son tablier.

Pendant un instant, l'haleine de Ba et celle de Ma, étrangement rendues visibles, remontèrent vers le plafond bas. On aurait dit qu'ils s'étaient refroidis de l'intérieur. Alors Li se tourna vers Maître Babackas, qui avait reposé son assiette sur la table et s'essuyait la bouche avec la manche de sa tunique, et l'interrogea :

— Et pour vous, Maître, comment ça s'est passé ?

Un silence flotta dans la pièce, le temps pour Maître Babackas de rassembler ses souvenirs et de lisser les poils de sa barbichette. Puis il déclara, d'un air navré :

— Je ne m'en souviens pas. C'était il y a si haut que j'ai oublié.

Li était déçue par sa réponse mais elle préféra ne pas insister. Elle comprenait, maintenant, l'honneur que lui avait fait Maître Babackas en venant partager sa soupe de vie alors qu'aucun des autres habitants du camp n'avait daigné se déplacer. Son père. Sa mère. Maître Babackas. Une maman groin et ses petits. Tels étaient ceux qui l'avaient aidée, malgré elle, à boire sa soupe de vie, dont le sol avait avalé les dernières gouttes.

C'est alors que Ba annonça :

— Je n'ai pas oublié que c'était ton anniversaire, or « à jour exceptionnel, cadeau exceptionnel ».

Il farfouilla dans sa musette, y enfouissant le visage et les bras comme s'il s'agissait d'un sac sans fond.

— Mais où ai-je bien pu le fourrer ? gronda-t-il d'une voix caverneuse. EH OH !

Il fouilla, fouilla et fouilla encore, puis, lorsque Li fut sur le point d'exploser, il s'exclama :

— AH ! Enfin ! Quand je pense que tu m'en réclames un depuis que tu sais parler, fit-il en sortant de sa gibecière un petit animal à la fourrure noire, aux yeux aveugles et aux pattes terminées par de longues et puissantes griffes.

« Squiiiik ! » fit la petite bête en haletant.

— Oh ! s'écria Li en applaudissant. Un taupard ! Merci, Ba !

Elle se jeta au cou de son père pour l'embrasser. Un taupard ! Elle en rêvait depuis tellement d'hivers. Ces petites bêtes n'aimaient rien tant que gratter la terre à la recherche de vestiges des Anciens.

— Comment s'appelle-t-il ?

— À toi de décider. C'est ton taupard après tout.

— Hmm..., fit Li. Un nom c'est important. Ça ne se décide pas à la légère. Je vais prendre le temps d'y réfléchir.

— Sage décision. Qui t'honore et montre à quel point tu as grandi, déclara Ba en caressant le taupard.

Li sourit à son père, qui déposa le rongeur sur la table, où il se dressa sur ses pattes de derrière, celles de devant restant recroquevillées sur la peluche blanche de son ventre. Le taupard jetait des regards de droite et de gauche, bougeant la tête en humant l'air, comme s'il flairait quelque relique à déterrer.

Li s'approcha du taupard et lui sifflota un air doux, pour le rassurer. La petite bête se calma, s'assit sur son arrière-train et tendit le cou, les moustaches frétillantes.

— J'ignorais que tu savais parler aux taupards, s'étonna Ma.

— Moi aussi, répondit Li en riant.

Puis elle présenta à son nouveau compagnon un croûton de pain trempé dans du lait, que le taupard saisit entre ses pattes avant d'y enfoncer les dents.

— Un familier est beaucoup plus qu'un cadeau. C'est une grande responsabilité, expliqua Maître Babackas. Mais j'imagine que tu le sais déjà.

— Oui, Maître, répondit Li en se rappelant les magnifiques animaux des disciples du vieux maître.

Ils en avaient presque tous un – reçu à leur naissance.

Quand le taupard eut fini d'engloutir son croûton, Li le prit dans ses bras et le serra sur sa poitrine.

— C'est encore un bébé, dit-elle en le berçant.

— Je l'ai trouvé, leur apprit Ba, un peu comme toi autrefois. En l'entendant pleurer. Un griffu avait creusé la neige pour atteindre le trou où sa famille et lui s'étaient blottis pour hiberner. À mon arrivée, le félin avait fait un carnage, et tous étaient morts sauf lui. Il doit probablement d'être encore en vie à sa petite taille. Mais elle ne l'aurait pas protégé plus longtemps si je n'étais pas arrivé. En m'entendant approcher, le griffu a préféré détaler.

— Vous avez eu beaucoup de chance, déclara Maître Babackas. Car s'il n'avait pas dévoré la famille de ce taupard, il y a fort à parier qu'il vous aurait croqué.

Ba ne répondit rien, se contentant de caresser le taupard entre les oreilles.

— Pauvre petit, fit Li. C'est un orphelin. Comme moi.

Ma et Ba échangèrent un regard attristé. Jamais ils n'avaient caché à Li le fait qu'ils n'étaient pas ses vrais parents – même si aujourd'hui le mot « vrais » paraissait revêtir une autre signification qu'autrefois, quand ils ne l'avaient pas encore recueillie.

— On dirait qu'il t'a adoptée, constata Ba en voyant la façon dont le taupard escaladait le bras de Li pour aller se réfugier dans son col, où il se roula en boule.

— On s'est adoptés mutuellement, sourit Li.

Comme pour souligner ses paroles, un rayon de soleil perça la petite fenêtre ronde de la maisonnette et frappa l'autel des ancêtres, placé face à l'entrée, du côté de l'Amont.

Tokamak se leva en courbant machinalement la tête pour ne pas se cogner au plafond et soupira, en empoignant son lourd marteau de niveleur :

— Il est temps de partir au travail…

— Et pour moi d'aller retrouver mes Pionniers, expliqua Maître Babackas en se levant à son tour.

— Je vous accompagne, s'écria Li en filant chausser ses crampons.

Après un dernier baiser à sa mère – qui suppliait ses ancêtres de ne pas s'offusquer du peu de soupe qu'il lui restait à leur offrir –, Li sortit à la suite de son père et de Maître Babackas.

36

À peine eut-elle franchi le seuil de leur maison qu'un vent glacial la cueillit, l'obligeant à rabattre sa capuche où le taupard s'enfonça.

— Froid, souffla-t-elle simplement.

— Oui, répliqua son père en lui tendant la main.

Li s'en saisit.

— Comme ça si je tombe, je t'entraîne avec moi ? demanda-t-elle en souriant.

Tokamak lui rendit son sourire et raffermit sa prise sur la main de sa fille.

Maître Babackas marchait devant eux, ouvrant la voie. Ses jambes courtes s'enfonçaient profondément dans la neige, y traçant deux sillons où leurs propres pas venaient s'emboîter. Ils s'approchèrent du gouffre à la fois honni et familier, et le longèrent en s'assurant que leurs crampons mordaient bien la pente. Sans lâcher la main de son père, Li regarda au fond du précipice, mais ne vit rien, comme souvent en hiver, qu'une mer de nuages bouillonnant à l'infini. Puis elle leva les yeux vers le village, dont elle devinait, par-delà le brouillard matinal, les formes oblongues et monotones. On aurait dit de grosses tortues à demi enterrées dans la neige, d'où leur carapace, surmontée d'un panache de fumée blanche, émergeait à peine. Le reste de la montagne les dominait de toute sa masse, énorme, si gigantesque qu'elle occultait le ciel.

Plus que jamais, Li éprouva l'impression funeste de se tenir au bord du monde – où ses parents et les parents de ses parents avaient vécu, mais qu'elle devrait un jour quitter, sans espoir de retour, pour le royaume éternel du brouillard et des ombres. Alors que cette pensée faisait surgir en elle d'étranges frissons de crainte et d'excitation, Maître Babackas leur annonça :

— C'est ici que nos chemins se séparent.

Il obliqua vers l'Amont et se dirigea vers une demi-douzaine de bouquetins embusqués au pied d'une des tours de guet du village. Sur chacun des boucs et chèvres des roches était juché un cavalier – Li repéra celui pour qui battait le coeur de toutes les filles de Cent-Maisons : Fintân. Ses camarades et lui formaient l'élite des descendants de Cent-Maisons (Et-Pas-Une-De-Plus). Non pas de simples Tombeurs, mais de véritables Pionniers : ceux en qui le camp fondait le plus d'espoir. Les mieux aptes à atteindre Tout En Bas Tout En Bas, ou du moins à s'en approcher. Et donc à en rapprocher leur future descendance. « Toujours plus bas ! », telle était leur devise. Ils la portaient gravée au sommet de leur casque, au-dessus d'une flèche pointant vers le bas. Et Li n'avait pas besoin de la voir pour sentir peser sur elle, comme un rappel à l'ordre silencieux : « Ne lève pas les yeux sur eux. » (Tu n'es pas digne d'eux.)

Ces cinq adolescents recevaient le meilleur des entraînements, prodigué par le meilleur des professeurs (Maître Babackas) et payé par leurs (richissimes) parents. Ils savaient tomber en roulé-boulé ; glisser sur la neige, les pieds chaussés de skis sculptés dans des os d'aurochs ; construire et manœuvrer une aile artificielle ; descendre en rappel à la vitesse de l'éclair ; escalader une paroi en s'y agrippant à la façon des aragnes ; nouer et dénouer les nœuds les plus solides ; se construire un abri sur les pentes les plus raides ; allumer un feu sous une pluie battante ; dépecer un animal, le saigner et en fumer la viande ; et bien sûr… se faire obéir des boucs des roches, ces montures aussi fières que rétives, aux muscles durs comme du granit, qu'aucun précipice n'effrayait et qu'aucune pente ne rebutait. Eux seuls étaient capables d'emmener en sautant de pierre en pierre leurs cavaliers et cavalières au bas des escarpements les plus vertigineux.

Ces cinq adolescents, garçons et filles, étaient doués, riches, et maîtrisaient – avec un naturel irritant – le noble art de la descente que Li aurait adoré pratiquer elle aussi. Si quelqu'un avait une chance, un jour, d'atteindre Tout En Bas Tout En Bas, c'était eux. Et s'ils ne l'atteignaient pas, les atouts dont les avaient dotés leurs parents depuis leur naissance leur permettraient d'en rapprocher au plus près leurs futurs enfants, qui à leur tour bénéficieraient donc du meilleur des enseignements. Telle était la façon dont les élites de Vertical se reproduisaient entre elles depuis que la montagne existait, abandonnant sur leur parcours d'innombrables Uns, Deux et Trois auxquels personne n'avait jamais pris la peine d'apprendre à descendre, alors qu'ils auraient pu faire eux aussi de très bons Tombeurs. Voire de parfaits Pionniers.

Les dés étaient pipés, dès le sommet. Depuis qu'un homme était descendu – peut-être par hasard – un peu plus bas que les autres, donnant ainsi une légère avance à ses enfants, qui l'avaient mise à profit pour améliorer leurs techniques de descente, afin d'en faire profiter leurs propres enfants, qui à leur tour avaient bénéficié de l'avance et des techniques que leurs ancêtres leur avaient léguées, en un cycle qui allait s'accélérant au fur et à mesure que les générations succédaient aux générations et que les écarts entre Hauts et Bas s'accroissaient.

Li et son père virent Maître Babackas s'approcher des bouquetins. Ces bêtes magnifiques, que des siècles de croisements sélectifs avaient pourvues d'une puissance phénoménale, étaient l'apanage des enfants des Plus Bas. Capables de bondir d'un éperon rocheux à un autre, distant de plusieurs toises, ces boucs étaient dotés d'un sens de l'équilibre stupéfiant, d'un odorat surdéveloppé et de longues cornes cannelées dont ils se servaient pour combattre. Li les vit dresser la tête dans l'air hivernal, puis tourner leurs grands yeux noirs dans sa direction. Les bêtes et Li se regardèrent un court instant, le temps que Maître Babackas saute en croupe sur l'une d'elles ; puis les bouquetins s'ébrouèrent et reprirent, sous la conduite de leurs cavaliers, le chemin de la pente enneigée où la leçon du jour avait lieu. Alors qu'ils s'en allaient, emplis d'une noblesse que rehaussaient les vivats des gabelous perchés au sommet des tours de guet, Li sentit peser sur elle les regards méprisants de certains de ces adolescents.

Ils ne comprenaient pas ce que leur Maître était allé faire dans un des trous du bord du précipice, à la Pointe de l'Éperon, ni pourquoi ils avaient dû attendre son retour dans la neige et le froid.

Le cœur serré, Li se demanda pourquoi ses parents n'avaient jamais été autorisés à habiter l'une des maisons situées plus en amont de la pente, même après la mort de Jubal. Pourquoi les habitants de Cent-Maisons (Et-Pas-Une-De-Plus) refusaient-ils d'habiter près du gouffre, alors que c'était au fond de celui-ci que leurs enfants plongeraient à l'âge de la Descente ? Pourquoi ses parents recevaient-ils si peu de visites ? Pourquoi avaient-ils si peu d'amis ? Et pourquoi prétendre adorer le Vide si c'était pour s'en tenir éloigné ? Par crainte des glissements de terrain ?

Il y avait tant de choses que Li ne comprenait pas, malgré les explications que ses parents ne cessaient de lui donner. Elle se sentait égarée dans un monde qui n'était pas le sien. Le vent l'avait conduite au mauvais endroit. Des esprits malins l'avaient arrachée à ses vrais parents et déposée ici. Mais pourquoi ?

— Je sais à quoi tu penses, déclara Tokamak en serrant la main de sa fille.

— Ah bon ?

— Je connais ce silence…

Li eut un sourire. Elle adorait son père. (Elle adorait sa mère aussi, d'ailleurs.) Souvent, elle se demandait comment elle réagirait si elle devait retrouver ses « vrais » parents – ses géniteurs. (« Quel mot affreux », se disait-elle.) Devrait-elle choisir ? Qui choisirait-elle ?

Pour elle, il n'y avait aucun doute : ses vrais parents étaient Tokamak et Okami. Ba et Ma. Ils l'avaient choyée, consolée. Punie aussi, parfois. Elle les sentait si généreux – généreux au point d'accepter de la perdre, si elle choisissait de les quitter pour ses « vrais » parents.

Une larme coula sur sa joue, où elle gela presque aussitôt.

— Pourquoi…, murmura-t-elle.

— Pourquoi quoi ? s'enquit Ba en se demandant à laquelle des mille et une questions de sa fille il allait avoir droit cette fois.

— Pourquoi…

Li lui lâcha la main, le regarda et dit en souriant :

— Je ne te le demande pas à toi. Je le demande juste comme ça, à haute voix. C'est pour moi. Pour m'aider à réfléchir, tu comprends ?

Tokamak hocha la tête. Oh oui, il comprenait très bien. C'était encore l'une des stratégies que sa fille avait mises au point quand il s'agissait d'éviter de se faire gronder parce qu'elle s'apprêtait à poser, pour la énième fois, une question à laquelle elle connaissait pertinemment la réponse.

— Pourquoi, continua Li, le Bas Conseil ne vous autorise-t-il pas à creuser une autre maison, un peu plus en amont ?

— Si c'est à toi que tu poses la question, alors c'est à toi d'y répondre.

— Parce qu'on ne doit pas monter ?

— Bonne réponse.

— Oui, mais…

Tokamak eut un nouveau sourire. Sa fille ne renonçait pas facilement. Elle n'aimait rien tant que creuser et creuser une question, comme si la « vraie » réponse se trouvait nichée au fond, derrière des strates d'autres réponses n'ayant de « réponse » que le nom.

— Tu vas encore me demander « pourquoi », c'est ça ? l'interrompit-il.

Il connaissait si bien sa fille qu'il aurait pu faire à lui seul toutes les questions et réponses de leur conversation.

Li se contenta de hocher la tête en souriant.

— Eh bien, pour toutes sortes de raisons.

— Tu dis toujours ça ! s'exclama Li.

— Mais c'est vrai… Il existe de nombreuses raisons, de très nombreuses raisons.

— Il y a toujours des raisons !

— Tu préférerais qu'il n'y en ait pas ?

— Parfois, oui.

— Eh bien, là il y en a.

— Lesquelles ?

Il les lui énuméra. D'abord, il s'agissait d'obéir au premier Commandement : « Toujours descendras, jamais ne monteras. »

— N'oublie pas, lui rappela-t-il, que le Très Bas (loué soit-Il) nous a enjoints, après la Grande Catastrophe qui vit l'exil de notre peuple, de gagner la Terre d'Aval afin – disent les textes sacrés – d'y pulluler et de nous y multiplier. À moins que ça ne soit d'y croître et de la dominer ?

— Ou quelque chose comme ça, entonnèrent-ils à l'unisson, en se signant vers le bas.

Évidemment, personne ne s'était attendu à ce que la Descente dure si longtemps. Les premiers ancêtres – les premiers Chus, comme on les appelait – pensaient probablement découvrir la Terre d'Aval au bout d'une saison ou deux – tout au plus d'une année. Mais ils étaient morts sans l'avoir atteinte, après une vie de descente exténuante. Et leurs enfants ne l'avaient pas trouvée non plus. Pas plus que les enfants de leurs enfants. Et ainsi de suite. Si bien qu'aujourd'hui certains remettaient en question – à voix basse, pour que les Plannifs ne les entendent pas – l'existence de cette Terre d'Aval, « où même l'eau se repose ».

— Ensuite, poursuivit Tokamak, il s'agit d'honorer ses ancêtres. Ils sont descendus au péril de leur vie pour te rapprocher du Plat Pays, où tu auras une vie meilleure. Et toi, tu voudrais réduire leurs efforts à néant ? Ce serait leur manquer de respect.

— Mais je n'ai pas d'ancêtres ! Personne n'est descendu pour moi !

— Ça, tu n'en sais rien.

Li se renfrogna. Son père avait raison. Encore une fois.

— Et puis tu nous as, Ma et moi...

Tokamak marquait encore un point. Indéniablement.

— Enfin, il y a la question de la place, continua Ba en baissant la tête.

Ça, il n'avait pas besoin de le lui expliquer. Li avait intégré la leçon et avait bien compris que, la montagne s'étrécissant vers le sommet, il était impossible à tout le monde d'y demeurer. À moins de vivre entassés les uns sur les autres.

— Sans compter que la vie est plus rude en haut qu'ici, poursuivit Tokamak. Pense à tout le confort dont nous bénéficions et auquel nos ancêtres n'auraient même pas osé rêver ! Pense au progrès !

— Progrès, progrès… C'est facile à dire ! En plus, qu'est-ce qu'on en sait de la manière dont ils vivent, en amont ?

— On le sait grâce aux témoignages de tous les Transhumants qui sont passés et passent encore régulièrement par chez nous, sur le chemin du Grand Voyage. « Plus on descend, moins la vie est dure ! »

— Ça c'est ce que disent les Plannifs, en fait on n'en sait rien !

Li s'arrêta, planta son regard dans celui de son père et déclara :

— Mais je ne demande pas une tour au sommet de Vertical. Juste une maison placée un tout petit peu plus loin du précipice où mon frère est mort ! Pourquoi sommes-nous obligés de vivre à côté du gouffre où il est tombé ? Pourquoi ne peut-on pas creuser un nouveau trou, *un tout petit peu plus haut* ?

— Parce qu'il n'y a pas la place et que c'est dangereux…

— Comment le sait-on ? répliqua Li du tac au tac.

— Parce qu'on le sait, c'est tout !

— Et si on se trompait ?

— C'est une question ? Ça ressemble plutôt à une réponse enveloppée dans une question.

— Ba !

— Que veux-tu que je te dise ?

— La vérité !

— Mais la vérité, qu'est-ce que j'en sais, moi ?

Ba s'arrêta. Il posa la tête de son lourd marteau dans la neige et baissa les yeux, comme à bout de forces. On aurait dit un mécanisme enrayé – un vieil engrenage grippé. Il marmonnait dans sa barbe, sans regarder Li – sans même se soucier de savoir si elle l'entendait ou pas.

— Pourquoi ne peux-tu pas accepter ce qu'on t'a toujours dit, à savoir qu'après l'éboulis qui a coûté la vie à Jubal les autorités de Cent-Maisons (Et-Pas-Une-De-Plus) ont interdit qu'on creuse de nouveau la roche, pour ne pas l'affaiblir ? Si ça ne ressemble pas à une vérité, ça, alors la vérité, moi, je ne sais pas ce que c'est. On a la chance d'habiter sur une pente pas trop inclinée, où l'on n'est pas obligés de s'encorder en permanence. C'est pire en amont. Des villages entiers décrochés de la falaise et propulsés dans le Vide. Des malheureux qui vivent sur des passerelles et des échafaudages, avec pour toute eau la récolte des nuages. De pauvres Verticaux aux mains ensanglantées à force de grimper et descendre des cordes. À côté de chez eux, ici c'est le Plat Pays. Non, crois-moi, tu as de la chance… Notre petit paradis repose sur des fondations qu'il vaut mieux laisser en paix.

On aurait dit qu'il avait parlé pour lui-même. Ce qui n'empêcha pas Li de demander encore :

— Mais…

— Mais quoi ?

— Et s'ils s'étaient trompés ?

— Qui ça ?

— Nos Pères Fondateurs. Et si l'éboulis qui a provoqué la mort de Jubal n'avait pas été déclenché par le creusement de nos maisons ?

Tokamak rentra la tête dans les épaules et raffermit sa prise sur la poignée de son marteau, mesurant du regard la distance qui les séparait de l'endroit où Li cesserait enfin de l'assaillir de questions : le Grand Rocher, où leurs chemins se sépareraient, lui pour aller contremont consolider les barrages anti-avalanches ; elle descendant dans sa nacelle le long de la falaise pour aller y récolter des œufs d'oiseaux des roches et racler des lichens.

— Que veux-tu que je te dise ? Je ne suis pas géomètre. Je ne suis qu'un pauvre niveleur, une masse qu'on appelle quand on veut aplanir un terrain ou araser un mur. Et même s'il m'arrive de renforcer les terrasses qui nous surplombent pour éviter qu'elles ne s'écroulent sur nous, on me méprise et on m'accuse de maltraiter la Montagne. Je suis utile à tout le monde, mais qu'est-ce que ça change ? Nous habitons au bas de la pente, ce qui est partout un honneur, sauf chez nous. Je suis un ancien Biais. Ta mère est une Un. On n'y peut rien, conclut-il en baissant la voix, car des gens approchaient.

Li n'était pas de cet avis, mais elle se garda de le faire savoir à son père. Elle n'avait pas envie de le mettre mal à l'aise. Pas alors qu'ils commençaient à croiser toutes sortes de villageois, qui sortaient de leurs trous pour se rendre au travail. Des Uns, des Deux, des Trois, mais aussi des Plus Bas, comme le Maître Ciseleur, auxquels les autres – dont son père – témoignaient leur respect en inclinant la tête.

Pour se changer les idées, elle repensa à ce que son père lui avait dit. Cela semblait très important. D'ordinaire, Ba se confiait rarement. C'était un homme qui courbait l'échine, comme s'il portait le poids de la Montagne sur son dos, et qui pourtant ne se plaignait jamais. Ancien Biais, Tokamak ignorait tout de ses ancêtres – et s'il avait connu sa mère, jamais elle ne lui avait dit qui était son père. Ba ne possédait pas de bâton de marche sur lequel son parcours aurait été retracé, à coups d'encoches dans le bois, car il n'était jamais descendu de Plus Haut. (Haut, Bas, pour lui tout était égal puisque c'était un Biais.) Avant de rencontrer Ma, il avait écumé Vertical pendant de longs hivers, avec sa tribu de Travers – des pirates, des charognards, des naufrageurs dont Li aimait à croire qu'il avait été le chef. (Ce qu'il n'avait jamais démenti ni confirmé.) S'il s'était fixé ici, à Cent-Maisons (Et-Pas-Une-De-Plus), c'était parce qu'il était tombé amoureux d'une femme mise au ban par les siens à cause du pied bot qui l'avait empêchée d'accomplir le Grand Voyage : Okami. Une Tombeuse de bas étage, une simple degré Un. Une de ces Uns qui, comme beaucoup d'autres, pas forcément lâches ou paresseux, n'ayant pas toujours eu le choix, n'étaient descendus que d'un niveau. Un tout petit niveau : de leur camp de naissance jusqu'au premier au-dessous d'eux. Autrement dit, juste ce qu'il fallait pour qu'on vous laisse en paix. Vous aviez accompli votre devoir. L'honneur était sauf. Vous étiez descendu, comme il revient à chacun de le faire, et votre progéniture, grâce à vous, s'était rapprochée de Tout En Bas Tout En Bas. (Loué soit-Il !)

Quelques arpents plus loin, là où la foule était plus dense, Tokamak et Li virent se découper la forme sombre du Grand Rocher, si lourde de sens pour eux. Ce même Grand Rocher du haut duquel plusieurs courageux – ou suicidaires – Plongeurs des Cimes se jetteraient dans le Vide, à l'heure du Grand Voyage, si grande était leur hâte de rejoindre le Très Bas. Ce doigt de pierre tendu au-dessus des brumes violettes, et dont l'ordre impérieux était compris même des sourds : « Descendez ! »

En le voyant, Ba marqua un silence que Li respecta. L'épaisse couverture neigeuse qui s'était déposée dans la nuit crissa sous leurs pas tandis qu'ils se rapprochaient du cœur sinon géographique, du moins spirituel du camp. Le Grand Rocher au pied duquel Tokamak et Ma avaient découvert Li quand elle n'était encore qu'un nourrisson, voici quinze hivers, par une nuit d'orage.

— Ce n'est pas juste, protesta Li comme pour elle-même.

Son père la regarda. Il n'avait pas besoin qu'elle le lui dise – il savait très bien de quoi elle voulait parler. C'était encore cette histoire de maison au bord de la falaise. Il prit une profonde inspiration, s'apprêtant à lui servir la même explication que d'habitude, en espérant que cette fois elle l'entendrait – même s'il savait que non. Mais au fond, cela n'avait pas d'importance. Ce petit jeu de questions-réponses était devenu pour eux comme un rituel. Une manière de renouveler le lien intime qui les unissait.

— Tu sais très bien, commença-t-il, que la place est ce qu'il y a de plus précieux. Chacun reçoit une parcelle de terrain, ou un trou, en fonction de son rang – qui dépend directement du nombre des camps qu'il a traversés pendant son Grand Voyage. Plus tu viens de haut, plus ton bâton porte d'encoches, plus ton statut est important et plus tu as de privilèges. Or comme à Cent-Maisons les maisons qui sont les plus proches du Vide sont aussi celles qui risquent le plus d'y basculer, les puissants préfèrent s'en tenir éloignés.

Li laissa échapper un soupir de colère. « Les puissants, tu parles… Dis plutôt les lâches… », songea-t-elle.

Ba la regarda comme s'il l'avait entendue penser. Était-ce le cas ? Parfois, Li avait l'impression que oui.

D'ailleurs, Ba ajouta :

— C'est pour ça que je veux que tu tombes bien bas. Non pas seulement pour que ta mère, ton frère et moi puissions être fiers de toi. Mais surtout pour que tu aies une vie meilleure, le plus bas possible.

Li s'apprêtait à lui demander pourquoi il n'était jamais descendu s'assurer que Jubal était mort, lorsqu'une horde d'adolescents, garçons et filles, les doubla en riant. Ils jouaient à s'envoyer des boules de neige, qui bien souvent rataient leur cible. Jusqu'au moment où l'une d'elles atterrit en plein sur la fourrure de Tokamak, qu'elle macula de neige. Les rires redoublèrent, Tokamak étouffa un juron, et les jeunes repartirent en courant.

— C'est Tyr et sa cour, dit Li. J'ai reconnu son rire. Il n'y a qu'elle pour s'esclaffer ainsi, auprès du Vide. Elle se croit plus forte que lui. Tout ça parce qu'elle est la fille de l'alcade.

Tyr. Une fille magnifique, avec ses longs cheveux noirs – qui étaient comme autant de laisses passées au cou des garçons du camp, qui venaient déposer à ses pieds pitons et piolets dans l'espoir de se frayer un chemin jusqu'à son cœur… « Inaccessible », pensa Li tandis que son père regardait les adolescents détaler, commentant :

— Eh bien, s'ils tirent si mal, je ne donne pas cher d'eux quand il s'agira de viser Tout En Bas Tout En Bas.

Li ne pensait pas que la boule de neige avait atteint son père par erreur. Mais pour ne pas l'offenser, elle préféra se taire. (« De toute façon, se disait-elle, Ba est trop malin pour l'ignorer. S'il a dit ça, c'est pour me préserver, moi. M'épargner la souffrance d'avoir un père qu'on ne respecte pas. »)

Comme s'il avait entendu ses pensées, encore une fois, son père lui reprit la main et la serra si fort qu'elle faillit lui dire de la lâcher.

Non loin d'eux, près du Grand Rocher, les jeunes s'amusaient à bombarder les nuages. Ils cachaient leurs rires derrière leurs mains, et profitaient de ce que leur maître s'occupait d'une nouvelle promotion d'apprentis pour relâcher la pression.

— Je t'en ficherais, moi, des « Pionniers », grommela Tokamak. Ils veulent atteindre la Terre promise, moi je veux bien ! Mais j'affirme qu'un paradis à portée de main vaut mieux qu'un paradis inaccessible. D'ailleurs, on ne peut pas mieux tomber qu'en tombant amoureux !

— Comme toi ?

— Comme moi, oui. Enfin, moi je n'étais pas un Pionnier. Ni même un Tombeur. Je n'étais qu'un Biais, tu le sais. Et je me moquais bien de descendre ou de monter. Aval, Amont, pour moi c'était *idem.* Tout ce que je voulais c'était aller de l'autre côté de la montagne, et atteindre ce fameux Versant noir. Mais je n'y suis jamais arrivé… Si ça se trouve, il n'existe même pas. Mais toi, toi… C'est différent ! Toi, tu dois viser bas !

Se tournant vers sa fille, il insista :

— Promets-moi que quand tu descendras tu ne laisseras jamais rien te fixer !

— Même pas l'amour ?

Il lui sourit.

— Si c'est l'amour, alors c'est différent. Mais promets-moi deux choses.

— Lesquelles ?

— Assure-toi bien qu'il s'agit du véritable amour, et non pas d'une passade. Tu grandis, ma fille, et beaucoup d'hommes te feront la cour. Pour te garder à leur niveau ! Méfie-t'en !

— Je te le promets. Et quoi d'autre ?

— Si vous pouvez, si c'est possible, descendez tous les deux, ton amoureux et toi. Épaulez-vous. Et allez le plus bas possible.

— Promis aussi !

Li laissa filer un court instant – le temps d'un battement de cœur –, puis demanda à son père :

— Ba, je peux te poser une question ?

— Parce que tu as besoin de ma permission maintenant ?

— C'est à propos de Jubal.

— Oh… Je vois…

Mais Li fut interrompue dans son élan par un carillon, signal que l'alcade avait une annonce importante à faire. Autour d'eux, la foule se pressait en direction du Grand Rocher. Juché sur son sommet, dont sa longue barbe tressée caressait la surface, l'alcade réclamait des volontaires : « Une quinzaine de braves, des rugueux, qui n'ont pas peur de lever les bras au ciel ! » Plusieurs hommes firent un pas en avant, bombant le torse. L'alcade les remercia vivement, expliquant : « Un griffu a pénétré cette nuit dans l'enclos des laineux : il en a massacré trois, blessé six et il a mis le reste du troupeau en fuite ! » Un frisson parcourut l'assemblée. « Il est particulièrement gros et agressif. Je sais que cette tâche est pentue, mais… »

Trop tard. L'alcade n'avait même pas terminé son discours que, déjà, les neuf dixièmes des hommes qui s'étaient avancés reculaient en prétextant qu'on les avait poussés, qu'ils avaient oublié leurs crampons ou qu'ils ne s'étaient avancés que pour laisser passer un audacieux.

— Je vous rappelle que sans nos laineux nous n'aurons plus de lait, de laine ni de viande…

Rien n'y fit. Personne n'avait envie d'aller affronter un griffu – même à plusieurs.

Mais lorsque Tokamak arriva, tout le monde s'écarta sur son passage en lui donnant force tapes dans le dos pour le presser d'avancer. L'alcade réitéra sa demande, et Tokamak souleva son marteau pour signaler qu'il se joignait à la battue.

— Nivel ! s'exclama l'alcade sur un ton joyeux. Si Tokamak y va, on peut y aller !

Son regard s'abaissa vers les hommes qui avaient reculé, et il leur lança :

— Que ceux qui n'ont rien à faire aillent au moins récupérer les bêtes qui se sont enfuies. Sinon, qu'ils partent aider les femmes à récolter les mousses et les lichens sur la falaise. Nous en aurons plus que jamais besoin… Quant aux autres, qu'ils se consacrent comme d'habitude au creusement des tranchées et à la consolidation des barrages anti-avalanches. J'ignore pourquoi, mais des fissures plus grosses que d'habitude sont apparues.

— La faute au changement de climat ! cria une voix dans la foule.

— Balivernes ! répliqua une deuxième.

— La Montagne est éternelle ! lança une troisième.

— Arase ! les tança l'alcade.

La foule se dispersa en maugréant, sauf ceux qui devaient partir avec l'alcade et attendaient qu'il descende de son piédestal – ce qu'il rechignait toujours à faire, dans la mesure où, une fois à terre, sa petite taille l'obligeait à lever les yeux vers ses interlocuteurs.

— Et voilà, souffla Li, une nouvelle journée qui commence.

— Pas n'importe quelle journée, répliqua son père. Aujourd'hui, tu as quinze ans !

— Quinze ans..., chuchota Li. Qu'est-ce qu'on en sait ?

— Tu n'avais certainement pas plus d'une semaine quand on t'a trouvée, poursuivit Tokamak tout aussi doucement qu'elle, parce qu'il ne souhaitait pas qu'on surprenne leur conversation.

— Ce n'est pas mon anniversaire, s'entêta Li.

— C'est l'anniversaire du jour où on t'a recueillie..., continua Tokamak en se rappelant la nuit où il avait entendu – par quel miracle ? – des cris mêlés à des pleurs, par-dessous les éclats du tonnerre.

Ces cris les avaient guidés, Okami et lui, au pied du Grand Rocher où quelqu'un avait déposé Li – qui ne s'appelait pas encore Li –, emmitouflée dans une étrange fourrure verte.

— Ce n'est pas mon anniversaire ! tempêta Li en rentrant la tête dans les épaules, sans se soucier du taupard qui sommeillait dans sa capuche. C'est une journée comme les autres...

— Pas pour ta mère et moi, dit Tokamak en posant la main sur celle qu'il considérait comme sa fille. Pas pour ta mère et moi.

Ce qu'il n'osait pas lui dire, c'était qu'il ne considérait pas Li comme une enfant *abandonnée*. Non. Elle était une enfant *trouvée* – par lui et Ma. Il poussa un soupir, se demandant ce qu'il pouvait faire pour l'aider à dépasser sa souffrance. « J'aimerais tellement pouvoir t'aider », songea-t-il en baissant les yeux vers sa fille adorée. « Hélas il est des maux qu'un père ou une mère sont impuissants à soulager. »

Li sentit le trouble de son père et, chagrinée, se tourna vers lui pour lui dire, le regard brillant :

— J'aimerais tant que cette journée soit une journée exceptionnelle !

— Méfie-toi, lui répondit Tokamak. Car lorsque le Très Bas veut nous punir…

— … Il exauce nos souhaits, maugréa Li. Je sais. Tu me l'as déjà dit cent fois.

35

L'après-midi tirait à sa fin, Li se trouvait dans sa nacelle, suspendue le long de la falaise. Et le Très Bas ne l'avait toujours pas punie. Peut-être par clémence. Peut-être, plus simplement, parce qu'Il l'avait oubliée.

« Tout comme j'ai été oubliée, voici quinze ans, au pied du Grand Rocher. Quelle ironie, pensait Li. On l'appelle "rocher", alors que ce n'est pas un rocher. Et moi on m'appelle "Li", alors que je m'appelle sûrement autrement. Car j'ai bien eu un nom avant d'être abandonnée, non ? »

— Mais lequel ? ajouta-t-elle à voix haute.

Si la falaise avait entendu sa question, elle ne lui répondit pas. La paroi de granit où Li avait arrêté sa nacelle n'avait aucune réponse à lui apporter. Elle se contentait de dominer l'infini et de servir d'abri aux oiseaux des roches dont Li était venue dérober les œufs, malgré leurs criaillements et vols effarouchés. Quant aux plaques de lichens incrustées dans la pierre, si elles cachaient une réponse dans leurs dessins énigmatiques, elles ne la lui révélèrent pas.

Li se demanda si les réponses à toutes ses questions se trouvaient sous elle, dans ce vide insondable où elle serait invitée à descendre quand elle aurait dix-huit ans (puis *obligée* de plonger, passé vingt et un ans) ; ou alors au-dessus, dans ces hauteurs interdites vers lesquelles nul n'était autorisé à se rendre tant que la Terre d'Aval n'aurait pas été retrouvée.

— À moins que ce ne soit toi qui les aies, petite bête, dit-elle à son taupard en lui tendant un morceau de lichen, que l'animal renifla avec dédain.

Remettant son racloir à lichens dans son fourreau, Li tira sur la corde de sa nacelle pour la faire remonter vers le sommet de la falaise. La récolte avait été bonne – un sac empli de champignons, un panier bourré d'œufs et un plein seau de lichens. L'alcade serait content.

— L'alcade ! pouffa-t-elle.

« L'Homme le Plus Bas du Camp ! Il porte bien son nom ! Alors que moi ? “Seulement quelques jours quand on t'a trouvée…” On ne sait ni mon âge ni mon nom. Ni même qui sont mes vrais parents… »

— Je me demande pourquoi on continue de nommer les choses, confia-t-elle à son taupard, si les mots sont à ce point vides de sens.

« Sens », « Vide ». Comme ces termes sonnaient étrangement. Son père le lui avait souvent dit, doigt pointé vers le bas : « Le sens de la vie, c'est par ici : Tout En Bas Tout En Bas. »

(Où il n'était jamais descendu rechercher Jubal, se rappela-t-elle.)

Elle l'écoutait, mais ne comprenait pas.

Li devait bien être la seule de tout le camp à ne pas comprendre. Ce n'était pas faute, pourtant, de se l'entendre répéter à longueur de journée.

Absorbée dans ses pensées, impatiente de regagner le haut de la falaise et de laisser grincer au vent les autres nacelles où s'échinaient d'autres cueilleuses, elle ne se rendit pas compte que, malgré ses gants, ses mains la brûlaient à force de tirer sur la corde. Elle aurait dû apercevoir depuis longtemps la forme élancée, osseuse, de ce que tous à Cent-Maisons nommaient le Grand Rocher, alors qu'il s'agissait du crâne d'une antique créature monstrueuse. Elle en avait la conviction. Le lui avait-on dit ? Le savait-elle depuis toujours ? Ou l'avait-elle rêvé ? Elle ne s'en souvenait plus. Mais ce n'était pas un rocher, non. C'était le crâne fossilisé d'un léviathan dont la gueule était assez grande pour engloutir une maison. Fini père, mère, ancêtres. Fini la descendance. Votre cordée, jamais, ne connaîtra la Terre d'Aval où le lait et le miel coulent en abondance.

Li baissa les yeux vers la mer de brumes, très loin au-dessous d'elle. Il aurait fallu une éternité de cordes pour en effleurer l'écume. Qui savait quelles épreuves l'attendaient au-dessous ? Et comment en triompherait-elle, puisqu'elle n'avait pas été autorisée à suivre l'enseignement de Maître Babackas, le meilleur professeur de descente du camp, dont les cours étaient réservés aux enfants des Plus Bas ?

Elle laissa échapper un soupir, se disant que, de toute façon, cela n'avait aucune importance. Personne ne s'attendait à ce qu'elle descende plus de deux ou trois petites pentes. Tout juste lui demandait-on de s'arrêter au premier camp qu'elle rencontrerait – ou était supposée rencontrer, nul n'étant jamais remonté des brumes pour dire ce qu'il avait trouvé au pied de la falaise.

Oh ! comme elle aurait aimé descendre elle aussi, plus bas que bas, si bas que tous en auraient poussé des cris de surprise et de joie. Li déglutit. « On attend donc si peu de moi ? » Elle sentit un nœud se former dans son ventre, un goût de bile lui brûler la gorge, comme si sa soupe de vie lui revenait en bouche. Son père, sa mère, aussi utiles que les autres, et pourtant condamnés à vivre auprès de ce qui désormais tenait lieu de tombe à leur fils. Et elle ?

Li avait envie de crier. De hurler. Elle se mordit les lèvres, tournant et retournant dans sa tête les paroles que Ba lui répétait si souvent : « Si quelque chose te ronge, nomme-le. Fais-le sortir de toi, et il ne pourra plus te dévorer de l'intérieur. »

Li prit une profonde inspiration, et hurla de toute la force de ses poumons :

— AAAAAAAAAH !

Les échos de son cri se répercutèrent contre la paroi de pierre, qui les renvoya vers le vide et les dizaines d'autres cueilleuses suspendues dans leurs nacelles, qui toutes la regardèrent, interloquées. Que lui arrivait-il ?

Li serra les poings et se renfrogna. Elle n'osait pas le dire – et encore moins le crier, mais ce qu'elle éprouvait était un profond sentiment d'injustice.

Oui, d'injustice. Parce qu'il était injuste qu'à quinze ans – car elle avait au moins quinze ans, n'est-ce pas ? – aucune cérémonie ne soit prévue pour elle. Pour lui donner son nom de mariage, celui par lequel son futur époux l'appellerait à venir le rejoindre. Celui qui leur permettrait de s'aimer. Quinze ans pour les filles, seize pour les garçons. C'était la norme ! Sauf pour elle. Parce qu'elle n'était pas d'ici, pas née comme les autres, et que, au prétexte que nul ne pouvait dire avec exactitude son âge, l'alcade avait décrété qu'elle n'aurait droit à aucune cérémonie du nom. Ce qui revenait à la condamner au célibat.

Non pas qu'elle eût une envie pressante de se marier, mais quand même. Et puis, se disait-elle, on ne sait jamais. Ba prétendait qu'on ne choisissait pas de tomber amoureux mais que c'était l'amour qui nous tombait dessus.

D'ailleurs Fintân, malgré son côté arrogant, ne la laissait pas indifférente. Avec son mignon petit chignon et le duvet qui ombrait ses lèvres, elle le trouvait plutôt joli garçon. Mais c'était un poseur, qui faisait son chef et se savait beau. Et Li ne supportait pas la façon dont il tournait lui aussi, comme tous les garçons (et aussi quelques filles), autour de Tyr. (Qui, de son côté, s'amusait à lui faire croire, comme à tous les autres, qu'il était son unique point de chute.)

— AAAAAAH ! tempêta Li une nouvelle fois, attirant tous les regards vers elle. AAAAAH !

Le goût de bile ne la quittait pas. « Je sais ce que je ressens, mais je n'arrive pas le dire… »

« *Injustice* », résonna alors en elle la voix de son père, comme surgie de nulle part. « Pourquoi ne le cries-tu pas ? Sinon cela continuera de te ronger. »

— Parce que… parce que…

« Allons, crie-le. Sinon ça va te dévorer. »

Son père avait raison, même quand il n'était pas là. C'était exaspérant.

Li entendit un rire, haut et clair, résonner loin au-dessus d'elle. Un rire tressé d'autres rires, rires d'adolescents, rires de complicités joyeuses, d'insouciance et de confiance en soi – rires de ceux à qui, elle le savait, l'Aval appartenait et qui passaient leurs journées à s'entraîner sous la férule de Maître Babackas. Puis les rires s'éteignirent, comme un soleil qui se couche. Un peu de neige dégringola du haut de la falaise et retomba sur Li, qui s'appuya des deux mains sur le rebord de sa nacelle, la faisant dangereusement pencher vers le vide, et s'écria :

— JE VEUX DESCENDRE AU FOND DU FOND !

L'écho lui renvoya son cri : « *Au fond du fond !* », et les yeux des autres récolteuses se tournèrent de nouveau vers elle, écarquillés par tant d'audace. Une racleuse de lichens, descendre plus bas que bas ?

— JE VEUX ALLER TOUT EN BAS TOUT EN BAS, MOI AUSSI ! J'EN AI LE DROIT !

À qui s'adressait-elle ? Au Vide ? Plusieurs autres racleuses se bouchèrent les oreilles, épouvantées par les cris de Li.

Li, quant à elle, se sentait mieux. Soulagée. Un poids immense avait été ôté de sa poitrine.

Car, oui, elle était envieuse. Et jalouse. Mais elle avait envie d'apprendre à descendre – et ne voyait pas pourquoi elle ne pourrait pas, elle aussi, recevoir l'enseignement de Maître Babackas. De quel droit serait-il réservé aux Descendants des Plus Bas ?

« J'en ai honte, mais c'est ainsi. Je suis jalouse des autres enfants du camp », songea Li. « Et de Tyr en particulier... »

— Voilà, c'est dit, avoua-t-elle à son taupard. C'est vrai qu'on se sent mieux après.

Le taupard frétilla des moustaches, comme pour l'approuver. Ragaillardie, Li se remit à tirer sur les cordes de sa plate-forme, tâchant de ne pas trop se laisser distancer par les autres nacelles, qui montaient devant elle dans l'obscurité.

Tandis qu'elle s'élevait dans un silence à peine troublé par les grincements des cordes et des poulies, elle se dit qu'elle aurait bien aimé qu'on la considère comme autre chose qu'une racleuse de lichens, la fille d'une Un et d'un Biais, tout juste bonne à descendre d'un niveau ou deux, pour être ensuite fixée par un grondeur qui lui ferait des marmots, qui à leur tour descendraient d'un niveau ou deux, sans qu'aucun, jamais, ait l'espoir d'entrevoir Tout En Bas Tout En Bas.

Li pensa alors à sa mère, que son pied bot avait empêchée d'accomplir le Grand Voyage. Ses frères avaient dû la porter entre leurs bras entrecroisés pour lui faire franchir les ruisseaux, la prendre sur leur dos lors des descentes en rappel. Autrement dit, lui épargner les difficultés du trajet. Tout ce qui, comme disaient les File Droit (ceux qui ne se fixaient jamais), en constituait l'*ondée.*

— Merci, Ma, souffla Li alors que sa mère n'était pour rien dans l'endroit où elle était née, sauf qu'elle lui fournissait un nid, une aire.

Un promontoire d'où s'élancer.

— Et merci, Ba, pour tes bons conseils. Même quand tu n'es pas là.

« J'aurais pu naître comme ces herbes folles et dériver au vent un temps durant, *baba* braillant avant de s'écraser à terre. J'aurais nourri les groins ou les vautours à deux têtes, qui à leur tour auraient alimenté d'autres Tombeurs. Qui m'auraient emportée avec eux, dans leur estomac, d'où ils m'auraient de nouveau laissé tomber à terre, où une pluie m'aurait cueillie, pour m'entraîner plus bas sous terre, et de là un torrent... »

— De toute façon, on ne peut pas faire autrement que descendre, expliqua-t-elle à son taupard en lui caressant le cou. De la terre vers la terre, dans la terre.

Il se produisit alors quelque chose d'étrange : Li se retrouva dans la brume. Elle ne l'avait pas vue arriver. D'où venait-elle ?

Li leva les yeux. De la brume. Les baissa. Encore de la brume. Derrière et devant elle, encore et toujours de la brume. Le monde n'était que brume. Même la montagne avait disparu, masquée par un épais brouillard, couleur suaire. Une odeur âcre, terreuse, lui emplissait les poumons, la pénétrait par tous les pores et s'insinuait en elle, au plus profond.

Li sentit son cœur battre à grands coups dans sa poitrine. Elle avait peur. « Calme-toi », se dit-elle. « Respire... »

Elle ouvrit la bouche et inspira profondément l'air mêlé d'humidité, ne cherchant pas à lutter. S'adressant en pensée à la brume, elle dit : « Je t'aide à entrer en moi, je me fais brume à mon tour. Je ne suis pas d'ici. Pas de la montagne. Je suis d'ailleurs... »

— Celle de la Brume, articula-t-elle.

Et cela lui sembla juste. « Je suis Celle de la Brume. Je me nomme moi-même. Me donne à moi-même mon nom de mariage. Celui que mon futur époux devra utiliser pour me faire savoir qu'il m'a reconnue. Celui qui scellera nos destins, comme deux mains entremêlées à tout jamais. »

— *Celle de la Brume*, ça sonne bien, dit-elle en souriant.

Elle inspira une nouvelle fois profondément, emplit ses poumons de brume, puis expira jusqu'à s'en vider totalement, la recrachant devant elle. Son souffle dessina de petits tourbillons, qui vinrent s'écraser contre la paroi graniteuse.

— Et toi ? demanda-t-elle à son taupard en le prenant dans ses mains. Quel est ton nom ?

La petite bête tremblait en la regardant, ses moustaches frémissant dans le vent. Elle jetait des coups d'œil de tous côtés, les oreilles dressées, comme à l'affût.

— Tu as peur de quelque chose ?

L'animal frotta l'extrémité de son museau entre ses courtes pattes avant.

— Ou tu as froid ? Ou tu…

Li réfléchit. « Non, ce n'est pas le froid. Ni la peur. C'est la curiosité. » La petite bête promenait ses yeux de droite et de gauche, humant l'air et cherchant un endroit où creuser.

— Je vais t'appeler Fouinard, lui dit-elle en le replaçant dans sa capuche. J'ai hâte de dire ton nom à Ba. Ça le fera rire. Et lui rappellera le surnom que m'avaient donné les disciples de Maître Babackas, à la Grotte du Rideau d'Eau…

C'est alors qu'elle entendit un grincement, non loin d'elle. Une autre nacelle.

Qui montait ou descendait ?

Elle tendit l'oreille, écouta. Et pendant qu'elle écoutait, elle réfléchit.

« Peut-être quelqu'un au camp sait-il de qui je descends ? Peut-être en parle-t-il à son voisin ou à sa voisine ? Peut-être a-t-il aperçu un rôdeur dans les parages du Grand Rocher, il y a bientôt quinze ans ? Peut-être sait-il quelque chose qui expliquerait qu'on ne m'adresse pas la parole, sinon pour se moquer de moi ou pour me rabrouer ? »

Elle n'ignorait pas qu'en ne descendant de personne elle était une moins-que-rien. Au contraire de Tyr, que sa longue cordée de Tombeurs auréolait de prestige. Car Tyr descendait (comme aurait pu le réciter n'importe quel enfant du camp) de Jaftar – l'actuel alcade de Cent-Maisons (Et-Pas-Une-De-Plus) –, qui lui-même descendait de Qaïdan, qui descendait d'Atlaï, qui descendait de Nergal, qui descendait d'Origane, qui descendait de Lamech, qui descendait de Caan, qui descendait de Lioa, qui descendait de Hingna, qui descendait de Turanf, qui descendait d'Uya, qui descendait de Lafcad, qui descendait de Qunwu, qui descendait de Saerlio, qui descendait de Kaur.

Une longue cordée d'ancêtres, tous plus nimbés de gloire les uns que les autres. Si l'on voulait bien la remonter jusqu'à celui qui l'avait initiée, jusqu'à ce descendeur originel au nom depuis longtemps perdu dans les nuées, cette cordée raccrochait Tyr à Tout En Haut Tout En Haut, le mythique sommet.

Li, elle, ne descendait de personne. Pire, elle n'était peut-être qu'une monteuse. Car qui pouvait dire qu'elle n'avait pas été abandonnée tel un sac de lest par un vil monteur soucieux de se débarrasser d'elle pour faciliter son ignoble ascension ? Qui ?

De rage, Li serra les dents. Pas question qu'on la voie ainsi au camp. Pas question qu'on la devine en colère, ou blessée. Ne pas montrer à l'ennemi qu'il t'a touchée – jamais. Lui laisser croire qu'il t'est indifférent.

« … Li… »

Je m'appelle Li, je sais pourquoi.

« … Li… »

C'était le nom que Ba et Ma lui avaient donné. Parce qu'il représentait la plus petite unité de mesure d'un poids et que Ba avait eu peur, la première fois qu'il l'avait prise dans ses bras, que le vent ne la lui vole. Elle était si légère ! « À peine plus lourde qu'une plume de caqueline et aussi rose que l'aurore », disait Ma. Li. Ce nom, lui avaient dit ses parents, servirait à détourner l'attention des esprits rampants qui lui voudraient du mal. Ils ne se soucieraient pas d'une créature si insignifiante. Sauf que « Li » servait également à désigner la plus grande unité de distance, c'est-à-dire cent pentes. L'avaient-ils oublié ? Ou était-ce encore une façon de lui signifier leur souhait de la voir accomplir ce qu'ils n'avaient accompli ni l'un ni l'autre : le Grand Voyage ? Atteindre Tout En Bas Tout En Bas. Retrouver Jubal.

— … Li…, reprit la voix, cette fois plus proche d'elle.

Plongée dans ses pensées, Li avait oublié le son qu'elle avait entendu un peu plus haut – ces bruits de nacelle glissant le long de la falaise, ces sifflements de poulie, ces grincements de cordage et surtout, surtout, cet appel, ce cri chuchoté à quelques pas seulement d'elle :

— Li !

Et si c'était…

Se penchant par-dessus sa nacelle, elle observa la mer de nuages. La voix paraissait venir d'en bas. Serait-ce...

Mais non.

Son cœur fit un bond dans sa poitrine lorsqu'elle reconnut le seul adolescent de Cent-Maisons (Et-Pas-Une-De-Plus) à être plus méprisé qu'elle ; le seul pour qui elle avait parfois de la peine, le seul à ne pas la traiter comme une vile monteuse : Araz, fils de personne. Il avait les vêtements déchirés, le visage et les bras couverts de griffures.

— Que t'est-il arrivé ? lui demanda-t-elle, inquiète, alors que la brume commençait à se dissiper, révélant la nacelle d'Araz à quelques encablures de la sienne, un peu plus bas sur la paroi.

— Je me suis battu avec une fleur !

— Quoi ?

— Je vais t'expliquer. Attends !

Elle le regarda manœuvrer sa nacelle avec dextérité. Bizarre. Car Araz était un dolent – il souffrait du vertige. S'approcher des précipices, des gouffres ou des failles lui était quasiment impossible. Un jour, il avait publiquement déclaré qu'il n'avait *aucune* envie de descendre. Il préférait monter. On l'avait alors envoyé en stage de rééducation, avec cet avertissement : « On en a aplani de plus rudes que toi ! » Il s'était enfui pour aller plus haut, y était parvenu, mais avait été capturé par les gabelous de Juste-Ciel au moment où il s'apprêtait à franchir leur muraille d'amont vers Aval sait où. Probablement vers Tombereau ou Quatorzième, les deux camps situés en amont de Juste-Ciel.

Après avoir été remis aux autorités de Cent-Maisons (Et-Pas-Une-De-Plus), Araz avait été renié par les siens. Il n'était plus autorisé à s'enorgueillir de sa cordée d'ancêtres, ce qui faisait de lui un paria parmi les parias. À côté de lui, Li pouvait encore se prévaloir de la moyenne des rangs additionnés de Tokamak et d'Okami – autrement dit une Moitié, ce qui était déjà mieux que rien. Si Araz avait échappé au châtiment suprême – être jeté dans le Vide après avoir eu les jambes et les bras coupés –, c'était parce qu'il avait été déclaré « irresponsable » à son procès. Son principal défenseur – Maître Babackas – avait fait valoir qu'il était affligé du « Mal des Cimes ». Signe que le Très Bas ne voulait pas de lui. C'était infamant, certes. Mais au moins avait-il eu la vie sauve.

Araz déplaça sa nacelle de manière à la hisser près d'une autre – voisine d'une troisième, qui jouxtait celle de Li – sur laquelle il sauta. Li étouffa un cri. Que faisait-il ?

Puis elle le vit bondir sur la nacelle la plus proche de la sienne. Ses longs cheveux noirs flottaient au vent, son sourire dévoilait ses dents et ses yeux noirs riaient.

Comment pouvait-il rire alors qu'il souffrait du vertige ? (Ce qui n'avait pas empêché le Bas Conseil de le condamner à racler la falaise – un métier de femme. Et tant pis s'il tombait, ce serait bien fait pour lui. « Bon débarras », comme on dit.)

— Alors ? lui demanda-t-elle quand il posa le pied sur sa nacelle, manquant les déséquilibrer tous les deux. C'est quoi cette histoire de fleur ?

En guise de réponse, il lui tendit une gerbe de fleurs des brumes, connues pour ne jamais se faner.

Les fleurs des brumes étaient particulièrement difficiles à récolter, et ne poussaient qu'aux endroits les plus escarpés de la falaise. Il fallait être un sacré acrobate pour les atteindre – comme si ces fleurs s'ingéniaient à rester hors d'atteinte de la convoitise des Montagneux. Même Ma n'en avait pas dans son herbier !

— Oh ! fit Li en serrant le bouquet sur son cœur.

Elle était d'autant plus émue qu'elle n'ignorait pas les risques qu'Araz avait courus pour les cueillir. Et d'autant plus troublée que cela ne cadrait pas avec ce qu'elle savait de lui. Araz était plutôt du genre maladroit.

— Je suis désolé, souffla-t-il en rougissant jusqu'aux yeux. Je voulais venir ce matin, mais j'ai été retardé...

— Elles sentent vraiment très bon, déclara-t-elle en humant le bouquet.

Araz sourit jusqu'aux oreilles et se frotta l'arrière de la tête. Il n'avait pas bravé les précipices en vain. Si seulement cet horrible griffu ne s'était pas mis à rôder dans les parages au moment même où il avait voulu aller chez Li pour l'aider à avaler sa soupe de vie, tout aurait été parfait. Mais elle ne semblait pas lui en tenir rigueur.

— Merci beaucoup, dit-elle avec un grand sourire.

— Bon anniversaire, fit-il en lui déposant un baiser sur la joue.

C'est alors qu'une pétarade éclata, suivie d'une pluie d'étincelles et de fleurs orangées, rouges et bleues qui leur tombèrent dessus, crachées depuis les hauteurs par Aval sait quelles couleuvrines. « Les fleurs d'artifice ! » s'exclamèrent-ils en chœur.

— Faut remonter, décréta Araz en manœuvrant prestement leur nacelle, qu'il se hâta de piloter dans la brume.

Où ils disparurent à la vue l'un de l'autre, tant elle était épaisse.

Li était aussi inquiète que troublée. Elle s'attendait à tout sauf à ça. Portant la main à sa joue, où la brûlait encore le baiser d'Araz, elle se demanda si ce dernier souffrait autant du vertige qu'il le prétendait. Mais la réponse était dans son baiser.

Tandis qu'ils dirigeaient ensemble leurs nacelles vers le sommet, Li songea que sa journée avait bien été exceptionnelle. Elle ne put retenir un frisson de plaisir en se demandant si c'était là sa punition.

Ou si celle-ci l'attendait plus haut.

34

Au sommet, l'excitation était à son comble.

— Ils arrivent ! Ils arrivent ! criait-on.

D'autres filles, tout aussi peu fortunées que Li, et qui comme elle avaient passé leur journée à gratter la falaise, avaient fini de décharger leurs cargaisons d'œufs d'oiseaux des roches et de lichens, et s'exclamaient :

— Mais comment ? Déjà ?

— Si tôt dans l'année, on n'a jamais vu ça !

— Nous ne sommes même pas au mois de Descendre !

— Y a plus de saisons, regrettait l'une d'elles en s'essuyant les mains sur son tablier.

Li regarda dans tous les sens, cherchant Araz des yeux. Mais elle ne le vit nulle part. « Décidément, il a la manie de disparaître... » Était-il resté sur sa nacelle ? En tout cas, les commentaires succédaient aux commentaires – enjoués ou sérieux, graves ou facétieux –, mais peu importe : tout le monde était impatient qu'*ils* arrivent – *ils*, c'est-à-dire les valeureux Pionniers, ceux qui, on ne savait quand ni dans quelles conditions, avaient entrepris le Grand Voyage, le Pèlerinage qui devait les mener vers Tout En Bas Tout En Bas – et avant cela à Cent-Maisons (Et-Pas-Une-De-Plus).

Les fleurs d'artifice avaient été tirées par les habitants de Juste-Ciel pour avertir l'Aval de la venue des Transhumants. Encore une ou deux lunes et ils seraient là, qui descendraient de l'Amont pour traverser leur campement – et peut-être, gloire ultime si c'était un Très Haut, daigner y planter son bâton.

— J'aimerais changer d'alcade, entendait-on. J'en ai assez de ce nabot. Depuis qu'il est chef, jamais on n'a eu autant d'attaques de griffus !

— Vrai ! Vrai !

— Faux, du temps de mon grand-père, il y a beaucoup plus haut...

— Si les griffus attaquent si bas c'est que nous ne sommes pas assez descendus !

— Pis y a le barrage qui se fissure !

— Et la pente qu'est de plus en plus pentue !

Les commentaires allaient bon train. Les gens s'affairaient à décorer l'entrée de leur trou, y dessinant les symboles qu'affichait leur bâton – noms et nombres de campements qu'ils avaient descendus avant de se fixer ici, à Cent-Maisons (Et-Pas-Une-De-Plus). L'air était plein d'une excitation que les fleurs d'artifice, avec leurs odeurs d'été, leurs corolles écarlates, jaunes et orangées, leurs pétarades et leurs stridences australes, surchauffaient. Comme elles descendaient dans le ciel, la neige se striait de rouge et d'or. Jamais il n'y en avait eu tant.

Tous les regards se tournaient contremont, inquiets de savoir quelles nouvelles de Plus Haut les Transhumants portaient dans leurs besaces. Des parents étaient-ils décédés ? Des enfants étaient-ils nés ? Et celui-ci, qui n'avait descendu qu'une seule pente (honte à lui !), était-il de ma lignée ? Et cet autre, tombé bien bas (loué soit-il !), était-il de la mienne ? Honneur ou déshonneur ? On se regardait, anxieux. Seuls affichaient une certaine décontraction ceux dont la lignée avait à maintes reprises démontré qu'ils ne s'arrêteraient jamais dans un campement où l'un des leurs s'était fixé et dont la devise était : « Toujours Plus Bas ! »

Li n'était pas épargnée par la nervosité. Elle savait que sa mère ne ratait jamais une Ondée, dans l'espoir de picorer quelques nouvelles des siens, et de réconforter – par un panier de provisions, un bol de thé ou d'absinthe – les Tombeurs et Pionniers dont elle croisait la route. On aurait dit qu'elle cherchait, en les aidant à poursuivre leur voyage, à compenser l'échec de son propre parcours. Malheureusement, cela faisait bien longtemps que plus aucun membre de sa famille n'était descendu jusqu'à elle. Peut-être l'évitaient-ils ?

Li avait hâte de rentrer chez elle, pour retrouver son père et sa mère, mettre dans un vase son bouquet de fleurs des brumes et avaler la soupe qu'Okami préparait tous les soirs, à la tombée des couleurs. Mais avant cela il lui fallait – comme toutes les racleuses de lichens – rapporter sa récolte à l'économat ; puis – alors que ses camarades étaient enfin libres de regagner leur trou –, aller s'occuper des bouquetins que les Descendants des Plus Bas avaient montés tout le jour.

Après avoir remis ses paniers d'œufs et de lichens à l'économe, Li continua à grimper vers la Grotte du

Rideau d'Eau – située tout en haut du campement. Partout autour d'elle, des racleuses, des arrimeurs de bétail, des chasseurs de chamois, des arbolistes, des brasseurs de nuages, des Plannifs, des niveleurs et des palpe-veines s'en retournaient s'allonger chez eux après une dure journée de labeur. Pas elle.

Il lui fallait racheter son statut – compenser son rang – en effectuant des travaux dont les autres étaient exemptés. Autour d'elle, ses camarades s'égaillaient. Elles regagnaient leur foyer, fatiguées mais heureuses. Curieusement, Li n'en conçut aucune amertume. Plus maintenant. La fatigue l'avait emporté. Et puis, elle était impatiente de revoir les bêtes. Elle aimait bien l'odeur de leur pelage – et même celle de leur crottin –, leur souffle chaud sur sa figure et les coups de langue râpeuse qu'elles lui donnaient sur le visage ou les mains, pour la remercier de s'occuper d'elles.

Li se disait que, dans quelques années, tout cela serait terminé ; quand son tour de descendre viendrait, Cent-Maisons ne lui manquerait pas ; et la Pointe de l'Éperon encore moins. Mais ses parents, si. Elle aurait aimé les emmener avec elle. Mais la tradition ne le permettait pas. Quand on se fixait, c'était pour la vie. On s'occupait de ses *babas,* jusqu'à ce qu'ils descendent à leur tour. Après leur départ, on s'efforçait d'aider les Transhumants à descendre plus bas. On prenait auprès d'eux des nouvelles des Anciens, restés plus haut, et on leur en donnait pour ses Descendants, tombés plus bas. Mais c'était tout. Telle était la vie de ceux qui avaient choisi de se fixer – ce que Li s'était bien juré de ne jamais, jamais faire.

Arrivée à l'entrée de la Grotte du Rideau d'Eau, dont les galeries décorées de runes et de gravures sentaient le bouquetin, la terre et la pierre humides, Li caressa son taupard et le fit descendre de son cou dans la poche de sa veste, où elle avait également glissé ses fleurs des brumes. Puis elle fit passer sur ses épaules une lourde perche, sous le poids de laquelle ses genoux ployèrent, et qui soutenait, à chaque extrémité, un plein seau de fourrage. Se tournant de côté pour avancer dans l'étroit corridor, Li laissa échapper un soupir.

C'est alors qu'elle entendit la voix de Maître Babackas le Chenu résonner au loin :

— Descendre ne s'improvise pas, expliquait-il à sa classe.

Elle pénétra plus avant dans la grotte tandis que le vieux Maître poursuivait sa leçon :

— On croit que c'est facile. Qu'il suffit de partir du sommet d'une pente neigeuse et de la dévaler, les pieds chaussés de skis. Ou de se laisser glisser le long d'une paroi, en rappel. Ou de plonger vers l'abîme, accroché à des ailes de soie. Ou de talonner son bouquetin jusqu'à un roc plus bas. Ou de suivre le cours d'un fleuve en pirogue. Autrement dit, d'aider la gravité à faire son travail…

Il laissa passer un silence, durant lequel Li entra dans la principale caverne, où elle vit le vieux Maître entouré de ses cinq apprentis les plus âgés. (À cette heure-ci, les plus jeunes étaient déjà rentrés chez eux.)

— Eh bien non, poursuivit-il. Pas du tout. Ça, ça ne s'appelle pas descendre.

Babackas le Chenu promenait ses yeux surmontés d'épais sourcils gris sur ses disciples. Comme tout bon professeur, il espérait que ses étudiants finiraient sa phrase. Mais ils ne pipaient mot.

La perche toujours sur ses épaules, Li continua à avancer. En la voyant approcher, les boucs des roches s'agitèrent. C'était à qui serait servi en premier.

— … alors, poursuivit Maître Babackas, une pointe d'agacement dans la voix, comment ça s'appelle ?

Seul le bruit du fourrage glissant dans la mangeoire au milieu des claquements de cornes et de dents voraces lui répondit.

— Personne ?

Sans se retourner, Li murmura : « Tomber », et regarda les bouquetins plonger leur mufle dans les seaux de fourrage.

Dépité, Babackas le Chenu laissa échapper un soupir et lâcha :

— Cela s'appelle « tomber », bande d'escarmous !

Avec son bâton, il commença de dessiner une gigantesque montagne dans le sable du sol de la grotte. Ses étudiants regardaient son dessin, alors que Li avait les yeux rivés sur le bâton de marche, au bout ferré. Il disparaissait presque entièrement sous des runes finement ciselées, symbolisant les nombreuses pentes que Maître Babackas avait descendues au cours de son Grand Voyage. C'était un magnifique bâton de pèlerin. Li laissa échapper un soupir : elle aurait tant aimé en avoir un.

— Vous devriez le savoir, depuis le temps, gronda Maître Babackas. Tomber n'est pas descendre. Descendre n'est pas tomber. Répétez après moi…

— Tomber n'est pas descendre. Descendre n'est pas tomber, répétèrent ses disciples.

— Tomber, comme le dit le chant des Pionniers, même un « vulgaire caillou » peut le faire.

— Tomber...

— Je ne vous ai pas dit de répéter !

La classe se tut, dépitée.

— Vous devez faire attention à tout ! Surtout en ce moment ! Être attentifs aux moindres détails ! Décidément, vous êtes les pires Pionniers que j'aie jamais eu à former ! tempêta-t-il. Quelle honte ! Vous avez peut-être un bâton de marche, mais vous me faites plus l'impression de simples Tombeurs que de Pionniers ! De combien de niveaux comptez-vous descendre ? Combien de pentes ?

— Autant que possible, souffla Fintân.

— Autant que *possible* ? Ce n'est pas assez ! rugit Maître Babackas.

Ses apprentis rentrèrent la tête dans les épaules.

— Vous devez aller Tout En Bas Tout En Bas ! Tous ! Vous m'entendez ?

Les étudiants hochèrent la tête.

— Pas une ! Pas deux ! Pas trois ! Pas cent ! Pas mille pentes ! Toutes, jusque Tout En Bas Tout En Bas et même plus profondément encore ! Ce que j'attends de vous, et que vous devriez attendre également de vous-mêmes, c'est précisément l'impossible !

— Mais c'est par définition impossible, murmura Ardat, si bas qu'on aurait pu penser que Maître Babackas ne l'entendrait pas.

Mais il l'entendit quand même et partit dans une colère noire.

— Naturellement que c'est impossible ! Mais n'oubliez pas qu'on appelle impossibles les tâches qui n'ont pas *encore* été accomplies. Voilà tout. Vos ancêtres ne se sont pas usé la santé à descendre jusqu'ici pour qu'un simple « C'est impossible » vous serve d'excuse pour vous fixer au premier obstacle ! C'est impossible ? Et alors ? Est-ce une raison pour baisser les bras ?

Il se mit à tourner sur lui-même, dans sa grotte, comme pour évacuer le trop-plein de colère qui menaçait de le faire exploser.

— Continuez comme ça, et vous ne descendrez pas plus bas qu'un crachat, c'est moi qui vous le dis ! Si vous imaginez que vous allez trouver de belles pentes neigeuses, des routes pavées ou je ne sais quels escaliers, avec de belles marches bien taillées et une rampe sur le côté, vous n'êtes pas plus dignes de tomber qu'une mauvaise nouvelle ! Je ne sais pas ce qui vous attend plus bas, mais croyez-moi, ce sera plutôt parois à pic, griffus et éboulis que parasols, hamacs et cocktails. Et si ça vous fait peur, il est encore temps de rendre votre bâton et de vous faire Plongeurs du Vide !

Ses apprentis n'osaient plus le regarder et se tenaient dans une attitude de respect, tête baissée et mains croisées.

— C'est cela que vous voulez ? Vous jeter du haut de la Pointe de l'Éperon ? Vous sacrifier au Très Bas ?

Cette fois, les jeunes Pionniers fixaient le bout de leurs chaussures de marche. Ils avaient le rouge aux joues. Les Plongeurs du Vide n'étaient pas forcément plus mal vus que les Pionniers – du moins par les habitants de Vertical. C'est juste qu'un gouffre infranchissable les séparait les uns des autres. Car si les Plongeurs pensaient gagner Tout En Bas Tout En Bas en se jetant tête baissée dans le Vide, les Pionniers, eux, cherchaient plutôt à le gagner en marchant. Pour les Plongeurs, Pionniers et Tombeurs incarnaient des mécréants : « Le Très Bas vomit les Tièdes », disaient-ils.

Li, elle, ne pouvait s'empêcher de sourire. C'était chaque année le même discours – en tout cas depuis qu'elle donnait à manger aux bouquetins. (Ce qu'elle faisait depuis maintenant sept hivers, et jamais Maître Babackas ne l'avait libérée de ce fardeau.) Bien sûr, elle ne suivait jamais la totalité des cours. Des tas de choses continuaient à lui échapper. Mais en sept ans, elle avait eu l'occasion d'apprendre l'essentiel de l'enseignement théorique du vieux Maître, d'en sucer, comme il disait, la « substantifique moelle ». Elle n'avait donc aucun mérite à connaître les réponses à ses questions puisqu'elle les avait déjà entendues, des tombes et des tombes de fois.

— Pourquoi notre camp s'appelle-t-il Cent-Maisons (Et-Pas-Une-De-Plus) ? interrogea Maître Babackas.

Il fulminait. Dans ses yeux crépitaient des éclairs. On le sentait bouillonner de colère.

— Répondez-moi ! ordonna-t-il sèchement. Vous partirez peut-être dès demain. J'ose espérer que vous démontrerez à ceux d'En Bas que vous savez descendre.

Cette fois, la petite Luchna leva le doigt. La jeune fille de treize ans semblait impatiente de répondre et son regard pétillait d'intelligence. D'un mouvement du menton, Babackas le Chenu l'encouragea à prendre la parole.

— Parce qu'il a cent maisons, et pas une de plus ?

— Bonne réponse. Vous pouvez développer ?

— Parce que « cent » est son nombre maximal de maisons ?

— Encore une bonne réponse. Mais pourquoi ?

— Eh bien... (Luchna parut chercher ses mots, comme si elle se remémorait une leçon apprise il y a longtemps.) Parce que s'il en avait une de plus, il s'effondrerait comme lorsqu'on a cherché à en creuser une nouvelle ? répondit-elle d'une petite voix.

— Pourquoi ? lui demanda Maître Babackas, avec un léger sourire.

— Je ne sais pas, avoua-t-elle.

— Quelqu'un a une idée ? lança Maître Babackas à ses étudiants.

— Parce que telle est la volonté du Très Bas, proposa timidement Goïbnu en remontant ses bésicles sur son nez.

— C'est une réponse, ça ?

Seul le silence lui répondit.

— Si « telle est la volonté du Très Bas » (loué soit-Il), quelqu'un peut-il m'expliquer ce que cela signifie ? Vous, peut-être, demanda-t-il sur un ton plus calme à Ardat – dont le crâne rasé signalait qu'il se destinait à la carrière ecclésiastique.

Mais les disciples échangeaient des regards en coulisse. Ils espéraient que l'un d'eux saurait répondre, craignant que, sinon, les foudres de leur Maître ne s'abattent de nouveau sur eux.

« Personne ne le sait », murmura Li tout bas. Cette fois, si elle avait la réponse, ce n'était pas seulement parce qu'elle avait entendu Maître Babackas la prononcer, les années précédentes. Mais parce qu'elle la connaissait.

Intimement. Son père et sa mère n'avaient pas eu besoin de la lui apprendre. Elle était inscrite dans sa chair. Et dans celle de ses parents.

— Personne ne le sait, répondit Maître Babackas comme en écho au murmure de Li. Tout En Bas Tout En Bas, l'espace s'arrêtera, mais Aval seul sait ce que cela signifie.

Il engloba ses disciples du regard, et Li eut l'impression qu'il la regardait elle aussi.

— Ce que vous devez comprendre, c'est que la Pointe de l'Éperon – qui est le point le plus bas de notre camp, et dont la forme évoque la proue de l'immense vaisseau à bord duquel nos ancêtres avaient pris place lors de la Grande Catastrophe – symbolise notre destin. Elle est pareille au doigt du Très Bas, pointant la direction à suivre, fit-il en tendant son bâton vers son dessin. Comme un rappel adressé à ceux qui auraient oublié ce qu'Il a ordonné Tout En Haut Tout En Haut : « Toujours descendras…

— … jamais ne monteras », finirent ses disciples en même temps que lui (Ardat un peu plus fort que les autres).

Et tous de se signer vers le bas, avec Li.

Dans la caverne, les voix se turent. Les bruits de mastication et les claquements de cornes parurent gagner en intensité. C'était à ce genre de déclaration que Maître Babackas devait sa réputation de « sage » du camp – ou de « smog », quand on trouvait plus commode de qualifier ses propos de « fumeux » parce qu'on ne voulait pas se donner la peine de les comprendre.

Ses disciples n'étaient pas près d'oublier la leçon. Leur tête était baissée comme lors des prières, et Tyr égrenait une poignée de sable qu'elle venait de ramasser. Son geste avait quelque chose d'insolent – pour une raison que Li ne s'expliquait pas. Mais peut-être se faisait-elle des idées. Après tout, Maître Babackas n'adressa aucun reproche à Tyr.

Sa poignée de sable écoulée, Tyr releva la tête et interrogea :

— Maître, pourquoi vous êtes-vous arrêté de descendre ?

— Pourquoi s'arrête-t-on de descendre ? rétorqua Babackas.

— Parce qu'on est arrivé, répondit Fintân en haussant les épaules, comme si c'était évident.

— On ne doit pas s'arrêter de descendre, déclara Tyr avec orgueil.

— Parce qu'on est à bout de forces ? hasarda Goïbnu.

— Parce que c'est comme ça, fit Luchna.

— Parce que telle est la volonté du Très Bas, répliqua Ardat.

Maître Babackas opina du chef à chaque réponse, puis donna la sienne :

— Parce que j'étais devenu l'Homme le Plus Bas de mon camp, et que c'était assez pour moi. Jamais personne, à Cent-Maisons, n'était descendu de plus haut que moi. (C'était avant que votre père n'arrive, ajouta-t-il à l'intention de Tyr.) Et j'ai senti que si j'étais descendu de si haut, et alors que j'aurais pu continuer à descendre, il était bon que je m'arrête ici. Mon destin m'avait conduit là, pour une raison que j'ignore encore. Mais qui est peut-être liée à vous, allez savoir…

Il laissa flotter son regard, jusqu'à… « Jusqu'à moi », songea Li, confuse.

— Maître ! tonitrua Goïbnu. Comment s'appelait votre camp de départ ?

Les yeux de Maître Babackas se voilèrent de tristesse, et il répondit :

— Luminaire.

— C'est Tout En Haut Tout En Haut ?

— Oh que non, c'en est même abruptement éloigné. Luminaire, ce n'est que beaucoup plus haut. Tout En Haut Tout En Haut, c'était déjà un mythe, même pour mes ancêtres. Jamais je n'ai aperçu le sommet de Vertical. Même par temps clair.

Il y avait une pointe de nostalgie dans sa voix. Aucun de ses étudiants ne comprenait pourquoi. Car ne pas voir le sommet, c'est normal, n'est-ce pas ? (« Pire, ce serait un sacrilège ! songea Li. Déjà que lever les yeux dans sa direction est censé porter malheur… »)

— Pendant combien de temps êtes-vous descendu, Maître ? demanda soudain Fintân.

Cela marqua le début d'une avalanche de questions. « Êtes-vous descendu en solitaire ou avec une Ondée ? » « Avez-vous rencontré d'autres habitants de Luminaire ? » « N'avez-vous jamais été dépassé ? » « Aviez-vous un bouquetin ? des ailes de soie ? » « Avez-vous croisé des monteurs ? » « Y a-t-il eu des moments de bonheur ? de doute ? » « Avez-vous été attaqué par des Biais ? des pirates de Côté ? » « Avez-vous dû vous battre ? » « Contre qui ? » « Contre quoi ? » « Vous avez senti la terre trembler ? ou votre cœur ? »

Mais Maître Babackas referma les mains sur son bâton de marche, et se contenta de dire :

— J'essaierai de répondre à toutes vos questions la prochaine fois, si vous répondez à celle-ci : « Que faut-il pour descendre ? »

Les futurs Pionniers prirent le temps de réfléchir – prouvant en cela qu'ils avaient déjà assimilé une goutte de l'enseignement de Maître Babackas –, puis Goïbnu se lança le premier, sûr de lui :

— Une Ondée sur laquelle on peut compter ! tonitrua-t-il.

— Suivre la Voie de l'Eau, répliqua Fintân.

— De la volonté, lança Tyr.

— De la chance, dit platement Luchna.

— Un signe du Très Bas, déclara Ardat en empoignant son bâton – sur lequel il avait fait graver : « Je casse tout obstacle ! »

Maître Babackas accueillit chacune de ces réponses par un hochement de tête, mais on voyait bien qu'il n'était pas totalement satisfait.

— C'est bien, c'est bien, déclara-t-il. Mais ce n'est pas suffisant. Ce qu'il vous faut pour descendre, avant tout et surtout, c'est...

Il promena son regard sur ses disciples, et s'arrêta sur Li. Lentement, il reposa sa question en la regardant droit dans les yeux :

— C'est... ?

Mais Li n'avait jamais entendu cette question auparavant, et elle ne connaissait pas la réponse. La gorge sèche, elle la chercha. Mais tout ce qu'elle arrivait à se représenter, c'était le gouffre au fond duquel son frère avait chu.

Elle n'avait toujours pas répondu, lorsqu'un cri s'éleva à l'entrée de la grotte :

— Venez vite ! Un drame est arrivé !

33

Un drame. Le mot était faible.

C'était un éboulis. Une avalanche. Les habitants du camp étaient sonnés. Même les plus hostiles à l'alcade – et ils étaient nombreux – étaient ébranlés. Tous s'étaient regroupés au sommet de la pente pour accueillir la dépouille de l'ex-« Homme le Plus Bas du Camp ».

Son corps était allongé sur une civière portée par deux puissants guerriers aux membres sillonnés de blessures. Derrière venaient d'autres guerriers, également blessés. Certains s'appuyaient sur un camarade pour avancer. D'autres se servaient de leur lance comme d'une béquille. Tous étaient meurtris et marchaient les yeux baissés, le regard fuyant.

Li se fraya un chemin parmi la foule, poussant ceux qui l'empêchaient de voir. « Et mon père ? Où est-il ? Ba ? »

Elle ne le voyait nulle part. Elle ne comprenait pas. Des murmures s'élevèrent, parmi lesquels elle distingua : « Punis par le Très Bas. »

« Mais nous punir de quoi ? se demanda-t-elle. Qu'avons-nous fait qui lui ait déplu ? »

Son regard se porta beaucoup plus haut vers l'Amont, où les torches allumées des Transhumants dessinaient une coulée de lave, formant un lent torrent de feu qui descendait vers Cent-Maisons. Ils seraient là à l'aube, quand leurs torches s'éteindraient. Puis elle regarda vers le Bas. De l'autre côté du gouffre, un soleil rougeoyant couvait sous les nuages couleur cendre. Li frémit, saisie par un mauvais pressentiment.

— Ba ! Ba !

Seul le silence lui répondit. Elle insista auprès d'un guerrier qui boitillait :

— Auriez-vous vu mon père ? Tokamak ?

Mais il ne lui répondit pas, se contentant de garder les yeux baissés, jusqu'à ce qu'un autre soldat lui dise :

— C'était un accident.

— Un accident ? Il est blessé ? Mort ? Où est-il ?

Les yeux toujours baissés, le premier garde fit un geste en direction de l'Amont. Li prit son élan et s'y précipita brusquement.

— Où vas-tu ?

— Ba !

Son pas s'accéléra. Li fila vers le haut de la pente, et plus haut encore – là où nul ne devait aller sans autorisation.

— Ba !

Une main se posa sur son bras, l'agrippa.

— Li ! Assez !

Sans regarder qui l'étreignait ainsi, Li chercha à se libérer, poussa sur ses pieds et tira de toutes ses forces.

— Ba ! Ba !

— Li, ça suffit ! Arrête ! Calme-toi !

— Ba !

Les yeux embués de larmes, Li ne voyait plus rien. Elle avait compris. Elle avait entendu la terre lui parler, dans son mystérieux langage – lui murmurer la sinistre nouvelle. Lui chuchoter ce que tous taisaient.

Son père était mort. Et alors ? Elle n'était pas la première à perdre un parent dans ce monde abrupt fait de gouffres et d'avalanches. Des morts, il en pleuvait tous les jours. Certains tombaient même depuis si longtemps qu'ils n'étaient plus que squelettes.

Li n'entendait rien. Elle était dans son propre univers. Son père était monté, ce matin, quand elle était descendue dans sa nacelle. Il était monté chasser le griffu, à l'appel de l'alcade. Il était monté, mais n'était pas redescendu. De tous les hommes qui étaient montés, lui seul n'était pas rentré. Elle ne pourrait plus jamais embrasser sa barbe émaillée de flocons blancs, plus jamais se jeter dans ses bras, plus jamais s'y blottir, et jamais, jamais, il n'y aurait plus de bras pour l'empêcher de tomber quand elle ferait mine de plonger dans le vide.

Pourquoi ? Pourquoi ? Pourquoi ?

— Oh Ba ! Ba !

Li chercha ses mots, mais ils étaient englués dans sa gorge. Elle n'osait crier les amères paroles qui lui brûlaient la bouche et lui fendaient le cœur, tellement elles lui paraissaient injustes, tellement elle savait – voulait croire – que ce genre de marchandage n'existait pas : « J'aurais préféré le voir redescendre lui plutôt que vous tous ! »

— C'est à cause de vous s'il est mort !

Hurlant de douleur, elle s'effondra sur le sol. Il lui sembla que c'était encore ce qu'il y avait de mieux à faire. Toucher la terre froide où son père était sans doute couché. S'y allonger de tout son corps. Le rejoindre en position allongée, et tant pis si les autres s'en offusquaient.

— Ba…

Son cri n'était plus que lamentation. Faible plainte. Une main se posa sur son dos. Remonta vers ses cheveux. La caressa doucement.

— Li…

Elle pleurait à gros sanglots. Ses larmes tombaient dans la neige. Elle sentait ses membres se raidir, gagnés par le froid. Dans sa poche, quelque chose remua. Alors elle se retourna, et vit, penché sur elle, Maître Babackas le Chenu. Juste à côté de lui, elle aperçut Araz.

« Il m'a suivie ? »

Li s'assit dans la neige, sous les regards des disciples de Babackas. Ils la dévisageaient d'un air oscillant entre mépris, dédain et peut-être un peu de compassion. Qui était-elle pour se donner ainsi en spectacle, alors que Tyr – dont l'alcade était le père – contenait sa douleur ? De plus, Tokamak était un Biais. S'il était mort – ce que nul ne pouvait confirmer –, ce ne serait pas une grosse perte. Un autre le remplacerait. Peut-être dès demain.

— Viens, lève-toi, lui murmura Araz. Ne reste pas comme ça. Viens te réchauffer.

Li s'essuya le nez avec la manche de son vêtement, maculé de neige.

— Viens, lui dit aussi Maître Babackas. Je vais te raccompagner chez toi. Il faut prévenir ta mère.

Li se leva, sécha ses larmes et se frotta les yeux.

— Je sais.

— Je retrouverai ton père, lui assura Maître Babackas. Demain, aussitôt après le départ de nos Pionniers, je te promets d'aller à sa recherche.

Et il cracha par terre pour sceller sa promesse.

— Je viendrai avec vous, dit-elle.

Du bout de son bâton, Maître Babackas se contenta de dessiner dans la neige une ligne inclinée. Façon de dire, elle le savait, qu'elle n'y était pas autorisée.

— Je viendrai quand même, insista-t-elle.

Alors, il traça un cercle qui unissait la base au sommet de la ligne, et déclara :

— Qui veut gravir une montagne commence par le bas.

Il effaça son dessin, et la prit par le bras. Ils suivirent les habitants de Cent-Maisons (Et-Pas-Une-De-Plus) qui marchaient à pas lents vers le Grand Rocher. La dépouille de l'alcade s'y trouvait exposée, mains croisées sur la poitrine, enserrant son bâton. Conformément à la coutume, il serait donné en pâture au Vide. Contrairement aux autres habitants de Cent-Maisons, qui seraient enterrés à mi-pente, lui seul avait le droit de poursuivre son parcours par-delà la mort.

— Demain, poursuivit Maître Babackas, sera un jour particulier.

Il se tourna contremont, plissa les yeux et déclara à l'intention de ses disciples :

— À en juger par la quantité de torches allumées, nous aurons droit à une Ondée exceptionnelle. J'ignore combien voudront s'arrêter ici, mais il y a fort à parier qu'il y aura quelques débordements, fatalement. En tout cas, dès demain, je ne vous *aurai* plus comme étudiants. Ce qui ne veut pas dire, notez bien, que vous cesserez de l'être.

Ses disciples l'écoutaient, l'air grave. Ce pour quoi ils avaient été entraînés depuis leur plus tendre enfance était en train de se produire. Demain, ils descendraient. Des jeunots les remplaceraient auprès de Maître Babackas – comme le petit Calicot, fils de Yephunné ; des apprentis qui d'ici à une douzaine de pentes marcheraient sur leurs traces, repérant dans la pierre les symboles secrets qu'ils y auraient tracés à leur intention. Une sorte d'orgueil gonflait leur poitrine. Qui savait si l'un d'eux ne serait pas le découvreur de Tout En Bas Tout En Bas ? le Porteur de la Bonne Nouvelle ? Ils avaient peine à contenir leur joie, tant ils se sentaient fiers – fiers d'eux-mêmes et de leurs ancêtres ainsi que, déjà, et comme par anticipation, fiers de leur descendance.

Fintân, fils de Nûn, fils de Sihôn, fit un pas en avant.

— Maître, déclara-t-il sur un ton solennel, soyez assuré que vous pouvez compter sur nous. Nous ferons tout pour atteindre la Terre d'Aval ou – si nous ne l'atteignons pas – en rapprocher nos descendants autant que faire se pourra.

— Je n'en doute pas, répondit Babackas. En attendant, rentrez chez vous. Préparez votre paquetage. On se retrouve à la levée des couleurs, au pied du Grand Rocher, pour l'arrivée de l'Ondée.

Tous hochèrent la tête et se souhaitèrent une bonne nuit avant d'aller s'ébouler.

Lorsqu'ils furent partis, Maître Babackas se tourna vers Araz et Li :

— Allons voir Okami.

Ils s'élancèrent tous les trois, enfonçant leurs crampons dans la neige, se tenant les uns aux autres au fur et à mesure que se dessinaient dans l'obscurité les formes embrumées de la maison de Li. Encore quelques pas et elle serait arrivée. Encore quelques pas, et son avenir se jouerait.

« Ba avait raison, songea Li en retenant ses larmes. C'était bien une journée exceptionnelle. »

32

Les fleurs d'artifice tombèrent sans interruption, toute la nuit. Nuit qu'Okami et Li consacrèrent à prier, en se tenant par les mains et en mettant à brûler devant l'autel des ancêtres des bâtonnets d'encens dont la fumée devait emporter leurs prières vers les démons de l'Amont. Peut-être cela suffirait-il à les convaincre de relâcher Ba ?

Okami ne cessait d'invoquer ses ancêtres, de supplier les esprits, le Très Bas, frappant le sol en terre battue de sa maison avec sa tête jusqu'à en avoir des bleus au front. Li, tétanisée, avait les plus grandes difficultés à penser. À peine se rappelait-elle avoir été raccompagnée par Maître Babackas et Araz. À peine se rappelait-elle le baiser d'adieu de ce dernier, juste avant qu'il ne reparte, avec le vieux Maître, dans la nuit et le froid. Un baiser qui n'existait pas. Pour une fille qui n'existait pas – ou qui n'existait plus qu'à moitié. « Je ne suis plus qu'une moitié de Li, maintenant que Ba n'est plus... », se disait-elle. Li avait si mal, le choc avait été tel, qu'elle se sentait tout engourdie, anesthésiée. Sa douleur était trop grande pour son corps. Au point qu'elle se demandait si elle souffrait vraiment. Avait-elle de la peine ? Il lui semblait que non. Pas encore. Elle avait l'impression de flotter, flocon emporté par le vent.

Elle regardait sa mère réciter des mantras et allumer des bâtons d'encens. Elle se voyait la serrer contre son cœur. Sa mère, sa toute petite mère. Jamais auparavant Li n'avait pris conscience de la fragilité de Ma – si vieille et si fragile entre ses bras, où elle pleurait toutes les larmes de son corps. On aurait dit une herbe folle. Li berça Ma, doucement, en lui murmurant tout bas :

— Il va revenir. L'Amont va nous le rendre…

(« L'Amont va nous le rendre ou j'irai le chercher », dit en elle une voix qui n'était peut-être pas la sienne. Qui avait dit qu'il irait chercher Ba ? Elle ne s'en souvenait pas.)

Enfin, le soleil commença d'apparaître, et Li sentit qu'il était temps d'aller coucher sa mère. Dans la cheminée, le feu s'était éteint. Seules quelques cendres achevaient de chauffer la pièce, où la maman groin et ses petits ronflaient. Les bâtonnets d'encens s'étaient depuis longtemps consumés, et leur fumée s'était perdue entre les poutres du plafond. Lorsqu'elle eut allongé sa mère dans son alcôve, Li prit un tabouret et l'approcha de la petite fenêtre ronde du logis. « Quelle journée… » Elle se rappela l'arrivée de Ba, leur repas du matin, sa soupe de vie. « Cela me semble une autre vie. » Le taupard, cadeau de son père, qui n'en saurait jamais le nom. Sa marche dans la neige, avec son père et Maître Babackas. Tyr et ses amis, leurs moqueries. Sa journée de travail sur la falaise, puis le bouquet d'Araz et son baiser... « Le bouquet ! » songea-t-elle brusquement. Elle l'avait complètement oublié !

Elle courut récupérer sa veste, enfouit sa main dans sa poche – et en sortit un taupard dormant à poings fermés, un pétale de fleur des brumes collé au coin des babines.

La petite bête avait trouvé les fleurs à son goût – et les avait dévorées. Li déposa son taupard près de la fenêtre, et continua à se remémorer cette journée plus longue que les cinq mille quatre cent soixante-quinze qui l'avaient précédée.

Elle laissa échapper un soupir, qui étoila de blanc le carreau de quartz.

« C'était vraiment une autre vie..., se dit-elle. Jusqu'à ce que tout bascule. À cause d'un accident. »

Les mots de Maître Babackas tournaient dans sa tête. « Que faut-il pour descendre ? » Elle entendait les réponses des étudiants du Maître. Aucune n'était mauvaise. Aucune n'était la bonne. « Que faut-il pour descendre ? » « Que faut-il pour descendre ? »

— Un accident, murmura-t-elle.

Et c'est ainsi qu'elle s'endormit, assise sur son tabouret, la tête appuyée contre le chambranle de la fenêtre. Elle rêvait. Elle rêvait qu'elle marchait avec Ba. Elle lui disait qu'elle n'avait plus peur. Plus peur de rien – tellement que c'en était presque inquiétant. Elle lui disait qu'elle avait trouvé un nom à son taupard. Mais avant qu'elle ait pu le lui apprendre, son père la prenait par la main et l'emmenait vers l'Aval, Tout En Bas Tout En Bas.

« Lorsque ton frère est tombé, disait-il, je ne suis pas descendu le chercher. Tu veux savoir pourquoi ? »

Il la regardait, les yeux brillants d'amour pour sa fille. Elle le regardait. Comprenait-elle ?

Oui, il lui semblait qu'elle comprenait. Elle était sur le point de formuler la réponse, lorsqu'il lui demanda : « Emmène-moi avec toi ! »

Alors ils descendirent, tous les deux. Elle sentait bien qu'elle devait lui dire quelque chose, mais quoi ? Le nom de son taupard ? Ou bien le nom de mariage qu'elle s'était donné ? Ou les deux ? Chaque fois qu'elle cherchait à lui crier l'un de ces noms, une rafale le lui ôtait de la mémoire ou empêchait son père de l'entendre. Et puis voici que, contre toute attente, une peur indicible la saisissait. Elle redoutait que son père lui lâche la main. Ils marchaient sur une étroite corniche, cernée des deux côtés par un profond précipice. Comment pouvait-on imaginer arête si mince, gouffre si vorace ? Elle referma son poing sur celui de son père. Si fort qu'elle en oublia tout. Elle ne pensait qu'à le serrer, toujours plus fort, pour qu'il reste à jamais avec elle.

Si fort qu'elle finit par sentir la main de son père s'effriter dans la sienne. Il tombait en poussière. Elle voulut le retenir, mais plus elle le serrait, plus il se dispersait. « Ba ! » Son père la regardait, les yeux dans les yeux. Ses deux yeux noirs, couleur de cendre. « Ba ! » Sa bouche s'ouvrit sur un cri muet, et un nuage de cendres en sortit.

« Descendre », souffla son père sur un ton désolé, tandis que son corps se transformait en fines poussières grises emportées contremont par le vent.

Mais avait-il dit « Descendre », pour intimer à Li l'ordre de descendre, ou « Des cendres », en parlant des cendres en lesquelles il se transformait ?

« Que veux-tu dire ? demanda Li en rêve à son père. *Descendre* ou *des cendres* ? »

« Descendre, répéta la voix de son père. Descendre… »

Mais peut-être était-ce « Des cendres », ce n'était pas clair. Et Ba se dispersa, emporté par le vent.

31

Tambourinage de coups à la porte.

— OUVREZ !

Li sursauta, puis tomba de son tabouret.

Nouveaux coups sur la porte, frappés de façon redoublée.

— OUVREZ OU ON ENFONCE LA PORTE !

Li tressaillit de la tête aux pieds. Plusieurs personnes – pour la plupart inconnues – avaient le visage plaqué contre la fenêtre de sa maison, cherchant à voir à l'intérieur.

— J'arrive, mais…

Elle ouvrit la porte.

— C'était ouvert, on ne ferme ja…

Elle ne termina pas sa phrase. Sous l'effet du vent glacé, des cendres froides s'envolèrent dans la cheminée, en même temps qu'une foule considérable pénétrait dans la maisonnette.

Li ne reconnaissait presque aucune des personnes qui se pressaient là, dans la salle commune, pas plus qu'elle n'arrivait à identifier celles qui, enveloppées dans d'épais manteaux de fourrure, s'agglutinaient à sa fenêtre.

Elle avait l'impression qu'une avalanche de gens envahissait sa maison. L'Ondée serait-elle arrivée ? Pour se déverser ici ?

— Qu'est-ce que… ?

Elle avait envie de leur crier de sortir, redoutant que sous leur poid accumulé la Pointe de l'Éperon ne s'effondre de nouveau, les entraînant vers Plus Bas. Son regard alla de l'un à l'autre, cherchant à deviner sur leurs visages le genre de nouvelle qu'ils apportaient – ils avaient l'air ivres de joie. Un sursaut d'espoir lui fit battre le cœur, plus vite, toujours plus vite, lorsqu'elle comprit qu'ils la regardaient comme jamais elle n'avait été regardée.

Avec admiration.

Son père était-il revenu, portant sur ses épaules le cadavre du griffu qui s'était attaqué aux laineux ?

Probablement pas. Car cette admiration béate, elle le sentait, prenait sa source ailleurs que chez son père ou elle-même. Et cette source, elle l'avait sous les yeux. Les gabelous et les Plus Bas du Camp (ils étaient tous là, accompagnés de leurs compagnes et de leurs descendants) l'encadraient : un jeune homme qui ne paraissait pas avoir plus de deux fois quinze hivers. Il se tenait droit, fier et le regard lumineux. Une aura de victoire l'enveloppait, de manière presque palpable. Sa main droite tenait un bâton de pèlerin du plus pur ivoire. Lorsque son regard et celui de Li se croisèrent, le jeune homme leva son bâton. En le voyant se découper dans la maigre lumière du petit matin, Li comprit. Ses genoux fléchirent.

Instinctivement, et presque malgré elle, elle eut envie de baiser les pieds du Transhumant et d'embrasser ses chausses couvertes de neige, car il avait accompli un plus long Voyage qu'aucun n'en avait jamais accompli depuis que la Montagne existe et que des hommes dévalent ses pentes (plus formidable même que celui de Babackas le Chenu, en son temps).

— Maître, murmura-t-elle.

Ce mot, l'avait-elle prononcé ? Elle n'avait, jusqu'à présent, jamais appelé « Maître » que Babackas le Chenu. Elle en conçut une grande honte. « Maître. » Le pensait-elle vraiment ? Ou ce mot n'était-il que l'écho de ce que tout le monde, autour d'elle, pensait ?

Soudain, elle sentit un frôlement dans son dos. Elle se retourna. C'était sa mère.

— Nos prières ont été entendues ? demanda Okami, les yeux brillants de fièvre. Vous avez retrouvé Tokamak ? Il est avec vous, c'est ça ?

Ses lèvres tremblaient. De grosses gouttes de sueur perlaient sur son front, et venaient se perdre dans ses rides. Le vieux corps d'Okami était si tendu dans l'attente de leur réponse qu'on l'aurait dit prêt à se briser.

Alors le deuxième Plus Bas du Camp, un homme avec de très nombreux villages au-dessus de lui, s'avança à son tour, et déclara, sourire aux lèvres :

— Un grand honneur vous est échu. Un immense honneur. Immense.

Li et sa mère échangèrent un regard. Elles ne comprenaient pas. Un honneur ? Quel honneur ? Quel honneur pourraient-elles mériter, elles que tous ici avaient jusque-là méprisées, sinon celui d'avoir perdu un père et un mari lors d'un combat visant à débarrasser le village du griffu qui avait massacré leurs laineux ?

Li regarda par la fenêtre. Des visages et des mains, avidement pressés contre le carreau de quartz, y semaient des traces de graisse et de fugaces halos de buée. Et juste au-dessous d'eux, la petite fourrure noire de son taupard. Fouinard s'était dressé sur ses pattes arrière, pressentant lui aussi le caractère exceptionnel de l'événement.

« Squiiik ! sifflait-il. Squiiiik ! »

Comme s'il cherchait à lui dire quelque chose.

« Un accident... », songea Li. « C'est en train de se produire. » Son esprit se mit à fonctionner à toute allure. Les habitants du camp et les autres, qu'elle ne connaissait pas (sans doute des Transhumants, arrivés dans la nuit), tous tournés vers elle, s'approchant d'elle, comme s'ils voulaient la prendre à bras-le-corps et la jeter dans le vide, impatients de la sacrifier au Très Bas.

Et en vérité, c'était exactement leur intention. Elle le sentait. Elle le voyait à leurs regards. À leur exaltation. À la flamme qui brillait dans leurs yeux. Ils avaient enfin une excuse pour la tuer et prétendre que c'était un « honneur ».

— Un grand honneur, répéta le deuxième Plus Bas en désignant le sémillant jeune homme au bâton ciselé de plus de runes que n'en comportait celui de Maître Babackas ou du précédent alcade. Un infiniment grand, un immense honneur.

— Mais..., balbutia Li.

— Je vais lui expliquer, interrompit le jeune homme alors que la foule s'écartait respectueusement sur son passage pour le laisser approcher. J'arrive du Sommet, poursuivit-il. D'où le Très Bas (loué soit-Il), par sa main puissante, m'a fait descendre jusqu'à vous.

Murmures et « Oooh » d'admiration accueillirent sa déclaration. « C'est impossible », pensa Li, terrorisée. « Vous êtes beaucoup trop jeune. Et même après dix mille hivers... »

Mais ces mots ne franchirent par ses lèvres, car ses genoux fléchirent de nouveau – comme si deux mains d'airain posées sur ses épaules l'avaient contrainte à s'agenouiller et à baiser les pieds de l'inconnu. À les baiser puis à se reculer parmi les groins, tête baissée et mains croisées sur la poitrine, pour laisser sa mère les embrasser à son tour.

Ce fut seulement lorsque Ma les eut baisés elle aussi que le jeune homme leva son bâton sur elles deux, pour les inviter à se relever.

— Je vous bénis, leur dit-il.

Li eut envie de vomir. Une crampe d'estomac la saisit, la faisant se plier en deux. Les gabelous s'approchèrent d'elle et la forcèrent – plus qu'ils ne l'aidèrent – à se relever.

— Relevez-vous, poursuivit le jeune homme, car je vous ai élues.

Okami se tenait tête baissée, silencieuse. Mais Li demanda :

— Comment ça ?

— J'ai choisi de me fixer ici, chez vous. Votre maison étant la plus basse du camp, il est logique que je m'y installe, n'est-ce pas ?

— Mais où ? demanda Li. On n'a pas de place, et...

Ses paroles s'arrêtèrent dans sa gorge, stoppées net par l'angoisse. Elle ne savait plus quoi penser, sinon ceci :

« Qu'aurait dit Ba ? Qu'aurait-il fait ? Comment aurait-il réagi ? »

Et Maître Babackas ? Et Ma ?

— Ma ! s'écria Li en se tournant vers sa mère, la suppliant de refuser.

Mais Ma s'approcha du jeune homme et se laissa tomber à genoux devant lui.

— Loué soit-Il ! Loué soit le Très Bas ! cria-t-elle en pressant ses yeux baignés de larmes sur les cuisses du jeune homme, qu'elle étreignait de toutes ses forces.

Li ne comprenait pas. Que disait-elle ? Comment le Très Bas pouvait-Il être loué pour cette ignominie ? Et comment sa mère pouvait-elle s'accrocher à ce Tombé de frais, comme s'il était venu la sauver ?

— Ma ?

— Il m'a rendu un fils ! Un nouveau fils ! cria-t-elle en enserrant les jambes du jeune homme de plus belle.

— Ma ! Lève-toi !

Li essaya d'aider sa mère à se relever, comme les gabelous l'avaient fait pour elle un instant plus tôt. Mais rien à faire. Ma ne voulait pas lâcher les jambes de celui qui prétendait vouloir s'installer chez eux.

— Tu ne comprends donc pas, déclara Okami en se tournant vers elle, le visage ruisselant de larmes. Il nous a pris Jubal pour te donner à nous. Et aujourd'hui Il nous prend Ba pour nous donner…

— Erebus, dit le jeune homme avec un étrange sourire. Je m'appelle Erebus.

— C'est le mouvement de la vie, poursuivit Okami, la chevelure en bataille. Rappelle-toi ce que disait ton père…

Elle tendit un doigt tremblant vers le précipice ouvert devant leur maison, et déclara d'une voix chevrotante :

— Le sens de la vie, c'est par là. Vers En Bas.

— Mais Ba est monté ! hurla Li en serrant les poings de rage.

— Pour que tu descendes, poursuivit Okami sur un ton doucereux.

— La volonté du Très Bas, souffla Erebus.

Et tous de se signer vers le bas – sauf Li. Elle bouillonnait de rage. N'avait qu'une seule envie : frapper de ses deux poings la poitrine d'Erebus, ornée d'une flèche pointée vers le bas, et le pousser hors de chez elle, dans le Vide éternel qu'il prétendait adorer.

— Ma, je t'en supplie ! Lève-toi ! Allez...

Une fois encore, elle ne put terminer sa phrase. Erebus venait de lui intimer le silence en levant son bâton, qui vint heurter le plafond bas de la maison.

— Silence ! tonna-t-il. J'arrive de Tout En Haut Tout En Haut pour vous apporter l'Espoir, et ce bâton en est la preuve.

Tous le regardaient les yeux écarquillés, la bouche grande ouverte. Li se demandait si elle n'était pas folle. Erebus, s'installer chez eux ? Ici ? Mais la Loi veut que...

— ... tu prennes ma suite, continua Erebus en fixant sur elle son regard incandescent. Aucune trajectoire ne doit s'interrompre, jamais, sans qu'une autre la relaie. Tu n'en as peut-être pas l'âge, mais justement : c'est tout à ton honneur. Comme l'a dit ta mère : tu dois partir pour le Grand Voyage.

— Mais quand ?

— Maintenant.

Un épais silence s'abattit sur la pièce, où tous les regards étaient tournés vers Li.

— Et Ba ? On ne sait même pas s'il est…

Erebus leva les bras aussi haut que l'exiguïté des lieux le permettait, et déclara :

— On m'a raconté ton histoire, Li. Alors je te le demande, en vérité : Qu'as-tu fait ? La voix du sang de ton frère s'élève du sol jusqu'à toi et tu refuses de l'entendre ?

— Mais non, déclara Li. Pas du tout, c'est juste que… Je suis trop jeune. Et Ba…

— Ton père te regarde depuis les cimes où il réside désormais.

— Mais je n'ai même pas de bâton.

Des murmures emplirent la pièce. « Elle n'a pas de bâton. » « Pas de pèlerinage sans bâton. » « Il faut un bâton pour faire un pèlerin. » « Pas de pèlerin sans bâton. »

— Qu'à cela ne tienne, tu feras le Grand Plongeon.

— Non ! cria Li à pleins poumons. Non !

Dix mains se saisirent d'elle, parmi lesquelles celles de sa mère.

30

Li hurlait, tapait du pied, cherchait à mordre et à griffer.

— Ma ! Ma ! Ne les laisse pas faire ! Ma ! Réveille-toi !

Mais qui devait se réveiller ? Ma ? Ou Li ? N'était-ce pas plutôt elle qui dormait, et faisait un horrible cauchemar ? Ou bien était-elle folle ? Li se le demandait. Folle de rage, oui !

— Ma ! cria-t-elle de nouveau en se débattant de plus belle.

Mais les mains de sa mère l'enserrèrent plus étroitement.

— Tu vas revoir ton frère ! s'écria Okami, les yeux exorbités. Tu vas revoir JUBAL !

Rien à faire. Li avait beau crier et lutter, taper du pied et du poing, elle était conduite au-dehors par une foule hurlant plus fort qu'une avalanche. Ses cris n'y changèrent rien. À travers une marée de gens qui ne s'ouvrait sur son passage que pour mieux l'engloutir, on la mena au Grand Rocher. Li pleurait à chaudes larmes. Elle aurait voulu crier au Rocher de l'aider – de lui prêter sa cuirasse de pierre. Elle tourna son regard vers la grosse pierre, et l'implora : « Prête-moi ton poids ! »

Et c'est ce qui arriva. Alors qu'elle était à moins d'un pas du Vide, elle échappa aux mains de ses porteurs. Elle heurta la terre et se meurtrit le dos. Son taupard sauta sur sa poitrine et se faufila sous son épaisse chemise, s'y blottissant jusqu'à disparaître.

Comme les gens se baissaient pour la relever, Li aperçut un peu plus haut sur la pente les apprentis de Maître Babackas. Ils étaient entourés de leurs parents et amis, et juchés sur leurs bouquetins. Sur la croupe de ces derniers, un paquetage enfermait leur nécessaire de voyage. L'un des animaux portait sur son flanc des casseroles, qui tintaient dans l'air froid. À la selle d'un autre pendait une sacoche contenant les missives que les Plus Hauts de Cent-Maisons destinaient à leurs frères de Plus Bas. Puis des mains et des jambes obscurcirent sa vue, et Li fut de nouveau agrippée et emportée vers le précipice. Elle ne pleurait plus. Elle était comme indifférente à son sort, regrettant simplement la peine qu'elle ferait à son père, lorsque celui-ci redescendrait de l'Amont et ne la trouverait pas en rentrant chez lui.

« Désolée, Ba, murmura-t-elle. Désolée aussi, Ma. Je sais que tu ne voulais pas ça. Et désolée aussi, toi », dit-elle à Fouinard dont elle sentait la douce chaleur lui réchauffer la poitrine.

Alors elle se sentit soulevée dans les airs, plus haut que jamais. Le vent froid la giflait si fort qu'elle ferma les yeux. Son nez se mit à couler, et ses lèvres tremblèrent.

« Honneur à toi ! » « Honneur ! » « Honneur ! » « Honneur à la Première Jetée ! »

« Gloire aux Plongeurs des Cimes ! » criaient des jeunes gens – garçons et filles vêtus de longues toges blanches, couleur de neige – impatients de se précipiter, après Li, à la rencontre du Très Bas.

« Gloire à vous ! » répondaient leurs parents.

« Gloire ! Honneur ! »

Ces mots glaçaient le sang de Li.

Elle aurait bien frémi de peur – sauf qu'elle tremblait de froid. Un froid mordant, glacial, qui faisait s'entrechoquer ses dents et lui piquait les membres de mille aiguilles gelées.

Li pensa à sa mort et en éprouva une certaine gêne – de l'embarras, plutôt qu'une réelle terreur. Puis elle se dit que tout cela n'avait aucune importance. Au fond, mourir lui était égal. Bientôt tout serait fini.

— Attendez ! Attendez ! Elle a un bâton ! Un bâton !

Tête penchée en arrière, Li rouvrit les yeux. Elle vit Maître Babackas dévaler la pente, donnant de puissants coups de bâton dans la foule pour s'y frayer un passage.

— Poussez-vous, les éboulis, criait-il. Vous ne voyez pas qu'il y a urgence !

Il s'ouvrit un chemin jusqu'à elle, continuant à hurler :

— Allez, les escarmous ! On s'écarte ! On se torche !

Peu après, il arriva hors d'haleine auprès de Li, et s'adressa à la foule :

— Sacrifier un pèlerin au Vide est un sacrilège !

— Qui parle de pèlerin ? demanda un homme coiffé d'un bonnet de fourrure.

— Vous ne voyez pas son bâton de pèlerin ?

De nouveaux murmures parcoururent la foule. Les habitants de Cent-Maisons hochèrent la tête en reconnaissant le bâton qu'ils avaient vu – plus de mille fois – passé en travers des épaules de Li lorsqu'elle apportait leur repas aux bouquetins des Pionniers. Li en aurait pleuré de joie.

Tremblante, Li attendit que les mains la déposent à terre, puis s'approcha de Maître Babackas.

— J'ai si honte, lui dit-elle.

— Mais de quoi ? lui demanda-t-il.

— De quoi ?

Elle s'essuya le nez sur sa manche, regarda la foule, évita de croiser le regard de sa mère, et déclara :

— De m'être laissé faire…

— Mais tu n'avais pas le choix, répliqua gentiment Maître Babackas en ôtant sa pelisse pour la lui mettre sur le dos. Ils étaient trop nombreux.

Li hocha la tête. Cela, elle le comprenait. Mais ce qui la troublait, c'était autre chose. Non pas d'avoir été saisie par une quantité irrésistible de mains, non pas que celles de sa mère se soient jointes à elles, mais de les avoir, à la fin, accompagnées. D'avoir cessé de craindre la mort, et dit adieu à la vie. « Cela, je ne l'oublierai jamais », se promit-elle.

Puis, dans l'espoir d'un dernier sourire, d'un ultime adieu – souhaitant lui pardonner autant qu'être pardonnée par elle –, elle se dirigea vers sa mère, le regard implorant.

— Ma ?

Mais Ma se contenta de lui tourner le dos pour admirer la cérémonie des Plongeurs des Cimes. Et tandis que

Ma se détournait, Li crut l'entendre murmurer : « Je regrette le jour où je t'ai adoptée. » Mais c'était impossible, n'est-ce pas ? Li en fut si choquée qu'elle ne cessa de se répéter : « C'est impossible. Pas elle, pas Ma. Elle ne peut pas avoir dit ça. » Et son refus d'entendre se doubla bientôt de celui de voir, car ses yeux s'embuèrent de larmes.

Tandis que les Pionniers de Maître Babackas descendaient vers eux sur leurs grands bouquetins au poil brossé de frais, et que les premiers Plongeurs des Cimes se jetaient dans le Vide sous les vivats de la foule, Li prit la longue perche que Maître Babackas lui avait apportée, et la passa sur ses épaules.

29

Li s'approcha des cinq disciples de Maître Babackas, qui la toisèrent dédaigneusement. « Au moins, eux, ils me regardent », soupira-t-elle en repensant aux adieux de sa mère, qui ne lui avait même pas adressé un coup d'œil et dont les dernières paroles achevaient d'imprimer leur marque sulfureuse sur son cœur. Puis elle regarda la Pointe de l'Éperon, où la foule se pressait, si nombreuse que plusieurs Transhumants avaient dû grimper sur les toits des maisons. Les ruelles étaient encombrées de charrois chargés de fourrage, de provisions ou de matériel, ou d'autres choses encore, impossibles à distinguer à cette distance. Li repéra de nombreux Plongeurs des Cimes, reconnaissables à leur toge immaculée. Jeunes et moins jeunes, convaincus de se tenir au bord ultime du monde, avançaient vers le Vide, où ils se jetaient en poussant des cris de joie – qui se transformaient rapidement en hurlements de terreur. « Que de monde ! Et ils viennent tous mourir ici ? » s'étonnait Li.

— Ils sont affreusement nombreux, hoqueta-t-elle, tremblante, à portée de voix de Maître Babackas.

— C'est vrai, répondit celui-ci. C'est même la première fois que je vois une telle avalanche de Transhumants. Sans parler des Plongeurs. Il doit bien y avoir une raison…, déclara-t-il en tournant son regard contremont.

— Probablement ont-ils entendu l'Appel du Très Bas, suggéra Ardat en flattant l'encolure de son bouquetin.

— Humm, fit Maître Babackas sur un ton plus inquiet que convaincu. En tout cas, le moment est venu de vous joindre à l'Ondée.

Il se tourna vers les autres Transhumants, venus de Plus Haut et de Plus Haut Encore. Certains étaient aussi frais que l'hiver ; d'autres avaient un visage creusé de rides léguées par leur long et rocailleux parcours. Il y avait des Un, tombés de Juste-Ciel ; des Deux, descendus de Tombereau ; des Trois, chus de Quatorzième ; et même quelques Quarante ou parfois des plus encore, peut-être débarqués de Luminaire, et qui tous attendaient, patiemment, que le Maître Ciseleur voulût bien graver sur leur bâton la rune de Cent-Maisons.

Pour nombre d'entre eux, Cent-Maisons serait le dernier village traversé – ils se l'étaient promis. À bout de forces, ils s'étaient dit en apercevant les maisons à moitié enterrées de Cent-Maisons et la falaise qui s'ouvrait derrière : « C'est ici que je me fixe. »

Mais peut-être n'en auraient-ils pas la possibilité. Et dans ce cas, quel serait le prochain village ? Ils n'en avaient aucune idée – on n'en avait d'ailleurs jamais aucune, sauf quand, par temps clair, on pouvait voir depuis les tours de guet monter les fumées d'un autre village, situé un peu plus bas.

Heureusement, quelques places avaient été libérées par les Plongeurs du Vide et les Transhumants originaires de Cent-Maisons – mais à cause de celles qu'on avait réservées à Erebus et à sa suite, elles n'étaient pas nombreuses. Des bagarres éclatèrent. Le sang macula la neige de gros caillots rouges que les groins venaient lécher. Les rangs des Plongeurs du Vide se grossirent de nouveaux candidats.

Si la plupart des Transhumants étaient à pied, d'autres étaient montés sur des bouquetins – décorés de rubans de soie colorés, jaunes, orange ou rouges, selon la tribu à laquelle ils appartenaient. (Ceux de la tribu de Li étaient blanc lamé or.) Une minorité, enfin, était juchée sur d'immenses laineux au dos surchargé de bagages. Leurs cavaliers jetaient des regards inquisiteurs autour d'eux, se demandant où mener leurs mastodontes : il n'y avait pas de voies assez larges pour leurs montures – et la seule qu'on connaissait, à plus d'un millier de pentes à la ronde, était celle qu'emprunteraient les Transhumants qui voyageaient à dos de bouc des roches ou à pied.

— Je sens qu'il va y avoir du yak au menu de ce soir, déclara Fintân sur un ton amusé. Ça leur apprendra à penser qu'on peut soumettre la Voie en l'écrasant sous ses pas.

— C'est pourtant ce que vous allez faire, lui rappela Maître Babackas.

— Mais nos montures n'aplaniront pas la montagne, elles la survoleront !

Joignant le geste à la parole, il talonna son bouquetin en poussant un grand « YA ! ». Sa monture bondit en haut du Grand Rocher, d'où elle redescendit aussitôt après que les gabelous eurent crié au sacrilège et menacé de lui percer le flanc.

Cette fanfaronnade arracha un sourire à Li, qui en oublia un instant sa douleur. Fintân rejoignit leur cercle, et s'arrêta à côté d'elle.

— Ta perche est bien trop grande pour faire un bâton, dit-il en observant la longue tige de bois que Li tenait à la main.

— Pas pour y graver les runes de tous les villages que je compte traverser, rétorqua Li du tac au tac.

Fintân esquissa un sourire.

— En tout cas, poursuivit-il en regardant la foule massée autour d'eux, s'ils l'acceptent comme bâton, je n'y vois aucun inconvénient. Nos bouquetins auront besoin de quelqu'un pour les bouchonner.

— Nivel, répliqua Li en approchant la main d'un des bouquetins pour le caresser.

Mais Tyr s'immisça brusquement entre elle et Fintân, et lâcha d'un ton sec :

— N'oublie pas que toi tu seras à pied et qu'il faudra te dépêcher si tu ne veux pas être en retard, le soir, pour t'occuper d'eux.

— Et de nous, sourit Fintân en se dressant sur ses étriers.

Les cinq Pionniers laissèrent échapper un petit rire, auquel Maître Babackas mit un terme :

— Assez ! Vous êtes les seuls représentants de Cent-Maisons dans cette Ondée, et à ce titre, ses ambassadeurs. J'entends que vous vous comportiez comme un seul et même flot, et non comme des gouttelettes qu'une brise suffit à disperser. Un peu de dignité ! Cela vous épargnera de passer pour des Uns ou des Deux lorsque vous rencontrerez des habitants de l'Aval – car vous en rencontrerez, croyez-moi. Contrairement à ce que beaucoup disent, ou veulent croire, Cent-Maisons n'est pas le bout du monde.

— On a compris ce que vous vouliez dire, Maître, l'interrompit Ardat. Nous ne sommes pas les premiers à descendre. Et vous ne voulez pas que nous fassions mauvaise impression à nos inférieurs.

Maître Babackas le considéra en silence. Ardat avait bien appris sa leçon.

— En tout cas, prenez soin les uns des autres. Et notamment des deux plus jeunes, Li et Luchna.

Les trois garçons et Tyr hochèrent la tête et promirent :

— Nivel !

C'est alors que les couleuvrines crachèrent des centaines de fleurs d'artifice. Celles-ci grimpèrent dans le ciel, y explosèrent en gerbes colorées, puis retombèrent dans la mer de brumes où elles s'éteignirent avec un soupir.

À la vue de ces fleurs lancées pour annoncer leur départ à Ceux d'En Bas, Fintân se cambra sur sa selle et cria :

— Ovations !

Ses camarades et lui portèrent la main à leur front, afin de saluer le long cortège de Transhumants à dos de bouquetin ou à pied qui se dirigeait vers l'entrée de l'escalier, fermée par un immense tourniquet dont le grincement devait emplir la matinée. La plupart des pèlerins ne leur firent même pas l'aumône d'un regard – car, même si Fintân et ses camarades étaient nés plus bas qu'eux, ils n'avaient pas encore descendu de niveau. À ce titre, ils ne valaient pas beaucoup mieux que Li – qui se tenait en retrait derrière eux, au côté d'un Maître Babackas que l'émotion (ou le froid ?) faisait trembler un peu.

— Maître, vous allez bien ? l'interrogea Li.

— Nivel, ne t'inquiète pas, répondit Babackas, hagard.

Il regardait défiler les Pionniers, mais son regard était vide. En vérité, il semblait ailleurs. Li n'osa pas lui demander où, mais elle se dit qu'il pensait déjà à ses prochains disciples, ou… Non. Pas à ses prochains disciples. Il pensait à Tokamak. Il pensait à la montagne qu'il allait devoir escalader, prenant le risque de se faire tirer dessus par les gabelous. Comment le savait-elle ? Elle n'en avait aucune idée, mais plus le soleil descendait dans le ciel et plus elle était convaincue d'avoir raison.

Elle sentit sa gorge se nouer. Le moment de la séparation approchait. Après les adieux à sa mère, voici qu'arrivait le temps des adieux à l'homme qui avait quand même été *son* maître.

— Maître, commença-t-elle.

L'émotion l'obligea à se taire. Elle n'arrivait plus à articuler une seule parole.

— Merci, dit-elle simplement.

Babackas hocha la tête.

— Tu as été ma meilleure étudiante, lui confia-t-il. Je ne te l'ai jamais dit, mais c'est le cas. La meilleure, et celle à qui j'ai le plus enseigné.

— Mais, les autres…

— Ils ne sont pas mauvais. Ils sont même excellents. Mais…

Li tendit l'oreille. La fin de la phrase contiendrait-elle la clé de cette énigme : que lui avait-il enseigné qu'il n'eût pas enseigné aux autres ?

— … ils n'ont fait que réussir leurs examens.

— N'est-ce pas ce qu'un étudiant est censé faire ? demanda Li, déconcertée.

Maître Babackas haussa ses grands sourcils blancs, et planta son regard dans celui de Li.

— Ne crois pas cela. Un examen est là pour être passé, ou pas. Pas pour être réussi. La réussite doit être une conséquence. Pas un but.

Li ne commenta pas ces propos alambiqués dont le vieux Maître était coutumier, mais se remémora le jour où elle s'était présentée, pour la première fois, à l'entrée de la Grotte du Rideau d'Eau. Elle ne pesait, à cette époque, pas plus qu'une boule de neige. Et comme elle n'était vêtue que d'un maigre surcot dans lequel elle grelottait de froid, les autres apprentis l'avaient vite baptisée « la Tremblote », du nom de cette herbe que sa mère broyait pour ses remèdes.

Maître Babackas l'avait embauchée comme jeune fille à tout faire. Aussi les autres disciples n'avaient-ils pas vu en elle une concurrente, une usurpatrice. Personne n'attendait de Li qu'elle fasse les divers exercices auxquels Maître Babackas soumettait ses apprentis. Et encore moins qu'elle les réussisse. D'autant qu'elle était la plus jeune de tous, encore plus jeune que les plus jeunes apprentis de Maître Babackas – « M. B. », comme ils disaient. Ce qui ne l'avait pas empêchée de s'y essayer, justement. Par curiosité. Avant de constater, au bout de plusieurs hivers, qu'elle en maîtrisait un certain nombre. (Ce qu'elle avait gardé pour elle et que – croyait-elle – personne n'avait remarqué. Mais c'était avant que Maître Babackas lui fasse cet aveu.)

— Sept ans d'enseignement, chuchota Li.

— C'est assez pour une vie. Le reste ne dépend plus que de toi. Et si j'en crois ta soupe de vie, justement, il se pourrait que...

Mais il se tut, tant sa pensée dépassait ses mots.

— Ba..., commença Li, n'osant lui rappeler sa promesse.

— J'irai chercher ton père, et je le ramènerai à ta mère. Je te le promets.

— Mais vos nouveaux étudiants ?

— Ils m'attendront. La patience n'est-elle pas la première des leçons ?

Li esquissa un sourire, hocha la tête et déclara :

— Et combler l'absence la deuxième ?

Babackas joignit les mains et s'inclina légèrement devant Li, heureux de l'entendre répéter l'un de ses principaux enseignements. Puis il s'approcha d'elle, et lui murmura à l'oreille :

— Je leur ai demandé, pour ne pas les brusquer, de veiller sur Luchna et toi. Mais en vérité, c'est à toi que je les confie. L'expérience ne leur a pas encore appris l'humilité. Leur talent les aveugle. Je sais qu'avec toi ils ont plus de chances d'arriver Tout En Bas Tout En Bas.

— Vous croyez vraiment qu'on a une chance de l'atteindre ?

Le regard du vieux maître s'attarda sur ses cinq apprentis, engoncés dans leur tunique de cuir, puis revint sur Li.

— Je leur ai dit qu'ils devaient descendre *tous* les niveaux. Mais à toi je peux bien l'avouer : prends ça comme un exercice !

Le prendre comme un exercice ? Que voulait-il dire par là ? Elle n'osa pas le lui demander, de peur de le décevoir.

Alors que la file s'étrécissait, et que certains des jeunes qui passaient devant eux étaient assaillis de questions par les habitants de Cent-Maisons qui voulaient savoir s'ils n'avaient pas un message pour eux, et quelles nouvelles ils apportaient de Plus Haut, Li et Maître Babackas comprirent qu'il ne leur restait plus beaucoup de temps.

— Araz n'est pas là ? demanda Li. J'aurais aimé le remercier.

— Non, je ne l'ai pas vu. C'est curieux, en effet.

Maître Babackas plissa les yeux, ses longs sourcils blancs formant sur son front un delta soucieux.

— Je ne lui ai pas dit au revoir, regretta Li.

Elle se demandait ce qu'il était parti faire. Cueillir un autre bouquet ?

— Il ne s'attendait pas à ce que tu partes, expliqua Maître Babackas.

— Moi non plus, soupira Li avec un pincement au cœur.

Alors que le flot des Transhumants commençait de se tarir, Fintân se tourna vers sa petite troupe et lança :

— C'est à nous !

Puis il demanda à Maître Babackas :

— Maître, un dernier conseil ?

Maître Babackas toussota dans sa main, s'éclaircit la voix, puis dit en regardant ses apprentis et Li :

— Mes chers enfants, peut-être avez-vous le sentiment que tout n'est pas parfait (et en effet tout ne l'est pas), et que le monde où vous êtes nés n'est pas celui de vos rêves (et en effet il ne l'est pas). Mais il ne tient qu'à vous d'en planter un meilleur, dont les racines en poussant apporteront plus de bonheur à vos enfants que vous n'en avez reçu, et dont les branches en grandissant sauront peut-être nous atteindre et nous réconforter.

Il laissa s'écouler un bref silence, les yeux mouillés de larmes. Puis il reprit, d'une voix tremblante d'émotion :

— Vous êtes mes caillouteux, mes caillots, mes glébeux, mes charbonneux, mes petits vers, mes vermisseaux, mes petits ruisseaux filtrés par des générations de Descendeurs, alors filez, foncez, fouissez, coulez, enfoncez-vous sous terre, le plus profondément possible.

(« Profond-dément », sembla se moquer une voix dont Li ne parvint pas à repérer l'origine, mais qui paraissait sourdre des environs d'Erebus.)

— Et n'oubliez pas, ajouta-t-il : « Malheur à celui qui est seul et qui tombe sans avoir un second pour le relever. »

— Ou quelque chose comme ça, dirent-ils à l'unisson, en se signant vers le bas.

Maître Babackas salua respectueusement les futurs Plus Bas qu'il venait de former, et les regarda s'éloigner en compagnie des boiteux, des éclopés, et de ceux – les Obligés – qui se joignaient à l'Ondée parce qu'ils allaient fêter leur vingt-deuxième hiver. Fintân fit claquer les rênes de son bouc et le talonna, s'écriant :

— En Aval !

Puis, sous les acclamations de ses parents et de tous les habitants de Cent-Maisons, il conduisit ses amis vers l'étroit escalier de pierre qui descendait la falaise, vers nul ne savait où. Dans l'air vibraient les paroles du chant des Pionniers, entonné par les habitants de Cent-Maisons :

Gloire à tous ceux de l'avant-garde,
Aux vaillants Pionniers de Cent-Maisons !
Vertical les regarde,
Ce sont eux les plus forts !

Filez droit ! Filez droit, compagnons !

Puissiez-vous éviter de tomber
Comme de vulgaires cailloux !
Et surtout prenez garde
À ne jamais vous fixer !

Filez droit ! Filez droit, compagnons !

Tout En Bas Tout En Bas vous attend,
Ne le décevez pas !
Tout En Bas Tout En Bas vous attend,
Tout En Bas Tout En Bas !

Li attendit que le petit groupe auquel elle appartenait désormais se mette en route, laissant les bêtes la dépasser, l'enveloppant de leurs odeurs musquées. Fintân, fils de Nûn, venait en premier. Il était suivi de Tyr, fille de Jaftar, qui était suivie d'Ardat, fils d'Og. Qui précédait Luchna, fille de Rahab.

Goïbnu se tenait, comme toujours, juste derrière sa sœur. Affable, attentif aux autres, généreux, souriant, le gros Goïbnu, fils de Rahab, était l'opposé de Luchna – au caractère plutôt maussade, et aussi fine qu'une serpente. Lorsqu'il eut dépassé Li, celle-ci sut que son tour de choir était venu.

— Maître ! Une dernière chose, demanda-t-elle en s'efforçant de retarder sa descente autant que possible.

— Oui ?

— Que faut-il pour descendre ?

Maître Babackas eut un sourire, et répondit :

— N'arrête jamais de te le demander.

— Mais ?

Trop tard, la petite troupe venait d'atteindre l'orée de l'escalier, et déjà Goïbnu se tournait vers Li pour l'appeler :

— Tu viens ?

— J'arrive !

Elle se retourna vers Maître Babackas, une dernière fois, et celui-ci lui cria tandis qu'elle s'engouffrait à l'intérieur du tourniquet :

— Jamais !

Elle poussa les lourdes pales métalliques, qui la laissèrent passer de l'autre côté de la montagne avant de se refermer dans son dos avec un claquement funeste.

DEUXIÈME PARTIE

DESCENDRE

28

En tant que puntero, c'était à Fintân, fils de Nûn, d'ouvrir la Voie. À lui d'indiquer la pente à suivre. Mais comme les Transhumants des villages les plus hauts précédaient toujours ceux des camps les plus bas, Fintân n'avait pas grand-chose à faire, sinon emboîter le pas à ses prédécesseurs.

Cette tâche était d'autant plus simple qu'il n'avait, pour ainsi dire, pas le choix. Deux voies seulement s'offraient au regard pour descendre – celle des Plongeurs du Vide et celle qu'ils suivaient à présent, creusée à flanc de falaise, et par où d'innombrables générations étaient descendues vers Plus Bas avant eux.

— Tout va bien ? Vous suivez ? demanda Fintân à ses camarades en se tournant sur sa selle.

— Je ne vois pas comment ça pourrait ne pas aller, maugréa Tyr. On vient à peine de partir.

— Et alors ? C'est déjà l'inconnu !

Fintân exultait. Il irradiait de bonheur. Un grand sourire fendait son visage, dévoilant ses dents quand il riait aux éclats. Il aurait bien aimé pousser son bouquetin au grand galop, mais c'était impossible. Après la plate-forme en entonnoir du tourniquet, le petit escalier de pierre était beaucoup trop étroit et encombré de Transhumants pour qu'il puisse galoper.

Les Pionniers les plus proches, ceux dont il voyait le dos, avaient à peu près son âge. Mais plus on descendait dans l'Ondée, plus les Transhumants étaient vieux. (Certains avaient bien quelques années de moins : c'est qu'ils avaient trouvé un raccourci, qui leur avait permis de franchir plusieurs niveaux d'un seul coup. On les reconnaissait au fait qu'ils jetaient sur leurs égaux plus âgés des regards pleins de commisération – oublieux que certains de ces « vieux » avaient, au temps de leur jeunesse, eux aussi découvert des raccourcis, et qui leur avaient permis quoi ? d'être au milieu des vieux plus tôt.)

Mais Fintân ne pensait pas à tout cela. Tout ce qu'il souhaitait, c'était mener sa troupe aussi bas que possible, et se fixer – quand il n'aurait plus la force de tenir en selle – dans un village où « Cent-Maisons » serait au pire une légende, au mieux un nom inconnu. « Pas avant ! »

Au début, ils ne parlèrent pas. Les cris des Plongeurs du Vide qui chutaient à côté d'eux étaient trop perturbants. Parfois, ils croisaient leurs regards – et quelque chose dans les yeux des Plongeurs des Cimes leur disait qu'ils avaient pris la bonne décision. Honteux, impuissants, les Transhumants baissaient la tête et s'efforçaient d'oublier les hurlements des Plongeurs.

Enfin, au bout d'un certain temps, les cris se firent moins nombreux – puis de plus en plus rares. Seuls continuaient de résonner dans l'air les criaillements des oiseaux des roches, dont les falaises se renvoyaient les échos.

— Je parie que l'avant-garde a déjà atteint le pied de la falaise, ronchonna Goïbnu en se dandinant sur sa selle.

— Ça m'étonnerait, répliqua Ardat. Sinon nous ne serions pas obligés de nous traîner comme des escarmous.

(« Ça ne me gêne pas, moi », pensa Li qui se demandait comment elle ferait, ensuite, pour ne pas se laisser distancer.)

— Peut-être dans quelques pentes ? suggéra Fintân.

Pour toute réponse, Ardat haussa les épaules. Puis il leva les yeux au ciel et déclara :

— Le soleil amorce seulement sa descente. Il n'a même pas atteint la mer de Brumes. À mon avis, nous n'y serons pas avant lui.

— Certains prétendent que la mer de Brumes est infinie, lança Tyr.

— Bien sûr que non ! Un jour, je me suis penché pardessus le Bord du Monde et j'ai regardé vers le Bas. Alors, j'ai vu les brumes s'ouvrir, comme si le glaive du Très Bas les avait fendues en deux.

Tous étaient suspendus à ses lèvres. Certains de leurs plus proches devanciers s'étaient même retournés sur leur selle, pour l'écouter.

— Alors ? demanda Fintân, impatient.

— Alors j'ai vu une plaine immense, qui descendait en pente douce.

— Vers où ? demanda Tyr.

— Vers où ? Qu'est-ce que ça peut te faire ? Vers En Bas, forcément.

— À ce compte-là, ça ne sert à rien de s'interroger sur ce qui nous attend, si c'est toujours une autre route vers Plus Bas.

— Exactement. Et c'est d'ailleurs pour ça que je ne vous en avais pas parlé auparavant. Parce que ça ne sert à rien, et que de toute façon il faut descendre.

— Ça ne t'a pas empêché de te pencher par-dessus le Bord du Monde pour voir ce qu'il y avait plus bas, fit remarquer Luchna.

Ardat se retourna sur sa selle pour lui jeter un regard empreint d'une colère froide. Mais Luchna avait la tête tournée vers le ciel. Une main en visière au-dessus du front, elle observait le soleil, et paraissait se moquer éperdument de l'opinion d'Ardat à son sujet. Il émanait d'elle une énergie qui la faisait paraître plus âgée qu'elle ne l'était. Plus âgée, même, que son frère aîné, le gros et gras Goïbnu. Plus imposante que lui. Pour la première fois dans l'histoire du camp, une jeune fille de treize hivers – elle n'avait même pas reçu son nom de mariage – avait été autorisée à assister aux cours de Maître Babackas. Depuis qu'elle savait marcher, Luchna, fille de Rahab, n'avait jamais lâché son frère d'une semelle. Elle le suivait partout où il allait, se fondant dans son ombre.

Goïbnu, le frère de Luchna, était un jeune homme plutôt solitaire dont les principales caractéristiques étaient l'embonpoint, une calvitie précoce, et une paire de petites bésicles rondes qu'il passait son temps à remonter sur son nez. Il s'adonnait à l'archéologie et désirait devenir Maître Tessons. Son occupation favorite consistait à arpenter les abords du camp en compagnie d'un vieux siffleux hirsute prénommé Marmite, dont il rêvait de faire un dénicheur de reliques.

Mais le siffleux n'était pas un taupard. Malgré tout, les deux compères avaient rapporté de leurs pérégrinations de nombreux objets hétéroclites, plus étranges et encombrants les uns que les autres, et dont nul n'avait jamais deviné l'usage. Goïbnu les offrait à l'alcade ou à Maître Babackas, qui s'en trouvaient fort embarrassés, mais n'osaient refuser. Quoi qu'il en soit, malgré – ou à cause de – ces nombreux cadeaux, Maître Babackas n'avait jamais accepté Goïbnu, fils de Rahab, parmi ses disciples avant ses vingt et un hivers (qu'il avait à présent), comme s'il avait voulu tester sa patience – et attendre l'âge où l'on vous sacrifiait au Vide si vous refusiez de partir.

Lorsqu'il avait fini par l'admettre parmi ses étudiants, Maître Babackas avait également accueilli Luchna. Comme elle était très jeune, cela avait fait grincer quelques dents. Mais tous reconnaissaient qu'il n'était pas possible de séparer le frère et la sœur – ils étaient si proches l'un de l'autre, et Luchna était si attachée à son frère qu'elle en serait morte s'ils avaient dû se quitter.

Le soleil les baignait de lumière orangée.

— Je ne l'avais jamais vu de si bas, déclara Luchna en continuant à l'observer.

— Moi non plus, ajouta son frère, qui chevauchait juste derrière.

Et derrière eux encore, Li joignit secrètement son opinion à la leur : « Et moi non plus. » Elle pouvait presque en sentir la chaleur sur son corps. Sans savoir pourquoi, elle s'autorisa à sourire. Certes, la douleur liée à son départ – à la perte de son père, à la folie de Ma – continuait à la tarauder ; mais c'était une douleur intérieure – semblable à ses battements de cœur. Elle la sentait quand elle y pensait. Mais elle pouvait l'ignorer.

Ce qu'elle avait plus de mal à oublier, en revanche, et que son ventre s'ingéniait à lui rappeler, c'était qu'elle avait faim. Elle n'avait pas pris de repas du matin, et avait dû partir de manière si précipitée qu'elle n'avait rien emporté. Ni vivres ni équipement. Rien.

« J'ai faim », songea-t-elle. Mais, encore une fois, elle se garda bien de le dire à haute voix. Elle n'avait pas envie que les autres lui fassent des reproches, et lui rappellent son statut de paria. Trop heureuse de pouvoir leur coller au train, elle s'efforçait d'avancer au rythme tranquille du bouc de Goïbnu – le plus lent d'entre tous, à cause du poids de son cavalier.

Alors, comme Luchna, elle brava l'éclat du soleil. Curieusement, ce soleil-là semblait l'accompagner dans sa chute. « Étrange compagnon », se dit-elle.

Et elle continua à descendre, suivant la mince colonne iridescente sertie dans la falaise, telle une larme coulant le long de la joue d'un dieu.

27

Li...

Ils descendaient depuis tellement d'heures qu'elle en avait perdu le compte. Le soleil avait plongé dans la mer de Brumes, teintant de rouge les nuages laiteux. Pour tromper sa faim, Li se récitait des mantras. Et comme elle le trouvait approprié, son choix s'était porté sur celui-ci : « Les premiers seront les derniers ; et les derniers les premiers. » (« Ou quelque chose comme ça », ajoutait-elle en se signant vers le bas.)

« À moins que je ne sois la dernière des dernières », se dit-elle en accélérant le pas pour rattraper Goïbnu, dont le bouquetin venait d'être avalé par le brouillard.

Parfois, elle se retournait. Elle avait cru entendre un bruit, derrière elle. Mais sur l'étroit sentier qu'ils descendaient, personne ne les suivait. Que le Vide. Et le vent. Un vent qui cherchait à arracher leurs écharpes, foulards ou turbans. Un vent qui les plaquait contre la falaise, ou au contraire paraissait vouloir les en arracher. Alors ils s'agenouillaient ou se cramponnaient aux poils de leurs bouquetins, fermant les yeux, priant, chassant le vent de leurs pensées pour le chasser de l'escalier.

« L'escalier. » On avait tort, songea Li, de l'appeler ainsi. « Encore un abus de langage », se dit-elle. Car souvent les marches disparaissaient, comme si au fil des ans les Transhumants avaient cessé de les tailler.

— ... Li...

Lorsqu'elle tendait l'oreille, elle croyait entendre, venant de Plus Bas, des coups de burin dans la roche. D'autres tailleurs y creusaient-ils de nouvelles marches ? Ils auraient dû en tailler ici. Une fois déjà, son pied avait glissé sur du crottin semé par la colonne de bouquetins. Elle n'avait dû son salut qu'à la queue du bouquetin de Goïbnu, qui avait bêlé de douleur lorsqu'elle s'y était accrochée.

— Li !

Elle venait à nouveau de glisser, mais cette fois le bouc de Goïbnu était trop loin pour qu'elle puisse l'attraper. Li bascula dans le Vide et crut sa dernière heure arrivée. Mais à peine avait-elle commencé à s'écrier « Au secours ! » qu'une main lui agrippa le bras. Elle poussa un petit cri de surprise.

— Chut, fit la voix en la remettant d'aplomb sur le rebord. Tais-toi.

Li se calma. Cette voix. Elle la reconnaissait. Son cœur battit à tout rompre. Était-ce possible ?

— Araz ? murmura-t-elle entre les bras de son sauveur.

— Chut, poursuivit la voix.

Ils attendirent que le reste de la colonne se fût suffisamment éloigné. Li ferma les yeux, savourant ces minutes délicieuses, se demandant quel chemin le destin avait pris pour la conduire ici. Se pouvait-il qu'il fût si tortueux ?

— Li, dit enfin Araz en l'étreignant. J'ai tellement attendu ce moment, comment se fait-il qu'il n'arrive que maintenant ?

Il lui semblait que toutes les heures qu'ils n'avaient pas vécues ensemble se retournaient sur elles-mêmes, se révélant doublées de leur présence à tous les deux parce qu'il lui avait sauvé la vie sur la falaise.

— Li.

— Araz…

Il n'osait pas l'embrasser, mais la tenait contre lui, étroitement serrée.

— Mais qu'est-ce que tu fais là ? demanda Li.

— Je ne pouvais pas te laisser partir sans te dire au revoir.

— Mais pourquoi n'es-tu pas venu à la cérémonie ?

— J'étais allé te chercher ça, avoua-t-il en faisant glisser de ses épaules un sac à dos plein à craquer.

Li referma ses mains dessus, le regard étincelant.

— Merci, murmura-t-elle.

Elle voulut en inspecter le contenu. Mais Araz l'arrêta.

— Tu feras ça plus tard. Nous n'avons pas le temps.

— Pourquoi ?

— Les autres vont s'apercevoir de ton absence.

— Et alors ? Ils croiront que j'ai glissé !

— « Malheur à celui qui est seul et qui tombe sans avoir un second pour le relever », dit Araz.

Un éclair traversa les yeux de Li. Elle avait compris. « C'est lui le nouveau Maître. »

— C'est donc toi, le nouveau Maître ?

Araz se frotta la tête, et déclara :

— Surprenant, non ? Moi-même je ne m'y attendais pas. Mais à bien y réfléchir, ce n'est pas si meule. Après tout, si quelqu'un peut enseigner comment se sortir des pires ornières, c'est bien moi.

Li étouffa un petit rire.

— Maître Babackas voulait prendre le temps de préparer Cent-Maisons à la nomination de son successeur. Mais avec la mort de l'alcade et l'arrivée d'Erebus, tout s'est précipité.

— Je suis contente pour toi, dit Li. Et puis je suis bien placée pour savoir que tu as du courage. C'est un bon choix.

Araz inclina la tête en joignant les mains, et ajouta :

— Il m'a dit que tu savais parler aux pierres, toi aussi.

(« "Toi aussi" ? s'étonna Li. Que veut-il dire par là ? »)

Mais elle n'eut pas besoin de le lui demander – d'une certaine façon, elle le savait. Alors elle se contenta de lui dire :

— Ça ne m'a pas empêchée de glisser.

— Mais tu n'es pas tombée.

— Parce que je me suis accrochée à la queue d'un bouquetin la première fois. Et que tu m'as rattrapée la seconde, fit-elle en se massant le bras à l'endroit par où il l'avait agrippée.

— Comme ça tu sais ce que cette pauvre bête a enduré.

Ils rirent tous les deux, d'un petit rire étouffé, incongru sur cette sente minérale. Peut-être étaient-ils les seuls êtres humains à rire, à mille lieues à la ronde. Puis, lorsque leurs regards se croisèrent de nouveau, Araz annonça d'un air grave :

— Tu dois rejoindre ton Ondée.

— Tu ne viens pas avec nous ?

— Tu sais bien que c'est impossible.

— Mais pourquoi ?

— Je dois rester à Cent-Maisons. Pour m'occuper des étudiants.

Li se mordit la lèvre. S'il devait s'en occuper, c'était parce que Maître Babackas était parti. Et si ce dernier était parti, c'était parce qu'il lui avait promis d'aller à la recherche de Tokamak.

— Alors c'est toi qu'il a chargé d'achever la formation du petit Calicot ? Je te souhaite bien du courage, dit-elle sur un ton plus mordant qu'elle ne l'aurait voulu.

Mais Araz ne lui en tint pas rigueur. Il comprenait.

— Je suis désolé. Je ne pensais pas que tu descendrais si tôt. Je pensais... Je croyais que... (Sa voix trembla. Il avait du mal à trouver ses mots.) J'étais persuadé que nous pourrions descendre ensemble. Mais là...

Il secoua la tête et caressa la joue de Li, tendrement.

— Tu reviendras.

— Comment le sais-tu ?

— J'ai confiance en toi, et Maître Babackas aussi. Tu reviendras. Les pierres me l'ont dit.

— Sans cet Erebus, fit Li en serrant le poing, je ne serais même pas descendue.

— Ce que tu prends pour un malheur est peut-être ta plus grande chance.

Cela, Li n'avait pas envie de l'entendre. Mais ils s'étreignirent une dernière fois, comme s'ils ne devaient jamais se revoir. Puis Araz regarda vers la mer de Brumes, et décréta :

— Qui sait ce qu'il y a en Bas. Cela fait si longtemps que notre peuple descend Vertical. La Terre d'Aval n'est peut-être pas si bas qu'on le croit. Peut-être est-elle juste derrière ces brumes ?

— Certains disent qu'elle n'existe pas. Qu'elle n'est qu'un mythe, et que...

— Peut-être. Mais peut-être pas. Ce qui est important, c'est que tu descendes. Car lorsque tu auras atteint la Terre d'Aval...

— Je pourrai remonter.

Il hocha la tête, en souriant.

— Et toi ? Comment vas-tu faire pour remonter ? Le tourniquet ne fonctionne que dans un seul sens.

— Je ne suis pas passé par lui.

— Et si les gabelous t'aperçoivent ? Ils vont te tirer dessus.

— Je connais des passages secrets.

— Lesquels ?

— Si je te le dis, jure-moi de ne jamais en parler. À personne.

Sa voix s'était faite tranchante, glacée. À sa façon de la regarder, Li craignit qu'il ne la jette dans le Vide si elle avait le malheur de répondre de travers.

— Je te le promets. Promis, juré. Si je mens, que la terre se soulève sous mes pieds.

— Si tu mens, je te promets de te retrouver, où que tu te caches, et de t'expédier dans le Vide, tête la première.

— Je n'aime pas quand tu me parles sur ce ton, déclara-t-elle. Je ne savais même pas que tu pouvais l'employer.

— Eh bien maintenant tu le sais. Et ce que tu dois savoir, c'est que je n'hésiterais pas. Pas une seule seconde.

— J'ai juré.

— Nivel. Alors regarde.

Il l'invita à s'approcher de la paroi de la falaise, où des milliers de Transhumants avaient dessiné symboles et graffitis, ou, plus simplement, gravé leur prénom dans la pierre.

Certains dessins semblaient avoir été tracés à l'aide de pigments, parfois sur des dessins plus anciens. L'érosion les avait en partie effacés. Seuls demeuraient, encore luisants, et maculant les mains d'Araz d'ocre et de jaune, ceux que les Pionniers de cette Ondée venaient d'inscrire. D'autres, plus rares, mais néanmoins nombreux, avaient été creusés dans la roche. Celle-ci était striée de toutes sortes de figures géométriques – lignes, cercles, vagues, rectangles ou demi-lunes.

— La Voie des Pierres, murmura Araz.

— Qu'est-ce que tu dis ?

Araz fit courir sa main sur les motifs gravés dans la roche.

— Certains sont des messages tracés par et à l'intention des Pionniers de villages bien précis, comme Luminaire, Quatorzième, Laputa, Logado.

— Je ne connais pas ces deux derniers.

— Très peu de gens les connaissent. Mais là n'est pas la question.

— Il y en a même de Cent-Maisons, déclara-t-elle en lui montrant une sorte de pointe effilée, piquetée de dizaines de petits trous.

Araz hocha la tête.

— Je sais. Ils sont l'œuvre des premiers Pionniers de Cent-Maisons. Ils ont balisé leur route pour nous permettre de la suivre.

— Ou pas, maugréa Li.

— Ou pas, en effet.

Araz s'agenouilla et fit courir sa main sur la base de la paroi. Il ferma les yeux, afin de mieux se concentrer.

— Que fais-tu ?

— J'écoute.

Li le suivit, inquiète.

— Et là ? demanda-t-elle en le voyant s'arrêter.

— J'entends !

Son visage se fendit d'un sourire, et il lui fit signe d'approcher.

— Regarde, maintenant.

Li s'accroupit dans les odeurs de crottin et de pierre humide, et observa la forme qu'Araz lui désignait. On aurait dit un visage d'homme joufflu, portant un chignon sur la tête, les yeux grands ouverts. Il affichait une expression contrariée, comme s'il était en colère.

— Il n'a pas l'air content, dit Li.

— C'est parce qu'il a les yeux ouverts. Il ne peut pas méditer.

Li regarda Araz, le cœur battant. Elle comprenait, oui. Elle savait. C'était comme si la pierre lui avait chuchoté son secret lorsqu'elle avait passé ses doigts sur les traits sévères du visage sculpté.

— Pour trouver la paix intérieure, il faut fermer les yeux.

— Fais-le.

Li approcha la main du visage en pierre, à peine plus gros que son poing, et lui ferma les yeux. Sous ses doigts, elle sentit coulisser les paupières finement ciselées dans la roche, puis elle entendit un déclic se produire, quelques pas plus haut.

— Qu'est-ce que c'est ?

— Un passage.

— Mais c'est...

— Interdit. Oui, je sais. C'est un chemin pour monter. Il en existe un petit nombre, qui servent à des contrebandiers, ou à des secoureurs. C'est l'un de ces chemins qu'a pris Maître Babackas pour aller secourir ton père. C'est lui qui m'en a parlé. Mais tu dois garder le secret, et ne l'utiliser qu'en cas d'extrême nécessité. Tu condamnerais des centaines de clandestins si tu en parlais de biais.

— Compris.

— Je vais y aller maintenant, prends soin de toi.

Il s'approchait d'elle pour l'embrasser, lorsqu'ils entendirent un cri monter vers eux :

— Li ?

C'était Goïbnu. Il avait dû s'apercevoir que Li n'était pas là, et revenait sur ses pas, pour la chercher.

— Tiens, prends ça, lui dit Araz en retirant de sa ceinture un fourreau.

— Qu'est-ce que c'est ?

— Mon racloir à lichens.

— Mais, et toi ?...

— J'ai pris le tien, dit-il avec un sourire.

— Alors merci, fit Li en acceptant la lame qu'il lui tendait. Comme ça nous aurons chacun quelque chose de l'autre.

Araz hocha la tête, hésita brièvement à l'embrasser quand même, mais se dit qu'aucun baiser ne serait assez long pour apaiser sa soif d'elle.

Aussi se détourna-t-il brusquement pour remonter l'escalier à grandes enjambées, jusqu'au moment où il disparut, dans une encoignure de la pierre.

— Li ?

Li se retourna. Goïbnu était là, tenant son bouc par les rênes.

— Tu vas bien ?

— Oui, dit Li.

— J'ai eu peur qu'il ne te soit arrivé malheur.

— Tout va bien.

— J'ai pensé que tu aimerais peut-être te reposer un peu, ajouta-t-il en lui présentant son bouquetin. Tu peux le monter, si tu veux.

— Merci, répondit-elle, réconfortée par son geste.

26

Après plusieurs heures de route, où le chemin tourna de nombreuses fois sur lui-même, empruntant des passes creusées dans la roche pour descendre à la verticale de la Pointe de l'Éperon, l'Ondée atteignit enfin la lisière des brumes. Ils la longèrent longtemps, à la fois impatients et inquiets, se tenant prêts à tout danger, se demandant quand le sentier les y emmènerait. Au-dessous d'eux, ils entendaient des bêlements et les tintements des clochettes que les hommes avaient accrochées à leurs mollets ou à leurs poignets, pour se repérer dans la brume.

— Et pour éloigner les bêtes sauvages, précisa Goïbnu, qui marchait désormais devant Li, montée sur son bouc.

— Tu crois qu'il y en a par ici ? demanda-t-elle.

— Il y en a partout, non ?

— Je suppose que oui.

— Elles ne me font pas peur, à moi, leur cria Luchna en se retournant vers eux.

— Tant mieux pour toi ! entendirent-ils Ardat lui répondre, plus bas dans la brume.

Luchna haussa les épaules, indifférente.

— En tout cas, moi, j'ai de quoi les recevoir, déclara fièrement Goïbnu en sortant de sous sa cape un lourd casse-crâne en pierre, qu'il fit tournoyer en l'air.

Li écarquilla les yeux. C'était la première fois qu'elle voyait Goïbnu avec une arme. Elle se demanda si elle n'était pas plus dangereuse pour ce jeune Maître Tessons que pour ses adversaires. Probablement en avait-il besoin pour se rassurer.

Anxieuse, elle caressa son taupard, pelotonné contre son cou.

— Ce n'est pas toi qui t'en prendrais à nous, n'est-ce pas ? murmura-t-elle en lui caressant le haut du crâne.

La petite bête émit un léger sifflement. Li ne put s'empêcher de sourire à l'idée qu'il n'y avait pas plus inoffensif – comme animal – qu'un taupard, sauf pour les potagers et les croquecinelles, bien sûr.

Il n'était pas rare, à Vertical, de voir des gens se lier d'amitié avec des animaux. Ce pouvait être un taupard, comme dans le cas de Li, un siffleux, comme dans le cas de Goïbnu, une serpente ou même un groin. Ma avait mis longtemps à accepter que cet animal si commun puisse avoir un quelconque lien avec elle. Alors qu'il n'y avait rien d'étonnant à cela, car, comme on dit : « Dans le groin, tout fait foin. » Apparemment, Ba n'était lié à aucun animal – mais ce n'était guère surprenant, puisque c'était un Biais.

Tout à coup, comme la déclivité de la pente s'accentuait, les brumes s'ouvrirent devant eux. Le ciel, à l'horizon, était rouge vif mais noircissait à mesure que la lumière déclinait. Au firmament de cette mer écarlate, dont les futiles assauts venaient se rompre contre la falaise, s'allumèrent une à une les étoiles que Li avait l'habitude de regarder depuis sa fenêtre, chaque soir.

« Que cela paraît loin », songea-t-elle en se remémorant ces longues veilles passées à contempler les étoiles.

Leur caravane s'enfonça dans la brume, dans laquelle ils disparurent tout à fait. Ils allaient à la queue leu leu, tous les sens aux aguets. La brume étouffait les échos de leur chute, semblant rallonger les distances séparant les Pionniers.

— Vous êtes encore là ? lança Goïbnu devant lui.

— Oui, répondit sa sœur.

Elle était juste devant eux, pourtant ils ne la voyaient pas.

— On devrait s'encorder, suggéra Li.

— Ce n'est pas très commode, à cause des bêtes, répondit Goïbnu.

— Alors on devrait mettre pied à terre.

— Non, surtout pas. Les boucs des roches seront toujours plus à l'aise que nous sur cet à-pic rocailleux. Nous courons moins de risques de tomber en restant sur leur dos qu'en descendant pour nous encorder.

— Nivel, approuva Li, vaguement honteuse de n'y avoir pas pensé elle-même.

Elle tendit l'oreille, et écouta la nuit – bruits de mastication des bêtes, martèlement des sabots contre la pente caillouteuse, soupirs et chuchotis des Pionniers, toux rauques, tintement des clochettes, et parfois, tout en bas, sifflement d'une flûte aux accents étrangement stridents, et comme inhumains. Li se demanda quelle sorte de flûte produisait ces sons-là – mais peut-être n'était-ce pas une flûte, du moins du genre qu'elle connaissait.

— Il y a des gens qui jouent de la musique, en bas, déclara Li.

— J'ai entendu, dit Goïbnu. C'est bizarre. Je me demande ce que cela signifie.

— Peut-être qu'ils sont arrivés, et qu'ils font la fête, leur répondit Luchna de l'autre côté des brumes.

— Je ne trouve pas ces sons particulièrement joyeux, commenta Li.

Ils se turent, pour mieux les entendre. Les stridulations étaient si discordantes, si dysharmoniques, qu'il semblait impossible qu'elles fussent produites par des êtres humains.

— Ou alors des enfants sourds auxquels on aurait donné des flûtes tordues, suggéra Goïbnu sans qu'il fût possible de savoir s'il plaisantait ou non.

Ils avançaient maintenant depuis plusieurs heures dans les brumes bleuâtres, uniquement trouées par quelques lanternes qui dansotaient au gré des tours et détours du sentier. Parfois, il leur fallait passer, pour progresser, sur des échafaudages de bois branlants jetés entre deux pans de terrain – à cause d'une faille, ou d'un amas de rochers, interrompant le chemin. « Et si la falaise s'effondrait de nouveau ? » se demandait Li, préoccupée, sans savoir si elle devait surveiller les hauteurs, d'où pouvait débouler une chute de pierres, ou le vide, où un glissement de terrain pouvait les précipiter.

Pour avancer, ils s'en remettaient exclusivement à leurs bouquetins, et avaient perdu tous repères spatiaux et temporels. « Plusieurs heures » était devenu une notion floue – cela signifiait-il deux heures ? six heures ? huit heures ?

Li, qui avait à peine eu le temps d'avaler furtivement un bout de pain pioché dans son sac à dos, en plus d'une gorgée d'eau claire et d'une tranche de lard, avait l'impression que cela faisait plus de huit heures, tant elle était épuisée. Elle avait le plus grand mal à tenir en selle, et sentait ses paupières se fermer. « À quoi bon garder les yeux ouverts, de toute façon ? » se demanda-t-elle. Elle n'y voyait pas à plus de trois pieds devant. À vrai dire, tout ce qu'elle distinguait, c'étaient les contours flous de Goïbnu, dont la silhouette aux allures de barrique se balançait dans le brouillard.

— Goïbnu…

— Oui, souffla-t-il en se retournant.

Li crut, du moins, que Goïbnu s'était retourné, aux mouvements qu'elle avait repérés dans les brumes.

— Tu veux récupérer ta monture ?

— Ça ne va pas ?

— Je m'endors, j'ai peur de tomber.

— J'arrive.

Goïbnu se rapprocha d'elle, son ombre émergeant du brouillard comme la lune d'entre les nuages.

Li fit un geste pour indiquer qu'elle s'apprêtait à descendre, mais Goïbnu lui dit :

— Reste en selle.

— Mais…

Il passa derrière elle en longeant le Vide, plus agile que sa corpulence ne le laissait croire, puis sauta en croupe de son bouc, qui tressaillit sous le choc, puis se remit d'aplomb.

— Mais ton bouquetin…

— Il est assez fort pour nous deux, ne t'inquiète pas. Je te rappelle que je le monte depuis des années, alors ce ne sont pas quelques boules de neige de plus sur son dos qui vont le faire s'affaisser.

— Mais…

— Assez de « mais », fit Goïbnu. N'oublie pas ce que Maître Babackas a dit : « Malheur à celui qui est seul et qui tombe…

— … sans avoir un second pour le relever », conclut-elle en fermant les yeux, très fort, et en repensant à Araz, fils de personne, qui avait bravé les gabelous et la loi de la Montagne pour lui apporter…

— … ton sac à dos, dit Goïbnu.

— Quoi ? demanda Li, parce qu'elle n'avait pas entendu le début de la phrase.

— Laisse-moi te débarrasser de ton sac à dos, que je puisse tenir les rênes.

Sans attendre sa réponse, Goïbnu lui ôta son barda, et l'accrocha à la selle – non loin des fontes où il avait glissé son propre bâton de pèlerin et la perche de Li.

— Et maintenant, dors. Tu es fatiguée, repose-toi.

Li pouvait sentir la chaleur de Goïbnu lui envelopper le haut du corps, et son haleine lui réchauffer le cou. Elle ne savait que penser de son geste. Fallait-il l'interpréter, d'ailleurs ? Ou n'était-ce que pure générosité de sa part ? (Une telle chose existait-elle ?)

Elle repensait à ce que lui avait dit son père : « Si vous pouvez, si c'est possible, descendez tous les deux, ton amoureux et toi. Épaulez-vous. Et allez le plus bas possible. » (Ou quelque chose comme ça.) Et alors qu'elle tombait, descendait, chutait au fond même du gouffre où avait disparu son frère…

… elle s'endormit.

Et rêva que Jubal était là, qui l'accompagnait. À quoi ressemblait-il ? Elle n'en avait aucune idée. Mais il était là. Flottant à côté d'elle. L'épaulant, justement. La soutenant de tout son poids pour qu'elle – mais pour qu'elle quoi ? le retrouve ? Que lui voulait-il ? (Il lui semblait qu'il voulait quelque chose, mais quoi ?)

Il criait une phrase. Non, pas une phrase. Un mot. Un simple mot – qu'elle entendit avant qu'il ne le prononce, tant elle l'avait prononcé, articulé, formulé, elle aussi, des dizaines de milliers, des centaines de milliers de fois : « Ba. »

« Ba », murmura-t-elle alors qu'elle dormait sur sa selle, les bras de Goïbnu autour de son corps. « Ba… »

Elle comprenait maintenant pourquoi son père n'était pas descendu chercher son frère, lorsqu'il était tombé. Elle le comprenait, oui. Elle le comprenait. C'était tout simplement parce qu'elle…

Elle se réveilla.

— Que se passe-t-il ? demanda-t-elle brusquement, sursautant sur la selle.

Quelque chose lui chatouillait le cou, du côté droit. Elle passa la main à cet endroit, et sentit la fourrure de son taupard.

— Fouinard ?

La petite bête émit un bref sifflement, presque inaudible, dans l'oreille de Li.

— Qu'est-ce qu'il y a ?

Nouveau sifflement, encore plus bref et discret que le précédent.

C'est alors qu'elle entendit un cri, provenant d'au-dessous d'eux, d'entre les brumes. Un râle, comme celui qu'avaient poussé – vers la fin – les Plongeurs du Vide en tombant. Mais en plus fort et en plus terrifiant.

— Goïbnu ?

Silence.

— Goïbnu !

Elle se retourna. Goïbnu était là, qui dormait contre elle. Le poids qu'elle avait senti sur son dos, ce n'était pas celui de son paquetage – bien sûr, puisque Goïbnu le lui avait ôté –, mais celui de ce dernier. Il s'était endormi, lui aussi.

— Goïbnu !

Peut-être n'aurait-elle pas dû hurler, mais ce fut plus fort qu'elle. De toute façon, plus bas, les cris se multipliaient – et semblaient remonter vers eux.

— Goïbnu ! Luchna !

— Quoi ? répondirent-ils, presque en même temps, de part et d'autre des nappes de brouillard qui flottaient autour d'eux.

— Vous entendez ?

Un nouveau cri résonna dans la brume, plus près d'eux que jamais.

Ils tendirent l'oreille, tous les sens en éveil. Fouinard émit un nouveau sifflement et courut se réfugier sous le col de Li. Très vite, des cris affreux succédèrent au silence. Une cacophonie de sons, un tumulte de vociférations et de cris, derrière lesquels on pouvait entendre un feulement, doublé d'un son strident, suraigu : la plainte de la pierre que des griffes lacèrent.

— Qu'est-ce que c'est ? demanda Goïbnu en empoignant son casse-crâne.

La brume les empêchait toujours d'y voir à plus de trois pieds, mais un danger planait dans l'air – qui était comme chargé d'électricité. Les bouquetins poussaient des bêlements nerveux, et Li sentit l'inquiétude la gagner.

— Sortez vos armes ! cria une voix surgie d'entre les brumes en contrebas.

Celle de Fintân.

Armes ? De quelle arme disposait-elle ? Goïbnu avait bien son casse-crâne. Luchna son bâton, à la pointe garnie de fer. Mais Li ? Elle n'allait quand même pas se battre avec sa perche ?

« Mon racloir à lichens ! » se rappela-t-elle soudain en tirant de son fourreau le racloir d'Araz.

— Ça monte vers nous ! cria de nouveau Fintân, de derrière les brumes.

L'air était saturé de cris et de bêlements terrifiés, des coups étaient donnés contre la pierre sans qu'ils lui fussent destinés, probablement parce que leur cible, trop rapide, les avait esquivés.

— Mais qu'est-ce que c'est ? hurla une autre voix, que Li identifia comme celle de Tyr.

Pour une fois, la belle avait perdu de sa superbe, mais Li ne s'en réjouit pas pour autant.

C'est alors qu'une image se présenta à son esprit – masse de griffes et de crocs affûtés actionnée par un puissant corps musculeux, gros comme trois hommes.

— Un griffu ! Un griffu ! cria Li.

Comme pour lui donner raison, les brumes se rompirent, révélant un spectacle terrifiant, juste au-dessous d'eux. La sente qu'ils descendaient et sur laquelle les précédaient de nombreux Pionniers et simples Tombeurs était remontée à vive allure par une bête immonde, aux allures de lion dépourvu de crinière. D'un vigoureux coup de patte, la créature expédiait dans le Vide les pèlerins placés sur son chemin, comme s'il s'était agi de simples poupées de chiffon. Parfois, l'un des braves – un Pionnier, le plus souvent – sortait une épée du fourreau qu'il portait au côté, ou une hache de son dos, et, fermement campé sur ses pieds, cherchait à faire obstacle à cette force de la nature ; mais la bête, d'un bond, passait au-dessous ou au-dessus de lui, et revenait l'attaquer par-derrière – le malheureux n'avait même pas eu le temps de se retourner qu'il avait déjà la poitrine défoncée.

Puis les brumes se refermèrent sous l'action d'un coup de vent maléfique, étouffant cris, chevrotements, et sifflements du taupard.

Li et ses camarades empoignèrent leurs armes, moins pour se défendre que pour se donner du courage, se demandant quand leur tour viendrait – car leur tour viendrait, c'était sûr. Quelques battements de cœur plus tard, et alors qu'une sueur glacée leur couvrait le corps, ils virent briller dans les brumes, à quelques pas devant eux, une paire de prunelles écarlates.

Qui disparut aussitôt après que Li eut tendu le bras vers elle, en criant :

— Elle est là !

Des billes de fronde, quelques flèches et balles de mauvaises pétoires furent tirées dans leur direction par les

Transhumants situés sur la route, qui faisait un coude plus bas, non loin d'eux, le temps qu'ils réagissent :

— Mais vous êtes fous ! Arrêtez !

— Vous allez nous tuer !

(« On s'en fout ! » crurent-ils entendre en réponse d'entre les brumes, mais peut-être n'était-ce qu'un effet de l'écho, et de leur peur.)

Lorsque le feulement résonna de nouveau, cette fois, il était tout près d'eux. Mais la topographie, perturbant la propagation des sons, ne leur permettait pas de se faire une idée précise de l'endroit d'où il avait été poussé.

Il semblait venir d'au-dessus d'eux.

Mais peut-être était-ce d'en dessous.

Goïbnu se laissa glisser du dos de son bouc et empoigna son casse-crâne à deux mains. Li l'avertit :

— Arrête, c'est inutile ! Un coup de patte et il t'envoie dans le Vide !

— Qu'il essaie un peu, s'écria Goïbnu en faisant virevolter son arme au-dessus de son casque.

Dont la flèche de fer, pointée vers le bas, donna une idée à Li :

— Il faut sauter !

— Et faire comme les Plongeurs du Vide ?

— Ardat a parlé d'une plaine immense s'étalant en pente douce ! On peut y arriver !

— Je préfère me battre !

— On n'a aucune chance contre ça ! Remonte en selle !

Goïbnu hésitait – alors une masse informe, mi-brume, mi-fourrure, émergea du brouillard et se jeta sur lui, toutes griffes dehors. La bête mesurait au moins cinq pieds au garrot. Ses crocs étaient aussi longs que la main de Li et deux immenses canines saillaient de sa gueule barbouillée de sang.

La bête frappa Goïbnu à l'épaule – parce qu'il s'était baissé, à une vitesse impossible –, et lui bondit sur le dos, où elle enfonça les griffes de ses pattes arrière, le meurtrissant davantage. « Rhaaaaaaaaaaaa », s'égosilla Goïbnu en assenant un puissant coup de casse-crâne, qui vint heurter la pierre – à l'endroit même où s'était tenue un instant auparavant la bête sauvage, qui venait de regagner la falaise, où elle courait à la verticale.

— Remonte en selle ! cria Li.

— C'est dément !

— Non, elle a raison ! C'est notre seule chance ! glapit Luchna de l'autre côté des brumes.

— Non !

Trop tard, de toute façon. La bête venait de bondir à nouveau sur Goïbnu, mais celui-ci roula sur le côté, en direction de son bouquetin, qui donna une violente ruade – atteignant le griffu en pleine poitrine ! Un craquement terrifiant se fit entendre, tandis que le monstre tombait en feulant dans la brume, écumant de rage.

— On l'a eu ! On l'a eu ! vociféra Goïbnu en se relevant et en remontant ses bésicles sur son nez.

Il se mit à danser de joie sur le chemin, tout en continuant à crier aux autres Transhumants qui le regardaient d'en bas, éberlués :

— Je suis un héros ! un héros !

Il avait envie d'étreindre son bouquetin, mais, déjà, le taupard émettait un nouveau sifflement – plus strident que jamais : « SQUIIIIIK ! »

— Remonte ! Ce n'est pas le moment de parader ! insista Li.

— S'il en arrive un autre, je recommence la même manœuvre ! Je suis trop fort ! Allez viens, montre-toi, griffu de malheur, je n'ai pas peur !

— Remonte ! s'époumona Luchna à son tour. Arrête de faire ton glébeux !

— Carrément trop pente ! continuait à fanfaronner Goïbnu, sans se rendre compte qu'autour de lui les brumes se dissipaient de nouveau, que Fouinard sifflait de plus belle, et qu'une douzaine de prunelles écarlates convergeaient dans leur direction.

— Remonte ! Il en arrive d'autres ! le prévint Fintân, qui les voyait à présent.

— Il faut sauter ! hurla Li.

— Mais..., hoqueta Goïbnu.

— Pas de « mais » ! Nos bouquetins sont les meilleurs ! Val ! Val !

Un nouveau feulement leur vrilla les tympans, juste au-dessus d'eux – signal qu'un griffu revenait à l'assaut.

— Remonte ! Allez ! cria Li.

Goïbnu courut, prit son élan, lâcha son casse-crâne – qui dévala la falaise dans un tintamarre rocailleux – et bondit sur la croupe de son bouc, derrière Li. Au moment même où il se calait contre elle, un griffu atterrit à l'endroit qu'il avait quitté, et cinq autres approchaient, venus de toutes les directions.

Sauf du Vide.

— YA ! lança Li comme elle avait entendu Fintân le faire lorsqu'il avait ordonné à Shittim de sauter sur le Grand Rocher.

Elle talonna sa monture, en pressant ses amis de l'imiter.

— YA ! crièrent-ils à l'unisson.

Et tous s'élancèrent dans les brumes, laissant plusieurs griffus fous furieux derrière eux.

« Cette fois, pensa Li tandis qu'ils tombaient, il n'y aura personne pour nous relever… »

Bien que le Vide fût garni de brumes, elle garda les yeux grands ouverts et se cramponna à son bouquetin, bien décidée à ne rien rater de ce qui serait, peut-être, ses derniers instants de vie.

25

Combien de temps tombèrent-ils ? C'est impossible à dire, car ces durées-là ne se mesurent pas en secondes et varient en fonction de chacun des chuteurs. Ainsi, pour Li, qui avait gardé les yeux grands ouverts et avait voulu, jusqu'à son dernier souffle, boire jusqu'à la lie son content de vie, ce temps passa à toute allure. Elle voulait voir – voir où sa chute la conduisait, même si c'était à la mort. Voir s'il y avait effectivement une plaine descendant en pente douce, comme l'avait dit Ardat. Voir si elle avait une chance de survivre. « Si infime soit-elle. »

Pour les autres, qui avaient fermé les yeux, et n'avaient – pour la plupart – pas pu s'empêcher de pousser un long et terrible hurlement, cet instant dura infiniment longtemps. Le vent les gifla plus violemment qu'il n'avait giflé Li – car ils étaient persuadés qu'il allait les soulever de leur selle, pour les faire s'écraser à terre.

Mais ce n'est pas ce qui se produisit. Les boucs des roches chutèrent pendant un temps qui ne dura pas plus de trois ou quatre battements de cœur, puis atterrirent non pas sur une plaine, comme on aurait pu s'y attendre, mais sur un terrain en pente douce et jonché non de pierres, d'herbes ou de cailloux, mais d'une matière molle et craquante à la fois.

Lorsque les boucs touchèrent terre, il y eut un craquement affreux. Des nuées d'insectes s'envolèrent autour d'eux, puis les bêtes s'enfoncèrent dans une étrange matière, à la fois brun et blanc, avec çà et là des taches noirâtres, visqueuses.

— Roulé-boulé ! cria Li de toute la force de ses poumons avant d'être éjectée de sa selle par le choc.

Joignant le geste à la parole, elle se roula en boule sur elle-même, enfouit sa tête au creux de sa poitrine, où étaient venus se plaquer ses genoux, coudes fermés par-dessus. Ses camarades l'imitèrent.

Et tous dégringolèrent l'étrange pente couleur de mort et à l'odeur épouvantable.

Le temps de se remettre de leur confusion et de prendre conscience qu'ils étaient séparés de leurs bouquetins, mais toujours vivants, ils se relevèrent dans un silence effrayant ponctué de plaintes confuses, de bourdonnements et de bêlements déchirants.

Contusionnés, le dos en compote et les membres endoloris, ils s'appelèrent dans la brume : « Li ! » « Ardat ? » « Goïbnu ! » « Fintân ! » « Li ! » « Vous êtes là ? » « Par ici ! » « Je suis là ! » « Ça va ? » « Nivel ! »

Fintân et Goïbnu s'approchèrent de Li. Fintân avait l'air d'être blessé, et Goïbnu l'aidait à avancer.

— Où est Tyr ? leur demanda Li, qui n'avait pas entendu la jeune femme répondre à leurs appels.

Ils s'entreregardèrent, incapables de répondre.

Plaçant leurs mains en porte-voix, ils appelèrent de nouveau, hélant à tue-tête : « Tyr ! » « Tyr ! » « Luchna ! » appela Goïbnu. « Tyr ! » « Ardat ! » « Luchna ! »

— Nous sommes là ! répondit la voix d'Ardat, quelque part sur leur droite.

Li alla prêter main-forte à Goïbnu pour soutenir Fintân, dont elle plaça un bras sur ses épaules, pour lui servir d'appui. Fintân avait dû se blesser en tombant – cheville foulée ou jambe cassée ? Ils verraient cela plus tard. Pour l'instant, leur priorité consistait à se regrouper.

— Par ici ! cria de nouveau Ardat.

Un bêlement se joignit à son cri, puis un autre. Les boucs avaient fléchi les pattes en voyant approcher le sol. Mais au lieu d'y reprendre leur élan – comme ils comptaient le faire –, ils s'y étaient enfoncés, plus ou moins mollement. Ceux dont Li voyait les corps, à côté d'elle, paraissaient prisonniers d'elle ne savait quelle étrange substance, où ses pieds s'enfonçaient sur deux ou trois pouces d'épaisseur, avant de rencontrer une surface dure comme la pierre – ou des os.

« Des os... », songea-t-elle, sans s'appesantir sur cette impression ni sur l'odeur pestilentielle, écœurante, qui leur brûlait la gorge et leur donnait des haut-le-cœur.

Quelques instants plus tard, Li, Fintân et Goïbnu rejoignirent Ardat et Luchna – dont les jambes étaient coincées sous sa chèvre, blessée. La bête poussait des bêlements de douleur. De l'un de ses yeux crevés s'échappait une gelée blanche, mêlée de larves, qui coulait sur le sol laineux.

« Laineux ? » songea encore Li.

— Où sommes-nous ? demanda Goïbnu en regardant autour de lui.

Comme pour répondre à sa question, les brumes se dissipèrent brièvement, même si de petites vapeurs blanches, subtiles comme des haleines, continuaient de courir sur la surface de la plaine – ou plutôt, du charnier. Le sol, bouleversé, avait des ondulations de terre labourée, d'où dépassait un méli-mélo de jambes, de sandales, de bras, de têtes et de mains qui faisaient comme des plantations délirantes. Dans des mares de sang, de grands oiseaux noirs à deux têtes – sortes de gypaètes – s'abreuvaient aux côtés d'autres charognards : rongeurs au poil luisant et au corps fuselé ; canidés efflanqués, courant de-ci de-là avec dans la gueule un moignon rougeoyant ou un os dénudé ; gros crapauds verruqueux, à la démarche claudicante et aux coassements hideux, se repaissant des nuées vibrionnantes que ce visqueux potage attirait. Li et ses camarades avaient les pieds empêtrés dans des crevasses gluantes. Ils marchaient dans des flaques de viscères, des poitrines et des crânes brisés – épais tapis de morts dont la matière était constituée par les innombrables générations de Transhumants et de Plongeurs du Vide tombées des sommets. Par endroits, Li reconnaissait les longues toges autrefois blanches des Plongeurs des Cimes, à présent souillées de taches plus ou moins noires ou rouges. « Du sang », se dit-elle, horrifiée, le cœur au bord des lèvres. « Nous marchons sur un lit de morts. »

Cette confusion de cadavres occupait toute la plaine au pied de la montagne, et descendait effectivement en pente douce, même si ce terme avait, dans ce contexte-là, de quoi glacer d'horreur. Un frisson parcourut l'échine de Li, mais c'était plus un frisson d'allégresse qu'un frisson de terreur – car Li prenait à présent pleinement la mesure de sa chance, inouïe : elle était en vie !

Et ses camarades aussi.

— Luchna est blessée, il faut m'aider à la relever ! cria Ardat.

Li se précipita vers lui, après avoir laissé à Goïbnu le soin d'aider Fintân à s'allonger sur un enchevêtrement de cadavres aux formes disjointes.

— À mon signal, on pousse ! dit Ardat tandis qu'ils se plaçaient de part et d'autre de la monture blessée, dont le corps était tombé en travers des jambes de Luchna. ON POUSSE !

Mais ils eurent beau pousser, et pousser encore, la bête pesait de tout son poids, les empêchant de la soulever. Et même après que Goïbnu eut joint ses efforts aux leurs, ils n'arrivaient toujours pas à la déplacer assez pour libérer Luchna. La bête bêlait de terreur, et les échos de ses cris se mêlaient à ceux des autres bouquetins, dont les plaintes montaient autour d'eux.

Ardat, Goïbnu et Li regardaient Luchna, se demandant quoi faire – n'osant s'avouer qu'ils le savaient déjà. Attendant que Luchna – dont c'était la monture – le leur dise.

Alors, éclatant en sanglots, Luchna les supplia :

— Tuez-la ! Puisqu'il n'y a pas d'autre solution !

La tuer. Ils voulaient bien. Mais avec quoi ? Un éclair traversa l'esprit de Li, qui se rappela le racloir à lichens passé à sa ceinture. Elle le dégaina sans se donner le temps de réfléchir, s'approcha de la bête en refusant d'écouter ses supplications, ferma les yeux et plongea la lame de son racloir à hauteur du garrot de la chèvre, l'y enfonçant jusqu'à sentir le sang poisser sur sa main.

— Nooon ! hurla Luchna, dans un long cri entremêlé de pleurs. NOOON !

Son frère s'approcha d'elle et, tandis qu'Ardat et Li éloignaient la carcasse de la chèvre des roches – qui n'offrait plus de résistance –, tira sa sœur par-dessous les bras, et la libéra.

Luchna pleurait sur la poitrine de son frère. Jamais Li ne l'avait vue ainsi, si fragile. Si petite fille – ce qu'elle était, assurément. Une gamine de treize hivers, qui jamais n'aurait dû entreprendre sa Descente. Pas encore. « C'est trop tôt. Beaucoup trop tôt », songeait Li en la regardant, désolée.

Mais le temps n'était ni aux larmes ni aux plaintes. Il fallait retrouver Tyr. Et rejoindre l'Ondée. Peu importaient la marée sanguinolente de tripes et d'os qui les ralentissait et les effluves méphitiques qui leur donnaient la nausée. Ils devaient avancer – avancer, avancer, quel qu'en soit le prix, le coût. « Nous pleurerons après », songeait Li en serrant les poings pour ne pas s'évanouir d'horreur.

— J'ai récupéré ce que j'ai pu du matériel, dit Ardat en leur montrant une partie du paquetage que portait la monture, sur sa croupe et dans ses sacs de selle. Évidemment, on ne va pas pouvoir tout garder. Il va falloir trier.

Son ton était amer. Leur Grand Voyage commençait mal. Ils étaient partis pour conquérir l'Aval, et tout ce qu'ils avaient fait, c'était s'y fracasser lamentablement.

— C'est ta faute, tout ça, ajouta-t-il à l'intention de Li. Si tu ne nous avais pas dit de sauter, nous ne serions pas…

— Nous serions morts, hoqueta Luchna en relevant la tête d'entre les bras de son frère. Et tu le sais très bien. En plus, personne ne t'a obligé à sauter.

— Au fait, intervint Li, quelqu'un a vu Tyr ?

Ils échangèrent un regard, guettant une réponse positive chez l'un ou l'autre – en vain.

— Tout est allé si vite, soupira Fintân. C'est ma faute. En tant que puntero de notre groupe, c'était à moi de m'assurer qu'elle avait bien compris les ordres. À moi de sauter en dernier...

— Ça s'est passé comme ça s'est passé, déclara Ardat. Nous sommes vivants, c'est l'essentiel. Je vous propose de procéder par priorités. Numéro 1 : récupérer tout le matériel qui peut l'être. Numéro 2 : retrouver Tyr. Numéro 3 : rejoindre l'Ondée. On n'a pas envie de continuer seuls. Surtout sur ce terrain...

— Tu peux dire ce charnier, précisa Goïbnu en regardant autour de lui.

— Quand je pense que tu nous avais parlé d'une immense plaine qui descendait en pente douce, ajouta Fintân en essayant de se relever.

— C'est quand même une plaine, murmura Ardat.

— Pas vraiment, mais c'est vrai que ça descend..., ajouta Fintân sur un ton moqueur. Cela dit, ton erreur est excusable, car vu de chez nous, c'est vrai que ça ressemblait vraiment à une plaine, derrière toutes ces brumes...

(« Où j'ai fini par plonger. Comme mon frère avant moi », songea Li sans oser se demander sous combien de carcasses était enterré Jubal.)

Ils laissèrent s'écouler un instant, écoutant, regardant. Des bêlements plaintifs, douloureux, s'élevaient autour d'eux. Un sifflement, léger, comme celui d'une flûte distante, résonnait en direction de la falaise. Mais ils étaient trop préoccupés pour y prêter attention. Les coassements des crapauds se mêlaient aux piaulements des gypaètes, aux aboiements des canidés et aux bourdonnements des nuées d'insectes (chancrelats, glymphes, mouchetiques, anophèles et scarabécédés, aux suçoirs et aux trompes d'une taille démesurée) pour former une cacophonie macabre, jouée en l'honneur d'un public au teint blême et aux yeux révulsés.

— Bon, on aide Fintân à se relever, fit Ardat en s'approchant de lui. Fais voir ta jambe.

— C'est juste une foulure, je crois, répondit-il.

— On va te mettre une attelle.

Ils avancèrent dans le brouillard en pataugeant dans les boyaux, évitant de regarder les morts, cherchant un bout de bois suffisamment long pour faire office d'attelle. Mais ils n'en trouvèrent aucun.

— C'est quand même un comble, souffla Goïbnu, épuisé, les mains sur les genoux, après avoir longuement cherché autour de lui avec Ardat et Luchna.

— Qu'à cela ne tienne, déclara Ardat sur un ton décidé, les lèvres pincées. Que le Très Bas me pardonne…

Il enroula son cache-col autour de son nez et plongea ses mains gantées dans l'amas de chairs en décomposition, fouillant parmi les morts, les écartant, les repoussant, pour atteindre une couche plus ancienne, où il découvrit un squelette dont les jambes écartées faisaient comme une invitation obscène. S'apprêtait-il à les scier ? à les casser ? Goïbnu et Luchna détournèrent le regard, écœurés, mais n'interrompirent pas Ardat.

C'est alors qu'ils entendirent un craquement, non loin d'eux. Ils se retournèrent et virent Li, qui venait de briser sa perche sur son genou. Elle en tendit l'un des bouts à Ardat, en disant :

— Je pense que la longueur est bonne.

Ardat le lui prit sans souffler mot, les mains couvertes d'asticots, et s'approcha de Fintân, qui s'écria, à l'adresse de Li :

— Mais tu es folle ! C'est ton bâton ! Comment tu vas faire pour descendre, si tu n'en as pas ? On ne sait même pas sur quoi on va tomber, si on se sort d'ici !

— Précisément, parce que comme tu le dis, on ne sait pas. Alors que là, je sais.

Fintân hocha la tête, et lâcha du bout des lèvres un « Merci » qui fit chaud au cœur de Li. « Nivel », murmura-t-elle en réponse, tandis qu'Ardat commençait de fixer l'attelle.

Empoignant ce qu'il lui restait de sa perche – qui demeurait, malgré tout, plus grande qu'elle –, Li se dirigea vers le bouquetin le plus proche. Il était tombé sur une cage thoracique, qu'il avait défoncée, se prenant les pattes dans un autre corps, situé en dessous du premier. Le malheureux bouc poussait des bêlements apeurés – du genre de ceux qui attirent les prédateurs, ou avertissent de leur approche.

— Il ne faut pas qu'on tarde, prévint Li. J'ai un mauvais pressentiment.

Ses camarades la regardèrent, hochèrent la tête, et la suivirent sans piper mot, la mine sombre. Pour avancer, Fintân s'aidait de son bâton comme d'une béquille. On pouvait voir sur son visage qu'il avait rêvé meilleur usage pour celui-ci. Mais il ravalait sa tristesse et sa honte, trop heureux – comme Li – d'être encore en vie. (« C'est déjà bien assez », songeait-il.) Ardat et Goïbnu s'étaient réparti les lourds paquetages récupérés sur certains des bouquetins, confiant à Luchna un petit paquet contenant un assortiment d'herbes et de racines destinées à préparer infusions, baumes et cataplasmes.

— Tiens, finit par dire Goïbnu à Li en lui tendant le sac à dos d'Araz avec un petit sourire. J'ai pensé que tu aimerais l'avoir…

— Merci, dit Li en plaçant le sac sur ses épaules, que la charge fit s'enfoncer un peu plus dans la macabre plaine.

Pour l'heure, son unique préoccupation était de découvrir ce qui était arrivé à Tyr, et de quitter cet endroit. Au plus vite. Déjà, certains canidés leur emboîtaient le pas, salivant devant cette promesse de festin. « À moins qu'ils n'aient prévu de se jeter sur nos bouquetins ? »

Li jeta un regard en arrière. C'était le cas. Elle regretta de n'avoir pas passé son racloir sous la gorge des autres, dont les bêlements épouvantés lui vrillaient le cœur.

— Combien en avons-nous laissés derrière nous ? demanda-t-elle, à tout hasard.

— Trois, lui répondit Fintân.

— Autrement dit, il en reste deux…

— Shittim n'est pas mort, je le sais, déclara Fintân en relevant la tête, un air sauvage dans les yeux.

S'il en avait eu la force, il se serait frappé la poitrine. Shittim était comme lui : un prince parmi les princes. Mais aujourd'hui, un simple rescapé, qui devait sa survie à une moins-que-rien – la fille d'un Biais et d'une Un.

Son comportement et ses paroles n'étaient que rage et colère contenues. Il refusait de témoigner à Li plus qu'une sorte de reconnaissance dédaigneuse – comment la remercier, en effet, sinon en l'estimant meilleure que lui ? De temps à autre, quand elle avait le dos tourné, il l'examinait – réévaluant l'opinion qu'il avait d'elle. La voyant pour la première fois.

Et il la trouva belle, désirable. Cette fille qui marchait dans les brumes, devant lui, les menant vers la falaise où peut-être était tombée Tyr, était mystérieuse et légère. « Comme les brumes », songea-t-il. Et c'est le nom qu'il lui donna en secret, au plus profond de son cœur, le laissant doucement s'échapper de ses lèvres, tout bas, tout bas, pour que personne ne l'entende, sauf lui, afin d'en éprouver le poids, les sonorités : « Celle de la Brume. »

24

Leurs pas les conduisirent vers le côté qui montait, non loin du pied de la falaise. Ardat, Goïbnu et Luchna étaient mal à l'aise ; pour la première fois, ils ne respectaient pas le Commandement qui avait régi toute leur existence depuis leur naissance : « Toujours descendras, jamais ne monteras. »

Ils levaient les yeux, timides et craintifs, vers la falaise, craignant qu'elle ne s'écroule sur eux parce qu'ils avaient osé la contempler. Et comme pour leur souffler un message, il se mit à neiger. D'énormes flocons blancs voletaient autour d'eux, se collant à leurs cils, à la barbe des garçons, s'insinuant entre les plis de leurs vêtements et dans leur cou. « Au moins, songeaient-ils, on ne voit plus les morts… »

« C'est pour nous indiquer la pente à suivre », se dit Goïbnu, terrifié à l'idée de braver l'interdit divin.

— Peut-être ferions-nous mieux de rebrousser chemin, proposa-t-il en remontant son sac à dos sur ses épaules.

— Pas question, protesta Li. On doit retrouver Tyr.

— Et Shittim ! intervint Fintân.

— … et Shittim, et ensuite on descend. Même si l'idée de chuter sur cette étendue de morts n'est pas des plus plaisantes.

Ils s'enfoncèrent de nouveau dans le silence, se demandant quelles épaisseurs de macchabées s'amoncelaient sous leurs pieds et combien de saisons il faudrait aux chuteurs pour combler le Vide qui s'étendait au pied de Cent-Maisons.

Au bout d'un long moment passé à chercher et à crier « Tyr ! », « Shittim ! », « Shittim ! », « Tyr ! », ils se regroupèrent, prêts à renoncer.

— C'est ainsi, décréta Ardat. « L'homme ne peut pas trouver ce qui se fait sous le soleil ; ce que l'homme cherche avec peine, il ne le trouvera pas ; et même si l'homme sage prétend connaître, il ne peut pas trouver. »

— « Ou quelque chose comme ça », répondirent-ils de conserve, en se signant vers le bas, même si, en cet instant précis, ce geste et ces paroles semblaient curieusement moins emplis de sens qu'autrefois.

Avant de renoncer, Li plaça ses mains en porte-voix autour de sa bouche et cria :

— Tyr ! Shittim ! Tyr !

Mais seul le silence lui répondit.

— Ça ne marche pas, conclut-elle, dépitée. Je ne comprends pas pourquoi ils ne répondent pas.

— Allez, fit Ardat. On y va.

Il prit Li par le bras, mais elle se dégagea et lui dit :

— Attends un peu. J'ai une idée.

Elle venait de se rappeler la façon dont la falaise – au-dessus d'eux, lorsqu'ils la descendaient – avait renvoyé les sons, semant des échos dans toutes les directions. De même, lorsqu'elle grattait la roche (dans sa vie précédente), elle s'amusait parfois à crier son nom – ou autre chose – vers la paroi de granit, sachant que ses paroles seraient ou bien absorbées, ou bien répercutées longuement, et fort loin, par la pierre.

Alors elle se tourna vers la falaise, et marcha vers elle, s'arrêtant seulement lorsqu'elle put la toucher du bout du bras. Ayant fait cela, elle invita ses camarades à l'imiter et à diriger leurs cris vers le même endroit qu'elle : une sorte de creux serti dans la roche, à hauteur des yeux. Et tous placèrent, une dernière fois, leurs mains en porte-voix autour de leur bouche pour appeler à s'en briser les cordes vocales :

— Tyr ! Shittim ! Tyr ! Shittim !

Après avoir crié jusqu'à en perdre la voix, ils tendirent l'oreille.

Il leur sembla entendre une réponse provenir de... Mais provenir d'où, exactement ? Car elle paraissait sourdre d'entre les pierres mêmes.

C'était un bêlement, mêlé à des cris qu'ils reconnaissaient :

— Fintân ! Ardat ! Luchna !

— Tyr ! C'est Tyr ! s'esclaffèrent-ils en trépignant de joie.

— C'est Tyr ! bondit Goïbnu. On l'a retrouvée !

— Et Shittim ! exulta Fintân en levant sa béquille au-dessus de sa tête, comme pour saluer un ami.

Goïbnu et Luchna tombèrent dans les bras l'un de l'autre, tellement ils étaient heureux. Mais lorsqu'ils voulurent embrasser Ardat, le jeune Plannif les en dissuada :

— On fera la fête quand on sera avec eux ! Pour l'instant, on ne les a qu'entendus…

« Ce qui est déjà un bon début », commenta pour lui-même Fintân en traçant des cercles dans la neige, du bout de sa béquille, comme Maître Babackas autrefois.

— Faites comme moi, leur dit alors Li en replaçant ses mains en porte-voix.

Ils l'imitèrent tous, reprirent leur souffle et hurlèrent :

— Dirigez-vous vers la falaise ! Vers la falaise !

— Niveeeel ! leur répondit l'écho, après un temps qui ne dura pas plus d'un battement de cœur.

Ce « Nivel » fut accompagné d'un bêlement, en provenance de leur gauche. Tout près.

— Je pense qu'ils sont sur notre gauche, dit Li. Mais je n'en suis pas sûre. Cette pierre, déclara-t-elle en posant la main sur la falaise, déforme tout. Pour une raison que j'ignore.

Mais qu'elle commença d'entrevoir, curieusement, au moment même où sa paume entra en contact avec la paroi. Si bien qu'elle la retira, comme si elle venait de se brûler – tout en se gardant bien de l'annoncer aux autres. Elle avait du mal à comprendre ce qui lui était arrivé. La pierre lui aurait-elle parlé ?

— Je crois que c'est le moment de sortir nos familiers, dit alors Goïbnu en plongeant la main sous son manteau. Car si cette falaise déforme les sons, je doute qu'elle affecte la façon dont les odeurs se propagent.

Il posa sur la pente enneigée son vieux siffleux au poil hirsute et aux pattes pourvues de solides griffes noires, avec à la place des yeux deux fines fentes noires au sein desquelles aucune pupille ne brillait.

— Il est aveugle, mais il a un odorat surdéveloppé.

Li l'imita, et déposa Fouinard à côté de Marmite.

Tous hochèrent la tête, approuvant. Ils connaissaient bien Marmite, pour l'avoir déjà vu plusieurs fois à l'ouvrage, en compagnie de Goïbnu, lorsqu'ils exploraient tous deux les abords du camp, à la recherche d'artefacts des Anciens. Jamais ils n'avaient rapporté quoi que ce fût d'intéressant – ou, du moins, dont l'intérêt fût manifeste. C'était chaque fois une déception. Des sortes de boucliers métalliques, à moitié rouillés, dont on ne distinguait plus les inscriptions – si jamais il y en avait eu. De longues tiges faites dans une sorte de matière aussi transparente que du verre, mais beaucoup plus résistante. Et puis, souvent, de curieuses petites billes de matière noire ou argentée, dont on peinait à identifier l'usage : utilitaire, récréatif ou religieux ?

— Tu n'aurais pas des poils de Shittim, ou quelque chose comme ça ? demanda Goïbnu à Fintân.

— Je ne suis pas amoureux de lui, quand même ! s'offusqua Fintân en n'osant pas regarder du côté de Li.

— Sérieusement, insista Goïbnu. Allez, donne !

Alors Fintân sortit de sous sa chemise un médaillon, dont il souleva le couvercle de cuivre pour en extraire une mèche de poils gris.

— C'est mon porte-bonheur, déclara-t-il, à moitié honteux. Où que j'aille, quoi que je fasse, Shittim ne m'a jamais déçu.

— Bien sûr, fit Goïbnu en la prenant délicatement entre ses doigts.

Il se baissa vers les deux petits familiers, qui se redressèrent sur leurs pattes de derrière et tendirent leur museau en direction de la main de Goïbnu, le jeune imitant l'ancien – jusqu'au moment où Marmite se détourna des poils de Shittim avec un air dégoûté.

Mais alors que Goïbnu poussait un soupir de déception, Fouinard s'élança vers le côté droit de la falaise.

— Allez, allez…, fit Goïbnu en tapotant l'arrière de son siffleux. Suis-le !

Mais le vieux siffleux le regardait d'un air dépité.

— Beau résultat, déclara Ardat.

— Suffit ! siffla Luchna. Tu nous fatigues, Ardat. Si tu n'as rien à proposer, alors tais-toi. S'il te plaît…

Ardat lui lança un regard noir puis s'enferma dans le silence, la mine renfrognée.

— Il faut lui dire de longer la falaise sur sa gauche, suggéra alors Li. Comme ça on se retrouvera.

Tous, sauf Ardat, qui continuait à faire la mauvaise tête, se retournèrent vers la falaise, choisissant un nouveau creux – que leur avait désigné Li – où diriger leurs cris.

— Là ! dit-elle.

— Tyr ! Tyr ! À gauche ! Longe la falaise sur ta gauche ! Sur ta gauche ! Suis le taupard !

Ils se turent un instant, écoutant.

— Nivel !

Goïbnu allait ajouter quelque chose, une blague peut-être, lorsqu'un nouveau son retentit – l'obligeant à se taire. La falaise venait de leur apporter une affreuse nouvelle : un feulement, qui plana dans l'air froid.

— Le griffu ! fit Li en empoignant son moignon de perche.

Elle redoutait que son taupard finisse dans l'estomac du genre de bête qui avait dévoré sa famille.

— C'est toi qui l'as attiré ici ! éructa Ardat en sortant de son mutisme, furieux. C'est ta faute.

— Eh ! vous disputez pas ! leur cria Goïbnu en se baissant pour ramasser quelque chose, non loin de l'endroit vers où Fouinard avait couru. Venez plutôt voir ce que j'ai trouvé ! Si c'est pas de la chance, ça !

Sourire aux lèvres, il leur montra son casse-crâne en pierre, qui avait rebondi contre la falaise, pour atterrir intact au beau milieu du ventre d'un Plongeur du Vide, où il s'était fiché. Goïbnu le retira avec un bruit de succion, et le fit tournoyer plusieurs fois au-dessus de sa tête, pour le débarrasser des entrailles et de la neige qui s'y étaient agglomérées.

— Nivel, dit-il, satisfait.

Ils n'étaient pas sortis d'affaire pour autant. Ils savaient que Tyr et Shittim se trouvaient quelque part sur leur droite, mais ils n'osaient les héler – de crainte d'attirer sur eux l'attention du griffu. Après tout, s'ils étaient encore en vie, pourquoi le griffu – cet animal réputé, comme tous les félidés, pour toujours retomber sur ses pattes – ne le serait-il pas lui aussi ?

Sans même l'avoir décidé, ils se mirent en formation de combat, plaçant les filles au centre – entre les hommes et la falaise. Goïbnu occupait leur flanc droit, casse-crâne à la main. Ardat était tourné vers la plaine, bâton de pèlerin en position défensive. Quant à Fintân, il défendait leur flanc gauche, une main appuyée contre la falaise, l'autre sur sa béquille – il espérait (le Très Bas l'en préserve !) qu'aucun adversaire ne les attaquerait par là.

— Peut-être les autres Pionniers sont-ils arrivés sur la Plaine des Morts (ainsi l'avaient-ils nommée) et vont-ils venir nous aider ? dit Goïbnu.

— Faut pas rêver, lâcha Ardat. Nous on ne l'aurait pas fait, alors pourquoi feraient-ils une chose pareille ?

— Peut-être parce que, nous, justement, on l'aurait fait, répliqua Li.

Ardat accueillit sa réponse par un haussement d'épaules.

À peine les échos de leurs paroles s'étaient-ils dissipés qu'il se produisit un événement terrifiant, dont le souvenir se grava dans leurs chairs. Ils virent, sortant des brumes et courant vers eux, le jeune taupard suivi par Tyr montée sur Shittim. Les malheureux étaient poursuivis par un griffu – celui-là même, apparemment, qui les avait attaqués sur le sentier. Malgré sa blessure, visible sur son poitrail, le monstre avait l'air en pleine forme. D'un puissant bond, il atteignit Shittim et lui enfonça ses griffes dans l'arrière-train. La pauvre bête poussa un bêlement déchirant, donna une violente ruade, mais le griffu tenait bon. Lorsqu'il eut suffisamment lacéré la croupe du bouc pour le ralentir, il se laissa couler à terre, et reprit son élan. Mais alors que tous s'attendaient à le voir bondir de nouveau sur Shittim, le griffu sauta sur la falaise, le long de la laquelle il courut, dépassant Tyr et sa monture !

Allait-il s'en prendre au taupard ?

Non. Sa course l'amena juste au-dessus de Goïbnu. Le félidé se recroquevilla sur lui-même, prit son élan sur la falaise, et bondit sur le groupe de Pionniers, le dispersant. Seul Fintân n'avait pas quitté la paroi contre laquelle il s'appuyait, haletant. Le griffu se tourna vers lui en feulant, et Fintân crut sa dernière heure arrivée. Il entama une prière – mais à peine l'avait-il commencée que Tyr et Shittim arrivèrent à toute allure.

— Chargeeez ! hurla Tyr pour encourager sa monture, qu'elle talonnait avec la force du désespoir.

Le griffu se retourna, et se cambra pour recevoir leur assaut ; le bouc des roches baissa la tête et lui assena un violent coup de cornes ! Le griffu poussa un glapissement d'étonnement, roula sur lui-même, pattes en l'air, puis se redressa. Il feula, et montra ses canines, rouges de sang.

— Ces carnasses ne meurent donc jamais ? s'interrogea Goïbnu à voix haute, glaçant le cœur de Li.

Son taupard lui bondit dans les bras.

Li repensait à ce que son père lui avait dit : c'était un griffu qui avait tué la famille de Fouinard. Ce genre de monstre qui, peut-être, avait eu la peau de Ba.

Son esprit fonctionnait à toute allure. Que pouvaient-ils faire ? Que pouvait-elle faire ? Y avait-il seulement quelque chose qu'ils – ou elle – puissent tenter pour vaincre ce monstre, que tous avaient échoué à tuer ?

« Araz, Araz, dis-moi que tu as placé une solution miracle dans mon sac à dos mystère. »

Sans perdre de temps, et alors que Tyr faisait manœuvrer Shittim pour le placer entre Fintân et le griffu, Li fouilla dans son sac en formulant mille prières silencieuses. Enfin, sa main se referma sur un objet, qu'elle retira prestement.

— J'ai trouvé ! s'exclama-t-elle en brandissant un bâtonnet rouge, muni d'une tirette. Poussez-vous !

— Saute ! Saute ! cria Tyr à Fintân en se baissant vers lui, pour qu'il se jette en travers de la selle de Shittim.

Vite ! Le monstre bandait ses muscles pour bondir, indifférent aux pierres (mais n'étaient-ce pas plutôt des os ?) que lui lançaient Goïbnu et Luchna. Li orienta l'une des extrémités de son bâtonnet rouge dans la direction du griffu, et tira sur la languette qui dépassait, de l'autre côté. Une explosion retentit – avec un *bang !* étourdissant – et une fleur d'artifice jaillit de l'extrémité du bâtonnet tournée vers le griffu.

La fleur s'épanouit à mi-parcours, juste après que Tyr et Fintân – allongé en travers de Shittim – eurent détalé. Le griffu, tétanisé par la vue de l'énorme fleur rouge qui emplissait tout l'espace le séparant de la falaise, où elle alla s'écraser, ne bougea pas un muscle – et se retrouva, peu après, le poil roussi et les moustaches calcinées, aussi nu qu'à sa naissance, enveloppé de fumées méphitiques.

Il poussa un feulement déchirant et bondit sur la falaise, l'escaladant à la vitesse de l'éclair.

« Il va chercher les siens ! » pensa Li, terrifiée.

— Dépêchez-vous ! Suivez-moi ! leur cria Tyr. Je sais où aller.

— Mais où étais-tu passée ?

— Tu crois que c'est le moment d'en parler ? s'offusqua Tyr.

Comme elle voyait que tous hésitaient à la suivre, elle se calma et déclara :

— J'ai découvert une issue. Je sais comment partir d'ici ! Un endroit incroyable. Venez !

Ils la regardèrent, interloqués. C'est alors qu'un nouveau miracle se produisit – du genre de ceux auxquels jamais Li ne se serait attendue. Goïbnu et Luchna se tournèrent dans sa direction, et lui demandèrent :

— On fait quoi ?

Li regarda Tyr droit dans les yeux, soutint son regard clair, et déclara :

— On la suit.

23

Tyr avait découvert une entrée de caverne, sertie dans la falaise. La Plaine des Morts en obstruait les trois quarts inférieurs, ne laissant apparaître qu'une fente étroite, entre cadavres et flanc de la montagne.

— C'est là, dit Tyr en arrêtant Shittim pour en faire descendre Fintân.

— Ça mène où ? demanda Li.

— Aucune idée.

— Comment l'as-tu découverte ?

— Par hasard. Je suis passée devant.

Mais le ton sur lequel elle avait répondu, se dit Li, laissait penser qu'elle cachait quelque chose. Quoi ? Difficile à savoir.

Tandis que Luchna s'approchait de Shittim pour le soigner, appliquer sur ses blessures (et celles de son frère) un baume réparateur, Fintân plaça sa béquille sous son bras et s'approcha, clopin-clopant, de l'arche noire d'où s'exhalait l'haleine fétide de la terre.

— Que faisons-nous ? demanda-t-il en arquant les sourcils, l'air soucieux.

Li caressa Fouinard – étrangement nerveux –, regarda autour d'elle et proposa :

— On peut descendre dans ce trou, sans savoir où il mène. Ou dévaler ce tumulus, sans savoir où il mène non plus, conclut-elle en désignant la longue Plaine des Morts. Dans un cas on est à l'intérieur. Dans l'autre, à l'extérieur.

Goïbnu se gratta la joue, et dit :

— J'aimerais autant pas l'extérieur. Je n'aime pas trop ce qu'on en a vu.

— Alors tu proposes quoi ? s'enquit sa sœur.

— Je vais demander à Marmite.

Goïbnu sortit son siffleux de sous son col de fourrure (« Mais où le range-t-il ? Dans la doublure ? » s'interrogea Li), et le posa à ses pieds. Le vieux Marmite hésita un instant, tourna trois ou quatre fois sur lui-même, puis se dirigea vers l'entrée de la caverne, les oreilles dressées.

— Eh bien, je crois que c'est clair, déclara fièrement Goïbnu en récupérant son siffleux, qui laissa échapper un couinement et battit l'air de ses petites pattes.

— Je ne sais pas ce qui est clair, mais c'est clair, ironisa Ardat en croisant les bras sur sa poitrine d'un air dédaigneux.

— Mais que proposes-tu au juste ? s'impatienta Luchna.

— Je ne sais pas non plus, mais en tout cas pas ça.

— Tu veux qu'on descende la Plaine des Morts, avec le risque d'avoir tous les griffus de Vertical à nos trousses, sans parler des gypaètes et autres charognards qui ont probablement fini de dévorer nos bouquetins ? fit Li.

Sa proposition ne reçut pas meilleur accueil d'Ardat, qui continua à bouder.

— Moi je suis d'avis qu'on descende dans cette faille étrange, intervint Fintân.

Ardat poussa un soupir, et déclara :

— Ben voyons ! Et bien sûr, je suppose que Li va encore tirer je ne sais quoi de son mystérieux sac à dos pour nous sortir du pétrin où elle nous aura plongés ?

Tous se retournèrent vers Li, l'interrogeant du regard. C'est vrai qu'elle était partie sans sac à dos – n'emportant un bâton que de justesse et grâce à l'ingéniosité de Maître Babackas. Alors, comment se faisait-il qu'elle en ait un, maintenant ?

Elle toussota, gênée, ne sachant s'il fallait leur dire la vérité ou non, craignant leurs réactions. Mais Goïbnu la tira de ce mauvais pas en déclarant :

— C'est moi qui le lui ai donné. Peu avant qu'on franchisse le tourniquet. J'ai pensé que, euh… (Il hésita, promenant son regard à la ronde sur ses camarades.) Que ça nous profiterait à tous. Vu qu'on fait le voyage ensemble et que, euh…

— Nivel, affaire réglée, déclara Fintân. Et maintenant, on descend !

Ils décidèrent d'encorder le premier d'entre eux qui descendrait. C'est ainsi que Luchna s'enfonça dans le trou – au bout d'une corde accrochée au pommeau de la selle de Shittim.

Alors que Tyr et Goïbnu suivaient attentivement la descente de Luchna – qui rampait à l'intérieur du trou, bâton lumineux à la main –, Ardat et Fintân, sur le qui-vive, surveillaient les alentours. Au même moment, Li fouillait dans son sac à dos – cherchant à en examiner plus attentivement le contenu, maintenant qu'elle avait un peu de temps à sa disposition. En plus des tranches de pain et de lard, qu'elle avait déjà entamées, Li trouva plusieurs petits fromages ronds, quelques saucissons durs et des sachets de fruits secs – ainsi qu'une gourde d'eau. Le reste consistait en vêtements de rechange (dont une paire de chaussures de marche, qu'elle enfila sur-le-champ), matériel de couchage, de cuisine, d'escalade, nécessaire permettant d'allumer un feu, et d'autres choses encore, comme des fleurs d'artifice (une demi-douzaine, se réjouit-elle), une bourse contenant deux quinzaines de marques, et, bizarrement, l'étrange fourrure verte dans laquelle ses parents l'avaient découverte enveloppée quinze hivers plus tôt, au pied du Grand Rocher.

« Curieux », songea Li sans la sortir de son sac.

Soudain, Fouinard émit un sifflement strident, et tous regardèrent autour d'eux, inquiets, s'attendant à voir arriver le griffu. « Cette fois, je ne le loupe pas », pensa Goïbnu en faisant tournoyer son lourd casse-crâne.

Mais le danger ne vint pas de la plaine, ni de la falaise, mais de ses entrailles : Luchna tira énergiquement sur la corde – signal prévu en cas de danger. Tyr se raidit sur Shittim, tandis qu'Ardat et Goïbnu se plaçaient de part et d'autre de la corde, pour tirer de toutes leurs forces.

— Tiiirez ! Tiiirez ! leur parvint de l'intérieur de la Montagne la voix déformée de Luchna, effrayée.

« Viiite ! continua-t-elle à appeler alors que son bâton lumineux révélait des galeries souterraines bizarrement creusées, autour d'elle.

« Et tirez-vous de là aussi ! les pressa-t-elle lorsqu'elle sortit de la caverne, à moitié traînée sur l'amas de morts par les efforts conjugués de Goïbnu, Ardat et Shittim.

Elle n'eut pas besoin de leur décrire quel danger la suivait : un impressionnant bourdonnement enfla dans la caverne, accompagné des mêmes odieux sifflements qu'ils avaient entendus plus haut, sur l'escalier.

— Qu'est-ce que… ? commença Ardat.

— Courez ! cria Luchna sans se débarrasser de la corde qui la reliait à Shittim, n'hésitant pas à piétiner les morts pour dévaler, le plus vite possible, la longue pente enneigée qui les séparait de Plus Bas.

— Courez ! hurla Li en sortant deux fleurs d'artifice de son sac à dos. Courez !

Ardat détala sans demander son reste, suivi de Goïbnu, qui courut aux côtés de Luchna. Mais lorsque Tyr talonna Shittim, celui-ci refusa de bouger.

— Allez ! Aval !

Rien à faire – le bouquetin refusait d'obéir.

Tyr, affolée, se baissa sur l'encolure de sa monture pour la rassurer, la flatter – ou, peut-être, la frapper, si elle s'obstinait à ne pas bouger –, mais, ce faisant, elle comprit pourquoi Shittim refusait d'avancer : le noble bouquetin ne voulait pas quitter son maître, prisonnier de sa béquille.

Fintân les regardait d'un air navré, hésitant entre s'indigner – parce que Tyr avait voulu l'abandonner – et lui ordonner de filer. Le rouge aux joues, Tyr se baissa vers Fintân et lui tendit la main :

— Monte !

Mais, cette fois, Fintân secoua la tête et déclara :

— Non. Ma chute s'arrête ici.

— Ne fais pas ton fixe, monte !

Fintân hocha la tête.

— Mais monte au moins pour *moi* ! Tu vois bien que ton bouc de malheur refuse de faire un pas si tu n'es pas sur son dos !

— Libérez-moi ! leur parvint de plus bas la voix de Luchna, toujours reliée à Shittim par sa corde.

— Reculez-vous ! hurla Li en orientant l'extrémité de sa fleur d'artifice vers l'entrée de la caverne, d'où s'élevait un vrombissement si intense qu'il faisait trembler le linceul blanc déposé sur les morts.

Alors, tandis que Goïbnu s'arrêtait pour aider sa sœur à se libérer de la corde qui la reliait à Shittim, et qu'Ardat fonçait, tête baissée, au bas de la Plaine des Morts, Tyr descendit de selle pour que Fintân y prenne place.

— Val ! Val !

Fintân monta prestement sur le dos de sa monture, et tendit la main à Tyr pour l'inviter à le rejoindre.

Tyr accepta son invitation, et ils bondirent en avant avec un « YA ! » retentissant, dévalant la colline des morts. Lorsqu'ils se furent suffisamment éloignés de la falaise, Li tira sur la languette de sa fleur d'artifice.

Avec un *bang !* assourdissant, une fleur d'un rouge incandescent jaillit du tube de papier, en flétrissant l'extrémité. La fleur déploya ses pétales, enfla jusqu'à emplir entièrement la faille sertie au pied de la falaise, et explosa au moment même où la grotte vomissait un épais nuage d'insectes gigantesques. Ils tenaient à la fois de la guêpe, du crustacé et du ver annelé. Ils faisaient à peu près la taille de six ou douze canidés attelés en flèche, et avaient une tête bardée de globules noirs surmontant une floraison de mâchoires, trompes, palpes et suçoirs tentaculaires. De lourdes et grosses batteries d'ailes translucides, veinées d'épaisses nervures marron et couvertes d'élytres, s'articulaient le long d'une série d'abdomens effilés, corsetés d'écailles argentées, au bout desquels s'agitaient des sortes d'embryons de pattes rachitiques, ébauches d'organes préhensiles. Un formidable crochet, ou pince, que ces créatures orientaient vers leurs cibles en en courbant l'extrémité, constituait le point d'orgue de plusieurs millions d'années d'évolution dans le secret de la falaise.

Li vit les premières créatures s'enflammer sous l'effet de la fleur d'artifice, puis s'effondrer au sol avec des stridulations d'agonie, les ailes calcinées. Leur puissant crochet continuait à s'agiter dans tous les sens, impatient de frapper, alors qu'elles étaient mortes.

— … Li !…

« Ce sont donc elles qui ont creusé ces falaises », songea-t-elle en levant les yeux vers la paroi de la montagne, austère et impavide. Elle n'arrivait pas à détacher son regard des murailles de granit, fascinée.

— … LI !…

Avait-elle vraiment entendu ce qu'elle venait d'entendre ? Elle se tourna dans toutes les directions. « Araz ? » Son cœur se mit à battre la chamade.

— Araz ? cria-t-elle en regardant au-dessus d'elle.

Mais la montagne, indifférente, lui renvoya son cri : « Araaaz… »

— Li ! Bon sang, tu vas répondre oui ou non ?

Non, ce n'était pas la voix d'Araz. Pas du tout. C'était celle de Fintân. Tyr et lui s'étaient arrêtés, non loin d'elle, l'attendant.

— Aval ! Vite !

Li n'hésita pas un seul instant. Ces créatures reviendraient – c'était certain. Si la falaise était leur nid, elles devaient être des milliers.

Jetant son sac à dos par-dessus ses épaules, Li courut vers la main que Fintân lui tendait, les yeux rivés sur cette paume offerte – ne voulant pas voir autre chose, et surtout pas cette longue plaine de morts qui descendait en pente douce vers Aval sait où, par-dessus des générations et des générations de Tombeurs, parmi lesquels, peut-être, son frère. « Ne pas penser à lui. Ne pas penser à lui. Ne pas penser à lui. »

Elle courait à en perdre haleine, ses pieds s'enfonçant dans des poitrines et autres cavités innommables. Il lui semblait que des mains et des cages thoraciques cherchaient à l'emprisonner, tandis qu'elle courait vers la main tendue de Fintân – son unique horizon dans ce champ de morts qui s'étendait à perte de vue.

— Ouf ! lâcha-t-elle dans un souffle lorsque ses doigts se refermèrent sur la main de Fintân, qui la tira sur la selle de Shittim. Tu es sûr qu'il va pouvoir nous porter tous les trois ?

— Nivel ! cria Fintân en talonnant sa monture. YA ! YA Shittim ! YA !

Le fier animal bondit en avant, sans avoir pris d'élan, et se retrouva à la hauteur de Luchna.

— Désolé ! cria Fintân en enlevant Luchna à son frère, le laissant derrière lui, interdit. On se retrouve en bas !

Goïbnu les regarda s'en aller, soulagé de voir sa sœur entre les mains de Fintân – car elle au moins serait sauvée. Derrière lui s'élevaient de nouveau les affreux bourdonnements et sifflements de trompe dont il ne connaissait que trop bien, désormais, l'origine.

— « Malheur à celui qui... », commença-t-il en se signant vers le bas, sans quitter des yeux sa sœur – car elle était la dernière image qu'il voulait emporter de ce monde dans l'autre.

Soudain, alors que tout espoir semblait perdu, et que le bouquetin s'apprêtait de nouveau à bondir, Li se retourna vers Goïbnu pour lui crier « Attrape ! » et jeta dans sa direction un bâtonnet noir, qu'il reconnut aussitôt. Trop heureux, Goïbnu se précipita pour le ramasser – d'autant plus vite que derrière lui grossissait rapidement l'affreuse nuée vrombissante.

Il plongea sur la fleur d'artifice, s'en saisit et bascula sur le côté avec des bruits d'os brisés. Une averse de pinces, de suçoirs, de trompes et de mandibules se précipitait vers lui dans un nuage d'ailes iridescentes. Les créatures ! Elles volaient en essaim, noircissant le ciel de leurs formes ondulées.

— Rhaaaaaaaaa ! vociféra Goïbnu en tirant sur la languette.

La fleur d'artifice jaillit avec un *bang !* tonitruant, et enveloppa plusieurs essaims. Goïbnu ferma les yeux, sentit la chaleur de l'explosion lui roussir les sourcils, aspirant tout l'oxygène de l'air aux alentours. Il crut étouffer. Ses poumons le brûlaient, mais il était sauvé. Des dizaines de monstruosités claquetantes retombèrent en pluie sur lui, avec d'horribles sifflements.

Sans réfléchir, Goïbnu se releva, poussa un râle pour rassembler ses forces, et entreprit de dévaler la colline des morts. Ses mains, douloureuses, meurtries, allèrent chercher sous sa cape non pas Marmite, mais le lourd casse-crâne qu'il avait récupéré au pied de la falaise. « Les prochaines, je me les fais ! » songea-t-il, sans s'arrêter sur ce que cette tâche avait d'impossible. « Prétentiard ! » pensa-t-il en dévalant la colline, voyant En Bas, Tout En Bas, de l'autre côté des brumes éparses, et qui déjà se dispersaient sous l'action du soleil (« Loué soit le Très Bas ! »), le bouc de Fintân cavaler en direction de la frontière de la fausse plaine, qui s'arrêtait effectivement – Ardat avait raison – en pente douce sur une autre plaine, curieusement épargnée par la neige.

— J'arrive ! J'arrive ! hurla-t-il en redoublant ses efforts, courant malgré ses brûlures et ses muscles endoloris, malgré les coups que le griffu lui avait portés, et ses blessures qui se rouvraient.

Il était si terrorisé qu'il en oubliait d'avoir peur – la peur ne signifiait plus rien pour lui, plus maintenant qu'il entendait derrière lui, par-delà les bruits d'os et de morts dérangés par sa foulée, s'élever un nouveau vrombissement, plus fort et plus furieux que le précédent. « Je suis foutu ! Je suis foutu ! Mais je m'en fous, je cours ! Je couuuuurs ! » Il courut si bien qu'il dépassa Ardat – qui s'était pris le pied dans une cage thoracique, piège terrible dont il n'arrivait pas à se libérer.

— Goïbnu ! appela Ardat.

Mais Goïbnu ne pouvait pas s'arrêter – la pente était trop forte, et son élan trop grand.

— Goïbnu ! Par pitié ! s'époumona Ardat en tirant comme un damné sur sa jambe pour essayer de l'extraire d'entre les macchabées où elle s'était fichée.

Goïbnu se retourna et lui cria :

— « Malheur à celui qui est seul et qui tombe sans avoir… »

Il n'eut pas le temps de finir sa phrase. Il venait de glisser sur un corps, et il était tombé – lâchant son lourd casse-crâne. Derrière lui, à moins d'un battement de cœur de course à pied, le nouvel essaim avait fondu sur Ardat. Goïbnu voyait son camarade se débattre au milieu des créatures, poussant des hurlements effroyables et battant l'air avec les bras – cherchant peut-être à s'envoler. « Comme si ça pouvait le sauver… », songea Goïbnu, fils de Rahab, en remontant une dernière fois ses bésicles sur son nez tandis que les aberrations noyaient Ardat sous un déluge de pinces et de suçoirs.

Après lui avoir réglé son compte, l'essaim se précipita vers Goïbnu qui avait puisé dans ses dernières forces pour abriter Marmite dans son manteau et récupérer son casse-crâne. Le jeune Maître Tessons ne voulait pas mourir sans en éprouver le poids. « Au moins une. Je m'en fais au moins une… », jura-t-il en voyant fondre sur lui l'essaim meurtrier.

22

Leur course folle les jeta au pied de la plaine, éreintés, hors d'haleine, les yeux pleins de larmes et aphones.

« Il faut remonter », songeait Li. « On ne peut pas les laisser… »

Elle se rappelait douloureusement la fleur d'artifice écarlate qu'elle avait vue exploser sur la plaine, derrière elle. Elle s'était dit que, peut-être, cela permettrait à Goïbnu de s'en sortir. « Avec ou sans Ardat… » (« Plutôt sans », n'osait-elle s'avouer.)

— Ça les a emportés, balbutia Luchna, choquée. Ça les a emportés. Emportés…

Elle ne paraissait pas capable de dire autre chose, et continuait à répéter ce mot, secouant la tête, les mains et les lèvres tremblantes. « Emportés… »

— Qu'est-ce que c'était que ce truc ? demanda Fintân dans un souffle.

Comme ses trois compagnons, il n'avait plus qu'un mince filet de voix – à force d'avoir crié, hurlé, à la fois pour encourager Shittim et pour masquer sa terreur, sa douleur d'avoir perdu deux camarades de cordée. Deux compagnons placés sous sa responsabilité. Deux chuteurs qu'il connaissait depuis toujours, et avec lesquels il avait pensé vieillir et atteindre Tout En Bas Tout En Bas.

Les filles ne lui répondirent pas. Elles n'avaient peut-être pas entendu sa question, ou étaient trop secouées pour lui répondre.

Puis Tyr descendit de Shittim, suivie de Luchna, toujours sous le choc, et enfin de Li.

Li se tourna en direction de la Plaine des Morts, qui remontait désormais en pente douce, et déclara :

— Il faut remonter.

Les autres la regardèrent. Froncèrent les sourcils, ne comprenant pas – ou n'ayant pas entendu.

— Tu peux venir si tu veux, dit Fintân en lui tendant la main pour l'aider à grimper en selle.

Mais Li fit « non » de la tête, et tendit le doigt vers la falaise enveloppée de nuées vaporeuses.

— Là.

— Tu sais bien que c'est impossible.

Li hocha une nouvelle fois la tête. Trop épuisée pour répondre, elle se contenta de penser : « Ce n'est pas "impossible", c'est juste que ça demande plus de temps que n'importe quoi d'autre… »

Mais elle n'était pas en état de le lui dire.

Quant à Luchna, qui avait pleuré toutes les larmes de son corps en voyant s'épanouir la fleur rouge létale, même elle hochait la tête et murmurait :

— Pas possible, pas possible.

Elle faisait peine à regarder. « C'est bien la première fois que je la vois sans son frère », songea Li. Elle s'approcha de la frêle chuteuse et, sans un mot (elle n'en avait pas la force), lui passa un bras autour du corps. Puis deux. Et la serra contre elle.

Luchna se laissa bercer, comme l'enfant qu'elle n'avait jamais cessé d'être.

— Non, on ne peut pas remonter, ça ne sert à rien. Ils sont morts, déclara Tyr en tapant du pied dans un crâne vieux de milliers d'Ondées.

— C'est pourtant ce qu'on a fait, pour te retrouver, souffla Fintân.

Tyr lui lança un regard noir mais ne répondit pas.

— Si nous n'étions pas allés à ta rencontre, rien de tout cela ne serait arrivé…

— Tu aurais préféré que je meure ?

— Non. J'aurais préféré que tu nous suives.

— Et ensuite ? Quoi ? De toute façon, on aurait fini par arriver ici, déclara-t-elle en écartant les bras, pour désigner, derrière elle, la Plaine des Morts, et devant, l'immense pente poussiéreuse qui s'étendait à perte de vue, et qu'un étrange soleil baignait de lueurs malsaines.

(« Le jour tombe », souffla Luchna entre les bras de Li. Mais personne ne lui prêta attention, à cause de la tension entre Tyr et Fintân. Même Li sentait qu'elle ne devait pas intervenir. Surtout pas.)

— On se serait peut-être retrouvés ici, mais tous ensemble.

— Sans moi, déclara Tyr.

Fintân, l'humeur sombre, préféra ne pas répondre. Puis il plongea son regard dans celui de son ancienne amoureuse et déclara :

— Je sais pourquoi tu es remontée, toi.

— Qu'est-ce que tu dis ?

— Je dis que tu es remontée, et que je sais pourquoi.

— Tu déboules ! s'offusqua Tyr.

Alors, sans un mot, Fintân tira de sa fonte de selle un long bâton de marche, presque entièrement recouvert de runes : celui de Jaftar, fils de Qaïdan – le précédent alcade de Cent-Maisons. Et le père de Tyr.

Tyr rougit. Baissa la tête, confuse.

— Je ne pouvais pas le laisser, bredouilla-t-elle. J'ai pensé que, peut-être, j'arriverais à retrouver son corps et à prendre son bâton, pour l'emporter avec moi, Plus Bas.

— Tu sais que c'est un sacrilège.

— Mais ce bâton, dit-elle sans relever la tête, il peut nous aider.

— À quoi ?

— À obtenir des privilèges, dans les villages où nous irons.

Fintân le lui jeta aux pieds, d'un air dégoûté.

— Par respect pour ton père, je ne l'ai pas brisé, déclara-t-il.

Il éloigna Shittim de quelques pas, en direction de l'Aval – ou de ce qu'il croyait tel –, et se jucha sur ses étriers – comme il avait l'habitude de le faire, lorsqu'il s'agissait de reconnaître le terrain. Mais sa foulure lui arracha un cri de douleur, et il retomba sur sa selle en jurant dans sa barbe.

— Maudite blessure !

Incapable de renoncer à son devoir, il ordonna à Shittim de se dresser sur ses pattes arrière, et mit la main en visière sur son front pour s'aider à voir. Devant lui, à perte de vue, tout n'était que plaines et successions de plaines. Elles descendaient en pente douce, à peine rehaussées par un buisson maigre ou de rares bosquets. Fintân cherchait la voie la plus basse – la Voie de l'Eau – pour ne pas se tromper. Il n'avait plus, pour s'orienter, les runes de ses prédécesseurs – pères de ses pères et pères de leurs pères –, qui auraient pu les guider sur la Voie d'En Bas.

« Eh bien, puisque c'est ainsi, je suppose que c'est à moi d'indiquer la nôtre. »

Il descendit de selle en se tenant d'une main à Shittim, à cause de sa jambe douloureuse, et, du bout de sa béquille, traça dans la terre un dessin : une pointe, piquetée de dizaines de petits trous, orientée en direction de ce qu'il croyait être l'Aval.

— Ça devrait aller, déclara-t-il en remontant en selle.

— Tu ne fais rien de plus pérenne ? demanda Li.

— Je le ferai quand j'aurai trouvé une surface plus solide. Pour l'instant, je fais avec ce que j'ai.

Li hocha la tête, reconnaissant la sagesse de Maître Babackas.

— Allez, on y va ! souffla Fintân en donnant un léger coup de genou sur le flanc de Shittim.

— Vers où ?

— Vers l'Aval.

— Tu ne veux pas plutôt longer la Colline des Morts, afin de retrouver le reste de l'Ondée ? proposa Tyr en lui montrant le côté droit du tumulus.

— C'est moi le puntero, c'est moi qui décide. J'ai dit qu'on irait par ici, alors on y va.

— Mais…

— Il n'y a pas de reste de l'Ondée, ajouta Fintân.

— Si tu le dis, maugréa Tyr, à qui cette nouvelle, loin d'arracher des frissons de terreur, faisait plutôt plaisir.

Fintân redonna un petit coup de talons dans les flancs de Shittim, qui fit un pas en avant. Tyr et Luchna le suivirent.

Li continuait à hésiter.

— Je sais à quoi tu penses, Li, fille d'une Un et d'un Biais, lui annonça Fintân, juché sur Shittim, sans se retourner.

Li le regarda attentivement. Le dos de Fintân oscillait doucement sur sa selle, plein d'une détermination et d'un calme rassurants.

— Tu voudrais remonter, malgré le risque d'avoir tous les griffus du monde à nos trousses, sans parler des gypaètes et des autres charognards qui ont certainement fini, à présent, de dévorer nos bouquetins, n'est-ce pas ?

Elle frissonna, retrouvant dans les paroles de Fintân l'écho de ses propres paroles, un peu plus haut.

— Mais admettons que nous réussissions, poursuivit-il, et que les abominations de la falaise (il ne savait pas comment les nommer) nous laissent tranquilles, jusqu'où souhaites-tu remonter ?

« Jusqu'à mon père », songea Li. Mais elle se contenta de répondre :

— Jusqu'au tourniquet.

— Parce que tu crois qu'il te suffira de supplier à travers ses barreaux pour qu'on te laisse entrer ? intervint Tyr.

— Non. Je sais bien que non.

— Tu ne t'es jamais demandé à quoi servaient les fleurs d'artifice, hormis prévenir l'Aval de notre arrivée ? poursuivit Tyr.

— À tirer sur les griffus, les monstres, et tout ce qui nous court après pour nous faire la peau ?

— À ton avis ?

Li réfléchit. Brièvement. Il ne lui fallut pas longtemps pour trouver la réponse. En effet, ces fleurs d'artifice étaient un avertissement – mais pas seulement à l'intention des habitants de l'Aval. D'abord, et surtout, à l'intention des Transhumants.

— Ces fleurs nous seront tirées dessus si nous remontons, lui dit Fintân.

— J'ai compris, souffla Li.

Elle rajusta son sac à dos sur ses épaules, et rattrapa le petit convoi formé de Tyr, Fintân et Luchna.

— Je me demande bien ce qu'a pu sentir Marmite, dans la caverne, s'interrogea Luchna à voix haute alors que, derrière eux, la Plaine des Morts s'estompait.

— Il faudra que tu nous dises ce que tu y as vu, ajouta Li.

Les yeux de Luchna s'ouvrirent tout ronds, comme si elle était de nouveau en train de ramper à l'intérieur de la falaise.

— C'était magnifique et terrifiant à la fois. Tout un monde souterrain. Avec des sortes de voûtes et de gigantesques piliers taillés dans la pierre. Comme un double en négatif de notre propre monde. Et ces bêtes, ces choses. Elles vivent là…

Les autres hochèrent la tête, attentifs.

— Si nous pouvions, si nous pouvions…

Elle s'interrompit, incapable de poursuivre, gagnée par les sanglots. Son frère. Ces créatures l'avaient mis en morceaux de manière épouvantable. Si horrible, en vérité, qu'elle se refusait à l'imaginer.

— Je ne veux plus parler de ça, ajouta-t-elle. C'est amont, désormais.

« Derrière nous, songea Li. Mais au-dessous de nos ancêtres. Ces créatures sont peut-être la raison pour laquelle la falaise s'effondre. Elles la rongent de l'intérieur, et nous ne pouvons même pas remonter prévenir nos parents. Ce qu'elle peut être meule cette loi, vraiment. »

Elle poussa un long soupir, se promettant de tout faire pour remonter un jour – une fois qu'elle leur aurait prouvé qu'elle était, elle aussi, digne de Tout En Bas Tout En Bas.

Avec l'aube se leva un vent frais, qui dissipa les brumes en même temps qu'il apportait le jour. Seul un ciel encombré de nuées les empêchait de voir se dresser derrière eux les formes rocailleuses et âpres de la falaise. Li ne pouvait s'empêcher de penser à Araz. Elle se posait mille questions auxquelles elle n'avait pas de réponse, et auxquelles elle se demandait si elle en aurait un jour. « Peut-être pas », soupira-t-elle, trop bas pour que les autres l'entendent.

Quant à Tyr, elle avait remplacé son bâton par celui de son père. À voir la façon dont elle l'enfonçait fièrement dans le sol à chacun de ses pas, pour y laisser son empreinte, il ne semblait pas qu'elle regrettât son geste. « Au contraire », songeait-elle. « J'ai pris la bonne décision. Fait ce que je devais faire. »

Elle laissa un sourire flotter sur son visage, se disant : « J'ai de la chance. Deux morts dans mon groupe, et je suis toujours en vie. » Elle avait presque envie de rire. Après tout, Goïbnu (si gros, si gras, si informe et ridicule, avec ses blagues idiotes) et Ardat (qui était-il au fond ? Un moinillon ? La belle affaire...) n'avaient jamais rien signifié pour elle. Les autres pouvaient mourir. Tant qu'elle était vivante. « Leur seul intérêt, songeait-elle en regardant Fintân et Luchna, c'est de mourir pour me permettre d'avancer. » Curieusement, elle trouvait qu'ils auraient dû lui témoigner plus de reconnaissance. « Ils ne se rendent pas compte de la chance qu'ils ont. »

Ils traversaient de grands espaces de terre brune, où leurs pas soulevaient une fine poussière blonde luisant au soleil. Après avoir chevauché quelque temps sans cavalière supplémentaire, pour que Shittim se repose et se remette de ses blessures, Fintân accepta de prendre avec lui Luchna. Ils allaient doucement, au rythme des plus lents, lorsqu'ils arrivèrent à un ancien cours d'eau. Son lit, presque à sec, était semé de petits cailloux blancs et bordé d'ajoncs et de roseaux entre lesquels paressait un filet d'eau. Celle-ci leur parut excellente ; aussi en burent-ils abondamment, car ils mouraient de soif.

— Et maintenant ? s'enquit Tyr après avoir empli sa gourde.

— La logique voudrait qu'on longe ce ruisseau, répondit Fintân en suivant le cours d'eau du regard.

Mais il ne distinguait rien d'autre qu'une nouvelle plaine, également blonde, où l'eau traçait sa route glougloutante.

Les filles hochèrent la tête.

— Nivel.

— Alors, en Aval !

Ils voyagèrent sans s'arrêter, le long d'une légère pente qui allait en s'accentuant. Après plusieurs heures de route, la falaise ne fut plus, derrière eux, qu'une mince ligne à l'horizon. Puis elle disparut totalement. Ils eurent alors le sentiment d'avoir changé de monde, et prononcèrent la phrase rituelle :

— « Aujourd'hui nous sommes arrivés plus bas qu'hier. Et demain… »

Ils n'eurent pas le temps de terminer que, déjà, dans leur dos, un grondement s'élevait.

Mais ce n'était que le tonnerre, au loin, au-dessus des terres gastes.

« Et s'il n'y avait pas d'autres villages ? songea Li. Et si nous étions les derniers ? le bout du bout de la dernière cordée ? »

Inquiète, elle regarda le ciel, où les nuages s'amoncelaient.

— Vous ne croyez pas, demanda-t-elle aux autres, qu'on devrait remonter ? Qui nous dit qu'il y a d'autres villages, plus bas ? Cent-Maisons était peut-être vraiment le dernier ?

— Nous remonterons quand nous aurons trouvé la Terre d'Aval, décréta Fintân. C'est là notre devoir. Notre honneur.

— Et s'il n'y a pas d'Aval ?

— Alors on continuera à descendre et à préparer le chemin pour nos successeurs.

« C'est absurde », pensa Li.

Comme pour la mettre en garde contre de telles pensées, le tonnerre gronda. Plus proche que jamais.

Malgré la lourde couverture nuageuse qui plongeait le paysage dans l'obscurité (à moins que ce ne fût aussi la nuit ?), le temps était étonnamment lourd. « Ça sent l'orage », se dit Li en rabattant sur sa tête la capuche de la pelisse de Maître Babackas. Elle étouffait de chaleur, sensation surprenante. « Surtout en cette période de l'année. » En fait, jamais elle n'avait eu si chaud de sa vie. « Sauf quand j'étais malade. Ou que nous allions à l'étuve, Ba, Ma et moi... » À l'évocation de ce souvenir, elle se sentit moins triste. Elle ferma les yeux et décida de le garder en elle, précieusement.

Quelques gouttes tombèrent, aussitôt absorbées par le sol desséché. Le cours d'eau se constella de mille et un petits cercles, vite rompus par le courant. Les quatre compagnons enfilèrent un sarrau de toile imperméable, puis il se mit à pleuvoir à verse – et ils durent rentrer la tête dans les épaules, courbant le dos dans l'espoir de passer entre les gouttes. En vain. Lorsqu'ils furent trempés jusqu'aux os, et que Luchna lâcha deux ou trois éternuements tonitruants, Fintân leur annonça, d'une voix nasillarde :

— Il faut trouver un abri, sinon je ne donne pas cher de notre peau.

Il pleuvait tant qu'ils n'y voyaient pas à plus de trois pieds devant eux. « C'est lassant », se découragea Li en enfonçant sa perche dans le sol. « Quand ce n'est pas la brume, c'est la pluie. Qu'est-ce que je ne donnerais pas pour un bel horizon dégagé. »

— La rivière grossit, les prévint Fintân.

— Elle grossit même à vue d'œil, ajouta Tyr.

En effet, le volume du cours d'eau augmentait rapidement.

— À ce rythme, elle va bientôt déborder.

— Elle déborde déjà !

— On trisse, suivez-moi ! déclara Fintân en guidant Shittim vers le sommet de la berge.

Mais la pente était rendue impraticable par les torrents d'eau qui la dévalaient.

— Je ne m'étais pas rendu compte que le lit était profond à ce point !

— C'est parce qu'on n'y voyait rien, à cause de la pluie !

— Il faut sortir d'ici, ou on va tous y passer !

Li frissonna. Ce danger ! Il semblait encore plus terrible que celui des morts, des griffus et des abominations, qu'ils laissaient derrière eux. Comme si la route elle-même – leur propre chemin – se dressait contre eux. (Une telle chose était-elle possible ? Non, elle ne l'était pas. Ne pouvait pas l'être.)

C'est alors que le taupard émit un sifflement, aussi bref que strident : « SQUIIIIIK ! »

— Danger ! cria Li. Vite ! Il faut faire quelque chose !

— Mais quoi ? s'affola Tyr.

Li s'élança sur la butte à sa droite, s'y cramponna, serrant sa perche de sa main droite, enfouissant la gauche dans la boue, s'accrochant à des tiges pareilles à des racines. (« Des racines ? » songea-t-elle, sans s'arrêter sur ce détail.) À force de violents coups de pied dans la berge, elle essayait de se creuser des points d'appui, pour s'élever, et s'élever encore. Mais elle n'y arrivait pas. Un poids la tirait en arrière.

Le sac à dos d'Araz ! Elle n'hésita qu'un court instant avant de prendre la décision qui s'imposait : d'un mouvement des épaules, elle le laissa tomber dans la rivière qui grossissait dangereusement – au point de leur arriver jusqu'aux genoux.

— Li ! hurla Fintân de l'autre côté du rideau de pluie. Qu'est-ce que tu fais ?

— Je me suis débarrassée de mon sac à dos pour grimper ! Je vous tendrai ma perche une fois au sommet !

— Mais tu ne sais même pas à quelle distance il se trouve !

— Je le saurai quand j'y serai !

Elle grimpa, pareille au griffu sur sa falaise, donnant de tels coups de pied dans la terre gorgée d'eau qu'elle y ouvrait de grandes brèches où ses chausses venaient aussitôt se loger. « Monter ! Monter ! Finalement, je vais finir par y arriver ! »

— Là ! cria-t-elle. J'y suis !

Trempée de la tête aux pieds, elle tendit sa perche en direction de la rivière devenue fleuve, en espérant que Tyr pourrait la saisir. Et ensuite ? Pour Fintân et Luchna ? « Chaque chose en son temps… »

Tyr attrapa la perche, après s'être elle aussi délestée de son sac à dos et servi des trous qu'avait creusés Li dans la berge pour grimper.

Derrière eux, le grondement grandissait furieusement, et Fouinard – dont les yeux aveugles clignaient de terreur – émettait des sifflements plus stridents que jamais : « SQUIIIIIK ! »

— Enfin !

Li tendit la main à Tyr et l'aida à se hisser au sommet de la berge.

— Dépêchez-vous ! hurlèrent les deux chuteuses à Fintân et Luchna, restés en bas.

Ils les regardaient, désemparés, ne sachant que faire. Jamais le puntero n'abandonnerait sa monture – et de toute façon, sans Shittim, et avec sa cheville foulée, Fintân ne pourrait pas aller très loin.

— Descends ! Descends de selle et grimpe jusqu'ici ! cria Tyr à Luchna, qui hésitait.

Luchna commença de descendre, pour lui obéir. C'est alors que déboula une lame de fond si puissante qu'elle les balaya sur son passage, telle une avalanche liquide.

Fintân eut à peine le temps de refermer sa main sur le col de Luchna pour la garder avec lui que la vague les avait emportés.

— Nooon ! hurla Li en voyant les flots impétueux rouler cul par-dessus tête les formes disloquées de ses amis. Nooon !

Tyr voulut descendre, mais Li l'en empêcha, au risque de glisser.

Les deux filles se retrouvèrent seules sur la berge, au-dessus du fleuve qui avait englouti leurs amis.

Autour d'elles bruissait et s'agitait un monde inconnu et hostile.

Quel était-il ?

Soucieuses de le découvrir, et de s'en protéger, elles se retournèrent. Et virent qu'elles étaient dans une forêt – du moins, si telle était cette chose composée de nombreux troncs noueux et bruns, ornés de feuilles vertes, qu'on leur avait décrite à maintes reprises dans des légendes narrées au coin du feu. « Je croyais qu'elles avaient toutes été détruites, lors de la Grande Catastrophe », songea Li, époustouflée.

Elle s'approcha de l'un des troncs, couvert de lianes et de mousses luisantes qui frémirent sous ses doigts, comme si elles étaient vivantes, et leva les yeux. Sur l'une de ces barres appelées branches était assise une petite créature poilue, avec un nez épaté et deux grands yeux ronds et jaunes pareils au disque de la lune. Elle avait une longue queue préhensile et une fourrure du même vert que celle à l'intérieur de laquelle Li était emmitouflée, lorsqu'on l'avait retrouvée au pied du Grand Rocher.

— Mort bas, s'exclama Li, bouche bée. Si je m'attendais à ça...

Mais à peine avait-elle fait un pas dans la direction de la bête, qui la considérait d'un air intéressé, que déjà Tyr sortait de sa poche de ceinture une fronde, où elle inséra une pierre.

— Surtout pas ! cria Li.

Mais la petite créature, sautant de branche en branche, s'était déjà éclipsée.

— Ce que tu peux être meule, lui cracha Tyr à la figure. Ça nous aurait fait un repas.

Li ne répondit même pas. Elle se contenta de longer le fleuve.

— Où vas-tu ?

— Retrouver Fintân et Luchna, déclara-t-elle entre ses dents, en se fichant pas mal que Tyr la suive ou non.

21

Quelques pas plus loin, sa colère s'était effacée pour laisser place au chagrin. Le fleuve, à côté d'elle, continuait à rouler sa fureur, semant de terrifiants échos dans la forêt – « si c'est bien une forêt », pensait Li en n'osant s'approcher des troncs énormes qui se perdaient au-dessus d'elles, dans un entrelacs de feuillages et de branches bizarres.

Un éclair zébra le ciel, qu'elles aperçurent de manière indistincte, hachurée, par-delà les cimes entremêlées. Puis le tonnerre gronda, faisant trembler les bois. Li et Tyr levèrent la tête vers les frondaisons, ne sachant si elles devaient courir ou rester sur place, se rapprocher des troncs ou s'en éloigner, s'asseoir ou s'allonger, mains posées sur la tête, et prier le Très Bas.

— Que faire ? demanda Tyr.

— Aucune idée. L'enseignement de Maître Babackas ne portait pas sur les forêts.

— Bah, de toute façon ses cours étaient meules. La preuve, comme tu dis, c'est qu'il ne nous a jamais parlé de ces trucs.

— Justement, c'est ça qui est intéressant.

— Ah ouais ?

— Ouais, cela veut dire qu'on approche de terres tout à fait nouvelles…

— Si tu le dis, déclara Tyr en se fichant pas mal de l'opinion de Li sur les cours de Maître Babackas. (« Après tout, c'était mon maître – pas le sien. Li, tout ce qu'elle faisait, c'était apporter à boire et à manger aux bouquetins, nettoyer leurs stalles et leur… »)

Elle fut incapable de terminer sa pensée. Une violente crampe d'estomac la tordit en deux. Elle s'accroupit, toussa. Et vomit une bile jaunâtre, mêlée des morceaux de pain, de lard et de champignons qu'elle avait avalés dans la journée. Son dernier repas. La tête lui tournait. La fièvre la gagnait. Tremblante, le teint pâle, elle se releva en se tenant d'une main à un tronc.

— Qu'est-ce que… ?

— Tu es malade, dit Li.

— Sans blague.

— Une intoxication, probablement.

— Mais je n'ai rien mangé que…

Une fois encore, elle ne termina pas sa phrase. Pliée en deux, livide, elle vomit de nouveau. Il n'y avait que de la bile.

— Ce n'est pas ce que tu as mangé, déclara Li sombrement. C'est ce que tu as bu.

Elle se tourna vers le fleuve, dont elles entendaient le grondement lugubre, au loin.

— Ce que nous avons tous bu…, ajouta-t-elle d'un air funèbre.

Était-ce par contagion, solidarité ou empathie ? Toujours est-il qu'à ce moment-là Li se sentit prise, elle aussi, de violentes crampes d'estomac.

— Mon taupard…, hoqueta-t-elle, pliée en deux.

Inquiète, elle porta la main à son col, où la petite bête avait l'habitude de se réfugier. Mais Fouinard ne s'y trouvait pas. Il avait dû glisser en chemin.

— Demi-tour, souffla Li, cherchant à parler le moins possible.

— Nooooon, grinça Tyr en crachant un long jet de bile. Je refuse de…

Ses vomissures allèrent se perdre à ses pieds, entre les racines de l'arbre où elle se tenait appuyée à deux mains.

— Je me sens si mal, fit Tyr, blême, tremblante, et des rigoles de sueur coulant sur son visage. Et j'ai peur. Je n'ai pas envie de mourir ici. Pas si près.

(« Près de quoi ? se demanda Li. Près de chez nous ? Ou près de Tout En Bas Tout En Bas ? »)

— On ne va pas mourir. Juste vomir tripes et boyaux. Cette sorte d'empoisonnement n'est pas fatal.

— C'est lié à quoi ?

— À l'eau du fleuve, je te l'ai dit. Jamais on n'aurait dû la boire.

— Mais pourquoi ?

Li réfléchit un instant. Qu'est-ce qui avait pu empoisonner l'eau ? Et soudain, elle dit :

— Les morts…

Elle s'interrompit, reprenant son souffle. Elle sentait la nausée la gagner. Si elle ne faisait pas attention, elle aussi vomirait.

Mais justement ! C'est ce qu'elle devait faire – vomir ! Se purger. Et tant pis si dans le même temps elle se vidait de son dernier repas. La forêt paraissait abonder en racines, mousses, lichens et champignons – dont certains, de couleur violette, étaient de proportions si gigantesques qu'ils étaient plus grands qu'elles. (Restait à trouver les bons et à éviter les vénéneux...)

Alors elle se pencha, et fit comme Tyr : elle vomit pour se purger de tous les poisons qu'elle avait absorbés, cherchant à se rappeler si elle avait donné ou non à boire à son taupard. Non, il lui semblait que non. « Je l'ai fait boire à ma gourde, avant de la remplir... Ou était-ce après ? »

Elle ne savait plus. Tout ce qu'elle savait, c'était qu'il fallait...

— ... penser à la vider, articula-t-elle, éreintée.

— Quoi ?

— Vider... ta gourde.

Tyr esquissa un sourire, qui se transforma rapidement en rire. Penchée sur le tronc où elle avait vomi, elle s'esclaffait à perdre haleine.

— Pourquoi ris-tu ?

— Parce que... parce que...

— Eh bien ? demanda Li, de nouveau tenaillée par une douleur à l'estomac.

— Parce que ma gourde était dans mon sac à dos, et que je m'en suis délestée pour grimper ici !

Li fut prise aussitôt d'un fou rire. Elle aussi avait perdu sa gourde. Et le sac à dos d'Araz. Et ses amis. Et Fouinard. Tout ce qu'il lui restait, c'était sa pire ennemie.

La fille qu'elle détestait le plus au monde – et qui la haïssait elle aussi.

Et cette situation la faisait rire, c'était plus fort qu'elle. Et si horrible.

Lorsqu'elles eurent ri à en avoir un mal de ventre pire que celui de la nausée, et qu'elles n'eurent plus qu'une seule envie : reprendre leur souffle, juste leur souffle, par pitié !, elles s'autorisèrent de nouveau à sourire, et recouvrèrent leur calme. Elles s'astreignaient à respirer par petites goulées régulières.

— Bon, haleta Li, les mains posées sur un tronc. Procédons par priorités.

— Tu dis toujours ça, souffla Tyr.

— Parce que ça aide.

(« Et aussi parce que Ba et Maître Babackas pensaient comme ça. »)

— Alors, reprit-elle, priorité numéro 1...

— Retrouver nos amis ?

— Non. Boire.

— Mais, tu viens de dire que...

— Pas l'eau du fleuve, non. Mais cette eau-là.

Li leva la tête vers le ciel, d'où une eau bienfaisante cascadait d'entre les feuilles entrelacées au-dessus d'elles, et que la foudre révélait par à-coups éblouissants.

— Fais comme moi, conseilla Li.

Elle mit ses mains en coupe devant elle, et les lava dans l'eau qui tombait du ciel, tiède et pure. Puis, après s'être frotté les mains plusieurs fois pour les débarrasser des impuretés accumulées durant leur aventure, elle les présenta au ciel. Chaque éclair dévoilait un gigantesque sous-bois, dont elles ne voyaient pas la fin – mais qui semblait partir dans toutes les directions. (« Laquelle est la bonne ? » songea Li – tout en se demandant si sa question avait un sens.)

Chaque zébrure trahissait un rideau de pluie qui lavait leur corps, leurs vêtements, de toutes les souillures, de toutes les fatigues amoncelées depuis leur départ. Quand elles se furent suffisamment nettoyées, les deux chuteuses tendirent leurs mains vers la cime des arbres, et burent les gouttes que leurs paumes meurtries recueillaient.

Désaltérées, rassérénées, elles se regardèrent – et Li vit que pour la première fois elle et Tyr échangeaient un regard qui n'était pas de haine, mais de complicité.

— Nivel, fit Tyr. Où va-t-on ?

— Notre seul point de repère étant le fleuve, je propose que nous le longions. Dans le sens du courant, évidemment. Mais avant cela, j'aimerais repartir sur nos pas, pour retrouver Fouinard.

Tyr hésita. « Repartir en arrière ? Pas mon genre… »

— Rappelle-toi, lui dit Li, comme si elle avait entendu ses pensées, lorsque tu es remontée chercher le bâton de ton père…

Tyr regarda le bâton posé à côté d'elle, contre un tronc d'arbre.

— C'est vrai. Tu as raison.

Ces paroles sonnaient étrangement, dans sa bouche. Comme si elle les prononçait pour la première fois.

— Rebroussons chemin, proposa Tyr comme si c'était son idée.

Les deux filles revinrent donc sur leurs pas, scrutant les sous-bois et la berge du fleuve à la recherche de Fouinard. Mais comment, dans une telle obscurité, repérer une créature plus petite qu'une main et à la fourrure noire ? (Blanche au niveau du ventre.)

— C'est impossible, se dit Li, tout bas.

Mais pas assez bas pour que Tyr ne l'entende pas.

— Non, pas impossible. C'est juste que ça demande un peu plus de temps.

— Tu as raison, sourit Li. Cherchons.

— Fouinard ! Fouinard ! cria Tyr en mettant les mains en porte-voix autour de sa bouche.

Li la regarda, n'osant s'avouer qu'elle trouvait bizarre d'entendre Tyr appeler Fouinard. « Jalousie ? se demanda-t-elle. Non. C'est juste que c'est nouveau. »

— Fouinard ! Fouinard ! appela-t-elle à son tour, en s'efforçant de crier plus fort que Tyr.

Quelque chose remua, sur le côté, dans la forêt.

Tyr et Li se retournèrent – il fallait vraiment posséder une ouïe très fine pour l'entendre au milieu de l'orage, mais cette ouïe, elles l'avaient. Devant elles, l'une des étranges petites créatures aux yeux ronds et jaunes, et à la fourrure verte, se tenait, debout sur ses deux pattes arrière, avec entre ses mains une petite bête de couleur noire.

— Fouinard ! s'écria Li, ivre de joie.

Mais elle n'osa pas faire un pas en avant – pas plus que Tyr, qui demeura à ses côtés, main posée près de la fronde qui continuait de pendre à sa ceinture.

La petite bête à fourrure vert émeraude – étrange et singulière réminiscence de la fourrure de Li – déposa Fouinard à ses pieds, et remonta d'un seul bond sur son arbre. D'où descendirent alors plusieurs autres petites créatures. Étaient-ce des singes ? « On dirait que oui », songea Li, décidant de les nommer « singes » d'après les frustes représentations qu'elle avait vues de ces animaux dans la Grotte du Rideau d'Eau.

Les singes s'agrippaient au tronc d'une seule main, tenant dans l'autre de longues feuilles d'un vert soyeux, qu'ils déposèrent aux côtés du taupard. Ils faisaient signe aux jeunes filles de les avaler.

— Manger les feuilles ? demanda Li à haute voix, tout en trouvant cela absurde.

Les singes hochèrent la tête, comme s'ils avaient compris. « C'est vraiment incroyable, s'émerveilla Li. On dirait qu'ils parlent notre langue. Qui la leur a apprise ? »

Elle fit un pas vers les feuilles et Fouinard, tandis que les singes remontaient prestement sur leur arbre.

— Attends ! fit Tyr en lui posant la main sur le bras. C'est peut-être un piège !

— Je ne crois pas, dit Li.

Elle s'avança vers son taupard, qui ouvrit les yeux au moment où elle s'approchait de lui. Li se baissa pour le ramasser. La pauvre petite bête avait l'air en mauvais état. Une écume blanche lui collait aux babines. Elle avait donc, elle aussi, vomi. (« Alors je lui ai fait boire de l'eau du fleuve, maudite moi », en déduisit Li.)

— Merci ! Merci ! cria-t-elle à l'adresse des singes, dont la fourrure verte luisait étrangement sous la cime des arbres.

« Quelle drôle de fourrure… Et quelle drôle de couleur », se dit Li en les regardant sauter de branche en branche, où ils se confondaient avec les feuilles. « Elle me fait presque mal aux yeux. »

— Je me demande si c'est d'eux que provient ma fourrure, s'interrogea Li à haute voix.

— Ta fourrure ? demanda Tyr, surprise, en regardant la pelisse détrempée de Li.

— Oublie, fit Li en regrettant de l'avoir mentionnée.

Les singes disparurent tous, sauf un, plus vieux que les autres (à en croire les singuliers poils blancs, recroquevillés sur eux-mêmes, qui déparaient sa toison) et qui semblait lui adresser des signes du haut d'un arbre.

— Que veut-il ?

— On dirait qu'il te demande de le suivre.

— Qu'il *me* demande, ou qu'il *nous* demande ? la questionna Li.

— À la manière dont il te regarde, je dirais qu'il *te* le demande à toi.

— C'est bien ce qu'il me semblait. Du coup, je trouve ça bizarre. Et même un peu inquiétant.

— Je ne te quitte pas d'une semelle, déclara Tyr sur un ton rassurant.

— Compagnes de cordée, souffla Li.

Elles se regardèrent de nouveau, et murmurèrent, comme un rituel visant à les ragaillardir :

— « Malheur à celui qui est seul et qui tombe sans avoir un second pour le relever. »

Elles sourirent, se signèrent vers le bas et se remirent en route, suivant le vieux singe qui les précédait en sautant d'arbre en arbre. À force de garder les yeux levés pour ne pas le perdre de vue, elles attrapèrent un début de torticolis. Mais Li s'aperçut bientôt que la douleur disparaissait, peu après qu'elle eut mâché et avalé plusieurs des feuilles vertes que les singes leur avaient apportées.

— Tu crois qu'on retrouvera le fleuve ? s'inquiéta Tyr, alors que le terrain s'aplanissait et que le vacarme des eaux en furie s'estompait derrière elles, en même temps que l'orage.

— Oui, répondit Li.

Alors qu'elle pensait : « Chaque chose en son temps. » Et ce nouveau constat l'amena à se dire : « Menteuse, menteuse, je suis une menteuse. Et peut-être même une "monteuse". Oui, c'est cela, une "monteuse" venue d'ici, autrefois, il y a quinze hivers. Car cette fourrure verte ne peut provenir que d'ici… »

Comme elles écartaient des rideaux de fougères et de lianes, et que dans le lointain les grondements du fleuve s'étaient tus – en même temps qu'il avait cessé de pleuvoir –, elles virent émerger d'entre les arbres une chose à laquelle elles eurent le plus grand mal à croire, alors même qu'elle leur faisait face, immense et les bras écartés.

— Ce n'est pas possible, souffla Li, interloquée, portant la main à sa bouche.

— Impossible, ajouta Tyr en s'arrêtant.

Mais le taupard se mit à ronronner, comme en présence d'une antiquité. Alors les deux jeunes filles s'agenouillèrent et rendirent grâce, touchant du front l'herbe imbibée de rosée, tandis qu'en face d'elles une statue gigantesque, bras ouverts en un geste d'accueil et sourire aux lèvres, les invitait à se recueillir. Une statue qui ressemblait, trait pour trait, à une Li adulte.

20

Ça fait peur, avoua Li en se relevant.

— Un peu, convint Tyr. (Ce qui, chez elle, voulait dire « beaucoup ».)

Les deux jeunes filles s'approchèrent de la statue. Elle était taillée dans un bloc de pierre grise, compacte – d'où provenait-il ? Elles n'en avaient aucune idée. Cette forêt avait-elle toujours été là ? Ou avait-elle poussé autour de cette statue, épousant ses formes pour la dissimuler aux yeux du profane ?

Li en fit le tour à distance respectable. Tyr demeurait en retrait, sur ses gardes. Les singes avaient fait leur réapparition, sur les branches, les troncs et le sol de la forêt – partout où pouvait se poser le regard, et où les jeunes femmes et la statue ne se trouvaient pas. Ils offraient un spectacle à la fois cocasse et inquiétant, ne quittant pas Li des yeux, leurs grosses pupilles jaunes tournées dans sa direction, la suivant où qu'elle aille. Quand elle passait près d'eux, ils courbaient la tête, comme dans l'attente d'une caresse.

Li s'approcha du plus vieux. S'agenouillant pour se mettre à sa hauteur, elle lui demanda :

— C'est donc ici que tu voulais me conduire ? À cette statue ?

(« Qui suis-je pour parler à cette créature ? Je déboule... »)

Le vieux singe hocha vigoureusement la tête, comme s'il la comprenait.

— Mais que suis-je censée faire ? Peux-tu m'expliquer ?

Le singe tourna en rond sur lui-même, courant après sa queue.

— Je ne comprends pas, poursuivit Li.

Les autres singes l'imitèrent, sauf qu'ils tournaient dans tous les sens, les uns vers la droite, les autres vers la gauche. Certains faisaient même des cabrioles. Tout cela dans une cacophonie de cris et de battements de mains et de pieds à donner le vertige.

— Assez ! ordonna Li.

Les singes se figèrent aussitôt.

— Je suis désolée, mais je ne comprends pas. Vous me demandez de sauter ? C'est cela ?

Les singes hochèrent la tête, poussant des « Ouh ! Ouh ! Ouh ! » frénétiques. Certains l'applaudirent même.

— Mais sauter où ? Vous pouvez me montrer ?

Le vieux singe se mit à gratter la terre, aux pieds de la statue, après en avoir délicatement écarté une fleur comme Tyr et Li n'en avaient jamais vu : à trois pétales et aux formes complexes. Autrefois blanche, la fleur était à présent fanée. Elles ne le savaient pas, mais il s'agissait d'une orchidée. Bientôt, le vieux singe fut imité par ses congénères. Tyr et Li reculèrent, pour mieux voir.

Les singes envoyaient derrière eux des mottes de terre mêlées de touffes d'herbe, creusant le sol aux pieds de la gigantesque statue, jusqu'à dégager un espace de la longueur, à peu près, d'un corps adulte.

— Une tombe, souffla Li.

Le cœur battant, elle s'approcha tandis que les singes s'écartaient respectueusement sur son passage, pour lui faire une haie d'honneur. Tyr la suivait à un pied de distance. Lorsque Li fut au bord du trou, elle baissa les yeux et fondit en sanglots.

À quelques pas au-dessous d'elle reposait un corps – un squelette – habillé d'une longue robe azurée, qui avait dû être superbe, autrefois. (« C'était il y a quinze hivers », songea Li.)

Elle connaissait le mot qu'elle devait hurler, tant il lui faisait mal, la traversait de part en part. Elle le connaissait, oui. Mais n'osait pas. Ne voulait pas le crier. Jamais, non, jamais elle ne s'était attendue à cela.

Les lèvres pincées, les larmes coulant sur ses joues sans qu'elle puisse les retenir, elle descendit dans la fosse et se tint près du corps. Elle s'agenouilla dans la terre, au plus près des os qu'elle n'osait pas déranger. Et elle pleura, pleura, et pria, songeant à Ma, à Ba. « Alors j'ai un père et une mère, se dit-elle, en plus de Ma et Ba… Une mère et un père. »

Ces mots avaient un goût nouveau. Ni meilleur ni pire que le précédent. « Seulement… différent. »

— C'est la chose la plus escarpée que j'aie jamais vue, déclara Tyr en s'approchant à son tour de la fosse. Alors, comme ça, tu viendrais d'ici. Autrement dit, tu es une…

— … monteuse, conclut Li.

— Je le savais, poursuivit Tyr. Je l'ai toujours su...

Mais cela lui était désormais aussi indifférent qu'à Li. Et peut-être même était-ce un avantage ?

Li n'arrivait pas à croire en sa chance. Et pourtant, elle le savait. Le squelette de femme allongé au fond de la fosse était celui de sa mère. Elle leva les yeux et regarda l'immense statue aux bras grands ouverts et à l'expression bienveillante. Elle comprit que depuis quinze hivers – au moins – les singes avaient pris soin d'elle. Nettoyant les mousses et les lichens qui cherchaient à ronger la pierre, ôtant les fientes d'oiseaux ou les fruits pourris qui avaient chu sur elle.

— Vous êtes ses gardiens, merci, déclara Li en joignant les mains et en s'inclinant comme elle avait vu Maître Babackas le faire des milliers de fois devant l'autel des ancêtres.

Les singes, à leur tour, s'inclinèrent, lui rendant son hommage.

— Mais pourquoi me l'avez-vous montrée ?

Les petits singes se remirent à sauter et à bondir dans tous les sens.

— Vous voulez que je saute ? Encore ? Mais où ? Je pensais que vous vouliez que je descende dans la fosse...

Le plus vieux des petits singes à la fourrure vert émeraude pointa alors le doigt vers sa propre poitrine, au niveau du sternum.

— Dans le cœur ?

(« Mais qu'est-ce que ça veut dire ? »)

Après avoir poussé un cri – d'exaspération ? –, l'aîné des petits singes exécuta une pirouette sur lui-même, escalada rapidement la statue, sauta sur sa poitrine, puis redescendit tout aussi vivement vers la fosse en la montrant du doigt.

Li baissa les yeux vers le squelette, et aperçut, pendu à son cou, un médaillon. En forme de soleil. Puis elle leva les yeux, et regarda la grande statue de pierre qui la recouvrait de son ombre.

La statue n'avait pas de médaillon, seulement une robe magnifique – taillée dans la pierre, mais dont les formes évoquaient celles de la robe azurée du squelette.

— Le médaillon. Vous voulez que je le prenne ? demanda Li.

Le vénérable petit singe hocha la tête et exécuta une pirouette, qui l'amena aux pieds de Li. On aurait dit qu'il souriait.

— Cette situation est démente, dit Tyr. J'ai l'impression de rêver.

— Moi aussi, reconnut Li.

Elle approcha une main tremblante en direction du cou du squelette, pour en détacher délicatement le médaillon. Puis, lorsqu'elle l'eut récupéré, elle le passa autour de son cou. Elle en sentait le poids sur sa poitrine. Et pourtant il ne lui pesait pas – même si c'était de l'or –, mais au contraire la réconfortait. Comme un baiser, une caresse.

« Maman », murmura-t-elle alors en touchant le soleil qui ornait le collier. « Maman. » Ce mot, elle avait besoin de le dire. Elle n'avait pas voulu le crier – pas à la façon des choses dont elle voulait se débarrasser, ainsi que le lui avait appris Ba, mais à la façon des choses qu'elle voulait garder en elle, pour toujours. Pour cela, elle devait les murmurer. « *Maman…* » Elle ne pensait pas que ça pouvait être si doux, songea-t-elle en sentant de nouveau des larmes ruisseler sur ses joues. « *Maman…* »

— Qu'étais-tu venue faire ici ? Montais-tu ? Descendais-tu ?

— Moi je dirais qu'elle montait, déclara Tyr.

— Qu'en sais-tu ? répliqua Li sans se retourner. Tout ce qu'on sait, c'est qu'elle est morte. Et que quelqu'un a pris la peine de l'enterrer. Et d'ériger cette statue.

— Et de la laisser à la garde de singes.

— Parce qu'il savait que je viendrais.

— Qui ?

— Mon père. Il savait. Que je viendrais. Dans cette forêt. C'était prévu.

(« Tu déboules », pensa Tyr. Mais ce n'était pas le moment de le lui dire à haute voix – pas maintenant, alors que Li semblait avoir une armée de primates à ses ordres.)

Soudain, des cris retentirent au loin dans la forêt. Une sorte de chant. Ou de chanson à boire. Cela donnait quelque chose comme :

Nous n'irons plus En Bas,
Les sentiers sont coupés,
L'Aval que voilà
Nous en a séparés,
La… Lalalala… La… Lalalala… La…

Une voix d'homme, caverneuse, profonde et enjouée. À laquelle répondait une autre voix d'homme, tout aussi caverneuse et profonde, mais moins enjouée, et entonnant, au lieu de paroles, des « Hummm… Hummm… Hummm… » horriblement discordants.

Li bondit prestement hors de la fosse, que les singes s'empressèrent de reboucher. Et quand ils eurent fini, le patriarche revint même y déposer l'étrange petite orchidée blanche, malheureusement fanée.

— Et maintenant ? demanda Tyr.

Li regarda autour d'elle, quêtant un signe auprès des singes. Ceux-ci écartèrent alors un rideau de lianes, dont Li se rendit compte qu'il n'était qu'un rideau parmi des dizaines et des dizaines d'autres, savamment disposés de manière à dissimuler la statue. Il fallait, pour l'approcher, traverser un ingénieux labyrinthe de lianes étrangleuses et de tentures végétales, que les singes avaient patiemment tendues entre la mystérieuse sépulture et le monde extérieur.

Quand elle eut compris cela, le vieux singe prit Li par la main. Puis d'autres, plus jeunes, et même des tout-petits – qui s'accrochaient d'une main aux braies et aux bras des deux chuteuses, et tenaient de l'autre leur mère –, s'approchèrent à leur tour pour les guider dans la forêt. Elles s'attendaient à ce qu'ils les emmènent vers le fleuve – loin des chants dont elles ne cessaient d'entendre les échos, se rapprochant de plus en plus. Mais au contraire, les singes semblaient les guider vers la comptine, à travers des odeurs d'humus et de végétation en décomposition. Et maintenant, le chant faisait :

Par-delà les étangs, par-delà les vallées,
Les montagnes, les bois, les nuages, les mers,
Par-delà les soleils, par-delà les éthers,
Par-delà les confins des sphères étoilées…

— On dirait un poème, dit Li. C'est joli.

Les singes les menèrent, sautant, grimpant et bondissant, à travers la forêt, jusqu'à une zone où le sol était si gorgé d'eau qu'il en était spongieux.

— C'est curieux, commenta Li. Je n'ai pas eu l'impression qu'on retournait vers le fleuve.

— Ce n'est pas le fleuve, ce sont...

Des marécages, où stagnait une brume légère. Devant elles s'étendait une langue de terre plate où l'eau le disputait à la boue, en un harmonieux mélange de nénuphars, de joncs et de saules entourant quelques petits îlots entre lesquels circulait...

— Une barque ! s'exclama Tyr. Je croyais qu'il n'y en avait que dans les légendes.

— Moi pareil, ajouta Li.

— On est peut-être arrivées Tout En Bas Tout En Bas ?

Li ne répondit rien. Elle ne parvenait pas à détacher ses yeux de la petite embarcation où pagayaient deux hommes, d'une cinquantaine d'hivers. Ils avaient l'air robustes, et une longue barbe brune entremêlée de poils blancs ornait leur buste. Le plus gros, assis à l'arrière, était celui qui chantait. Le plus frêle, placé à l'avant et habillé d'une chemise à carreaux, ne faisait que fredonner.

Sans doute le cri poussé par Tyr avait-il attiré leur attention, car ils avaient tourné leurs regards vers la berge où les deux jeunes filles se tenaient embusquées.

— Eh, vous deux ! lança l'homme assis à l'arrière de la barque, ses grosses mains cessant de pagayer.

Tyr et Li échangèrent un regard.

— Oui, vousses ! Faites pas comme si que vous m'aviez pas z-entendu ! Qu'est-ce vous faites icitte, asteure ?

— Euh…, bredouilla Tyr.

— Pas d'ça avec moi, galipentes ! Allons, pourquoi s'réfugier dans la Forêt des Pleutres, sinon pour pas tomber ?

— La Forêt des Pleutres ? s'étonna Li tandis que la barque se rapprochait, manœuvrée par les deux hommes à la musculature impressionnante.

— M'dites pas que vous l'ignorez ? s'exclama le même individu qui leur faisait la conversation depuis le début, les yeux fixés sur Li.

— À vrai dire, si, déclara celle-ci.

Elle était moins inquiète que Tyr, car elle se disait – peut-être à tort – que jamais les singes ne les auraient conduites jusqu'à ces hommes s'ils avaient été dangereux.

— Allons, allons, calembredaines que tout cela, t'es pas d'accord ? demanda-t-il à son ami, qui répondit par un « hum hum » énigmatique.

— En tout cas, si c'est le cas, on va arranger ça, termina-t-il en approchant sa barque aussi près que possible de la berge, avant de sauter dans l'eau boueuse.

Li s'aperçut qu'il avait une curieuse paire de bottes, faites d'une matière imperméable, qui lui remontait jusqu'au-dessus des genoux. Si bien qu'il pouvait se déplacer dans l'eau – soulevant d'affreuses odeurs de vase – sans se mouiller les braies.

— Moi c'est Balaam, fils de Béor (le devin), tonitrua-t-il en leur tendant une main énorme, au moins deux fois plus grosse que les leurs. Et voici Marl, dont le père mérite vraiment pas que vous connaissiez son nom, ajouta-t-il en présentant son camarade, resté dans la barque.

(« Hum hum », fit Marl en portant deux doigts à son front.) D'ailleurs, je parie que vous vous en moquez bien. Allez, dites-moi z-un peu ce qui vous amène par icitte, mes donzelles !

— Eh bien…, commença Li.

Mais, prise d'un doute, elle regarda autour d'elle – comme Tyr – pour voir si les singes étaient toujours là. Pourquoi cet homme n'avait-il fait aucune remarque à leur sujet s'ils s'y trouvaient encore ?

Ils avaient disparu, dans les bruissements de la forêt.

(« Des chasseurs », songea Li. « Ces hommes sont des chasseurs, sinon pourquoi les animaux se tairaient-ils ? Mais est-ce une bonne ou une mauvaise nouvelle ? »)

— Dites-moi z-un peu, si vous voulez qu'on vous emmène que'que part, pour qu'vous puissiez vous sécher et changer d'habits. Mon camarade et moi on se f'ra une joie d'vous z-y conduire, s'pas Marl ?

— Hum hum, fit ce dernier.

— Votre ami ne parle pas ?

— … veut pas. Veut p'us. C't un chuteux. Un gars qu'aime pas trop causer, voyez ? Ou alors p't-être qu'y s'entraîne, pour des fois qu'on lui couperait les cordes vocales, leur déclara-t-il sinistrement en se penchant vers elles, sur le ton de la confidence.

— Mais qui ? s'inquiéta Li.

— Les ceusses d'En Bas. De Rocher-du-Vaisseau. Z-aiment pas les gars dans son genre.

— Mais quel genre ? demanda Li, de plus en plus déconcertée.

— Ceux d'la Forêt des Pleutres.

— La Forêt des Pleutres ? Ça fait déjà deux fois que vous utilisez cette expression, et vous ne nous avez toujours pas expliqué à quoi elle correspondait...

— Ah bon ? fit Balaam en se frottant l'arrière du crâne. Désolé mes caquelines. (À ce mot, Tyr tiqua.) C'est parce que j'étais persuadé que vous connaissiez. La Forêt des Pleutres, ben j'vais vous expliquer...

19

C'est pas pour les filles comme vous, qui sont belles comme l'Aval.

— Mais encore ? demanda Li.

— Mais encore, mais encore…

— Vous aimez bien répéter tout ce que je dis.

— Ben, c't-à-dire qu'avec Marl s'pas facile de discuter, alors j'ai pris l'habitude – mauvaise, je vous l'accorde volontiers – de répéter tout ce que me disent ceux avec qui j'ai l'occasion d'échanger, voyez ?

— Oui on voit, rugit Tyr sur un ton cinglant. Et maintenant, si vous pouviez nous expliquer où nous sommes, et ce que c'est que cette Forêt des Pleutres, parce qu'on est juste épuisées, affamées et trempées jusqu'aux os, et qu'on vient de dévaler je ne sais combien de pentes après avoir perdu tous nos amis et notre équipement, et que là on est à bout de forces, *voyez* ?

Au mot « dévaler », une lueur s'alluma dans les yeux de Balaam, qui déclara :

— Vous descendez ? Mais alors ça change tout ! Pardon mes jolies, fallait l'dire plus tôt !

— C'est pas faute d'avoir essayé, risqua Li.

— Bien, pardon.

Balaam avait l'air gêné, maintenant. « Quel smog », marmonna-t-il dans sa barbe. « J'aurais dû m'en douter… » (« S'en douter ? Mais de quoi ? », songea Li, trop épuisée pour poser la question.)

Balaam regarda du côté de sa barque, et leur proposa :

— Ça vous dirait-tu de faire un tour en bateau ?

Méfiante, Tyr demanda :

— Pour aller où ?

— Ben, à Rocher-du-Vaisseau, c'te question !

Les deux filles retinrent un frisson. N'était-ce pas l'endroit où il venait de leur dire qu'on coupait les cordes vocales ?

— Vous êtes sûr que c'est une bonne idée ? demanda Li.

— Hum hum, déclara Marl.

Tyr et Li se regardèrent, ne sachant quoi penser. Alors ? Bonne ou mauvaise idée ?

— Et comment qu'elle est bonne ! se fâcha presque Balaam.

Avant d'ajouter :

— Pour vous, y a pas de problèmes.

— Pourquoi ? s'inquiéta Li.

Il les dévisagea, l'une après l'autre, son regard d'acier les sondant – comme s'il voyait à travers elles.

— Z-êtes de l'Ondée, s'pas ? Des Transhumantes ? Descendues de frais, s'pas ?

— Oui, avoua Li, qui ne voyait pas ce que cet aveu pouvait avoir de dangereux.

Tyr, quant à elle, ne répondit rien. Mais se contenta de cacher, autant que faire se pouvait, son bâton de pèlerin.

— Alors vous serez bien reçues, déclara Balaam. S'pas, Marl ? demanda-t-il à son compagnon en se tournant vers lui.

— Hum hum, fit Marl.

Encore une fois, il était difficile de savoir s'il approuvait ou désapprouvait.

— Voyez ! Rien à craindre ! M'enfin, si vous comptez descendre, sûr.

— Bien sûr que nous comptons descendre, sinon nous n'aurions pas fait tout ce chemin.

— J'vois ça, ajouta Balaam en baissant les yeux vers le bâton de Tyr. Allez ! Dans mes bras mes alcadesses ! Tonton Balaam est là pour vous aider !

Joignant le geste à la parole, il écarta les bras et leur sourit largement – révélant une bouche où manquaient plusieurs dents. Les autres étaient d'un jaune tirant sur le noir, probablement parce qu'il chiquait beaucoup.

Tyr et Li s'entreregardèrent, indécises.

— Tu montes la première ? demanda Tyr, vaguement inquiète et attendant de voir quel serait le sort de Li une fois dans les bras de Balaam.

— Allons, allons, mes belles ! Pas d'ça avec moi, ou z-allez me vexer ! Ces bras-là, c'est pour vous deux ! Allez ! Je vais pas vous croquer, savez ! J'suis pas le grand méchant ogre des marais !

Il éclata d'un rire tonitruant, qui arracha quelques gloussements à Marl, resté dans la barque.

— Bon, j'y vais, décida Li.

Et elle sauta, perche à la main, dans l'un des bras de Balaam, qui la serra contre lui et lui lança avec un clin d'œil :

— Et d'une !

Li regarda Tyr, qui se signa vers le bas et sauta à son tour, en disant :

— Le Très Bas me protège !

— Et de deux ! rugit Balaam en la pressant elle aussi contre lui. Z-êtes pas faciles à pêcher, mes perles. Mais c'te perche-là, fit-il en désignant du menton le bâton de Li, était plus facile à attraper que toutes celles qu'j'ai dans ma barque, s'pas, Marl ?

— Hum hum, fit Marl.

Une fille sur chaque bras, Balaam se dirigea vers l'embarcation, ses grandes bottes s'ouvrant un passage dans l'eau mêlée d'algues et de feuilles. Puis il déposa les deux jeunes filles à bord sur un petit banc de bois, aussi délicatement que possible, et leur dit :

— Voyez, z-aviez pas de raison d'avoir peur, s'pas ?

— Hum hum, fit Li.

Balaam éclata d'un nouveau rire tonitruant – qui poussa Tyr à se plaquer les mains sur les oreilles –, puis il reprit sa pagaie et déclara :

— Et maintenant, silence et on m'écoute…

De même que son camarade, il enfonça sa pagaie dans l'eau verte, manœuvrant en direction du soleil couchant. Ou était-ce le soleil levant ?

— J'vais vous expliquer, poursuivit-il de sa grosse voix ronflante, pourquoi qu'on appelle c't'forêt la Forêt des Pleutres.

Et il commença à le leur dire, mais elles avaient le plus grand mal à garder les yeux ouverts. Car à peine avaient-elles pris place dans la barque, bercées par le doux roulis de l'eau et les intonations de Balaam, que les deux voyageuses sentirent la fatigue les gagner. Avec Marl à la proue, et Balaam à la poupe, curieusement, elles se sentaient en sécurité – comme jamais depuis qu'elles avaient quitté Cent-Maisons. Alors, malgré sa furieuse envie – son besoin (elle sentait que c'était important) – d'écouter l'histoire de la Forêt des Pleutres, Li ne put s'empêcher de baisser les yeux, de cligner des paupières, luttant contre le sommeil, entendant la voix de Balaam expliquer « … qui ne veulent pas descendre vont se réfugier… », voyant dans le fond de la barque deux cannes avec un fil terminé par un hameçon (« deux cannes avec un fil », songea-t-elle), posées à côté de plusieurs seaux où nageaient de longs poissons noirs au dos vert sombre. « Alors c'est ça, des perches… », se dit-elle avant de piquer du nez.

Et de se mettre à rêver.

Mais elle était si épuisée, et son sommeil était si profond, si peuplé de nuées, que ses rêves s'évaporèrent dès qu'elle entendit chanter, à son réveil :

J'ai quitté mon pays, tous mes amis,
J'ai voulu connaître l'au-dessous des Monts
D'autres pays, d'autres amis,
De nouveaux horizons…

Elles étaient seules dans la barque, avec Balaam. Marl avait disparu – il n'y avait plus de « Hum hum » à l'avant du navire. Ces « Hum hum », dont Li se demanda, un bref instant, s'ils n'avaient pas été la houle – était-ce ainsi qu'on nommait ces choses appelées « vagues » quand cette autre chose appelée « mer » était agitée ? – qu'elle avait entendue, vue, dans ses rêves oubliés.

— Alors ? On se réveille, mes graciles ?

— On a dormi longtemps ? demanda Li en s'étirant, tandis qu'à ses côtés Tyr se réveillait elle aussi.

— Nivel, précisa Balaam.

— Nivel pour quoi ? demanda Li.

— Nivel pour ça, déclara Balaam en indiquant un immense rocher – un mont, en fait – au sommet duquel était perché – ou fallait-il dire tombé ? naufragé ? – un navire d'une longueur telle qu'elles en eurent le souffle coupé.

— S'pas ?

Il leur sourit de toutes ses dents, dont la moitié manquaient.

— Fait toujours c't effet-là, déclara-t-il. Beau, s'pas ? Et en même temps, terrible.

Fouinard semblait dans tous ses états. Il tournait sur lui-même et cherchait à sauter de la barque, comme pour se rapprocher du navire. Alors Li l'enfouit dans une de ses poches, et la referma pour empêcher le taupard de s'enfuir.

Balaam manœuvra la barque au milieu de l'eau, à présent plus limpide, et nettement moins envahie d'algues, de mouchetiques et de lentilles d'eau qu'auparavant. Visiblement, ils avaient quitté le cœur des marécages – laissant derrière eux les saules et les palétuviers aux branches recroquevillées sur l'onde comme des mains d'avares sur leur trésor, les nénuphars et les odeurs de vase.

Li se sentait toute courbaturée, d'avoir dormi dans le fond de l'embarcation, parmi un reste d'eau croupie. Elle se sentait bizarre. Affamée ? « Oui, j'ai faim. Je crois. C'est bon signe. »

Lorsque la barque heurta la berge, où des libellules faisaient la course parmi les roseaux, les deux jeunes filles descendirent, aidées par Balaam. Qui récupéra ses seaux (où nageaient des perches, donc) dans le fond du canot. Puis il les guida vers Rocher-du-Vaisseau, leur enjoignant, surtout :

— … de pas vous séparer d'vos bâtons !

Les deux chuteuses hochèrent la tête. C'était d'une telle évidence. Et pourtant, son bâton vierge à la main, Li se demandait quel bien il pouvait lui faire – sinon crier à tous son minable statut de « Un ».

C'est alors qu'elle eut une idée, en voyant Balaam porter les seaux. Il leur avait rendu service – à elles de lui rendre service, à leur tour.

— Voulez un petit coup de main ? Je peux vous en porter deux s'il y a besoin.

— Trop lourds pour toi, marmonna Balaam dans sa barbe.

— J'ai ma perche, répliqua Li avec un petit sourire. Et puis j'ai l'habitude. Suis plus forte que j'en ai l'air !

— Alors ma foi, j'dis pas non, accepta Balaam en accrochant un seau à chaque extrémité de la longue perche que Li venait de passer en travers de ses épaules.

(« Comme aux jours d'avant la Descente », songea Li avec un brin de vague à l'âme en ajustant la perche sur ses épaules et en arquant le dos.)

Alors qu'ils progressaient, descendant la côte en pente douce vers Rocher-du-Vaisseau, elle s'enquit :

— Où est Marl ?

— Asteure l-a dû rentrer chez lui, souffla Balaam. Chut, pas un mot.

— Chez lui ? Mais...

— Pas un mot j'ai dit ! Nous mettriez tous en danger... Rappelez-vous c'que j'vous ai expliqué au sujet d'la Forêt des Pleutres, ajouta-t-il tout bas, en roulant de gros yeux.

Il avait l'air furieux. Les deux filles s'enfermèrent dans le silence, leur cœur battant la chamade. « Tu sais ce que c'est, toi ? » se demandèrent-elles du regard. « Non », répondit l'une à l'autre.

Lorsqu'elles eurent laissé derrière elles les marais, et qu'elles virent descendre devant elles d'immenses plantations de vignes du même vert – ou à peu près – que celui des singes, elles comprirent qu'elles venaient de franchir une nouvelle étape de leur Grand Voyage. Et se demandèrent si elles retrouveraient certains Pionniers de leur Ondée.

— Ou d'autres, souffla Li à Tyr. Descendus avant nous.

— Ou *après*, ajouta Tyr, aussi bas.

Li hocha la tête. « Ou après, en effet. » C'était possible. Après tout, elles avaient totalement perdu la notion du temps – ne sachant plus si leur périple se comptait en lunes, ou déjà en semaines. Il leur semblait que ça faisait deux ou trois lunes. Mais peut-être était-ce plus. D'ailleurs, qui sait si elles n'avaient pas pris un raccourci pour arriver ici ? Ou au contraire un chemin détourné ? Il y avait eu tant et tant de voies, tant de possibilités. Fatalement, leurs choix les avaient rapprochées de certains camps, Transhumants et sentiers – tout en les éloignant d'autres.

— C'est à devenir folles, commenta Li. Heureusement que Balaam nous accompagne jusqu'à Rocher-du-Vaisseau...

— Oui, fit Tyr.

— Crois-tu qu'ils aient été prévenus ? Par les fleurs d'artifice ?

— Pas sûr. Ça me semble si éloigné de tout... C'était idiot de les tirer, si ça ne peut pas prévenir ceux d'en dessous de notre arrivée.

— Ils ne pouvaient pas savoir, dit Li.

(« Et puis, songea-t-elle, elles étaient moins destinées à prévenir ceux d'en dessous de notre arrivée qu'à nous envoyer un subtil message, une idée de ce qui nous tomberait dessus s'il nous prenait l'envie de remonter... »)

La colline se dressait maintenant en face d'elles, à moins d'une dizaine d'arpents. On aurait dit un immense rocher au sommet duquel était venu s'échouer un navire. Tyr et Li pouvaient en voir la coque métallique noire, ornée sur le dessus d'un gigantesque dessin représentant un trident bleu azur. Mais bien qu'énorme, imposant, et percé de milliers de sabords abritant – ou ayant abrité – plusieurs armes redoutables, le vaisseau semblait à l'abandon. La nature l'avait scellé dans son étreinte, enchâssant les œuvres vives dans une toile végétale. Lierres et vignes vierges grimpaient à l'assaut du reste de la coque. Là se devinaient, pareils à des yeux de dormeurs, des centaines de hublots cerclés de métal oxydé – dont seule une dizaine continuaient de veiller, avec de faibles lueurs. Même sa superstructure – où affleuraient les ravages du temps, et rongée de rouille aux endroits où des échafaudages avaient été dressés pour la repeindre – témoignait du profond sommeil où ce vaisseau était plongé depuis des temps immémoriaux.

Tyr et Li, estomaquées, peinaient à comprendre ce qu'elles avaient sous les yeux. Pour se rassurer, elles se figuraient une sorte de gros scarabécédé endormi sur sa boule de crottin. Allait-il repartir de plus belle ? Ou était-il mort ? C'était impossible à dire.

Jamais elles n'avaient vu un tel bâtiment. Jamais elles ne l'avaient imaginé – jamais elles n'auraient cru possible, même, le leur eût-on décrit, qu'il puisse exister. Surtout, jamais elles n'auraient cru possible qu'il puisse dater du temps de la Colère, aux Jours d'Avant les Jours.

Devant lui, elles se sentaient infiniment petites. Minuscules. Réduites à rien. « Les gens d'ici sont des géants », songeaient-elles. Tyr serrait dans sa main le bâton de son père, pour se rassurer. Elle le serrait si fort qu'elle en avait les jointures blanches. Li s'en aperçut mais ne fit aucun commentaire. Elle ne se sentait pas beaucoup mieux. Curieusement, pourtant, le fait d'avoir son propre bâton – sa propre perche, dénuée de tout symbole, de toute rune – la tranquillisait. Elle s'assura que sa perche était bien équilibrée sur ses épaules, et que les seaux ne perdaient pas d'eau. Fouinard poussait des petits cris – pareils à des miaulements – et faisait des efforts démesurés pour essayer de sortir son museau de la poche de Li. La proximité du navire des Anciens le rendait hystérique.

— On arrive ! leur annonça Balaam. On va passer voir les gabelous, comme ça serez tranquilles. Pour après.

— Après ? s'enquit Li.

— J'imagine que la première chose que vous voulez faire, c't aller voir le Maître Ciseleur, s'pas ? déclara-t-il en leur faisant un clin d'œil.

— Sûr, fit Tyr en serrant de plus belle son bâton.

Li ne dit rien. Même si elle aurait préféré aller se changer, et manger un morceau.

— Bah voilà, c'est dit. D'abord les gabelous. Ensuite le Maître Ciseleur. Et si voulez vous r'poser, avant de r'partir, ou prendre un p'tit que'que chose, pourrez toujours venir me voir à l'auberge.

— L'auberge ? demanda Li.

— *À la Perche Joyeuse*, déclara Balaam en levant une main où pendaient deux seaux. Z-aurez qu'à demander à n'importe qui. Tout le monde connaît.

Les filles hochèrent la tête, les yeux fixés sur ce qui semblait être la proue du navire, magnifique, redoutable – et, surtout, tournée contremont. Ce qui, pour ceux de Cent-Maisons, était un sacrilège. D'autant que son système de propulsion – qu'elles voyaient se profiler, abîmé et calciné, à l'arrière de la coque – était tourné, conséquemment, vers l'Aval. « Mais que fait ce navire ici ? » se demandaient-elles, brûlant de poser la question à Balaam, mais craignant de se faire rabrouer.

Des gens allaient et venaient sur les ponts ouverts sur l'extérieur et la coque du navire. D'autres grimpaient ou descendaient échelles et petits escaliers menant vers les différentes passerelles ou la terre. En plusieurs endroits, des sortes de canots – ou petites navettes – saillaient, taches blanches virant au gris sale, abritant dans leurs flancs logements ou boutiques bariolées. Sur d'antiques antennes rappelant des ramures d'aurochs, du linge avait été mis à sécher, en guise de pavillons. Et de longs et massifs canons se profilaient parfois d'entre les renflements du navire – endormis, et servant de perchoirs à des oiseaux des roches –, rappelant qu'il avait été bâti pour un usage aujourd'hui oublié.

— Il n'est pas près de repartir, souffla Li. C'est dommage. Qui sait ? peut-être revivrait-il si surgissait quelque improbable marée…

Tyr fronça les sourcils, tâchant de se remémorer ce qu'était une marée. Aux cours de Maître Babackas, elle ne s'était pas toujours montrée aussi assidue qu'elle l'aurait dû. Et commençait à s'en mordre les doigts.

— C'est quand la mer remonte, c'est ça ? demanda-t-elle.

— Ou qu'elle redescend, précisa Li. C'est les mouvements qu'elle fait, lorsque la Terre bascule, ajouta-t-elle d'une voix incertaine.

— Ça y est ! Je me souviens maintenant !

En vérité, elle ne se rappelait rien. Mais elle craignait de passer pour une mouflonne aux yeux de Li – « cette moins-que-rien, cette sans-nom… ».

Tyr serra de plus belle son bâton, pour se rattraper à quelque chose de familier dans cet univers où tout lui était étranger.

Lorsqu'elles entrèrent dans l'ombre du navire, dont la proue arborait en lettres blanches à moitié effacées un nom qu'elles peinèrent à déchiffrer (« *Conqueror* », ahana Li), Tyr ne put s'empêcher de baisser la tête, emplie d'un sentiment de crainte respectueuse. Elle se signa vers le bas, murmura une rapide prière (« Très Bas, guide nos pas… »), et tâcha de se donner une contenance en voyant approcher deux gabelous, vêtus d'uniformes impeccables (même s'il leur manquait quelques boutons et épaulettes), et portant sur le dos une vieille pétoire.

— Déclamez-vous ! crièrent-ils en levant la main pour leur faire signe de ralentir.

— Balaam, fils de Béor (le devin), fit Balaam en montrant ses seaux, comme si ceux-ci étaient ses insignes et symboles.

— Et ces deux-là ? demandèrent les gardes en tournant leurs regards vers les deux Transhumantes.

— Tyr, fille de Jaftar, fils de Qaïdan, fils d'Atlaï, fils de Nergal, fils d'Origane, fils de Lamech, fils de Caan, fils de Lioa, fils de Hingna, fils de Turanf, fils d'Uya, fils de Lafcad, fils de Qunwu, fils de Saerlio, fils de Kaur, déclara fièrement Tyr en levant le bâton de son père.

À sa vue, les gabelous tremblèrent et s'entreregardèrent, penauds.

— Mille excuses, Votre Bassesse, nous ne savions pas, bredouilla le premier.

— Respects ! mugit le second en portant la main à son front et en claquant des talons.

— Ça ira. Pour cette fois, fit Tyr sur un ton acerbe.

— Et vous ? demandèrent-ils ensuite à Li, après s'être de nouveau confondus en excuses auprès de Tyr.

— Je suis Li. Fille de Ba.

Les gabelous échangèrent un nouveau regard, déconcerté, cette fois.

— C'est tout ? s'enquirent-ils.

— C'est tout, répondit Li.

18

Ces formalités réglées, elles furent autorisées à suivre Balaam à l'intérieur du vaisseau. Après avoir grimpé un escalier qui leur permit d'admirer, en contrebas, les petites bicoques, les champs de vignes et les jardinets que le navire avait semés dans son sillage, elles furent conduites de coursive en coursive jusqu'à une petite salle où un vieillard officiait. Et c'est là que Balaam les laissa, après leur avoir dit :

— On se revoit *À la Perche Joyeuse* pour fêter votre rune !

Les deux jeunes Transhumantes le regardèrent s'éloigner dans les coursives métalliques, où ses pas résonnèrent quelque temps avant de s'interrompre derrière une lourde cloison manœuvrée par un sas comme elles n'en avaient jamais vu.

Tyr et Li se sentaient plus nues et désemparées que jamais, mais elles n'oubliaient pas les consignes de Maître Babackas, et s'efforçaient de paraître dignes. « Après tout, nous sommes tout de même descendues d'un niveau, s'pas », songea Li en s'astreignant à sourire et à avoir l'air détendu.

Mais le vieillard assis dans la pièce avec elles ne semblait pas impressionné.

— Approchez, approchez, fit-il en les invitant de son doigt crochu à entrer dans la lumière de sa lampe à huile.

Ce qu'elles firent.

Il leur désigna un tabouret, posé devant la table où il avait étalé ses loupes, ciseaux, vrilles, tarières, mouchettes et polissoirs, et sur laquelle il tapa violemment de la main – faisant voltiger tous ses instruments de menuisier.

— Bâton ! ordonna-t-il d'une voix que les années avaient rendue plus sèche que du papier de verre.

Tyr posa cérémonieusement son bâton sur la table et prit place sur le minuscule tabouret. Li resta derrière elle, une main sur sa perche, l'autre s'assurant que Fouinard était bien enfermé dans sa poche.

— Impressionnant, déclara le vieillard en faisant courir sa main sur le bâton de Tyr. Très impressionnant. Peut-être même un peu trop, termina-t-il en relevant les yeux pour mieux examiner la jeune fille qui lui avait apporté ce bâton patiné par de nombreux hivers.

Tyr resta de marbre.

— Je ne vois pas pourquoi, répondit-elle le plus innocemment du monde.

— Vraiment ? l'interrogea le vieillard en remontant ses lunettes sur son nez. Vous ne voyez pas… Eh bien moi je vais vous le dire…

Mais avant de lui dire quoi que ce soit, il posa au sommet du bâton une main couverte de taches de vieillesse et commença à la faire courir vers le bas, récitant :

— Haut-Lieu... Montolieu... Luminaire... Moulins... Falaise...

Li se sentait de plus en plus mal à l'aise. « Nous devrions partir », pensait-elle. Mais Tyr n'avait pas du tout l'air inquiète.

Puis le vieillard cessa de regarder le bâton, fixa sur Tyr son regard incandescent, aux prunelles couleur de braise, et récita tout en laissant courir sa main tavelée sur le bois du bâton :

— Lâché... Tire-Laine... Colimaçons... Tout-à-Pic...

Il allait si vite, les noms des villes et villages défilaient si rapidement, que Li et Tyr n'avaient pas le temps de tous les identifier. Maintenant, elles étaient – l'une et l'autre – juste terrifiées. Comme si ces noms étaient autant de fils tissés autour d'elles – les fils d'une redoutable toile, où une aragne non moins redoutable les prenait au piège.

« Qu'avons-nous fait ? Qu'avons-nous fait ? » s'interrogeait Li. « Oh ! pourquoi n'êtes-vous pas là, Goïbnu, Fintân, Luchna, et même toi, Ardat, pour nous prêter main-forte ? Où es-tu, puntero ? »

Li revit l'image de Fintân monté sur Shittim dressé sur ses pattes arrière, une main en visière sur le front, pour scruter l'horizon. Elle sentit qu'elle allait se mettre à pleurer. Mais elle garda le contrôle d'elle-même, puisant des forces insoupçonnées dans le médaillon qui pendait à son cou. Et les noms continuaient à défiler, chacun étant un coup supplémentaire assené aux adolescentes. Elles étaient à moitié sonnées. Parfois, vaguement, elles entendaient un nom qu'elles reconnaissaient – ou croyaient reconnaître (à la longue, elles ne savaient plus) :

— Gouffre-Ville… Griffe-Lune… Limon… Sichem… Granit… Babel… Larsa… Arssur… Borsippa…

Mais ces noms étaient comme des corniches qu'elles voyaient défiler devant elles, dans une chute interminable, et auxquelles elles ne pouvaient se raccrocher. À présent, le vieillard s'était levé, et, récitant toujours, scandait d'une voix orageuse :

— Mille-Usines… La Source… Le Nid… Gabelle… Geyser… Ougarit…

Puis il hurla pour de bon, leur crachant au visage, ces noms qui les firent frémirent et arrachèrent à Li un torrent de larmes :

— Quatorzième… Tombereau… Juste-Ciel…

Puis le coup fatal :

— CENT-MAISONS !

Celui-ci poussa Tyr à plonger son visage dans ses mains.

(« Enfin, songea Li, soulagée. Elle avoue… Ou va avouer… »)

Mais non. Tyr resta ainsi un, deux, trois battements de cœur, puis sortit son visage de ses mains, et demanda – maintenant que la litanie des noms était terminée :

— Pourquoi nous avez-vous hurlé dessus ? Qu'est-ce qui pente ?

— On se calme, tassote. On se calme…, lui souffla le vieillard de sa voix rêche en approchant la main des longs et soyeux cheveux noirs de Tyr.

— C'EST QUOI VOTRE PROBLÈME ? s'indigna soudain Tyr en se levant du tabouret, qui bascula à la renverse.

Mais le vieillard ne parut pas du tout impressionné. Alors qu'elle le dominait largement par la taille – il lui arrivait à peine à la poitrine –, il lui lança :

— Pas mon problème, non, non, non ! Le vôtre, fit-il en lui enfonçant son doigt dans le ventre. Pas le mien, non, non, non !

— Sale petit bonhomme, un peu de respect !

— Respect ? Respect ? Mais qui êtes-vous pour me parler de respect, usurpatrice ? Vous ne croyez tout de même pas que je ne sais pas reconnaître une voleuse quand j'en vois une ? Une menteuse ? Et qui sait, pire, peut-être une *monteuse* ?

— Viens, on s'en va, souffla Li à l'oreille de Tyr, aussi doucement que possible.

— Je ne suis pas une monteuse, moi ! répliqua Tyr.

(« Le “moi” est de trop », songea Li en reculant d'un pas.)

— Menteuse ! répéta le vieillard en lui fichant de nouveau le doigt dans l'estomac. Menteuse ! Menteuse !

Et chaque fois, il lui meurtrissait le ventre, au point d'arracher à Tyr des grimaces de douleur.

— Ça suffit ! Prouvez-le !

— Le prouver ? Nivel ! Tout-à-Pic ?

— C'est une ville bâtie à pic, avec des tas d'excroissances, des bulbes.

— Lâché ?

— L'un des villages les plus pauvres que j'aie jamais traversés, dans le cercle d'Altadua.

— Gouffre-Ville ?

— Une ville bâtie dans une faille.

— Moulins ?

— On y trouve un observatoire, pour observer les étoiles.

— Montolieu ?

— Des moines y vivent, au milieu des livres !

— Griffe-Lune ?

— Une ville dont les bâtiments, le soir, se détachent sur fond de lune tellement ils sont hauts.

Le vieillard était écarlate. Il écumait de rage.

— Facile ! Facile ! Vous avez eu un excellent maître ! Il vous a enseigné toutes ces choses, et peut-être plus... Peut-être... Oui... Je sais... Maître Babackas, de Luminaire ! Vous l'avez eu pour maître ?

— Je ne vois pas qui c'est, bredouilla Tyr.

— Vraiment ?

— Vraiment ! répliqua Tyr, sur un ton étonnamment convaincant.

— Alors, peut-être... peut-être...

Le vieillard continua à avancer vers Li, qui recula d'un pas, elle aussi.

— Peut-être que celui qui vous a raconté tout cela s'appelait Jaftar, fils de Qaïdan, fils d'Atlaï...

À ces noms, Tyr frémit.

— ... et que c'était votre père, n'est-ce pas ? conclut le vieillard en lui replongeant le doigt dans l'estomac.

Tyr et Li crurent s'évanouir. Elles étaient livides, toutes les deux.

— Votre père, oui ! Déshonneur ! Déshonneur ! Comment avez-vous pu ?

Li fit un pas en avant et déclara :

— Tyr, avoue. Demande pardon et avoue.

— Moi ? Jamais ! s'offusqua Tyr. Ce bâton est le mien. Je l'ai gagné.

— Tu l'as volé ! ragea le vieillard.

— Pas du tout !

— Menteuse !

— Non, elle dit la vérité, cette fois, bredouilla Li, confuse.

— Alors, comment l'avez-vous eu ?

Dire la vérité ou non ? C'est à ce moment-là, songea Li, qu'il aurait été utile – peut-être – de savoir ce qu'était la Forêt des Pleutres, et pourquoi Balaam leur avait dit de ne surtout pas la mentionner. Mais pour quelle raison au juste ? Y avait-il un rapport avec cette scène ?

Le vieillard ne leur laissa pas le temps de répondre – sans doute se fichait-il de la réponse, d'ailleurs –, et leur dit :

— Sachez, mesdemoiselles, dont celle au bâton le moins orné me paraît, soit dit en passant, la plus méritante, que j'ai très bien connu Jaftar. Alors, pas de mensonges avec moi, compris ? Vous pouvez abuser votre monde en ramassant le bâton d'un Pionnier tombé quelques pentes avant vous, s'il a une douzaine, pas plus, de runes que le vôtre… Mais celui-ci ! Il porte plusieurs centaines d'encoches ! Et encore, je ne les ai pas toutes lues ! Un tel bâton vous permettrait de choisir n'importe quelle charge sur ce vaisseau, et d'en débouler qui vous voulez… Un tel bâton demande des décennies de descente ! Il faut au moins quarante hivers pour en avoir un pareil ! Et encore ! Il faut être fripé pour avoir du pouvoir…

Tyr se renfrogna, refusant de parler.

Mais le vieillard se radoucit, et prit une voix mielleuse.

— Si vous êtes la fille de Jaftar, par respect pour sa mémoire, je veux bien faire un geste. Et ne pas vous dénoncer au capitaine. Mais vous devrez… me rendre un petit service. Une faveur. Comprenez ?

— Non, fit Tyr.

— Ô, ma douce, ma belle, que je le regrette, car ces faveurs, je les obtiendrai de toute façon, que vous le vouliez ou non. En récompense pour ma loyauté. Comprenez ?

— Désolée mais non, je ne comprends toujours pas, répliqua Tyr sur un ton cinglant.

(« Bien sûr qu'elle comprend », se dit Li. « Quelle fille ne comprend pas ça ? »)

— Dommage pour vous, fit le vieillard en s'apprêtant à tirer sur un cordon suspendu au mur, juste derrière lui.

— Attendez ! cria soudain Tyr. S'il vous plaît ! Ne faites rien ! Je sais qui vous êtes !

— Vraiment ? À la bonne heure…

— Mon père m'a beaucoup parlé de vous. Vous ne feriez pas une chose pareille. Si vous êtes toujours celui qu'il m'a décrit… comme son meilleur ami… un homme d'honneur…

— Honneur ? Est-ce que tu sais seulement ce que ce mot signifie ? À ton âge, peuh !

Il cracha par terre, et poursuivit son discours, le visage mauvais :

— De toute façon, les hommes changent. Surtout quand ils sont descendus par là où vous êtes descendues vous aussi… Combien d'amis avez-vous perdus ? Tous ?

— Presque, bredouilla Tyr.

Le vieillard hocha la tête.

— Vous ne croyez pas qu'on change, après une telle épreuve ? Hein ?

— Si…, hoqueta Tyr. S'il vous plaît…

— Tu me plais. Ta morgue me plaît... Je te rabrouerai. Je te rentrerai ton orgueil dans la gorge, et ton amie..., commença-t-il en se tournant vers Li tout en se pourléchant et en roulant de gros yeux dégoûtants.

— Talmaï, fils d'Anaq, explosa Tyr, en pleurs, ne faites pas ça, je vous en conjure !

Elle le regarda, implorante, suppliante, et ajouta :

— Je vous connais... Vous étiez le meilleur ami de mon père... Talmaï, fils d'Anaq... Je suis désolée... Pardon ! Pardon...

Elle avait l'air sincèrement désolée. Mais au lieu de l'apaiser, ce repentir déclencha la colère du vieillard – la colère la plus noire, la plus terrible, qu'elles aient jamais vue.

— Talmaï est mort, bourrade, fit le vieillard en se retournant pour prendre sur son bureau le bâton de Jaftar. Tu comprends ? MORT ! (Il assena à Tyr un violent coup de bâton, qui la fit se plier en deux. Li poussa un cri d'horreur. Dans sa poche, le taupard trembla de tout son corps.) MORT ! (Nouveau coup de bâton, plus violent que le précédent.) En même temps que tous ceux de l'Ondée avec laquelle il était descendu ! MORT ! (Encore un coup de bâton.) Quand il a vu ses amis tomber sous les crocs des griffus ou emportés dans les cavernes des métaboles ! MORT ! (Coup de bâton.) Quand il a dû courir en les abandonnant pour se sauver ! MORT ! MORT ! MORT !

Chaque fois qu'il criait « mort ! », il lui donnait un nouveau coup.

— Assez ! Stop ! hurla Tyr en se couvrant le corps avec les bras, et en se repliant sur elle-même, les membres et le buste douloureux.

Mais le vieillard hurlait et frappait de plus belle, et Tyr continuait à se recroqueviller en l'implorant de cesser de frapper…

— Je ferai ce que vous voudrez, pleurait-elle. Tout… Par pitié ! Pitié !

Mais plus elle s'aplatissait, plus elle déchaînait la fureur du vieillard – jusqu'au moment où, soudain, sous la violence d'un coup plus puissant que les autres, Tyr se retrouva projetée droit contre la table où Talmaï avait déposé ses outils. La table bascula dans un désordre d'instruments, jetant le vieux dans une colère redoublée, qui le vit assener d'autres coups, toujours plus terribles. Tyr hurlait. Li hurlait.

(« Comment se fait-il que personne ne vienne ? » se demandait-elle.)

Puis le vieillard leva le bras pour un nouveau coup, qu'il voulait fatal.

Et qui en vérité le fut.

Le bâton de Jaftar tomba à ses pieds, semant d'épouvantables échos métalliques dans la pièce. Puis Talmaï tomba à son tour, le crâne fendu en deux par le racloir à lichens de Li.

17

Tyr et Li coururent comme jamais, détalant à travers les coursives, dont elles ouvraient les portes, pour les verrouiller derrière elles, comme si les refermer pouvait les préserver d'être rattrapées et... Et quoi ? Quel serait leur sort ? Quel sort réservait-on ici, dans cette ville qu'elles ne connaissaient pas, aux assassins ? aux tueuses de Maître Ciseleur ? aux usurpatrices ? aux voleuses de bâton ? aux *monteuses* ? Comment seraient-elles jugées, elles sur qui, tous, ici, semblaient porter des regards torves, malveillants ? (Ou était-ce un effet de leur imagination ?)

Elles tremblaient de tous leurs membres, ceux de Tyr étaient couverts de contusions du même bleu violacé que ceux des couchers de soleil, autrefois. Aux Jours d'Avant les Jours... « Que cela semble loin. Pourquoi sommes-nous descendues ? Pourquoi descendre ? » songeait Li, le cœur au bord des lèvres.

Elles avaient récupéré leurs bâtons. Li avait remis son racloir à lichens dans son fourreau et courait à toute allure aux côtés de Tyr, sans savoir où aller. Si ! « *À la Perche Joyeuse*... Quel nom incongru », songeait-elle. Mais c'est là qu'elles devaient se rendre. Pourquoi ? Parce que même si ce nom paraissait déplacé, en un tel lieu, il prenait justement des allures de havre. Elle en avait la conviction. L'intime conviction. Balaam pourrait les aider.

« Il est si différent de tous ceux que nous croisons dans ces corridors puant la pisse et le vomi, et qui ne pensent qu'à nous faire des propositions libidineuses d'une voix avinée... », songeait Li.

Semant derrière elles deux vieux qui tenaient à peine debout, en train d'uriner contre un mur métallique, Li referma la main sur son médaillon en forme de soleil, y puisant chaleur et courage. « Trouver Balaam ! »

— Eh ! mesdemoiselles, crièrent les vieux. Avez-vous des nouvelles d'En Haut ?

Normalement, l'usage voulait qu'elles s'arrêtent pour leur en donner – mais elles ne les écoutèrent pas, et les voix des vieux se perdirent derrière elles. Elles continuèrent à courir dans un capharnaüm de grincements métalliques, de sons étranges, de fils dénudés, de câbles sectionnés, de vapeurs s'échappant de canalisations rompues, de murs rouillés couverts de moisissures, de panneaux de commandes incompréhensibles, courant, courant vers Balaam et sa *Perche Joyeuse*. Où se trouvaient-ils ? Comment les retrouver dans ce dédale de coursives étroites et d'escaliers raides, si raides, et qui les menaient en haut, en bas, se cognant dans des gens sans savoir où elles allaient, pareilles à deux girafles affolées, prises au piège ?

Soudain, alors que Li manœuvrait un nouveau sas, celui-ci s'ouvrit brusquement – quelqu'un, de l'autre côté, l'avait ouvert lui aussi !

— Tyr ! s'exclama ce quelqu'un dont elles reconnurent aussitôt la voix.

Il s'agissait de Balaq, fils de Çippor, qui était parti deux hivers plus tôt pour Tout En Bas Tout En Bas. Un ancien puntero. Il s'était entaillé la main, peu avant de franchir le tourniquet, pour sceller publiquement ce serment : « Ne jamais, jamais, me fixer. Quoi qu'il advienne. »

— Alors ça y est ? Tu as entamé ton Grand Voyage ? bafouilla-t-il, vaguement honteux.

Tyr se souvenait-elle du serment qu'il avait fait ? C'était peu probable. Elle était si jeune. Et puis, si elle était là, c'était qu'elle avait traversé les mêmes épreuves que lui. Alors elle devait le comprendre. Forcément.

Il n'eut même pas un regard pour Li. L'avait-il seulement reconnue ?

— Oui, répondit Tyr en voulant le pousser pour avancer.

— Attends ! Ne pars pas si vite ! Tu vas où ?

(« Quel pot de glu », songea Tyr. « Déjà qu'il me collait autrefois, ça va pas recommencer. »)

Mais si. Ça recommençait. La vie était un éternel recommencement – et, comme jadis, alors qu'elle venait tout juste de prendre son nom d'épousée (Balaq l'avait aidée à boire sa soupe de vie, avec des dizaines et dizaines d'autres soupirants et amis de Jaftar, si bien que Tyr n'en avait bu qu'une demi-cuillerée), Balaq la serra. Il s'approcha d'elle, s'en tint tout près, et demanda en pointant le doigt vers les blessures de Tyr :

— Mais comment tu t'es fait ça ?

— Pas ton lot, rouspéta Tyr, qui avait hâte de s'en débarrasser.

Et elle le repoussa, pour passer devant lui.

— Attends ! Tu as des tas d'amis ici ! Tu ne peux pas chuter comme ça !

— Des amis ? demanda Tyr.

— Des amis ? répéta Li.

(« Se peut-il, après tout, que Fintân et Luchna aient survécu et soient arrivés ici ? Goïbnu ? Ardat ? »)

— Oui ! déclara Balaq sans se soucier plus de Li que tout à l'heure. Des tas d'amis ! Presque tout Cent-Maisons est là ! Et d'autres, qui sont passés par chez nous !

— Ils n'ont pas continué de descendre ?

— Pas après ce qu'ils ont vu. Ce que j'ai vu. Et que tu as dû voir toi aussi, forcément.

(Toujours pas un regard pour Li. Il se comportait avec elle comme autrefois – comme si elle n'existait pas. D'ailleurs, qui sait si son cerveau la voyait ?)

— Mais c'est génial ici ! poursuivit-il, enthousiaste. On y vit super bien ! On a du gingba ! Des vins extra ! Le seul problème, c'est les Pleutres.

— Les Pleutres ?

(« Nous y voici enfin », songea Li tout en se disant : « Il ne faut pas qu'on tarde trop. Sinon on va se faire attraper. L'alerte a certainement déjà été donnée… »)

— Ceux qui ne veulent pas poursuivre leur Grand Voyage mais qui ne sont pas d'un rang suffisant pour pouvoir se fixer… Ou les natifs de Rocher-du-Vaisseau qui ne veulent pas prendre leur bâton de pèlerin… Moi j'ai eu de la chance. J'ai pris la place d'un Obligé. Mais les autres… Quand ils entendent les Vétérans, comme moi, raconter ce qu'ils ont vu… La falaise, les griffus, les métaboles et tout ça…

— Les métaboles ?

— Ces espèces de grosses bêtes volantes qui ressemblent à des aberrations tout droit sorties des contes des Anciens…

— Ah oui !

— Bref, quand ils entendent tout ça, ils sont terrorisés et ils refusent de descendre… Ils ont trop peur de ce qu'il peut y avoir en Aval.

(« On les comprend », songea Li.)

— Je peux les comprendre, dit Tyr.

— Mouais. Moi pas…

Il avait une expression dégoûtée.

— C'est que des lâches, poursuivit-il. Qui ne veulent même pas poursuivre leur Voyage, ou le commencer.

— Et… ?

— Et ils vont se réfugier dans la forêt que vous avez peut-être traversée, pour arriver ici ?

— La forêt avec les singes verts et les marécages ? demanda Li.

Mais Balaq ne lui répondit pas – comme si elle n'avait pas parlé.

— Mon amie te demande, insista Tyr, s'il s'agit de la forêt avec des singes verts et des marécages ?

Balaq eut l'air perdu – probablement ne voyait-il pas à quelle amie Tyr faisait allusion. Ou faisait mine de ne pas le voir. Toujours est-il qu'il répondit :

— Oui, oui, la forêt avec les moussus et les marécages.

— Les moussus ? demanda Tyr.

Li aurait bien aimé poser la question elle-même – mais elle savait que c'était peine perdue. On ne fait pas boire un groin qui n'a pas soif.

— Les moussus. C'est comme ça qu'on appelle les végésinges… J'en avais jamais entendu parler avant d'arriver ici. C'est des singes verts avec une sorte de fourrure végétale. Un drôle de truc. Dans lequel tu peux te tailler de super vêtements. On n'avait pas de ça chez nous. Il y en a peut-être plus bas, je sais pas.

— Ben non, tu peux pas savoir puisque tu t'es fixé, fit Tyr sur un ton acerbe.

— Eh ben oui.

Il se frotta l'arête du nez, vaguement mal à l'aise. Puis dit à Tyr :

— Descendre, tout ça, c'est bon pour quand on est jeunes. Mais moi j'ai grandi. Je me suis fixé.

— Tant mieux pour toi, conclut Tyr. Allez, pousse-toi maintenant, on a à faire !

— Eh ! Attends ! Laisse-moi au moins t'offrir un verre !

— *Vous,* déclara Tyr sur un ton ferme.

— Quoi ?

— « *Vous* offrir un verre », rectifia Tyr en montrant Li.

— Ah oui… Bien sûr… Hé hé…

— Et pas n'importe où, ajouta-t-elle.

— Comment ça ?

— Tu nous emmènes pas dans ton auge. On veut une auberge. Un truc bien. Tu connais *À la Perche Joyeuse* ?

— Ben oui, forcément. C'est l'établissement le mieux perché de Rocher-du-Vaisseau.

— Alors c'est là qu'on va.

— Je t'y emmène... Je veux dire, je *vous* y emmène, se corrigea-t-il en louchant douloureusement du côté de Li.

(« Quel morluque », souffla Li à Tyr tandis que Balaq les guidait vers *la Perche Joyeuse.* « Oui, je m'en rends compte, maintenant... », murmura Tyr à Li.)

Ils franchirent de nouveaux sas – elles ne comprenaient pas pourquoi, malgré leur seuil surélevé, comme à Cent-Maisons, ils ne tenaient pas les mauvais esprits à l'écart. Elles les sentaient présents partout. « À croire qu'ils sont ici chez eux, sur ce bateau de fous... », songea Li.

Puis ils croisèrent d'autres personnes, parmi lesquelles elles crurent reconnaître un ou deux visages familiers – mais s'arrangèrent pour éviter d'attirer leur attention. Ce qui ne posa aucun problème à Balaq, trop heureux de la garder – de *les* garder ! – pour lui.

— Et voilà ! déclara-t-il fièrement en ouvrant un dernier sas, décoré d'une perche empaillée.

Un épais nuage de fumée jaillit de derrière la porte, en même temps que des effluves d'alcool, des rires, de la musique et des brouhahas de conversation. Tyr et Li pénétrèrent dans la salle à la suite de Balaq, sur leurs gardes. Elles avaient peur de tomber sur des gabelous, ou des curieux qui leur poseraient plus de questions qu'elles ne voudraient apporter de réponses. Mais à en juger par l'allure de la clientèle de l'établissement – où la plupart des gens fumaient des bouts ou tiraient sur un narguilé, les yeux cernés de rouge, sur fond de musique exotique –, on les laisserait tranquilles.

(« N'empêche, faut pas qu'on tarde », susurra Li à Tyr. « On se ravitaille et on trisse », répliqua Tyr. Li hocha la tête, amusée de voir les murs décorés de grands aquariums où des perches nageaient au milieu de décors affreusement kitch représentant des ruines de temples et de gratte-ciel des Anciens.)

— Alors, Balaq, que nous recommandes-tu ? Je suppose que tu as l'habitude de cet établissement ? demanda Tyr en prenant place à une table décorée par une magnifique orchidée blanche, dont elle effleura les pétales du plat de la main.

— En effet, j'y viens très souvent, se vanta-t-il en prenant un menu posé devant lui.

Tyr et Li échangèrent un haussement de sourcils – histoire de dire qu'elles n'étaient pas surprises.

— Tu ne nous demandes pas de nouvelles d'En Haut ? s'étonna Tyr en ouvrant elle aussi un menu.

— Non, fit Balaq sans lever les yeux du sien. Ça ne m'intéresse pas. Ne m'intéresse plus… Tout ça c'est amont.

(Nouvel échange de regards entre Tyr et Li. Décidément, rien n'était comme elles s'y attendaient – même si ça collait bien au personnage de Balaq.)

— Bon, fit Balaq en s'éclaircissant la voix. Pour commencer, on va se prendre une bouteille de château-lapente. Et si vous voulez manger…

(« Oui, oui », fit Tyr en hochant vigoureusement la tête, alors que Li faisait « Non, non… », soufflant à son amie : « On n'a pas le temps ! », même si la faim lui tordait l'estomac.)

— … je vous recommande la perche, poursuivit Balaq, sans remarquer leur manège. Elle est excellente.

— On hésite, dit Tyr. (« Non », siffla Li sans réussir à se faire entendre.) Elle vient du fleuve ?

— Des marécages.

— Mais qui sont alimentés par le fleuve, c'est ça ?

— En partie, oui, répondit distraitement Balaq tout en parcourant le menu.

— Comment ça « en partie » ? Tu pourrais être plus précis, s'il te plaît ?

(« Faut qu'on se dépêche », souffla Li à l'oreille de Tyr, qui écarta sa remarque d'un geste.)

— Je veux dire : en partie puisque le fleuve n'alimente que partiellement les marais.

— Ah bon ? demanda Tyr en s'intéressant brusquement un peu plus au menu. Ta perche redevient intéressante…

— C'est la spécialité ! Avec les sandres.

— Les *cendres* ? glapit Li en sautant brusquement sur sa chaise. Comment ça ?

Mais Balaq n'eut pas un regard pour elle.

— C'est quoi, les sandres ? demanda alors Tyr, sur un ton insistant.

— C'est un poisson aussi, un genre de perche, et c'est bon, déclara-t-il comme à regret. Vous voulez boire quelque chose, pour commencer ?

— … et le fleuve, il fait quoi ? Il va où ? reprit Tyr sans accorder la moindre attention à la dernière proposition de Balaq.

Les deux chuteuses étaient tout ouïe, impatientes de partir mais non sans avoir délesté Balaq d'autant de marques que possible, et peut-être avalé un morceau…

— Eh ben, il poursuit sa route vers Aval sait où... Je suppose. Peu importe, à vrai dire. Mais je me suis laissé dire qu'une fois dans la forêt il se divisait en plusieurs petits cours d'eau, dont le principal se jette...

Tyr et Li étaient suspendues à ses lèvres. Se pouvait-il que Fintân et Luchna aient survécu à la crue du fleuve ? Ce serait un miracle ! Le cœur battant, elles écoutèrent la suite de l'explication de Balaq.

— ... juste au-dessous, mais quant à savoir ce qui s'y trouve, je l'ignore.

— Puisque tu t'es fixé.

— Ben oui, fit-il en levant les yeux de son menu, toujours aussi honteux qu'auparavant mais déjà mis en appétit par le nouvel arrivage de perches annoncé par un paragraphe spécial, sur la carte.

— C'est plate, *hein* ? commenta Tyr.

Avait-elle dit « hein » ou « Un » ? Li penchait plutôt pour la seconde proposition. Soudain une ombre les recouvrit...

— Alors mes alcadesses, z-avez fait vot' choix ?

Tyr et Li levèrent les yeux. C'était Balaam !

Sans savoir pourquoi, Li eut envie de l'étreindre. Mais tout à coup, la porte de la taverne s'ouvrit à la volée et une escouade de gabelous fit irruption dans la salle, fusil au poing.

— Désolée, faut qu'on trisse ! tonitrua Tyr en se baissant prestement vers Balaq pour lui déposer un rapide baiser sur le front – et le délester, ni vu ni connu, de sa bourse.

Comprenant aussitôt que les filles étaient en danger, Balaam les guida vers la cambuse, non sans avoir au préalable renversé les tables pour ralentir les gabelous.

— Suivez-moi ! cria-t-il aux filles.

— Et ma commande ? s'offusqua Balaq.

— Arrêtez-les ! cria le sergent-chef en pointant Tyr et Li du doigt.

Dans l'auberge, les gens se levèrent et se précipitèrent vers la sortie en poussant des hurlements effrayés.

« À se demander qui sont les Pleutres... », songea Li en se ruant à la poursuite de Balaam et Tyr.

16

Balaam les conduisit à toute vitesse vers la cambuse, dont il bloqua la porte avec un balai, ajoutant un tonneau pour la forme. Les cuistots, évidoir à la main, regards étonnés, les virent foncer tête baissée vers un étroit corridor terminé par un nouveau sas, surmonté de deux panneaux – un grand et un petit – qu'elles n'eurent pas le temps de déchiffrer, mais sur lesquels était inscrit, pour le petit : « DANGER ! BOULONS EXPLOSIFS ! », et pour le grand : « N'OUVRIR QU'EN CAS D'EXTRÊME NÉCESSITÉ ! »

— Je suppose que c'est ce dont il s'agit, souffla Balaam plus qu'il ne le leur demanda tout en manœuvrant l'écoutille. Allez ! Vite ! Entrez !

— C'est quoi cette inscription ? demanda Li, inquiète.

— Pas le temps ! Faites-moi confiance ! Val ! Val !

Il ouvrit grand la porte, leur révélant une pièce exiguë, ovoïdale, et tapissée d'une étrange matière beige, molle au toucher, à l'intérieur de laquelle était creusé un petit siège.

— Désolé, y en a qu'un, postillonna Balaam. C'est risqué mais y a pas le choix. Va falloir vous y allonger toutes les deux... Val ! Val ! Val ! fit-il en tapant dans ses mains.

Comme les deux filles se regardaient, indécises, ne sachant trop comment s'y prendre, il en attrapa une par le bras – Li – et, baissant la tête, la propulsa à l'intérieur.

— Faut tout faire par soi-même, grommela-t-il, furieux.

Il plaqua Li sur le siège creusé dans la paroi, lui cria « Pas bouger ! », puis se retourna vers Tyr pour l'asseoir à son tour – sur Li !

Ensuite il se pencha sur elles deux, tira sur les grandes sangles noires qui dépassaient des deux côtés du siège, et entreprit de les clipper au niveau de l'entrejambe et de la poitrine.

— Qu'est-ce que vous... ? commença Tyr, inquiète.

— Pas le temps ! Si vous croyez que c'est facile, même si à vous deux z-êtes pas beaucoup plus grosses que moi...

— Mais..., voulut dire Li, coincée sous Tyr.

Elle renonça, sachant très bien que Balaam ne lui répondrait pas.

« Pressé, pressé », ne cessait-il de répéter tout en les attachant. « Faut souquer fort », cria-t-il, nerveux, le visage ruisselant de sueur, tandis qu'il s'escrimait à les sangler – ce qui n'était pas si simple, l'installation n'étant pas prévue pour deux.

Li était terrorisée. Et s'il les livrait aux autorités ? Et si... « Et si c'était la chose à faire ? Se rendre ? » pensa-t-elle en se revoyant, horrifiée, enfoncer son racloir à lichens dans le crâne de Talmaï. « Comment ai-je pu en arriver là ? Comment ? »

Elle sentit la nausée la gagner, et supplia Balaam :

— Détachez-moi, je ne veux pas vous attirer d'ennuis…

— SILENCE ! Pas le temps ! Trop tard !

Quand il eut fini, et alors qu'on entendait tambouriner une pluie de coups contre la porte de la cambuse, Balaam sortit de la petite pièce où il s'était glissé à grand-peine (« M'apprendra à trop manger », marmonna-t-il dans sa barbe, sans qu'elles sachent à quoi il faisait allusion), posa la main sur le haut du sas pour le refermer, et dit aux filles, pressées l'une contre l'autre :

— Trouverez de la nourriture, des vêtements de rechange et du matériel de survie dans des compartiments cachés derrière les cloisons.

— Mais, et vous ? s'enquit Tyr.

Li aurait bien aimé poser la même question, mais elle avait déjà du mal à respirer, à cause de Tyr qui lui enfonçait les côtes.

— Vous rejoindrai dès que possible ! déclara-t-il en appuyant sur un gros bouton rouge placé juste au-dessus du sas.

« Pourvu que ça fonctionne encore », espéra-t-il en se mordant les lèvres.

De la fumée envahit le couloir, le cachant presque aux voyageuses – qui pouvaient toujours distinguer son visage, de l'autre côté du hublot, avec sa grosse barbe et ses sourcils broussailleux. Il avait l'air soucieux. Un problème ?

« Veut pas partir… », grommela Balaam, furieux, en voyant la nacelle gronder, tressauter et vibrer dans des sifflements et des jets de vapeur de plus en plus épouvantables, tandis que les gabelous faisaient sauter la porte d'entrée de la cambuse.

— Arrêtez ! tempêta l'un des gabelous en déboulant dans le couloir, suivi par plusieurs camarades. Stop !

« Mort-bas ! » cria Balaam en donnant un puissant coup d'épaule, puis un autre, et encore un autre, dans le sas. « Tu vas partir, maudite ! »

— Stop ! crièrent les gardes en le mettant en joue avec leur fusil.

Nouveau coup d'épaule – le dernier –, donné avec l'énergie du désespoir.

« Et tant pis si je me la déboîte ! »

Il y eut un craquement – celui du sas ? celui de l'épaule ? ou celui, plus redoutable encore, des armes à feu ? –, suivi d'un bruit étourdissant et d'un jet de vapeur encore plus fort que les autres. Le couloir fut envahi de fumée – et la nacelle s'arracha à la coque du *Conqueror* avec un *SHWOUFFF* aussi impressionnant que terrifiant. À l'intérieur de l'habitacle, tout vibrait et grinçait horriblement.

— On va mouriiir ! hurla Tyr.

Affaiblie, Li ne répondit rien. Elle serra les dents, les poings. Se rappela les mains de son père, les grosses mains de son père qu'elle aimait tant empoigner, tant et tant qu'il finissait généralement par lui dire : « Tu me fais mal ! Je ne vais pas m'envoler, quand même… »

S'envoler. C'était justement ce qu'elles faisaient. Mais la Loi de Vertical ne l'interdisait-elle pas ? « Toujours descendras, jamais ne monteras. » N'était-ce pas ce qu'on leur avait toujours dit, inculqué, répété, enfoncé dans le crâne depuis leur naissance ?

Li était sur le point de s'évanouir. « Ba… » Elle voulait que sa dernière pensée fût pour lui.

Tyr, quant à elle, tourna la tête vers le hublot, et vit la montagne se dessiner, longue, large, immense, infinie, de l'autre côté du verre – grise ou blanche, enneigée, les dominant comme une mère son enfant.

— On monte… On monte ! s'écria Tyr, horrifiée, en s'accrochant fermement aux sangles qui les maintenaient sur leur siège, tandis que la nacelle prenait de plus en plus de hauteur.

Puis leur trajectoire s'incurva, ralentit, et elles se mirent à descendre.

— On tooombe ! hurla Tyr, encore plus effrayée que tout à l'heure.

(« Faudrait savoir… », songea Li.)

Curieusement, maintenant qu'elles tombaient – et qu'il n'y avait plus rien qu'elles puissent faire pour l'empêcher –, elle n'avait plus peur. C'était plus fort qu'elle. Pire, elle se sentait rassurée. « C'est tout de même embêtant… » Tyr hurlait. Mais Li était relativement indifférente à ce qui l'entourait. À ce qui leur arrivait. Elle tendait le cou pour regarder défiler, de l'autre côté de la vitre, la montagne, puis les arbres, puis…

— … le fleuve ! Le fleuve ! s'exclama Tyr en voyant une cascade d'eau basculer dans le Vide.

Elle voulut tendre le doigt vers le hublot, mais s'aperçut qu'elle avait le plus grand mal à le maintenir à la hauteur désirée. Une puissance mystérieuse le lui soulevait du corps, plus haut qu'elle ne l'aurait voulu.

Et elles tombaient de plus en plus vite, tête en bas.

— Tyr…, souffla Li de sous sa camarade.

— Oui ? hurla Tyr, plus effrayée que jamais.

— Je voulais te dire que…

Mais elle n'eut pas la force, ni le temps, de finir sa phrase. Une secousse agita la capsule, dont la chute ralentit. Elles poussèrent un cri de terreur. Puis il y eut un deuxième choc, suivi d'un nouveau ralentissement. Puis un troisième choc – et enfin un quatrième, au terme duquel la capsule s'immobilisa, après quelques oscillations. Elles ne tombaient plus.

— Ça s'est arrêté..., hoqueta Tyr, le visage livide, au bord du malaise.

La capsule était tournée sur le côté, et elles étaient toujours tête à l'envers, pointée vers le bas. Le sang affluait à leur cerveau, battant à leurs tempes. Tyr chercha à se dessangler, mais n'y parvint pas. Ses mains tâtonnaient sur les sangles, peinant à en comprendre le mécanisme d'ouverture.

— Mais c'est quoi ce truc ?... Qui c'est qui a fabriqué un machin pareil ? vociféra-t-elle.

Au-dessous d'elle, Li étouffait. Ce qui ne l'empêchait pas de souffler :

— Aucune idée. Mais ça fait peur...

— Allons, s'énerva Tyr. Il doit bien y avoir un moyen...

Ses mains tripatouillaient les sangles au niveau de sa poitrine – manipulant dans tous les sens l'espèce de disque métallique où les lanières s'étaient encastrées. Mais dans la situation où elles étaient – tête à l'envers, dans un espace qu'elles ne connaissaient pas, confiné et mal éclairé –, Tyr avait le plus grand mal à se repérer.

— J'y arrive pas ! J'y comprends rien ! cria-t-elle, paniquée.

— Calme-toi ! Tu vas y arriver ! Dis-moi juste ce que tu vois...

Tyr pencha la tête sur sa poitrine, autant que possible.

— Une sorte de disque bizarre, métallique. Dans lequel viennent s'encastrer les sangles.

— Si elles y sont entrées, elles doivent pouvoir en sortir.

— Mais comment ? J'ai beau tirer dessus, ça ne veut pas bouger !

Li se remémora l'instant où Balaam les avait attachées. Elle se rappelait avoir entendu un *clic*, comme si un verrou avait joué.

— Regarde mieux. Il doit y avoir une sorte de loquet, ou quelque chose dans le genre. Une sorte de serrure, ou de poignée, ou de bouton. Essaie d'appuyer dessus.

— Je vois bien deux espèces de boutons rouges, en effet.

— Pousse dessus !

— Mais si ça explose ?

— Je ne vois pas pourquoi ça exploserait. De toute façon, on n'a pas le choix. Val ! Pousse dessus !

Tyr tâtonna du mieux qu'elle put, dans la pénombre croissante.

(« La pénombre croissante ? s'étonna Li. Ce n'est quand même pas déjà la nuit… »)

— Eh ! Qu'est-ce qui… ? hoqueta Tyr.

Li tendit le cou, et crut revivre un ancien cauchemar – l'un de ses pires cauchemars, et qui d'ailleurs n'en était pas un. Le drame de sa vie – celui où des gens s'étaient pressés, appuyés, contre la fenêtre de sa maison, avant d'y pénétrer pour l'en chasser en hurlant tandis que Ma basculait dans la folie.

À présent, c'étaient des mains et des mufles sombres, humides, des peaux tannées par le soleil, qui se pressaient contre la vitre du hublot, la manipulant dans tous les sens pour – peut-être – l'ouvrir. Mais les mains ne parvenaient pas plus à ouvrir la capsule que Tyr à se dessangler.

— Li !

— J'ai vu ! Ne t'inquiète pas ! Contente-toi de pousser sur les boutons rouges, on avisera après !

(« Chaque chose en son temps », songea-t-elle en se rappelant les bons conseils de Maître Babackas.)

Les mains de Tyr pressèrent deux poussoirs, et les sangles sautèrent – toutes à la fois. Elles étaient libres ! Mais lorsqu'elles cherchèrent à se relever, la capsule bougea. Li émit un hoquet de surprise, tandis que Tyr s'écriait de nouveau : « On tombe ! »

Mais non. Elles ne tombaient pas. La sphère dans laquelle elles étaient enfermées tournait sur elle-même, obligeant Tyr et Li à tendre les bras et les jambes pour s'arc-bouter contre les parois, et garder l'équilibre.

— On va s'en sortir ! Je te le promets ! cria Li à Tyr.

Plaqué contre elle, Fouinard tremblait de tout son corps, labourant la peau de Li avec ses grosses griffes, la lacérant jusqu'au sang.

De l'autre côté du hublot, parfois, un visage curieux faisait son apparition – rapidement remplacé par un autre, puis encore un autre. D'autres fois, c'était une main qui se présentait, poing fermé, pouce tendu vers le bas, comme pour leur annoncer que tout allait bien.

— C'est qui ces gens ? demanda Tyr, morte d'inquiétude.

— Je l'ignore. Probablement des Plus Bas. Ils n'ont pas l'air de nous vouloir du mal. Peut-être nous accueillent-ils en héroïnes ?

Li s'efforçait d'être rassurante – autant pour elle-même que pour Tyr.

Il leur sembla qu'on déplaçait la capsule sur une surface élastique, étirable, où elle s'enfonçait mollement. Puis il y eut un nouveau choc – sur l'un des côtés de la coque, cette fois, comme si elle venait de heurter quelque chose de dur. « Le bord de la Montagne ? » se demanda Li.

Elle regarda sa camarade – son amie, maintenant – pour voir si elle tenait bon. Et s'aperçut que Tyr était sur le point de fondre en larmes. Jamais Li n'avait vu Tyr ainsi, si défaite. Si fragile – même lorsque Talmaï l'avait rouée de coups. Elle eut envie de la prendre dans ses bras ; mais les circonstances ne s'y prêtaient pas.

— Tyr. Courage ! On va s'en sortir. On n'a pas fait tout ce chemin pour mourir ici.

— Tu parles ! s'écria Tyr avant d'exploser en sanglots. On n'a fait aucun chemin ! À peine un niveau, et encore. On n'a même pas la rune ! Mes parents ont descendu des centaines de niveaux, eux ! Leurs bâtons sont couverts de gravures ! Nous on n'en a aucune ! On n'a rien fait ! Nib !

Elle pleurait à chaudes larmes, se lamentant sur son sort (« On est des nulles ! »), alors que Li n'arrivait pas à se sentir désolée. Si Balaam les avait placées dans cette capsule, finalement, il devait y avoir une raison. De même que les singes les avaient guidées vers lui. De même qu'ils lui avaient montré sa mère, et le médaillon soleil.

— Tout va bien se passer, répéta Li.

Elle ferma les yeux, se concentrant sur les bruits qu'elle entendait dehors et les mouvements de la capsule, pensant à son père. « Ba… » Au bout de quelque temps, alors que la nacelle était toujours immobile, hublot tourné vers le ciel, des bruits étranges, métalliques, leur parvinrent. Des *clang ! clang !* assourdissants retentirent contre la paroi de la capsule. Ils furent suivis de sons stridents, d'un genre inédit pour elles, et enfin d'une sorte de souffle chaud – tandis que le pourtour du sas rougissait. Dans l'habitacle, la température monta rapidement, et elles furent vite en sueur.

Puis la porte de la capsule fut arrachée plus qu'elle ne s'ouvrit, et un souffle d'air frais s'engouffra à l'intérieur, en même temps que se penchait vers elles un individu d'une cinquantaine d'hivers, aux cheveux gris en bataille, un os en travers du nez. Il les regarda longuement, leur adressa un grand sourire, fit claquer sa langue dans sa bouche et leur dit, en langue commune :

— Bienvenue à Espalier !

15

Escortées par une troupe vociférante et tapageuse d'une cinquantaine d'individus trempés de la tête aux pieds et à moitié nus – uniquement vêtus d'un pagne, et de nombreux colifichets aussi cliquetants que bigarrés –, les deux chuteuses furent rapidement conduites jusqu'à une grande salle dominée par un trône. Salle et trône étaient en roseau.

Là, elles furent contraintes de s'agenouiller aux pieds d'un homme obèse que deux jeunes femmes aux seins nus éventaient à l'aide d'immenses éventails de plumes, beaucoup trop grands pour elles. L'obèse fit claquer sa langue dans sa bouche, admiratif. Ce devait être l'alcade d'Espalier, pensèrent Tyr et Li en le regardant de sous leurs paupières à moitié baissées.

— Ici on m'appelle « roi » ou « Majesté », leur apprit-il, après qu'elles l'eurent salué comme elles croyaient devoir le faire. Mais je vous pardonne, eu égard au rang qui est le vôtre, fit-il en pointant son gros doigt vers le bâton de Tyr. Ici, vous êtes comme chez vous… Si vous voulez, vous pouvez vous fixer parmi nous. Nous en serions très honorés. Même vous, termina le roi en se tournant obséquieusement vers Li.

— Merci, Majesté, répondirent-elles d'une seule et même voix.

Le roi s'inclina légèrement, pour les saluer. Puis il claqua des doigts, et un chambellan – au dos couvert de longues plumes multicolores qui évoquaient un arc-en-ciel – s'approcha pour prendre ses ordres. Le roi murmura quelques mots à son oreille, et le chambellan se tourna vers les deux jeunes voyageuses pour leur dire :

— Sa Majesté demande que vous soyez examinées par nos meilleurs sorciers. Probablement avez-vous dû beaucoup souffrir, au cours de votre Longue Chute.

— Plus de peur que de mal, souffla Tyr.

Li ne savait pas si c'était une bonne idée ou non, mais estima préférable de ne rien ajouter.

Elles furent conduites dans une autre salle, de plain-pied avec la précédente, et toujours en roseau. Au centre de cette salle bouillonnait un énorme chaudron, où trois hommes vêtus de masques difformes – plaque de bois peinturlurée de rouge sur laquelle des os et des plumes avaient été collés avec de la poix ou du goudron – jetaient des pincées de poudre jaune, faisant jaillir des *pshiiiit* frémissants et des odeurs de soufre.

— Bien ! Mettez-vous à proximité du chaudron, tonitrua le chambellan. Nos sorciers vont vous examiner !

Les deux amies, fort inquiètes, se placèrent de part et d'autre du chaudron malodorant, prêtes à se défendre au cas où. Li sentait son siffleux aplati sur son cou – se faisant aussi discret que possible. Elle pensa à son racloir à lichens, mais le souvenir de ce qu'elle avait fait, à Rocher-du-Vaisseau, lui souleva le cœur. « Jamais je ne pourrai m'en servir de nouveau… » (L'avenir lui montrerait qu'elle se trompait, évidemment.)

Mais ce n'était pas ici qu'elle l'utiliserait – pas à Espalier. Les sorciers les auscultèrent, les palpèrent, leur regardèrent les yeux, la langue, les dents, les doigts de pied. Frottèrent de benjoin et de gommes odorantes leurs muscles endoloris. Sous ces caresses et manipulations, elles se sentirent revivre. Tous leurs maux, leurs douleurs, leurs fatigues s'envolèrent. Seule restait la faim.

— Vous êtes affamées, j'entends, leur dit le chambellan. Alors grande peut être votre réjouissance ! Car ce soir notre roi vous invite au festin !

Et il jeta dans la marmite une pincée de poudre rouge, qui arracha d'intenses bouillonnements et volutes de fumée endiablés au liquide en ébullition. (« Ça me rappelle ma soupe de vie », songea Li en espérant que leur futur repas ne serait pas aussi mauvais que la soupe de Ma. Et cette pensée lui serra le cœur, en lui rappelant Ma – et la façon dont celle-ci l'avait reniée.)

— Mais avant, Maître Ciseleur ! annonça le chambellan en tapant dans ses mains.

Les deux filles frémirent, craignant – Aval sait pourquoi – de retrouver Talmaï.

Leurs craintes furent rapidement dissipées lorsqu'elles virent apparaître, munie de tout son attirail, une petite vieille maigrelette, avec des seins pendant jusqu'au nombril.

— Bâton, susurra-t-elle d'une voix grêle en tendant la main dans leur direction.

Les deux filles échangèrent un regard, sans comprendre. Le Maître Ciseleur de ce village était une femme ?

— Bâton, répéta la vieille en pointant du doigt le bâton de Li.

Li serra sa perche contre elle – elle avait pris la décision de ne jamais, jamais, y faire graver quelque rune que ce fût –, tandis que Tyr présentait fièrement son bâton au Maître Ciseleur.

La vieille le prit, et le tint dans sa main pendant une bonne minute, dans un silence pesant. Li se demandait comment Tyr avait osé courir ce risque, après ce qu'elles avaient vécu, juste au-dessus, et les conséquences que ce geste avait eues. Pour elles deux.

Après un instant de suspense pénible, la vieille femme plongea ses yeux gris dans les yeux de Tyr, murmura des mots dans une langue incompréhensible – mais peut-être n'avaient-ils aucun sens, car aucun des hommes présents ne réagit –, et commença à graver la rune d'Espalier sur le bâton de Tyr. Coinçant un monocle au-dessus de son œil droit, après avoir placé le bâton sur ses genoux, elle saisit une vrille minuscule, et, sans la faire bouger, fit doucement tourner le bâton sur ses jambes, en entonnant un chant aux paroles tout aussi incompréhensibles que ses mots précédents, mais que les hommes présents dans la pièce entonnèrent à leur tour. Comme s'il s'agissait d'un rituel.

Quand le chant fut terminé, la vieille retira son monocle, tendit le bâton à Tyr et lui dit :

— Rune d'Espalier gravée ! Puissiez-vous l'emporter très bas !

— Je vous le promets, jura Tyr en récupérant son bâton, tête inclinée.

Puis la vieille quitta les lieux sans un regard en arrière.

— Et maintenant, le festin ! déclara le chambellan sur un ton enjoué. Honneur ! Honneur ! Gloire à nos invitées !

— Pourquoi n'as-tu pas voulu faire graver ton bâton ? demanda discrètement Tyr à Li.

— Parce que cette coutume me dégoûte. Je ne la comprendrai jamais. En quoi la valeur d'un individu peut-elle se mesurer au nombre de runes décorant son bâton ?

— Parce qu'il reflète son expérience ? son courage ?

Li jeta un regard noir à Tyr, qui rougit légèrement.

— Enfin, dans la plupart des cas, ajouta-t-elle en serrant son bâton contre elle. Mais je comprends ce que tu veux dire. N'empêche, tu ne vas pas cracher sur les avantages qu'il te confère ?

— Les avantages qu'il me confère ? J'espère que tu plaisantes ! Ne me dis pas que tu as déjà oublié...

Tyr fit un geste, comme pour chasser une mouchetique - ou un mauvais souvenir –, et répondit :

— Non, non, bien sûr. Mais regarde ici : nous sommes reçues comme des reines !

— Des alcadesses, corrigea Li en souriant.

— Oui ! Tu ne vas pas prétendre que ça te laisse indifférente ?

— Ça ne me laisse pas indifférente. Ça m'inquiète...

— Pourquoi ?

— Je ne sais pas. Il y a quelque chose ici qui ne me plaît pas. Mais je n'ai pas encore trouvé quoi.

— Tu te fais des idées !

— J'espère…

Après plusieurs couloirs et corridors, toujours de plain-pied, qu'elles franchissaient escortées par une vingtaine de gardes et le chambellan du roi – traversant des salles où des gens s'agenouillaient en les voyant paraître –, elles parvinrent à une salle gigantesque, tout en longueur, et toujours en roseau. Son côté gauche était percé de nombreuses ouvertures donnant sur le Vide.

— Comme c'est beau ! s'exclama Tyr, ébahie, en découvrant la vue qui s'offrait à elles.

— Magnifique, admit Li elle aussi, mais beaucoup moins convaincue que son amie, en apercevant la chaussée titanesque qui descendait en arc de cercle vers l'Aval, à perte de vue, parmi des étendues de terrains rocailleux semés de pierres grises.

— Qui a taillé ces marches ? demanda Tyr au chambellan.

— Nos ancêtres, bien entendu ! Qui voulez-vous que ce soit ?

— Oui, pardon.

— La légende raconte que les premières marches furent patiemment arrachées à la pierre par des pinceaux maniés par nos premiers Pionniers…, déclara fièrement le chambellan.

Interdites, les deux chuteuses se contentèrent d'ouvrir de grands yeux.

— Je vois à votre expression que vous ne me croyez pas. Et pourtant, nos rouleaux portent encré en eux le récit de cet exploit. Bien sûr, si vous ne voulez pas me croire, libre à vous. Vous êtes nos invitées…

Sur ce, il s'écarta, les laissant contempler l'immensité du paysage, qui descendait telles deux paumes tendues sous les Cieux, dans autant de directions qu'il y avait de doigts.

(« Laquelle choisir ? » songea Li. « Y en a-t-il seulement une bonne ? Toujours ce même débat, cette même question… »)

— Viens, lui dit Tyr en la prenant gentiment par le bras.

Li suivit son amie – ainsi que leur escorte – dans une salle où flottaient des odeurs capiteuses. Cette pièce était beaucoup plus vaste que la précédente, et certainement, elle aussi, creusée dans la roche. Comme tout le reste d'Espalier, semblait-il.

Les gardes les accueillirent avec une haie d'honneur. Et elles firent leur entrée dans cette salle immense, au sol couvert de tapis de joncs finement tressés, et au plafond de laquelle pendait – ce qui leur arracha un hoquet de stupeur – une métabole, énorme, les mandibules déployées, élytres repliés.

— Elle est empaillée, leur apprit le chambellan en s'amusant de leur surprise. Et en plus, elle a perdu sa pince…

Il leur montra, rapidement, la queue de l'animal – où la pince manquait, en effet.

Puis il les invita à s'asseoir sur d'épais coussins ronds, posés de part et d'autre d'une longue table basse où de nombreux convives avaient pris place, et au bout de laquelle trônait le roi. (« Jamais il n'aurait pu entrer dans notre capsule », songea Li en le regardant. Il était si gros, si débordant de graisse, que deux jeunes femmes placées à ses côtés devaient l'assister dans chacun de ses mouvements.)

Sur un signe du chambellan, des citharistes accompagnèrent les chants d'un chœur de femmes à la poitrine dénudée, qui entonna une lente et grave mélopée où les noms des villes, campements et villages de Plus Haut se mêlaient – du moins le supposèrent-elles – aux noms de leurs fondateurs. (« Il y en a pour des heures et des heures », se dit Li, l'estomac gargouillant. « J'espère qu'ils serviront le repas avant la fin… »)

Comme pour lui donner satisfaction, plusieurs serveurs pénétrèrent dans la salle en une longue file indienne, où derrière chaque jeune homme venait une jeune femme, et derrière chaque jeune femme un jeune homme. Tous portaient des plats en terre où fumaient des mets aux senteurs poivrées. Les jeunes hommes se dirigèrent vers le côté gauche de la salle, et les jeunes femmes vers le côté droit, en un ballet aussi discret qu'élégant.

— Tu as vu ? souffla Li à Tyr, assise à côté d'elle. Les hommes servent les hommes, qui sont tous assis sur le côté gauche de la table, et les femmes servent les femmes, toutes assises de notre côté.

— Tu as raison, répondit Tyr à mi-voix, après avoir regardé de droite et de gauche afin de confirmer les dires de son amie.

La première assiette, fort logiquement, fut apportée au roi – qui n'y toucha pas avant que tous fussent servis. Alors seulement, il hocha la tête, émit un grognement, et les deux jeunes femmes placées à ses côtés plongèrent les doigts à tour de rôle dans son plat pour y piocher d'épaisses tranches de viande qu'elles portèrent à sa bouche. Signal du début du repas pour l'ensemble des convives.

— On n'a pas de couverts, fit remarquer Tyr, confuse.

— Mange avec les doigts, répliqua Li en plongeant la main vers son assiette, débordante de nourriture.

« Quel morceau choisir ? » Il n'y avait pas une grande variété de mets. Des tranches de foie, assaisonnées d'épices et agrémentées de pousses vertes d'une sorte de plante ou d'une autre, étaient tout ce que l'assiette contenait. Li choisit une tranche de la taille à peu près de sa main, et la porta à sa bouche. « C'est délicieux », se dit-elle en mâchonnant le morceau de chair fondante avant de l'engloutir. « Un peu trop poivré, peut-être... »

Mais encore une fois, comme pour répondre à la question qu'elle n'avait pas encore eu le temps de formuler, une nouvelle file de serveurs fit son entrée dans la pièce. Cette fois, les hommes portaient des pichets, et les femmes des gobelets. Ils commencèrent par servir le roi, puis remontèrent la tablée des deux côtés, proposant à chaque convive un gobelet d'« eau typique ».

— De l'eau typique ? Qu'est-ce que c'est ? demanda Li à l'une de serveuses, tandis qu'un jeune homme versait un liquide transparent pétillant dans son verre.

— C'est de l'eau qui pente, lui répondit la jeune femme avec un grand sourire et en clignant des paupières.

— De l'eau qui pente ? D'où vient-elle ?

— Du même endroit que vous, je suppose. De Plus Haut...

Sur ce, elle se redressa puis proposa à Tyr de la servir.

— Ce n'est pas dangereux ? demanda Tyr à Li, inquiète.

Li considéra l'eau – toutes ces bulles, qui naissaient au fond du verre et remontaient à sa surface, où elles expiraient avec de petits soupirs suaves –, et se dit qu'il n'y avait probablement rien à craindre. (« Autrement ils n'en boiraient pas », conclut-elle en avalant une gorgée, puis deux, de l'eau incroyablement désaltérante.)

— C'est délicieux, dit-elle en se réjouissant de constater qu'aucun alcool n'était servi.

(« Ce n'est pas comme à Rocher-du-Vaisseau, où ils semblaient ne pas pouvoir s'en passer… »)

— Puis-je en avoir encore un peu, s'il vous plaît ? demanda-t-elle au serveur qui venait d'emplir le gobelet de Tyr.

Celui-ci la servit sans un mot.

— Merci, dit Li.

Le jeune homme baissa les yeux – signe qu'il avait entendu – puis s'éloigna discrètement.

— Il a perdu sa langue ? demanda Tyr à Li.

— Ici les serveurs ne parlent pas aux femmes. Ni les serveuses aux hommes. C'est la règle, leur apprit la convive assise à la droite de Li – une dame d'un certain âge, avec des bourrelets de graisse au-dessous des bras, au ventre et au menton.

— Pourquoi ? demanda Li.

— C'est comme ça. C'est la règle.

— C'est le roi qui l'a ordonné ?

— Non. La règle existait avant lui. Il ne fait que l'appliquer.

— Mais alors ? Qui ?

— Je ne sais pas, répondit la dame en portant à sa bouche une tranche de foie épaisse comme son pouce.

Nos Pères Fondateurs, je suppose. Toutes nos règles viennent d'amont.

Elle émit un petit rire, qui suscita la curiosité de la convive placée à sa droite, et ainsi de suite, jusqu'au roi – qui s'enquit de la raison de ce brouhaha. Quand il l'apprit, il écarta les bras, puis les leva avant de déclarer aux filles :

— Tous les bienfaits dont le Très Bas (loué soit-Il) daigne nous combler nous arrivent de chez vous, de Plus Haut. Soyez-en remerciées !

Il leva son verre en l'honneur de ses invitées – et tous l'imitèrent. Les filles rougirent de confusion et balbutièrent des remerciements. Elles se sentaient indignes de l'honneur qui leur était fait et n'oubliaient pas à qui elles le devaient. À celui qui, en cette heure, était peut-être en train de croupir au fond d'une geôle – à moins qu'il n'ait eu le corps criblé de balles.

Malgré tout, l'humeur était joyeuse. La musique était belle, les chants envoûtants, et dans la lumière du jour déclinant, la salle se parait d'ombres rougeoyantes du plus bel effet – même si les lueurs qu'elle projetait sur la carapace de la métabole avaient un je-ne-sais-quoi de terrifiant. (« J'espère qu'elle est vraiment morte », songea Li en avalant plusieurs bouchées de viande, ponctuées de gorgées d'eau qui pente.)

— Cela fait vraiment longtemps que nous n'avons pas eu un tel festin, leur dit la voisine de Tyr en se penchant vers elles, mains jointes pour les remercier.

— Ah bon ? Vous ne voyez pas beaucoup de Transhumants ?

— Oh si ! Nous en voyons beaucoup, enfin, quand nous en voyons. Mais ils ne sont pas toujours en bon état. Pas comme vous. Beaucoup arrivent ici très blessés, voire pire.

Tyr et Li n'osèrent pas lui demander dans quel état ils arrivaient. Cela semblait inconvenant. En revanche, Li voulut savoir :

— Et les autres ? Ceux qui n'étaient que légèrement blessés ? Que sont-ils devenus ?

— Ils sont repartis, pour la plupart. Rares sont les Transhumants à vouloir rester ici.

— Pourquoi ? Espalier semble un bon endroit où se fixer.

— N'est-ce pas ! Je me réjouis de vous l'entendre dire !

Elle poussa un petit rire de gorge, et leva son verre à leur intention.

Lorsque leurs assiettes furent vides, la longue file de serveurs et de serveuses vint les desservir. Le soleil allumait des incendies sur la carapace de la métabole, paraissant l'animer.

C'est alors que le chambellan se leva, pour un bref discours – ou ce qui en tenait lieu.

— Louées soit celles que le Très Bas (loué soit-Il aussi) nous envoie pour honorer de leur parcours Espalier – cette ville chérie où la nourriture abonde en dépit d'une absence de forêts et de champs !

— Loué soit le Très Bas ! Louées soient Li et Tyr ! entonnèrent les convives.

Li et Tyr rougirent, cette fois jusqu'aux oreilles. Derrière elles, le chœur poursuivait sa longue et lente litanie de villes, villages et campements, toujours ponctuée de noms de Pionniers. (« Qui sait si un jour nos noms n'y figureront pas ? » se demanda Li en regardant son amie.)

Mais le chambellan n'en avait pas fini avec son discours.

— Loués soient ceux qui, en tombant, nous permettent de vivre ! poursuivit-il.

— Loués soient-ils ! répétèrent tous les convives en levant leur verre.

Et, cette fois, Tyr et Li se joignirent à leurs louanges, levant leur verre elles aussi.

— Mangeons-les, conclut le chambellan en se rasseyant, sous les regards horrifiés de Tyr et de Li.

— Mangeons-les ! reprit la foule des convives.

Tyr et Li ne comprenaient pas. Manger ? Mais qui ? Elles ? Personne, pourtant, ne leur avait sauté dessus. Alors ? Que voulaient-ils dire ?

Comme en réponse à leurs interrogations, là encore, la longue file des serveurs et serveuses pénétra dans la salle. Cette fois, ils portaient deux à deux de grands plats où étaient déposés des monceaux de viande, ornés d'une tête de bouc des roches.

Tyr et Li poussèrent un cri d'horreur.

— Shittim ! hurlèrent-elles d'une même voix.

Mais ce n'était pas lui. Ou peut-être pas. Après tout, comment reconnaître dans cette tête aux cavités oculaires béantes et à la langue boursouflée celle de Shittim, prince d'entre les princes parmi les boucs des roches ?

— Bouquetin cuit dans sa graisse, annonça un domestique placé à l'entrée de la salle.

— Nous ne pouvons pas manger ça, souffla Li à Tyr.

— Non, jamais, répondit Tyr.

Les deux filles sentirent leur estomac se nouer à l'idée de l'origine de la viande qu'on leur avait servie en entrée. Et si elle provenait, elle aussi, des bouquetins ou autres bêtes tombés des Cimes ?

— Non, merci, répondirent-elles aux serveuses qui leur proposèrent de leur découper un morceau de viande.

À côté d'elles, tous mangeaient de bon appétit.

— Ch'est vraiment délichieux, déclara la voisine de Li en enfournant une tranche énorme.

Elle fermait les yeux de plaisir, dégustant la chair cuite à point.

— Dommage que nous n'ayons pas de légumes, mais, eh ! on ne peut pas tout avoir...

« Je n'arrive pas à y croire », se désolait Li. « J'ai peut-être mangé Shittim ! Quelle horreur ! » De nouveau, elle eut envie de vomir. « Pas maintenant, non. Pas ici... » Elle faisait de son mieux pour se retenir afin de ne pas vexer leurs hôtes, rageant de devoir, encore une fois, remettre à plus tard la perspective d'un bon repas. « Déjà qu'on n'a pas goûté aux perches ni aux sandres... »

À côté d'elle, Tyr était pâle – puis de pâle, elle devint blême. Elle se leva, une main devant la bouche, et sortit de la salle en courant. Les convives ne semblèrent pas s'en émouvoir. Seul le chambellan se leva, invitant Li à le suivre :

— Vous pouvez venir, si vous voulez.

— Où allons-nous ?

— Retrouver votre amie. Puis à l'infirmerie...

— Vous n'avez pas l'air étonné.

— Non, en effet. Cela se produit souvent. Du moins quand nos convives apprennent la provenance de nos mets.

— Mais d'où viennent-ils ? demanda Li en le suivant hors de la salle, et de là, dans l'immense couloir bordé d'ouvertures derrière lesquelles Tyr avait admiré le paysage.

Et où elle se tenait à présent, pliée en deux, les mains cramponnées à une fenêtre, et vomissant le contenu de son estomac vers Aval.

— Là, là, là…, fit le chambellan en lui tapotant le dos. Ça va aller. Nous allons vous conduire à l'infirmerie et vous donner des plantes dépuratives, ne vous inquiétez pas.

Il paraissait plus désolé que fâché.

— Je veux partir d'ici, tout de suite ! siffla Tyr en se redressant. Nous ne resterons pas un instant de plus !

— Mais…, commença Li, s'apprêtant à lui rappeler que Balaam leur avait promis de les rejoindre.

— Tu fais ce que je te dis et tu me suis ! tempêta Tyr, des éclairs dans les yeux. Et nous voulons nos affaires !

— Pour cela, dit le chambellan sur un ton navré, il faudra voir avec les gabelous. Ce sont eux qui gèrent ce genre de requête.

— Nos affaires !

On sentait, au ton de sa voix, qu'elle avait l'habitude de commander – et qu'elle n'avait pas celle de ne pas être obéie. Sur-le-champ.

— Bien, bien, dit le chambellan. Mais vous ne voulez pas d'abord aller à l'infirmerie ?

— Je m'en fiche de vos herbes dépuratives ! Je ne suis pas un canidé ! Oh, et puis si. J'en veux ! Donnez-les-moi toutes. Je sens que je vais en avoir besoin, et mon amie aussi.

— Mais que... quoi... ? fit Li, interdite.

— T'expliquerai plus tard, éructa Tyr.

Le chambellan les conduisit lui-même à travers plusieurs couloirs creusés dans la roche, vers les profondeurs d'Espalier. Les murs étaient couverts de tapisseries de joncs, représentant des scènes de la vie quotidienne d'Espalier. Celle-ci consistait, pour l'essentiel, à tendre et à réparer d'immenses filets disposés le long de la falaise, à profiter de la vie et à s'occuper des enfants, dont l'éducation semblait constituer le principal souci des parents. Mais là aussi, quelque chose gênait Li – qui n'arrivait pas à trouver quoi exactement. (« Pourtant je l'ai sur le bout de la langue... »)

Quand elles entrèrent dans l'infirmerie – grande salle où il faisait frais, et où des dizaines de lits étaient alignés contre les murs –, deux femmes vêtues de rouge se précipitèrent à leur rencontre, demandant au chambellan :

— Ce sont les deux tombées de frais ?

Le chambellan hocha la tête d'un air désolé. Manifestement affecté par toute cette histoire, il demanda à Tyr et à Li :

— N'y a-t-il rien que je puisse faire pour vous aider ?

— Nous rendre nos affaires ! rugit Tyr.

— Pourquoi es-tu si méchante avec lui ? chuchota Li. Il fait de son mieux. Vraiment.

— Il sait très bien pourquoi, expliqua Tyr.

— Je vais voir ce que je peux faire, leur promit le chambellan en se retirant dans un froissement de plumes, tête baissée et l'air profondément abattu.

Lorsqu'il fut parti, Li osa enfin demander à Tyr :

— Et Balaam ?

— Pas le temps ! Et surtout, pas ici !

Un petit bruit, dans le fond de la salle, attira l'attention des deux jeunes filles. Elles plissèrent les yeux, cherchant à mieux y voir. Et distinguèrent, sur un lit plongé dans la pénombre, la silhouette d'un homme corpulent en train de jouer avec une petite créature.

Elles s'approchèrent, curieuses, tandis que derrière elles les infirmières leur préparaient une décoction à base de plantes dépuratives et d'eau qui pente. Ce qu'elles virent leur fit ouvrir de grands yeux, et leur arracha ce cri de joie :

— Goïbnu !

Le malade tourna la tête dans leur direction.

Mais ce n'était pas Goïbnu. C'était un adolescent – à la fois gros et grand, au visage constellé d'acné – en train de jouer avec Marmite. Le siffleux de Goïbnu, qui semblait plus vieux et abîmé que jamais. Mais ce n'était pas Goïbnu.

— Mais alors… Où est-il ? demanda Li.

Elle redoutait de formuler la réponse et aurait préféré ne jamais poser la question. « N'arrête jamais de te le demander », résonna alors en elle, de façon sinistre, l'ultime injonction de Maître Babackas. Où était Goïbnu ? Elle craignait de l'apprendre. « Jamais il ne serait parti sans son siffleux. Jamais… »

— Tu comprends ? Tu comprends maintenant ! Tu comprends pourquoi je ne voulais rien te dire, au banquet ! cria Tyr.

— Oui, hoqueta Li, le cœur au bord des lèvres.

Elles éclatèrent en sanglots et tombèrent dans les bras l'une de l'autre, pour se bercer et se rassurer.

— S'il vous plaît, les interrompirent les infirmières. Votre remède est prêt.

Les filles se jetèrent dessus pour le boire à grandes goulées. Et, quand elles l'eurent vidé, en demandèrent un autre. Qui leur fut servi aussitôt.

Puis elles vomirent dans de grandes bassines en cuivre, tandis que les infirmières leur épongeaient le front avec des serviettes humides et parfumées.

— On n'arrête pas de se vider, s'efforça de sourire Li, pour faire contre mauvaise fortune bon cœur.

— C'est épuisant. Depuis combien de temps n'avons-nous pas mangé ?

— Dans la nacelle..., hoqueta Li entre deux gerbes. Balaam a dit qu'il avait mis de la nourriture...

Lorsqu'elles se furent entièrement purgées, sous le regard compatissant des infirmières, le chambellan revint les trouver, suivi de plusieurs porteurs qui tenaient dans leurs bras des sacs emplis de vêtements et d'équipement.

— Voici vos bagages, déclara-t-il.

Puis, après que les infirmières eurent appliqué une nouvelle couche de baume régénératif sur les blessures de Tyr (« Qui vous a fait ça ? » lui demanda l'une d'elles. Tyr ne voulut pas répondre. Ce qui n'empêcha pas l'infirmière de lui dire : « Ce n'est pas ici que ce genre de chose vous arriverait... »), le chambellan les invita à passer en revue les affaires récupérées dans la nacelle.

— Et qu'avez-vous fait de cette nacelle ? s'enquit Li.

— Elle a brisé plusieurs de nos filets, alors les Récupérateurs l'ont gardée pour eux. En compensation. Cela me semble juste.

Les jeunes filles le regardèrent, indécises.

— C'est quoi ces filets, exactement ? demandèrent-elles en se rappelant les filets représentés sur les tapisseries de joncs, et ceux sur lesquels les Récupérateurs avaient roulé leur capsule.

— Venez voir, leur proposa le chambellan.

Il les invita à le suivre dans une autre salle où une ouverture taillée dans un mur permettait d'admirer – de l'autre côté d'un précipice – toute une série d'immenses filets tendus en espalier le long d'une falaise où cascadaient des torrents d'eau impétueuse. Il semblait à peu près impossible d'échapper à leurs mailles, sur lesquelles couraient des hommes et des femmes en pagne – ceux qu'avaient vus Tyr et Li depuis l'intérieur de leur nacelle, et qui les en avaient extraites.

Le chambellan fit claquer sa langue contre son palais, et expliqua aux filles :

— Ce sont les Récupérateurs. Ils prennent beaucoup de risques pour récupérer tout ce que le Très Bas fait pleuvoir dans ces filets, incrustés sur plus de niveaux que vous n'en pouvez voir. Ils les tissent. Ils les tendent. Ils les entretiennent. Ils les réparent quand ils sont cassés. Et ils récoltent la manne qui y tombe. Ces derniers temps, le Ciel s'est montré fort généreux.

— Vous auriez pu nous prévenir ! s'offusqua Li.

— Ce ne sont pas des choses qui se disent, rétorqua le chambellan, navré. L'immense majorité des gens préfère ne pas savoir. Certains sont là depuis de nombreux hivers, et se gavent, sans savoir. Notre roi ne sait pas…

— Bien sûr qu'il sait.

— Vous croyez qu'il sait. Mais la partie de lui qui sait n'est pas reliée au reste de son cerveau. Si bien que, d'une certaine façon, il ne sait pas.

Les deux filles ne trouvèrent rien d'autre à répondre que :

— On veut partir d'ici !

— Nivel, je comprends, fit le chambellan.

— Contente de voir que la partie de vous qui nous comprend est encore reliée au reste de votre cerveau…, ironisa Li.

En le regrettant aussitôt. Le chambellan n'avait pas l'air mauvais – et semblait sincèrement désolé.

— Vous pouvez prendre toutes ces affaires, et s'il vous manque quelque chose, nous serons heureux d'y suppléer.

Tyr et Li fouillèrent les sacs posés sur le sol de joncs, à la recherche de nourriture. Mais celle-ci avait disparu. Seules restaient de hautes piles de matériel de Pionnier – sacs à dos, toiles de tente, casseroles, marteaux, piolets, pitons, rouleaux de corde, etc., et autres objets dont elles ne comprenaient pas l'usage –, ainsi que des vêtements – hélas masculins, ce qui n'était pas forcément un problème, mais beaucoup trop grands pour elles.

— Il doit s'agir des vêtements que Balaam s'était choisis pour lui, maugréa Tyr.

— Qu'à cela ne tienne, fit le chambellan. Nous vous en donnerons d'autres, plus seyants.

— Et la nourriture ?

Il secoua la tête d'un air navré.

— Hélas, dit-il, quelqu'un a dû la voler. Si je puis faire quelque chose pour compenser…

— J'ai une idée, proposa Li en louchant du côté de Marmite.

14

Quelques instants plus tard, et tandis que le festin continuait – accompagné de la longue et lancinante litanie que le chœur avait à peine entamée (« Il y en a encore pour plusieurs jours, durant lesquels nous festoierons », leur apprit le chambellan) –, les filles firent leurs adieux à Espalier.

Elles avaient revêtu de nouveaux habits, aussi confortables que résistants. « Et surtout, secs ! » se réjouit Li.

Après avoir pris en main l'une sa perche et l'autre son bâton, et alors que la nuit baignait d'ombres les filets, elles allumèrent les petites lanternes que leur avait données le chambellan.

— Vous êtes certaines de ne pas vouloir partir demain ? leur demanda-t-il. Personne ne sait ce qui vous attend sur cette route…

— Oui, rétorqua Tyr, fermement. On n'a pas un seul instant à perdre. Et puis, qui sait ? tous nos amis ne sont peut-être pas morts…

— Quelques-uns sont passés par notre infirmerie, leur apprit-il.

Les yeux des deux Transhumantes s'illuminèrent, brillants d'espoir.

— Un grand gars ? Et une gamine de douze ou treize hivers ?

— Il y avait effectivement un grand gaillard d'environ dix-huit hivers, si je me rappelle bien, accompagné d'une toute jeune fille…

— Est-ce que le garçon avait les cheveux noirs, coiffés en chignon, et un fin duvet de mo–ustache ?

— Non, pas vraiment. C'était plutôt du genre barbe de trois lunes et les cheveux en bataille, désolé.

Elles eurent l'air fort déçues.

— Et la fille ? Maigrelette et jolie comme un cœur, le teint pâle ?

— Le teint pâle, effectivement. Mais maigrelette, non, je ne dirais pas ça… Plutôt grassouillette, en fait.

— Alors ce n'est pas Luchna, en conclurent-elles, dépitées.

— N'auriez-vous pas retrouvé un sac à dos ? Avec une fourrure verte à l'intérieur ? demanda Li.

— Nous récupérons des centaines de sacs à dos tous les jours. Le Très Bas (loué soit-Il) nous comble de nombreux présents. Preuve, s'il en est, qu'il approuve notre mode de vie, ne pensez-vous pas ?

— Mais avec de la fourrure verte ? Il ne doit tout de même pas y en avoir des centaines ?

— Au contraire, beaucoup plus que cela. Pas dans des sacs à dos, certes. Mais il nous arrive sans cesse d'étranges créatures vertes, que l'on appelle *moussus,* ou *végésinges.* Vous en avez d'ailleurs mangé, lors du festin.

— Alors c'étaient des singes ? s'exclama Tyr, presque trop heureuse de savoir qu'elle n'avait pas mangé de Transhumants – et encore moins ses camarades.

— Oui, avoua le chambellan.

Ce n'était qu'une moitié de bonne nouvelle pour Li – qui se sentait redevable auprès des végésinges, qui avaient entretenu la tombe de sa mère.

— Nivel. On y va. Je suppose que nous ne nous reverrons jamais, poursuivit Tyr. Alors Aval !

— Bon voyage ! Puissiez-vous être demain plus bas qu'aujourd'hui et après-demain plus bas que demain !

Les deux filles le saluèrent, agitant la main, et entreprirent de descendre la chaussée colossale dont les premières marches avaient été – à en croire la légende – tracées dans la terre à l'aide de fins pinceaux de soie.

— Cela a dû leur demander des centaines d'années, souffla Li, sa perche à la main, et ravie de partir.

— Des milliers, tu veux dire.

— Je me demande pourquoi nous courons après nos devanciers, s'ils ont tant d'avance sur nous. C'est absurde.

— Ils n'ont peut-être pas pris le bon chemin…

— Tu as raison. Bon. En Aval ! s'exclama Li sur un ton enjoué.

— Parce que tu veux descendre, maintenant ?

— Qui t'a dit que je ne voulais descendre que d'un niveau ?

— Je n'ai jamais dit ça…

— Non. Mais tu l'as pensé. Comme les autres. Que je ne descendrais que d'un niveau ou deux. Comme ma mère. Ou à peine mieux.

Tyr se tut, mal à l'aise.

— J'ai bien l'intention de descendre aussi bas que possible. Et même plus bas encore. Comme ça je pourrai remonter.

— À condition d'avoir atteint Tout En Bas Tout En Bas, fit remarquer Tyr.

— Exactement. Sans compter que je suis bien décidée à comprendre comment Erebus a fait pour descendre de Tout En Haut Tout En Haut jusqu'à Cent-Maisons en si peu de temps... Même si grâce à toi je commence à avoir ma petite idée à ce sujet, dit-elle en louchant du côté du bâton de Tyr.

— Très drôle.

— Non. Pas très, conclut Li, amèrement.

D'autant plus amèrement, en vérité, qu'elle n'avait pas tout dit à Tyr. Loin de là. « Il est des mots que j'aimerais pouvoir te dire, mais c'est impossible. Tu ne les entendrais pas. Refuserais de les entendre. Et si je te disais que je veux atteindre Tout En Bas Tout En Bas justement parce que je le hais – parce que je hais le poids que cet endroit, Si Bas Si Bas, fait peser sur nous tous, depuis notre naissance, depuis toujours – tu ne le comprendrais pas. Je veux te montrer, me montrer, vous montrer, à tous, ce que la fille d'une Un et d'un Biais est capable de faire – aussi bien, et même mieux que le plus aguerri des Pionniers. » Voilà pourquoi, entre autres raisons, elle ne voulait pas faire graver de runes sur son bâton. Sa valeur, elle la démontrerait autrement qu'en ayant recours à des signes inventés par des gens qui la méprisaient.

Li avait l'impression que la Montagne l'approuvait. Dans quelques marches, elle et Tyr pourraient choisir leur destin. La titanesque chaussée qu'elles descendaient se divisait en plusieurs grands escaliers, tous plus ou moins identiques, dont les uns s'abaissaient vers la droite, ceux du milieu tout droit, et les derniers vers la gauche. Lequel emprunter ? Li se rappelait vaguement avoir vu des cimes poindre à l'horizon de ceux menant vers la gauche. Elles ne prendraient donc pas l'un de ceux-ci. Mais les autres ? Lequel choisir ? Songeuse, elle caressa le museau de son taupard – mais celui-ci continuait à sommeiller sur son épaule.

— Peut-être aurions-nous dû accepter la proposition du chambellan et passer la nuit à Espalier ? Et si nous rencontrons un griffu ? s'inquiéta Tyr.

— Tu as dit toi-même que tu ne voulais pas rester une seconde de plus, et tu avais raison, répondit Li. Allez, val ! N'oublie pas ce que disait notre vieux Maître…

— « En Bas la pente est plus douce », déclamèrent-elles d'une voix enjouée.

Menant la marche, Li guida Tyr jusqu'à l'endroit où l'escalier se scindait – pareil aux racines d'un arbre plongeant profondément sous terre.

Un peu plus haut derrière elles, le chambellan les regarda descendre jusqu'à ce que la lueur rougeoyante de leurs lanternes ne fût plus qu'un point minuscule dans la nuit. Alors, seulement, il regagna les cavernes creusées d'Espalier. Puis il sortit de sous ses grandes plumes multicolores une pomme – qu'il avait trouvée dans la capsule – et la croqua à pleines dents, en savourant la chair juteuse. « J'avais oublié à quel point c'était bon », pensa-t-il. Quand il l'eut terminée, il en jeta le trognon dans le Vide bouillonnant où la cascade se déversait en grondant. Puis il ramena ses plumes sur l'arrière de sa tête, pour se protéger du froid. Et là, ses mains rapportèrent une jolie petite fleur blanche – une orchidée –, que le vent y avait déposée. D'où venait-elle ? Il n'en avait aucune idée.

« Peut-être de la capsule de ces deux jeunes filles... »

Il en huma l'odeur, la savoura – apprécia sa fraîcheur, si différente des odeurs de charogne que les Parfumeurs d'Espalier avaient tant de mal à masquer. Puis, après l'avoir respirée une dernière fois, il la cacha dans ses plumes. Et retourna comme à regret prendre part au festin.

« Heureusement que je ne leur ai pas précisé que les singes avaient uniquement fourni les pousses vertes accompagnant les tranches de foie qu'elles ont mangées. Heureusement... »

C'était la première fois qu'il était triste de voir partir deux Transhumantes. « Elles étaient vraiment à croquer... » Il poussa un nouveau soupir, regrettant l'époque où lui-même descendait et descendait, convaincu d'atteindre un jour Tout En Bas Tout En Bas. « Je ne leur ai même pas demandé de nouvelles des Hauteurs », songea-t-il. « Je vieillis... »

Plus bas, Tyr et Li cheminaient à la lueur dansotante de leurs lanternes vers l'endroit où la chaussée se subdivisait en plusieurs étroits escaliers. Et plus elles approchaient de cet endroit, où il leur faudrait choisir, plus elles sentaient leur cœur tonner dans leur poitrine. « Une fois notre choix fait, nous ne pourrons plus revenir en arrière. »

Mais Li refusait de penser cela – ou de ne penser *que* cela.

— Peut-être, dit-elle anxieusement, que si nous partons dans la mauvaise direction, nous pourrons quand même *les* retrouver, un peu plus tard.

— *Les* retrouver qui ? demanda Tyr.

— Ceux de Cent-Maisons, nos prédécesseurs...

Elle n'osait pas dire « Fintân et Luchna » – de crainte qu'en prononçant leurs noms ils n'éclatent comme des bulles de savon.

— Peu probable, répliqua Tyr sur un ton définitif.

— Mais pas impossible. Les chemins descendent peut-être tous, dans différentes directions, mais cela ne veut pas dire qu'ils ne peuvent pas se croiser, plus bas, beaucoup plus bas...

— Quoi qu'il en soit, ce n'est pas le moment de se tromper. Si Fintân et Luchna sont passés par ici...

Mais elles eurent beau lever leurs lanternes, en diriger le faisceau vers Aval et le côté des marches, elles ne voyaient aucun signe de passage récent. Aucun symbole, aucune rune tracée de frais.

Elles ne savaient où aller. Et se sentaient plus perdues que jamais. Comme si, après avoir été privées de leurs amis par les métaboles et la crue du fleuve, elles risquaient de l'être une fois de plus par les choix qu'elles feraient.

Au bout d'un long moment passé à promener le faisceau de leurs lampes sur toutes les marches et bornes mitoyennes, Li soupira, la mort dans l'âme :

— Ils ne sont pas descendus par là.

Elle étouffa un sanglot.

— Je vois bien des runes de Cent-Maisons, mêlées à celles d'autres villages et campements, sans aucun respect d'ailleurs pour les symboles plus anciens, mais aucun témoignage de leur passage…

On aurait dit qu'elle allait fondre en larmes. Pourtant, de toutes les épreuves que Tyr et elle avaient eu à affronter, c'était probablement la moins escarpée.

— D'ailleurs, la description que nous en avait donnée le chambellan ne correspondait pas…

— Et moi je refuse de le croire, dit Tyr.

(« De le croire, lui ? Ou de croire qu'ils sont morts ? » Li observa Tyr à la lueur de sa lanterne, et constata avec quels soins son amie s'appliquait à repérer la voie que leurs camarades avaient empruntée. « Mais ils n'ont pas descendu de voie, puisqu'ils sont… »)

— Nous ne ferons pas un pas de plus, expliqua Tyr, tant que nous n'aurons pas trouvé une trace de leur chute !

— Mais…, commença Li.

— Tu dois y croire ! l'encouragea Tyr. Tu ne vas quand même pas laisser ce genre d'obstacle te faire barrage ? Réfléchis… Si tu étais Fintân, où aurais-tu placé un message à notre intention ?

— Je ne sais pas, déclara Li. Probablement à un endroit où les autres n'auraient pas pensé à regarder, contrairement à nous, justement…

— Bon, très bien. Et cet endroit, d'après toi ?

Tyr et Li continuaient à promener le faisceau de leurs lampes partout autour d'elles, sur les énormes marches de pierre, les bornes, et jusqu'aux pierres des champs rocailleux où les escaliers s'enfonçaient comme autant de tranchées.

— Je ne sais pas…, répéta Li.

Elle repensa au puntero, juché sur Shittim, une main sur le front pour scruter l'horizon. Fintân, fils de Nûn, fils de Sihôn. Fintân, de Cent-Maisons. Leur ami. Leur allié. Leur espoir – désormais. « S'il est en vie. Si Luchna et lui sont en vie, alors tout est possible », songea Li.

Elle fronça les sourcils, s'obligeant à réfléchir. Où Fintân – s'il avait survécu – aurait-il gravé une rune ? Elle voulait tellement la voir qu'elle était prête à l'inventer. Prête à la lire dans un brin d'herbe plié par le vent, un rocher roulé sur le côté ou une branche d'arbre cassée. N'importe quoi pourvu qu'une telle rune existât.

— Au sommet, soupira-t-elle soudain. Au sommet…

— Au sommet de quoi ? demanda Tyr.

Li promena son regard autour d'elle.

— D'une des marches ? Non… D'une des bornes. Il l'aurait placée au sommet d'une des plus hautes bornes, là où les autres rechignent à graver leurs runes, par respect pour le Très Bas ou de crainte qu'on ne la voie pas.

Elles s'approchèrent des bornes les plus hautes, celles dont la cime les toisait, et placèrent à tour de rôle leurs mains en coupe pour permettre à l'autre d'accéder au sommet, et de l'examiner attentivement à la lumière de sa lanterne. En vain. Au bout d'une trentaine de bornes, le découragement les submergea – comme une coulée de neige emportant tout espoir. Elles avaient mal au dos et aux mains, et s'en voulaient d'escalader au lieu de descendre.

— Encore une borne ! Encore une ! insista Li.

Elles choisissaient toujours les plus hautes, celles qui ressemblaient à des géantes, et délaissaient les plus petites, aux formes de tabourets.

Soudain, Tyr s'écria :

— Là ! Regarde !

Li tourna son regard dans la direction que lui désignait Tyr. Celle-ci avait braqué le faisceau de sa lanterne sur un gros rocher du champ caillouteux. Ses formes évoquaient vaguement celles du Grand Rocher de la Pointe de l'Éperon, si chargé de souvenirs à la fois tristes et joyeux.

— Il a été déplacé, souffla Tyr. Regarde, au sol… On distingue des traces dans la terre, comme si on l'avait poussé…

— Tu as raison.

Elles s'en approchèrent, le cœur battant. Et si c'était un hasard ? Et si personne ne l'avait déplacé – sinon la gravité, les siècles et les intempéries ? Et si… Et si…

« Et s'il n'y avait rien à son sommet ? » Li se pinça les lèvres. « Force-toi à y croire ! Oblige-toi à y croire ! Rien n'est encore arrivé. Pour l'instant tu ne sais pas. Fais le choix du meilleur ! Aval ! Aval ! »

Lorsqu'elle ne fut plus qu'à une longueur de corde du rocher, elle dirigea – comme Tyr – sa lanterne vers le sommet. Et là, dans leurs faisceaux croisés, elles virent se dessiner une rune. La rune de Cent-Maisons ! Elle se détachait sur fond de granit vierge, usé par les orages et en partie couvert de terre meuble – sauf aux endroits de la gravure. De facture incontestablement récente.

— La rune de Cent-Maisons ! s'exclama Li, n'en croyant pas ses yeux, éprouvant un extraordinaire sentiment de retour au foyer.

Tyr et elle avaient envie de faire le tour du rocher en sautant et bondissant de joie. Mais elles continuèrent à scruter la rune représentant une sorte d'éperon piqueté de nombreux petits points.

— Cela ne veut rien dire, soupira Li, de nouveau gagnée par le découragement. Ce n'était pas forcément eux. Des Transhumants de Cent-Maisons, il en descend depuis tellement de pentes…

— Mais si ! Regarde ! s'exclama Tyr. Regarde mieux, au bas de la rune !

Li se dressa sur la pointe des pieds, plissa les yeux. Et distingua, au-dessous de la rune inondée de lumière, cinq bâtonnets gravés dans la pierre, suivis d'un sixième, isolé. Les deux premiers bâtonnets étaient rayés. La rune ressemblait à peu près à ceci :

HIII + I

— Je ne suis pas sûre de comprendre, bredouilla Li.

— Nivel ! C'est évident ! Les cinq premiers bâtonnets, c'est nous ! Les Pionniers !

— Nous étions six…, fit remarquer Li.

— Tu n'étais pas une Pionnière, je te rappelle. Toi, tu es le sixième bâtonnet.

— Ah, soupira Li, ne sachant s'il fallait s'en réjouir ou pas. C'est un peu tiré par les cheveux comme explication, tu ne trouves pas ?

Et pourtant, elle mourait d'envie d'y croire.

— Mais pas du tout ! Cinq Pionniers accompagnés d'une sixième personne sont descendus. Deux Pionniers sont morts ! C'est très clair, au contraire !

— Si tu le dis..., admit Li, qui commençait à penser que, peut-être, Tyr avait raison.

— C'est eux ! C'est eux, je t'assure !

— Possible...

(Mais pourquoi n'arrivait-elle pas à y croire, alors que c'était son vœu le plus cher ?)

— Rappelle-toi comment Fintân veillait toujours à tracer ses runes, quels que soient l'heure et le lieu ! poursuivit Tyr. Il a laissé ce message à notre intention !

Li regarda son amie d'un air décidé.

— Puisque de toute façon il faut choisir, déclara-t-elle en empoignant sa perche, autant descendre par ici.

La voie qu'avait choisie Fintân – si c'était lui – était située juste au milieu du grand escalier. Si les dix escaliers étaient autant de doigts tendus vers l'Aval, alors celui de Fintân correspondait à peu près à l'auriculaire de la main droite. (Ou à son pouce, si l'on considérait que les mains étaient des paumes retournées vers le sol.)

Les filles rajustèrent leurs lourds sacs à dos sur leurs épaules, et commencèrent la longue marche vers l'Aval. Mais elles n'avaient pas descendu dix cordes que des cris résonnèrent dans leur dos : « Attendez ! Attendez ! », ponctués de *pouf ! pouf !* haletants et de bruits bringuebalants. Quelqu'un les avait suivies, et il – ou elle – était hors d'haleine.

Tyr et Li se retournèrent, agacées. Elles pointèrent le faisceau de leurs lampes vers l'escalier qui montait

– évitant de s'appesantir sur les minuscules lueurs rougeoyantes qui tremblotaient de l'autre côté des fenêtres d'Espalier –, et virent courir vers elles, dans un concert de casseroles et autres ustensiles métalliques ou en terre, les formes replètes de l'adolescent qui – sur le lit de l'infirmerie – avait joué avec Marmite. Il était torse nu, comme tous ceux de son peuple, et portait un os en travers du nez, comme les Récupérateurs. Ce qui arracha un frisson de terreur aux jeunes filles. Que voulait-il ? Les cuisiner ?

Mais il n'avait l'air ni agressif ni dangereux.

— Attendez-moi ! supplia-t-il en s'arrêtant un instant pour reprendre son souffle, les mains sur les cuisses, pantelant.

Il se trouvait encore à une vingtaine de marches audessus d'elles, et haleta :

— R'prends mon souffle... P'tit peu...

— Qu'est-ce que tu veux ? l'interrogea Tyr en braquant le faisceau de sa lampe sur son visage écarlate.

— Grenouillard... *pouf ! pouf !* Peux pas le laisser...

— Grenouillard ? répétèrent les deux filles d'une même voix.

— Le marmottin...

Il releva le visage, et pointa un doigt grassouillet dans la direction des deux filles.

— M'l'avez pris... Sans m'le d'mander... *pouf ! pouf !* Veux pas l'abandonner...

Il avait l'air épuisé – mais la fraîcheur de la nuit semblait lui faire de l'effet et, peu à peu, son visage reprit sa jolie teinte cuivrée, quoique toujours acnéique.

— Mais de quoi il parle ? demanda Tyr à Li.

— De Marmite, je crois, répondit Li en posant son sac à dos à terre pour en faire descendre le siffleux de Goïbnu, qui s'y trouvait juché. Quand le chambellan du roi nous a proposé une compensation, pour la nourriture disparue…

— Volée ! corrigea Tyr.

— … volée, si tu veux, poursuivit Li. Eh bien je lui ai demandé Marmite.

— Hum…

Le garçon rondouillard les implorait du regard, une main au-dessus des yeux pour se protéger de l'éblouissement provoqué par les lanternes, l'autre enserrant un bâton de Pionnier.

— On ne peut pas t'accepter parmi nous, siffla Tyr.

— Je vous embêterai pas, je suis hyperdébrouillard, souffla l'adolescent en s'efforçant de sourire, les yeux mouillés de larmes. S'il vous plaît !

— Il me fait pitié, dit Li à Tyr.

— À moi aussi, reconnut Tyr.

— Qu'est-ce que tu sais faire ? s'enquit Li.

— Je suis un excellent cuisinier !

— Pas sûr que cet argument joue en ta faveur, étant donné tes origines…, maugréa Tyr.

— Je sais faire du café ! ajouta-t-il en se retournant pour leur montrer, sur le côté droit de son sac à dos, toutes sortes de cafetières, qui bringuebalèrent en tintinnabulant de plus belle.

— Déjà plus intéressant, admit Li en souriant.

— Et du thé ! tonitrua-t-il en tournant de nouveau sur lui-même pour leur montrer, sur le côté gauche cette fois, de nombreuses théières, toujours de formes, de tailles et de matériaux extrêmement variés qui s'entrechoquèrent tout aussi joyeusement.

— À quoi ça te sert d'en avoir autant ? s'étonna Li.

— Parce que le café n'est pas du thé, et que le thé n'est pas du café, et que le café du matin ne se fait pas dans la même cafetière que celui du soir, et inversement. De même que les arômes de certains thés s'épanouiront mieux dans une théière en métal, et d'autres dans une théière en terre. Tout est affaire de subtils dosages, de pureté d'eau, de choix du lieu et du moment, de qualité des grains ou des herbes, et de bien d'autres choses encore, expliqua-t-il d'un air contrit. Allez, s'il vous plaît…

(« Il me fait de la peine », murmura Li à Tyr. « Pas à moi », fit Tyr. « On sera mieux avec lui, si jamais on est attaquées… », insista Li. « Tu veux dire, pour qu'il se fasse bouffer en premier ? » Li donna un coup de coude moqueur à Tyr. Qui ne put s'empêcher de pouffer.)

— Nivel. Admettons. Tu te tiendras tranquille ? lui demanda Tyr.

— Juré, fit-il en hochant vigoureusement la tête.

— Et tu ne contesteras jamais nos décisions ?

— Jamais, jamais, promit-il en secouant énergiquement la tête de droite à gauche.

— Et tu porteras nos affaires ?

— Bien…, fit-il, l'air malheureux. Mais je suis déjà très chargé. J'ai pris le maximum de ce que je pouvais porter.

— Tu l'aimes donc à ce point Marmite ?

— Qui ça ?

— Grenouillard…

— C'est mon siffleux à moi ! Mon marmottin adoré ! J'ai toujours rêvé d'en avoir un à moi, rien qu'à moi !

Alors quand je l'ai vu arriver, et dans un sale état, j'ai couru à toute allure jusqu'à l'infirmerie pour le faire soigner…

(Ce qui, étant donné sa corpulence et ses coutumes alimentaires, avait dû constituer un sacré exploit.)

— Et il y avait quelqu'un avec lui ? le questionna Tyr.

— Avec Grenouillard ?

— Avec Marmite ! éructa Tyr. Ce marmottin s'appelle Marmite. Si tu veux nous accompagner, c'est comme ça que tu as intérêt à l'appeler !

— D'… D'accord…, bredouilla l'adolescent en replaçant son os en travers du nez.

(« L'engueule pas », souffla Li à Tyr. « Il fait de son mieux. Vraiment. »)

— Ben non, y avait personne, enfin, je veux dire : personne de vivant…

Les deux filles se regardèrent. Puis se penchèrent l'une vers l'autre, pour échanger à voix basse : « Il a quelque chose de Goïbnu, tu ne trouves pas ? » demanda Li à Tyr. « Si. C'est justement ça qui m'embête. » « Pourquoi ? » « J'ai peur que ça fausse mon jugement… » « Allons. Si ça se trouve, il ne veut descendre que d'un village ou deux, pas plus. »

— Tu veux descendre de combien de niveaux ? demanda Tyr à l'adolescent.

— Ben, comme vous, souffla l'adolescent. Je veux aller jusqu'au bout.

— Jusqu'à Tout En Bas Tout En Bas ?

— Oui, fit-il, hochant de nouveau vigoureusement la tête. Je vous ralentirai pas, je vous le promets !

Comme pour appuyer sa promesse, il claqua sa langue dans sa bouche, puis regarda les filles.

« Qu'est-ce qu'on fait ? » demanda Tyr à Li. « Je ne vois pas comment on pourrait l'empêcher de nous suivre, de toute façon... », répondit Li. « Tu as raison », l'approuva Tyr.

— Écoute, dit-elle à l'adolescent, on va te prendre avec nous. À l'essai. On va descendre un peu ensemble, et puis si ça se passe correctement, tu pourras continuer. Sinon, tu t'arrêtes au prochain village.

— Entendu.

— C'est un voyage dangereux, tu sais ?

— Je sais, souffla l'adolescent. Mais...

— Mais quoi ? l'encouragea Tyr.

— De toute façon je peux plus revenir en arrière...

— Pourquoi ?

— Parce que ça...

Il se tourna contremont – vers Espalier –, juste au moment où trois fleurs d'artifice étaient tirées dans la nuit étoilée, au-dessus d'eux.

— Mince, fit Li en les regardant filer en sifflant vers l'Aval, où elles explosèrent dans de fantastiques gerbes de lumière écarlate, teintant de rouge un paysage de monts et de vallées, tissé de mille et une routes et pistes.

Ils le contemplèrent tous les trois, en silence, attendant que l'obscurité l'engloutisse de nouveau. Et quand ce fut le cas, ils reprirent leur chute – suivant le chemin désigné par la rune de Fintân.

— Au fait, comment tu t'appelles ? demanda Li à l'adolescent.

— Pachinko, répondit celui-ci, radieux. Mon rêve c'est d'atteindre Tout En Bas Tout En Bas avec vous, ajouta-t-il en remontant son sac à dos sur ses épaules, avec des *cling ! clang !* à réveiller les morts.

— Pas *avec vous,* corrigea Tyr : *après vous.* Et même, après moi, conclut-elle en reprenant sa route vers le Bas. Allez, on trisse.

Li ne fit aucun commentaire. Pachinko non plus. Et ils s'enfoncèrent dans une obscurité ponctuée par les *pouf ! pouf !* de Pachinko, ses claquements de langue et le tintamarre tonitruant de ses théières et cafetières.

13

Ils descendirent toute la nuit, sans s'arrêter, malgré quelques récriminations – tout au début – de Pachinko. Mais celui-ci comprit très vite que s'il ne voulait pas que Tyr le propulse dans les ronces qui bordaient la route, il avait intérêt à se taire. Aussi les suivit-il sans piper mot, et sans se mêler de leurs conversations si elles ne lui posaient pas de questions. Il était très intimidé par ces deux chuteuses – qui semblaient avoir traversé moult épreuves, et dont les différends (multiples au début de leur périple) paraissaient s'être à présent aplanis. Surtout, il était très impressionné par les cheveux de Li, couleur d'or. Jamais il n'en avait vu de tels. Il croyait être en présence d'une déesse. « Avec elle rien de mal ne peut nous arriver », se dit-il en se signant vers le bas.

Lorsqu'ils eurent marché suffisamment longtemps pour voir le soleil poindre derrière eux, soulevant devant eux des lamelles de couleurs aussi éclatantes qu'aux Jours d'Avant les Jours, Tyr proposa dans un bâillement :

— Et si on montait la tente ?

Mais les deux autres étaient si concentrés sur leur foulée qu'ils ne lui répondirent pas. Peut-être ne l'avaient-ils pas entendue ?

— Ça vous dit de vous reposer ? proposa de nouveau Tyr, insistant.

— Tu ne veux pas continuer à marcher ? demanda Li en sortant de sa torpeur.

— Je commence à fatiguer.

Elles se regardèrent, puis se tournèrent d'un même accord silencieux vers Pachinko.

— Et toi ?

— Je veux bien continuer à marcher, déclara-t-il à leur grande surprise.

— Tu n'es pas fatigué ?

— Si. Mais on se reposera une fois arrivés Tout En Bas Tout En Bas, n'est-il pas ?

— C'est peut-être très loin, tu sais, lui dit Li.

— Suffit de descendre, ça ne peut pas être dur.

— Ce que tu peux être meule quand tu t'y mets, lui dit Tyr. Le monde est plus vaste que tu ne crois.

— En tout cas moi j'ai very faim, répliqua-t-il avec un claquement de langue.

Les filles échangèrent un coup d'œil. Elles n'avaient rien emporté de comestible – et n'avaient pas l'intention de servir de repas à leur nouveau compagnon de voyage.

— Je propose de continuer à marcher jusqu'à la prochaine étape, suggéra Li. On ne devrait pas tarder à arriver à un village. Enfin, je suppose, vu que ça fait déjà belle lurette qu'on ne voit plus Espalier.

— L'ai-je bien descendue ? s'enquit Pachinko.

— Quoi donc ?

— La route d'Espalier ?

— Nivel, dit Li.

Un sourire radieux illumina le visage piqueté d'acné de Pachinko.

— Merci, souffla-t-il, reconnaissant.

Sur ses épaules, le siffleux poussa un petit hululement – signe qu'il était content lui aussi.

— Merci, Grenouillard ! Euh, je veux dire, *Marmite...*, bredouilla Pachinko en rentrant le cou dans les épaules, inquiet de la réaction de Tyr.

Qui se fit attendre.

— C'est donc vraiment si bas, Tout En Bas Tout En Bas ? s'enquit-il alors. À combien de pentes ?

— Plus loin que tu ne saurais l'imaginer, répondit Tyr. On peut marcher toute une vie et ne jamais l'atteindre.

— Ah bon ? C'est si loin que ça ?

— Je ne comprends pas, tes parents ne t'ont donc jamais rien expliqué ?

— J'en ai pas.

— Oh, désolée...

(« Je sais ce que c'est », eut envie d'ajouter Li.)

— Ma mère est morte avant ma naissance, soupira Pachinko. Quant à mon père, j'ai jamais su qui c'était.

Li dressa l'oreille, attentive.

— Que veux-tu dire : morte avant ta naissance ? Comment une mère peut-elle mourir avant la naissance de son fils ? C'est impossible, s'indigna Tyr.

— Non, pas impossible. Juste extrêmement improbable, dit Pachinko.

— Explique-toi.

— Elle est morte en tombant dans les filets, comme vous l'aurez compris. On l'a amenée aux cuisines, pour la préparer, et là…

— C'est bon, on a compris. Tu peux t'arrêter.

(« Et là, poursuivit-il en son for intérieur, comme une prière mille fois répétée, les cuisiniers ont repéré une petite chose, qui bougeait dans son ventre. Un fœtus ! Sans perdre de temps, ils se sont hâtés de le retirer de l'utérus, et l'ont recueilli, l'adoptant collectivement. » Pachinko revoyait les visages de tous ceux qui avaient été, pendant ces dix-huit années passées à Espalier, ses parents. Sa famille. Son savoir-faire, c'était à eux qu'il le devait – même s'il s'agissait exclusivement d'une culture gastronomique et culinaire. « Mais tout le monde mange et boit », se dit-il en souriant et en replaçant l'os en travers de son nez.)

Li ralentit le pas, pour l'observer. Il avait l'air heureux. Pourquoi avait-il subitement décidé de partir ? « Était-ce vraiment pour Grenouillard – euh, Marmite ? » Ou pour une autre raison ? Elle l'ignorait. Et n'avait pas envie de le savoir. Pas maintenant. Elle était heureuse, elle aussi. Heureuse d'avoir un nouveau compagnon de route, même si elle s'entendait de mieux en mieux avec Tyr. (« Ce que je voulais te dire dans la nacelle, songea-t-elle en la regardant, et que tu n'as peut-être pas entendu, ou que tu as oublié, c'est que j'ai appris à t'aimer. Comme une amie. » Mais elle garda ces mots pour elle, comme un secret.)

Autour d'eux, le paysage était magnifique, saturé d'herbes et de plantes aromatiques à l'odeur envahissante, qui leur raclait la gorge et leur chatouillait les narines. « Voilà à quoi ce voyage, ce pèlerinage, devrait ressembler, tout le temps… » Elle inspira profondément l'air aux senteurs estivales, s'en emplit les poumons.

Ils s'arrêtèrent pour se restaurer, Pachinko faisant cuire le café sur un feu allumé entre quelques pierres, pendant que les filles allaient ramasser des champignons, des herbes et de petits escarmous qu'ils extirpèrent de leur coquille en leur versant du sel dessus. Puis, après ce frugal repas, agrémenté de plusieurs tasses du meilleur café que les filles aient jamais bu, ils se remirent en route.

Ils poursuivirent leur chemin sur le petit escalier, dont les marches s'effaçaient au fur et à mesure de leur progression. De pierre, elles se firent terre, et de terre, poussière. Depuis, ils allaient au jugé – suivant la direction qui leur semblait la meilleure, la plus évidente. Celle qui s'ancrait le plus profondément au creux des plis de la Montagne et descendait le plus naturellement possible. Et toujours, toujours, ils cherchaient au sommet des rochers la fameuse rune de Cent-Maisons surmontant le curieux schéma – cinq bâtonnets (dont les deux premiers étaient rayés) accompagnés d'un bâtonnet isolé.

Quand ils la trouvaient, un frisson de joie les saisissait tous les trois. « Ils pensent à nous ! Ils pensent à nous ! » se disaient Tyr et Li, extatiques. Parfois, l'une d'elles, sinon les deux, était prise d'angoisse à l'idée qu'un nouveau bâtonnet puisse être rayé. Ils ne connaissaient pas les Transhumants qui avaient tracé ces bâtonnets. Elles voulaient croire que c'étaient Fintân et Luchna – mais n'en avaient pas la certitude. Qu'importe, leur petit trio s'était déjà pris d'affection pour eux. Li voyait dans ces marcheurs de futurs compagnons de voyage, qu'ils finiraient bien – un jour ou l'autre – par rejoindre.

Et alors la vérité éclaterait.

— Ce n'est qu'une question de temps, expliqua Tyr. Nous marchons bien.

— Eux aussi, apparemment... Et nous ne nous sommes toujours pas arrêtés pour dormir, fit remarquer Li.

— Prochain village, tu as raison. Au prochain village on s'arrête.

— Prochain village, répétèrent Li et Pachinko en chœur, pour se donner du courage.

Et au prochain village, peut-être retrouveraient-ils Fintân et Luchna. Li l'espérait. De tout son cœur. Plus fort qu'elle n'avait jamais espéré retrouver qui que ce soit. « Sauf Ba. »

Pourtant l'image de ce dernier s'effaçait peu à peu pour être remplacée par celles de ses compagnons disparus. Li se demandait à quoi ils ressembleraient – à quoi *il* ressemblerait, lui, surtout. Fintân. Elle se rappelait avec tendresse son mignon petit chignon, au-dessus de sa tête, toujours impeccable. Et le soupçon de duvet qui ombrait sa lèvre supérieure – prémices de la moustache qu'il arborerait un jour, et qui la piquerait quand elle l'embrasserait. « Mais qui parle de l'embrasser ? » se reprit-elle en secouant la tête comme pour se sortir d'une hallucination. « Je divague... »

Elle s'efforça aussi de se remémorer le visage d'Araz – et entendit son : « Je t'attendrai. » Curieusement, cela ne fit qu'accroître son désarroi. « Pourquoi ne m'a-t-il pas dit : "Je te rejoindrai dès que possible" ? » La vérité, elle s'en rendait compte à présent, c'est qu'elle lui en voulait de ne pas lui avoir dit : « Je t'accompagne. » La vérité, c'est qu'elle ne pouvait détourner ses pensées de celui qui lui avait sauvé la vie en la faisant monter sur Shittim ; celui qui avait pris soin de graver des runes pour que Tyr et elle puissent le retrouver ; celui vers qui elle marchait : Fintân. C'était plus fort qu'elle. Et cela lui fendait le cœur. C'est alors qu'une autre phrase lui revint en mémoire, un avertissement, comme pour la déculpabiliser : « On n'a pas toujours le choix. » L'espace d'un instant, elle se demanda s'il y avait une conclusion à en tirer. Puis elle décida de se concentrer sur la route, chassant de son esprit toutes ces pensées parasites.

Ils dévalèrent les unes après les autres des pentes dont chacune leur réservait une récompense, comme cet ancien temple dont les colonnes, bien qu'à moitié ruinées, continuaient de mesurer la course du soleil.

— Signe que d'autres ont vécu ici avant nous, il y a suffisamment longtemps pour y laisser des ruines, commenta Li.

Mais alors qu'autrefois ce constat pouvait les paniquer, aujourd'hui il les rassurait. « Nous ne sommes pas seuls… » Et ils étaient heureux de mettre leurs pas dans ceux de leurs prédécesseurs, et d'emprunter une route que d'autres arpenteraient après eux, avant de la transmettre à leur tour à leurs propres successeurs.

Après avoir marché toute la journée, exténués, avançant sans même s'en rendre compte malgré de nombreuses ampoules aux pieds, ils étaient sur le point de dresser le camp, Val que Val, lorsque Pachinko demanda :

— C'est encore loin ?

Loin ? Quoi ? Il ne l'avait pas précisé. Probablement était-il trop accablé de fatigue pour le faire, et ses deux compagnes trop éreintées pour le lui demander.

Mais peut-être parlait-il de Tout En Bas Tout En Bas. Aussi Tyr lui dit-elle :

— Ben oui, gros bêta !

— En fait on n'en sait rien, répliqua Li. Ça peut être derrière cette montagne, déclara-t-elle en montrant une cime qui pointait à l'horizon, ou alors derrière cette courbure du terrain, là-bas, ou bien derrière cette tache vert sombre, qui doit être une forêt...

— Ou derrière ces moulins ? demanda Pachinko.

Les filles se regardèrent. Des moulins ? Où ça ?

— Là-bas, poursuivit Pachinko, l'air de rien.

Il tendit le doigt droit devant lui. Mais comme il était plus grand qu'elles, les filles ne voyaient pas ce que ses yeux lui avaient révélé – seulement une tonsure vert gazon coiffant le sommet du coteau vers lequel ils allaient. Cependant, petit à petit, comme ils continuaient à descendre, elles virent se dessiner, au-dessus des collines, de fines petites ailes rouges pareilles à des drapeaux agités en l'air.

— Des moulins..., remarqua Li.

— Aux ailes teintes en rouge, c'est très ingénieux, ajouta Tyr en pressant instinctivement le pas.

Ils ne s'en rendirent pas compte, mais la vue de ces moulins brassant l'air à quelques arpents d'eux leur donna un regain d'énergie inattendu. Ils avaient l'impression de voler. Néanmoins, après quelques minutes de petites foulées, et lorsqu'ils virent se dessiner, plus proches que jamais – sur la plaine devant eux –, les formes élancées, semées de fenêtres aussi étroites que des meurtrières, des dizaines de moulins qu'ils venaient tout juste d'apercevoir, il leur sembla qu'ils s'en trouvaient à une distance impossible.

— Je déteste... les terrains... plats, fit Tyr, épuisée.

— Faut que ça descende ou que ça monte, sinon je défunte, ajouta Li.

Pachinko, lui, ne dit rien. Il n'avait qu'une seule envie : s'allonger sur l'herbe pour dormir tout son saoul. Il était si fatigué que les filles l'avaient à plusieurs reprises surpris à ronfler en marchant – chaque fois, elles l'avaient secoué pour le réveiller. Mais il avait prétendu qu'il ne dormait pas, jurant qu'on ne pouvait pas dormir en cheminant. « C'est vrai, quoi ! »

Elles n'avaient pas insisté. Pourtant, là, elles auraient payé cher sa capacité à dormir tout en avançant. Car elles avaient l'impression d'avoir les jambes lestées de plomb. Le terrain était devenu plan. La pente ne les portait plus.

— Aval ! Courage ! siffla Tyr entre ses dents. On est bientôt arrivés ! Regardez tous ces gens...

Un homme, en effet, était sorti prendre le frais sur le balcon de son moulin, et les avait aperçus, dans le lointain. Il avait aussitôt porté les mains à sa bouche pour prévenir son village de l'arrivée de nouveaux Transhumants. Déjà, Tyr, Li et Pachinko pouvaient voir l'espace entre les moulins se noircir de monde, orage à l'horizon.

Ils progressaient, plus ivres de fatigue que jamais, tandis qu'une foule composée d'adultes et de nombreux enfançons se portait joyeusement à leur rencontre. On aurait dit un jour de fête. Les mines étaient réjouies, les vêtements colorés et les sourires radieux. Bientôt, la rumeur de la foule enfla, grossit, jusqu'à devenir acclamation. Tyr, Li et Pachinko ne purent empêcher un petit sourire de s'épanouir sur leur visage – surtout Pachinko, dont c'était la première étape. Tyr et Li, elles, étaient un peu échaudées par Rocher-du-Vaisseau et Espalier. Elles se demandaient avec appréhension quelles mauvaises surprises ce nouveau village leur réservait – et, surtout, comment il s'appelait. Comme si son nom augurait son caractère.

« Bienvenue ! Bienvenue ! », « Bonval ! Bonval ! », « Bienvenue chez nous ! » entendirent-ils crier et applaudir.

On aurait dit que tout le village était là, impatient. Attendant. Puis des gens montés sur d'énormes limaces – des « slugs », apprirent-ils plus tard – qu'ils manœuvraient à grands coups de bâton, se frayèrent un chemin parmi la foule, vociférant :

— Laissez passer ! Laissez passer le géomètre et ses officiants !

Les villageois s'écartèrent à contrecœur, ronchonnant. Beaucoup voulaient être aux premières loges. Les slugs s'approchèrent des voyageurs avec des bruits de succion, leurs énormes antennes dardées dans leur direction.

— Déclamez-vous ! tonitrua depuis une selle installée sur le dos d'un gigantesque slug un homme coiffé d'un haut chapeau pourvu d'ailettes mobiles, et à la trogne affublée de superbes moustaches enroulées sur elles-mêmes.

— Tyr, fille de Jaftar, fils de Qaïdan, fils d'Atlaï, fils de Nergal, fils d'Origane, fils de Lamech, fils de Caan, fils de Lioa, fils de Hingna, fils de Turanf, fils d'Uya, fils de

Lafcad, fils de Qunwu, fils de Saerlio, fils de Kaur, récita de nouveau Tyr en levant son bâton.

— Li, fille de Tokamak, dit Li en levant sa perche.

— Pachinko, fils de personne, déclara Pachinko en faisant claquer sa langue et en levant son bâton – vierge, évidemment.

Les noms qu'ils donnèrent furent aussitôt couchés sur des tablettes de cire, que des officiants placés au pied des slugs tenaient entre leurs mains.

— De quel village descendez-vous ? clama le Géomètre. Nommez le plus haut !

À ces mots, tous les villageois – adultes comme enfants en âge de le faire – sortirent de leur manteau, poche de ceinture ou de pantalon, sac à main ou autre contenant, une petite feuille de papier qu'ils déplièrent pour la consulter anxieusement – certains chaussant même des lunettes à cette occasion.

— Cent-Maisons ! annonça Li.

« Non », « J'ai pas », « Non plus », déclarèrent plusieurs adultes et enfants en esquissant une moue de dépit, avant de reporter leurs regards – et sans doute leurs espoirs – sur Tyr et Pachinko. Plusieurs d'entre eux, cependant, poussèrent des cris enthousiastes et bondirent sur place, s'exclamant en brandissant leur feuille de papier :

— Je l'ai ! Je l'ai !

— Trop facile, grommelaient leurs voisins, mauvais joueurs.

Li entendit même distinctement, malgré le brouhaha général, quelques : « Encore, décidément, c'est à la mode en ce moment… », qui lui firent chaud au cœur. Elle ne comprenait pas très bien ce qui se passait, mais elle avait le sentiment que ce « Encore, décidément » devait avoir un rapport avec Fintân et Luchna, *forcément*. (Ou en tout cas avec les graveurs de runes de Cent-Maisons.) Elle se dressa sur la pointe des pieds pour voir s'il n'y avait pas un bouquetin, quelque part. Mais n'en vit nulle part. Déçue, elle retomba sur ses talons, épuisée.

— Espalier, lança à son tour Pachinko.

À ce nom, plusieurs « Pouah ! » dégoûtés éclatèrent dans l'air nocturne, et beaucoup de gens crachèrent dans l'herbe pour lui signifier ce qu'ils pensaient de son village. « Celui-là, je refuse de le jouer… » « Pour rien au monde… » « Jamais de la vie… » « Même pas pour une pluie de marques… » « Même pas pour un déluge… »

(« Apparemment, ils connaissent… Ce qui n'a rien de surprenant… », songea Li.)

Les gens semblaient outrés. Beaucoup faisaient mine de se laver les oreilles, et tous ceux qui n'avaient pas encore « gagné » détournèrent les yeux pour les fixer sur Tyr.

Pachinko, qui tenait son bâton étroitement serré entre ses mains, ne put réprimer un léger tremblement.

— J'y suis pour rien, murmura-t-il.

Inquiet, il se rapprocha de Tyr et Li, dans l'espoir d'être protégé par elles s'il devait y avoir du grabuge.

(« Si j'avais su, pensa-t-il, j'aurais dit un autre nom… »)

— Haut-Lieu, tonitrua Tyr en brandissant son bâton à bout de bras.

(« Décidément, songea Li, elle n'apprendra jamais. J'espère qu'elle ne va pas nous attirer des ennuis. »)

Mais loin de leur créer des problèmes, ce nom souleva deux ou trois « Vivat ! » enthousiastes et quelques chaleureux applaudissements. En revanche, nombreux furent ceux qui froissèrent leur feuille de papier pour la jeter à leurs pieds, d'un air dépité. Ils secouaient tristement la tête et se lamentaient : « Mon village ne sort jamais... » « Décidément je n'ai pas de chance... » « Amont, y en a marre de ce jeu... » « Encore choisi le mauvais... »

Ils s'éloignèrent, maussades, en traînant les pieds, et n'eurent plus un regard pour Li et ses compagnons. Restaient seulement les « gagnants » – ainsi avaient-ils été désignés par le Géomètre et ses officiants.

Ces derniers, toujours au pied des slugs, se mirent à compulser plusieurs grandes feuilles de papier contenues dans une sorte de grosse boîte, ou volumineux classeur, qu'ils portaient sur la hanche, et déclarèrent à tour de rôle : « J'ai ! » « Moi aussi ! » « Également ! » « J'ai aussi ! » « Moi pareil ! » Contrariés, ils se retirèrent dans l'ombre des slugs en marmonnant des : « Ça fait des années qu'on n'en a pas de nouveaux... » « Celui-ci, ça faisait bien quinze hivers que je l'avais... » « Moi mon prédécesseur l'avait déjà... » « Et moi le prédécesseur du prédécesseur de mon prédécesseur », se vanta un autre, d'une voix pleine de morgue.

Cela n'empêcha pas les nouveaux arrivants d'être acclamés par les Vainqueurs – à qui de jolies officiantes versèrent des poignées de marques (ceux qui avaient parié pour Cent-Maisons, remarqua Li, en recevaient moins) –, même si tous se tenaient à bonne distance de Pachinko.

— Tu devrais peut-être enlever cet os de ton nez, conseilla discrètement Li à Pachinko.

— Pas question, s'offusqua ce dernier. C'est mon identité, ma fierté, et le symbole de mon appartenance à Espalier !

— Comme tu veux, répliqua Li. Tu ne pourras pas dire que je ne t'avais pas prévenu, s'ils viennent te chercher noise...

— Avant toute chose, poursuivit l'homme au casque muni d'ailettes et aux bacchantes élégantes, vous voudrez peut-être aller voir notre Maître Ciseleur pour y faire graver la rune de notre village ?

— Comment ce village s'appelle-t-il ?

— Mesure ! déclara-t-il fièrement. Et nous enregistrons les noms de tous les Transhumants – fussent-ils nobles Pionniers ou simples Tombeurs – qui passent par chez nous, ainsi que ceux des villes, campements et villages qu'ils ont traversés.

Li sentit son cœur s'emballer.

— Si bien que je suis fier de pouvoir affirmer que nous possédons les cartes les plus précises et les plus détaillées de l'Amont, à partir de ce niveau-ci... Si cela vous intéresse, vous pourrez en acheter après avoir fait tailler votre bâton. Nous proposons des rabais pouvant aller jusqu'à trente-trois pour cent à tous ceux qui nous apportent des informations inédites ! Un tiers en moins du prix de vente public d'origine, vous vous rendez compte ?

Il semblait très fier de lui.

— Ça ne nous intéresse pas, siffla Tyr. Nous, ce qu'on veut, c'est des cartes de l'Aval.

— Ça, mademoiselle, comme vous le savez certainement, ça n'existe pas.

— C'est là qu'on va.

— J'entends bien. Mais je regrette, c'est malheureusement impossible. Comme vous devez vous en douter. Cela étant, si un jour vous repassez par ici, nos cartes de l'Amont seront toujours à votre disposition. Et si vous voulez nous vendre des informations sur l'Aval, nous serons bien entendu preneurs. À condition que vous nous apportiez la Bonne Nouvelle, cela va de soi..., conclut-t-il gravement.

Tyr le regarda, le sondant du regard. Mais ni l'un ni l'autre n'ajouta quoi que ce soit.

— Excusez-moi, intervint Li. Il y a quelque chose que j'aimerais savoir, si c'est possible.

— Si vous avez de quoi payer, tout est possible ! assura-t-il sur un ton enjoué, qui arracha force rires aux villageois restants.

— J'ai quelques marques, annonça Tyr en tapotant la bourse de ceinture où elle avait placé les piécettes dérobées à Balaq.

— Que voulez-vous savoir ? s'enquit le Géomètre en se penchant vers Li, comme pour mieux l'entendre.

— Des gens de Cent-Maisons sont-ils venus ici récemment ?

— Une demi-marque et je vous réponds !

Li se tourna vers Tyr, en une supplique muette. Tyr ouvrit sa bourse de ceinture, en sortit une demi-marque et la lança au Géomètre – qui l'attrapa à la volée.

— Deux sont descendus hier !

— Leurs noms ?

— Une marque et je vous les donne !

— Ce n'est pas juste ! On vous a déjà payé une demi-marque !

— Comme vous voudrez, fit-il en se lissant la moustache. Mais comme je suis dans un bon jour, je puis vous dire qu'ils sont descendus à l'auberge.

Elles eurent, l'une et l'autre, l'impression que leur cœur allait exploser de bonheur.

— Où est-ce ?

— Là-bas ! fit l'homme en indiquant une imposante bâtisse accotée à l'un des plus gros moulins de Mesure. *À la Borne Mesure.* Vous y trouverez de quoi vous reposer et vous restaurer. Et c'est d'un excellent rapport qualité/prix ! Et dites-leur bien que vous venez de ma part, on vous y offrira un verre.

— J'y vais ! répliqua Li en partant aussitôt dans cette direction, suivie par quelques villageois avides de l'interroger sur Plus Haut ou de dépenser leurs gains à l'auberge.

— Eh ! tu ne viens pas faire ciseler ton bâton ? demanda Tyr.

— Non !

Tyr haussa les épaules, regarda Li s'éloigner et interrogea le Géomètre :

— Et pour le Maître Ciseleur ?

— Si ces messieurs-dames veulent bien se donner la peine de me suivre, c'est gratuit, répondit-il en concluant son invitation par un coup de bâton sur la tête de son slug.

Si violent que Tyr et Pachinko ne purent s'empêcher de sursauter.

— Ne vous inquiétez pas, ces bêtes-là ne sentent pas la douleur. Vous pouvez les frapper autant que vous voulez, ça ne leur fait pas mal, expliqua le Géomètre en assenant un autre coup de trique à sa monture.

Le slug tressaillit, recroquevilla ses antennes, et se mit pesamment à glisser sur la route, laissant derrière lui un sillage de bave bulleuse.

Légèrement dégoûtés, Pachinko et Tyr le suivirent, talonnés par plusieurs habitants de Mesure.

12

Li pénétra dans l'auberge, le cœur battant. La salle était enfumée, grande, avec un haut plafond recouvert de boiseries – où de puissants ventilateurs brassaient l'air. Les conversations allaient bon train, alimentées par l'arrivée des Transhumants. Dans un coin, des machines à sous tintaient joyeusement. Derrière, on entendait des grincements de poulies et de pales – en provenance du moulin d'à côté. Une fine poussière flottait dans la pièce – « de la farine ? » se demanda Li en plissant les yeux. À son arrivée, les conversations s'étaient interrompues – pour repartir de plus belle l'instant d'après. Et maintenant, un tonnerre de rires et de voix emplissait la salle.

— Je peux vous aider ? demanda le barman derrière son comptoir lustré, où plusieurs hommes et femmes étaient attablés, assis sur de grands tabourets.

— Je cherche des Transhumants…

— Ha ha ! Ici c'est pas ce qui manque ! N'en sommes-nous d'ailleurs pas tous ? lança-t-il à ses clients.

Ils hochèrent la tête, l'approuvant.

— J'en cherche deux en particulier…, insista Li, mal à l'aise.

Sans l'écouter davantage, le barman passa un nouveau coup de chiffon sur son comptoir au poli impeccable.

— Soye qu'il s'agisse de nos parents, soye qu'on en soye nous-mêmes, soye qu'il s'agisse de nos descendants, les Transhumants, on a tous ça dans les veines…, poursuivit-il d'un air docte.

— S'il vous plaît…, l'implora Li, ne comprenant pas pourquoi il rechignait à lui répondre.

Mais le barman continuait sur sa lancée, imperturbable :

— Les Transhumants, c'est comme la poussière. Ça tombe tout le temps. Si on veut pas que ça s'incruste, ben faut frotter, frotter, et frotter encore…

Li était désemparée.

— Je voudrais juste…

— Faut que ça reste en mouvement. Constamment ! Entre en Haut et en Bas. Entre au boulot et au repos. Entre la vie et la mort.

Ne sachant plus quoi dire, Li le regardait essuyer, et essuyer encore, les particules de farine qui ne cessaient de neiger sur son comptoir.

— En transit, j'vous dis ! fit le barman avec un nouveau coup de chiffon.

— Faut consommer, mademoiselle, souffla à Li un client depuis son perchoir. Si vous voulez, je vous offre un verre…

Li le regarda, dépitée. Elle était sans le sou, depuis qu'elle avait perdu le sac à dos d'Araz. Et Tyr n'était pas là.

— Je veux bien, merci, murmura-t-elle, confuse.

— Un verre pour la Pionnière ! réclama le client – un homme d'une cinquantaine d'hivers, avec une fine moustache grise. T'as qu'à lui servir un lait de slug. C'est la spécialité locale, ajouta-t-il à l'intention de Li avec un clin d'œil amical.

— Alors, comme ça, vous êtes une Pionnière ? demanda le barman en lui apportant un verre de liquide blanc tirant sur le jaune.

— Oui, confirma Li en hochant la tête.

— Et vous venez de Très Haut ?

— Ben non ! Regarde son bâton, y a pas une rune dessus ! Vous êtes une Un, c'est ça ? s'enquit le client qui lui avait offert un verre. D'où vous venez ? De Montcayar ? De Mirette ? De Sombreuil ?

Tous les regards étaient tournés vers elle et, dans le brouhaha des conversations, Li entendit chuchoter sur un ton glacé : « Espalier ! »

Mal à l'aise, elle avoua :

— Je viens de Cent-Maisons.

— Je le savais ! tonitrua une voix, à l'autre bout du comptoir.

— Alors pourquoi vous avez pas de runes ? l'interrogea le barman, suspicieux, poings posés sur le comptoir.

— C'est une longue histoire, répondit Li en trempant les lèvres dans son verre.

C'était légèrement sucré et vaguement poisseux. Elle en aurait volontiers pris un deuxième, si elle avait eu de quoi le payer.

— C'est vraiment bon, dit-elle au client qui le lui avait offert. Je vous remercie !

— Nivel, répondit celui-ci.

Elle avala une nouvelle gorgée.

— Alors comme ça vous cherchez des Transhumants *en particulier* ? l'interrogea le barman.

— Oui. Deux, répondit Li, une moustache de lait blanche au-dessus de sa lèvre supérieure.

— Et qui descendent d'où ?

— De Cent-Maisons, comme moi.

D'un mouvement du menton, il lui indiqua une table – dans le fond de l'auberge – où était assise une jeune femme aux formes épanouies.

— Y a bien elle, qu'est arrivée hier. Avec son compagnon.

Li plissa les yeux pour mieux observer la jeune femme. Elle n'avait pas grand-chose à voir avec Luchna – hormis son teint pâle et ses cheveux noirs, qui lui tombaient jusqu'au bas des reins. Pourtant, un je-ne-sais-quoi dans son maintien ainsi que dans la distance que les autres clients respectaient vis-à-vis d'elle l'incita à aller y regarder de plus près.

— Je vous prie de m'excuser, dit-elle au barman et au client qui l'avait invitée, en reposant son verre sur le comptoir.

Et elle s'éloigna, pour se diriger vers la jeune femme attablée. Plus elle s'en approchait, plus elle était troublée. C'était à la fois Luchna et pas Luchna.

— Bonjour, fit Li quand elle fut juste à côté de la jeune femme.

Celle-ci leva les yeux, hagarde. Un pli soucieux apparut sur son front, comme si elle cherchait à se remémorer quelque chose. Puis elle se mit à bredouiller :

— Brrrr… Brrrr… Brrrr…

— Luchna ? demanda Li.

— Brrrr… Brrrr… Brrrr…, reprit la jeune femme, des larmes dans les yeux.

— C'est moi, Li. Tu te souviens ?

(« Comment puis-je lui demander ça ? Comme si elle avait pu oublier. C'était il y a moins d'une semaine. Et pourtant déjà si haut… »)

— Li ! répéta-t-elle, comme si ce mot pouvait faire naître une étincelle de reconnaissance chez celle qui la fixait de ses yeux larmoyants. Maître Babackas ? Cent-Maisons ?

— C'est inutile. Elle est encore sous le choc, déclara une voix derrière elle.

Li se retourna, tremblante. Cette voix ! Elle ne l'avait pas oubliée !

— Fintân !

Mais ce n'était pas lui.

C'était un beau jeune homme, d'une vingtaine d'hivers à peu près – donc légèrement plus âgé que Fintân. Avec une barbe de trois jours, noire comme l'ébène, et une chevelure qui lui tombait sur les épaules. Li avait du mal à faire coïncider ses souvenirs avec l'image du jeune homme qu'elle avait sous les yeux.

— Eh bien, dit celui-ci. Tu ne me reconnais pas ?

— Je ne sais pas…, souffla Li, désorientée.

C'était Fintân, n'est-ce pas ? En plus âgé ? Comment était-ce possible ?

— Mais que… que vous est-il arrivé ? bafouilla-t-elle, confuse et se sentant plus meule que jamais.

— Tu me vouvoies, maintenant ?

— Non… euh… Vous, je veux dire toi… Enfin, vous deux…

Fintân lui sourit gentiment – l'un des plus beaux sourires qu'un garçon lui ait jamais adressés –, et l'invita à s'asseoir à leur table.

— J'ai commandé à manger, expliqua-t-il.

— Fintân ? C'est vraiment toi ?

Il hocha la tête.

— Bien sûr que c'est moi ! Qui voudrais-tu que ce soit ?

— Tu as… euh… gagné en expérience, j'ai l'impression…

(Elle ne savait plus où se mettre et se trouvait incroyablement pente.)

— Tu veux dire que j'ai vieilli, c'est ça ? corrigea-t-il avec son sourire à faire fondre un glacier.

— Euh…

— J'ai changé, c'est vrai. Nous avons changé tous les deux, Luchna et moi, poursuivit-il en posant la main sur le poignet de Luchna, assise à côté de lui. Mais toi aussi. Tu le sais ?

— Oui. Non. Peut-être.

— Je suis rudement content de te retrouver ! s'exclama-t-il. Tu vois, fit-il en se tournant vers Luchna, j'avais raison de graver ces schémas, au-dessous de mes runes de Cent-Maisons !

— Brrr… Brrr… Brrr…, fit Luchna.

Comme si elle n'arrivait plus à parler.

Puis Fintân se tourna de nouveau vers Li. Son regard s'embruma et, d'une voix tremblante, il lui demanda :

— C'est grâce à elles que tu nous as retrouvés ?

— Nous… Euh, je veux dire… Nous vous avons retrouvés, oui, répondit-elle à la fois confuse et les yeux brillants d'excitation.

Incapable de trouver ses mots.

Elle n'arrivait pas à le croire. Non. Ce n'était pas possible ! Quelle joie ! Ils étaient encore en vie, tous les deux. Alors tous les espoirs étaient permis. Même pour Ba. Oh ! comme elle était heureuse. Son cœur battait si fort qu'elle était persuadée que Fintân l'entendait. Que tous, ici, l'entendaient.

— Excusez-moi, dit une jeune femme en déposant sur la table deux plâtrées débordant de purée surmontée d'étranges tiges brunâtres, racornies. Ne touchez pas à vos assiettes, elles sont très chaudes.

— Vous nous en mettrez une troisième, s'il vous plaît, mademoiselle ! commanda Fintân en poussant sa propre assiette devant Li. Faut que tu manges !

— Qu'est-ce que c'est ? s'inquiéta-t-elle.

— Purée d'escarmous et antennes de slug. Leur spécialité, précisa-t-il en soufflant sur ses doigts.

Li considéra l'assiette un instant, hésitante. Puis elle y planta la fourchette, qu'elle porta à sa bouche.

— Hum, délicieux, approuva-t-elle en souriant.

Fintân lui rendit son sourire – un sourire aussi fondant que son rôti de slug.

— Tu disais « nous » ? Alors tu es avec Tyr ?

— Ouich, fit Li en avalant encore un peu de purée. Et auchi Pachinko.

— Pacinko ?

— Pachinko ! répéta-t-elle en crachant de la purée.

(« Je me sens vraiment nulle. Il doit me prendre pour une meule. Et il aurait raison. »)

Elle rougit jusqu'aux oreilles.

— Pardon, dit-elle.

Il rit – d'un beau rire cristallin qui lui fit chaud au cœur. Elle eut envie de rire elle aussi – mais s'arrêta net en voyant Luchna, qui touchait à peine à son assiette.

— Pentue ? demanda-t-elle.

— Plutôt, oui, répondit Fintân. J'ai cru qu'on ne s'en sortirait pas. Et, de fait, nous ne nous en sommes pas tous sortis. Shittim est mort. Comme tu le sais, je suppose.

Li hocha la tête.

— Et même nous, poursuivit-il d'un air sombre. Nous ne nous en sommes pas sortis indemnes. (À sa voix se mêlèrent des sanglots difficilement contenus.) Nous avions de l'eau plein les poumons. (Il laissa passer un silence.) J'ai vu Shittim d'un côté. Luchna de l'autre. Je n'ai pas hésité un instant. (Il tourna son regard vers Luchna.) J'ai serré mes bras autour d'elle et j'ai essayé de revenir à la nage avec elle, vers Shittim. Mais impossible d'avancer. L'eau ne cessait de nous frapper et de nous rouler dans tous les sens. Impossible de savoir où était le Haut. Le Bas. J'ai cru que ma tête allait exploser. Je n'arrivais plus à respirer. J'avais les poumons en feu. Je n'en pouvais plus. J'ai même failli lâcher Luchna. Alors j'aurais vraiment tout perdu. (Il parlait à présent d'une voix étranglée.) Le courant était trop fort. Beaucoup trop fort. Jamais je n'avais vu ça. Même dans la Grotte du Rideau d'Eau. Mais de quelle hauteur descendait-il, nivel, pour être aussi fort que ça ? De Tout En Haut Tout En Haut ? Impossible de lutter en tout cas. Les eaux nous ont roulés sur je ne sais combien de pentes, avant la chute finale. Une chute terrible, incroyablement longue. Beaucoup plus longue que lorsque nous avions sauté pour échapper au griffu. Tu te souviens ?

— Oui, souffla Li.

— J'ai vraiment cru que j'allais mourir. Et j'ai vu, en tombant, défiler toute ma vie devant mes yeux. En un éclair. Comme dans un rêve. Marrant, non ?

Li ne répondit pas. Il n'y avait rien à répondre.

— Lorsque je me suis réveillé, j'étais dans un lit d'hôpital, au côté de Luchna. Elle avait, c'est bizarre…

Au lieu de terminer sa phrase, il inspira profondément. Pour se ressaisir.

— J'ai compris, dit Li.

(« Elle s'est mise à grossir, étrangement. Comme si son frère renaissait en elle… »)

— Nous sommes partis dès que possible, sans Shittim, poursuivit Fintân. Les gens d'Espalier m'avaient soigné. Et bien soigné. Ma jambe va beaucoup mieux maintenant, grâce à eux. Je n'ai plus besoin de béquille pour marcher, même si je boite encore un peu. Ça tombe bien, conclut-il avec un sourire. J'ai perdu mon bâton !

Il rit de nouveau, heureux de revoir Li. « Celle de la Brume », se remémora-t-il. « Celle de la Brume… » Il se rappelait la façon dont elle avait surgi de la brume, devant lui. Pareille à un espoir. Sur la Plaine des Morts. Puis son regard se rembrunit. Il se rappelait à présent les vastes salles, immenses, où les habitants d'Espalier entreposaient tous les bâtons, toutes les chaussures de marche, tous les sacs à dos et vêtements qu'ils récoltaient depuis tant et tant d'années. Ils lui avaient proposé d'en choisir un – un nouveau bâton de marche. « Prenez-en un avec des tas de runes gravées dessus ! Profitez-en ! » lui avait dit le chambellan avec un geste en direction des tas de matériels. Mais Fintân avait refusé.

Il avait perdu son bâton, sa dignité. À lui d'assumer.

À ce moment-là, les deux battants de la porte de l'auberge s'ouvrirent, et Tyr et Pachinko firent leur entrée dans un cliquetis d'ustensiles de cuisine.

— Par ici ! Par ici ! cria Fintân en agitant les bras pour se signaler.

Tyr le vit et courut vers lui, pour le prendre dans ses bras. En voyant cela, Li ferma les yeux.

— Ça fait mal, hein ? siffla Luchna, de l'autre côté de la table, avec un air mauvais.

— Un peu, répondit Li, surprise. Tu... Tu... Tu vas bien ?

Mais Luchna replongea le nez dans son assiette sans répondre et se mit à tracer des lignes dans la purée, du bout de sa fourchette.

Tyr et Fintân s'étreignirent un certain temps. Visiblement, Tyr ne voulait pas le lâcher. Comme si elle lui en voulait de les avoir abandonnées.

Puis Tyr lui présenta Pachinko – à qui Fintân demanda :

— Il me semble t'avoir déjà vu, non ?

— C'est possible, répondit Pachinko, évasif.

Il n'avait pas envie de parler d'Espalier – ayant compris l'animosité que sa ville suscitait. Ce qui ne l'empêchait pas d'être enchanté. Il venait de faire graver sa première rune sur son bâton – et s'empressa de la faire admirer à Li. Qui le congratula.

— J'ai la même rune que Tyr, déclara-t-il, ravi, en rajustant son os en travers du nez.

— Peut-être, lui dit Tyr. Mais tu en as moins que moi.

— Ce n'est pas juste, tu...

Il ne termina pas sa phrase, ne voulant pas la blesser. Ce qui n'empêcha pas Tyr d'ajouter, sur un ton acerbe :

— De toute façon, tu as moins de mérite que moi. Car tu es parti de plus bas.

Pachinko la regarda d'un air meurtri. Pourquoi cette remarque ?

— Ce n'est pas très gentil, répliqua-t-il.

— Mais c'est vrai.

Les deux se turent dans un silence peiné.

Li ne comprenait pas la raison de l'attitude de Tyr.

— Ça ne s'est pas bien passé ? demanda-t-elle à son amie.

— C'est pentu, répondit Tyr, énigmatique.

Puis elle loucha du côté de la plâtrée de purée d'escarmous et d'antennes de slug.

— Ça a l'air bon ! Tu nous invites ? lança-t-elle à Fintân.

— Bien sûr, répondit celui-ci en s'empressant de lui laisser sa chaise puis d'aller commander.

— Pourquoi lui as-tu demandé de nous inviter ? reprocha Li à Tyr. Je croyais que tu avais de l'argent ?

— C'est pentu, je t'ai dit, rétorqua Tyr sèchement.

De toute évidence, elle n'avait pas envie d'aborder ce sujet.

Lorsqu'ils furent tous les cinq attablés devant leur assiette de purée, Fintân leur dit :

— Eh bien, je vois avec plaisir que l'Ondée est reformée ! On va pouvoir trisser Tout En Bas Tout En Bas, maintenant ! Et rien ne pourra plus jamais nous arrêter !

Ils entrechoquèrent leur chope de lait de slug et entonnèrent – sauf Luchna – le fameux chant des Pionniers de Cent-Maisons :

Gloire à tous ceux de l'avant-garde,
Aux vaillants Pionniers de Cent-Maisons !
Vertical les regarde,
Ce sont eux les plus forts !

Filez droit ! Filez droit, compagnons !

Puissiez-vous éviter de tomber
Comme de vulgaires cailloux !
Et surtout prenez garde
À ne jamais vous fixer !

Filez droit ! Filez droit, compagnons !

Tout En Bas Tout En Bas vous attend,
Ne le décevez pas !
Tout En Bas Tout En Bas vous attend,
Tout En Bas Tout En Bas !

Dans l'auberge, tout le monde se retourna pour les regarder. Certains chantèrent avec eux, tandis que d'autres au contraire entonnèrent le chant d'une autre tribu, d'une autre maison. C'est ainsi qu'ils identifièrent plusieurs autres Ondées, venues parfois de Très Très Haut (elles étaient alors composées de très vieux), ou seulement de Plus Haut – comme eux. (Ces dernières étant alors composées de plus jeunes.) Quelques punteros vinrent les trouver pour leur proposer d'unir leurs Ondées, en déclarant : « On tombe mieux à plusieurs », mais ils déclinèrent toutes les propositions, préférant rester entre eux.

(« J'espère que nous n'aurons pas à le regretter », songea Li en voyant quelques Ondées joindre leurs forces malgré tout.)

Le lendemain matin, après une bonne nuit de repos passée dans la même suite – louée avec l'argent de Fintân –, ils avalèrent un copieux petit déjeuner.

— « Le plus important de tous les repas », disait Ma, leur expliqua Li. Car on ne sait jamais si on pourra en reprendre un autre après...

— Parole de sage, décréta Fintân.

Tous hochèrent la tête, à l'exception de Luchna – qui semblait toujours perdue dans ses pensées.

— Je vous propose de trisser au plus vite. J'ai l'impression qu'il va y avoir pas mal de monde sur les pentes, leur annonça Fintân, et je n'aimerais pas qu'on tarde trop. Mais avant, que diriez-vous d'aller faire quelques emplettes ? J'ai gagné plusieurs centaines de marques en jouant à l'une de leurs machines à sous, déclara-t-il en lorgnant du côté de la salle d'où s'élevaient des *pling ! chting ! cling !* diaboliques. Nous devrions en profiter pour renouveler notre équipement. Et nous acheter un slug pour le porter !

— Excellente idée, approuvèrent-ils tous – sauf Luchna, qui ne dit rien.

— Et puis comme ça, on pourrait aussi s'en servir si jamais l'un de nous a besoin de se reposer.

— Ça va vite, comme animal ? s'enquit Pachinko.

— Non. Mais ce que nous perdons en rapidité nous le gagnons en endurance. Et puis, vu la taille de ton sac à dos, je n'ai pas l'impression qu'on y perde beaucoup, n'est-ce pas ?

— Non, en effet.

— N'oubliez pas ce que disait Maître Babackas, fit remarquer Li. « Que faut-il pour descendre ? »

— Justement, je n'arrête pas de me le demander, déclara Fintân.

— Je crois que c'est précisément ce qu'il voulait nous dire, répondit Li. En tout cas, ce n'est pas la rapidité qui compte. Sinon cela ferait longtemps que nos prédécesseurs seraient remontés nous annoncer la découverte de Tout En Bas Tout En Bas.

— Sauf s'il n'existe pas, fit Luchna.

Ce qui jeta un froid.

Leur repas terminé, ils se rendirent chez le marchand de gastéropodes géants. Il leur présenta différentes bêtes, dans son corral.

— Il faut faire attention aux antennes, souffla Fintân à Li. On m'a expliqué que si elles ne se tendaient pas bien droit lorsque tu leur présentes une salade, ou si elles mettent trop de temps à se recroqueviller quand tu leur donnes un coup de bâton, c'est qu'ils ne sont pas en bonne santé.

— Je te laisse le soin de le choisir, lui répondit Li, qui n'avait aucune envie de matraquer des slugs pour comparer la vitesse à laquelle leurs antennes se rétractaient.

Aussi resta-t-elle à l'écart, avec Tyr et Luchna, pendant que Fintân et Pachinko passaient en revue les différents spécimens en compagnie du marchand – un gros homme bedonnant, au faciès rappelant celui des bêtes qu'il vendait, et qui avait la manie d'enfoncer profondément ses pouces dans les poches de son gilet.

— Hé ! Pssst ! Pssst !

Li se retourna, le cœur battant. Était-ce Araz ? Était-il, malgré tout, descendu ? Elle observa les alentours, mais ne vit personne. À moins que… Là, une ombre…

— Oui ! Vous !

Elle plissa les yeux, et aperçut une silhouette emmitouflée dans une cape. L'individu était caché derrière un pan de mur. Tyr l'aperçut également. (Mais pas Luchna.)

Les deux jeunes filles s'approchèrent de lui, sur leurs gardes.

— Ça vous dirait, une carte ? demanda l'inconnu en regardant de droite et de gauche pour s'assurer qu'aucune oreille indiscrète ne traînait dans les parages.

— On vous a déjà expliqué que ça ne nous intéressait pas. Nous on va vers l'Aval.

— C'est de ça que je parle, rétorqua l'homme. Bon, ça vous intéresse ou pas ? Mille marques.

— On n'a pas d'argent, répondit Tyr.

— Huit cents marques alors, fit l'homme.

— On vous dit qu'on n'a pas un rond, répéta Tyr sur un ton mauvais.

— Votre ami, là. Il va bien acheter un slug. Ça vaut dans les cinq cents marques. Alors c'est que vous n'êtes pas si démunis que vous le prétendez.

— Oui mais non. Parce que justement, comme vous dites, il va s'acheter un slug. Et qu'après on sera à sec.

— Une carte de l'Aval c'est beaucoup plus utile qu'un slug. Ça peut vous épargner des ennuis. Vous faire gagner du temps. Beaucoup de temps ! Et vous valoir des runes ! Toutes les runes que vous voulez, pour augmenter votre statut rapidement.

Tyr et Li se regardèrent. Comment avait-il obtenu cette carte ? Était-elle authentique ? Pouvait-on se fier à ses indications ? Et s'il y avait entourloupe ?

— On ne pourra pas revenir se plaindre que la marchandise n'était pas bonne, évidemment, ironisa Tyr.

— C'est à prendre ou à laisser. Je connais des gens qui tueraient pour une telle carte. Bon, ça vous intéresse ou pas ?

— Comment l'avez-vous obtenue ? demanda Li.

— C'est mes affaires. Vous voulez quand même pas que je vous révèle mes petits secrets, pour que vous me voliez mon gagne-pain ? Bon, j'vais pas rester là à attendre que la Bonne Nouvelle nous monte dessus – ça vous intéresse ou pas ?

Li hésitait. L'homme avait l'air sincère – il croyait probablement en l'authenticité des cartes qu'il vendait. Ce qui ne signifiait pas qu'elles étaient fiables. Mais comment le payer ?

— Je veux bien descendre à six cents, fit-il comme s'il avait entendu leurs pensées. Mais c'est mon dernier prix.

Je vous laisse cinq minutes pour vous décider. Après je trisse. C'est trop dangereux.

— Tu as des sous ? demanda Li à Tyr.

— Je t'ai déjà dit que non ! siffla celle-ci.

— Tu m'as juste dit que c'était pentu.

— Eh ben c'est ce que ça voulait dire.

— Mais l'argent de Balaq ?

— Je ne l'ai plus. Bon, on peut parler de ça plus tard ?

Li hocha la tête. Et dit au mystérieux vendeur de cartes de l'Aval :

— Attendez-moi cinq minutes.

— Deux ! fit l'homme. Après je m'en vais.

Li partit en courant voir Fintân, pour lui dire de ne pas acheter le slug. Mais trop tard. Il était déjà monté dessus, sous les applaudissements béats de Pachinko.

— Non, on ne reprend pas la marchandise, s'offusqua le marchand quand ils lui posèrent la question.

— Comment faire pour payer cette carte ? s'interrogea Li à haute voix. C'est peut-être une excellente occasion. Ce serait dommage de ne pas la saisir.

Les autres l'approuvèrent.

— J'ai un marché à vous proposer, déclara le mystérieux vendeur en regardant Li droit dans les yeux.

Li sentit que le prix à payer allait être élevé. Mais elle était prête à écouter sa proposition.

— Que voulez-vous ? demanda-t-elle.

Il la regarda de manière encore plus insistante et tendit la main vers les cheveux de Li. Son geste fut aussitôt interrompu par un « Pas de ça ! » crié par un Fintân très énervé, sautant à bas de son slug. Alors le marchand se pencha vers l'oreille de Li et lui chuchota sa proposition.

Li l'écouta. Hésita. Regarda ses camarades. Fintân, à côté d'elle. Pachinko et Luchna, à deux pas du slug. Et Tyr, impatiente de partir. Elle hésita encore un instant. Déglutit. Et prit sa décision :

— Nivel, dit-elle.

11

Comment résumer plusieurs mois de voyage ? Plusieurs mois durant lesquels les cheveux de Li repoussèrent – plus étincelants que jamais.

— Finalement, je ne le regrette pas, déclara-t-elle un soir à Fintân alors qu'ils s'étaient arrêtés pour bivouaquer. C'était un faible prix.

— Pour un bénéfice tout aussi maigre.

— En es-tu sûr ?

Le feu autour duquel ils s'étaient installés pour bivouaquer émit un craquement. Une branche s'effondra, consumée par les flammes, envoyant dans l'air une flopée de flammèches qui dansa sauvagement, un bref instant, avant d'être avalée par l'obscurité.

— C'est juste que cette carte ne s'est pas révélée très utile, fit remarquer Fintân.

— Précisément. C'est d'elle que je veux vous parler. (Elle déglutit avant de continuer, remettant de l'ordre dans ses idées, se demandant comment les énoncer au mieux.) Mes cheveux ont suffisamment repoussé, maintenant. Je vous remercie d'avoir attendu. Mais je pense que nous pouvons désormais choisir notre propre route. Peu importe la carte.

Le feu émit un nouveau craquement. Une nouvelle envolée d'escarbilles. Comme si les flammes l'approuvaient – ou voulaient, elles aussi, participer au débat, dans leur langue faite de craquements, de soupirs et de gémissements. Au cours des derniers mois, ils s'étaient servis de la carte payée par les cheveux de Li pour établir leur itinéraire. Et s'y étaient tenus jusqu'à ce soir. Elle s'était révélée plus fiable qu'attendu – même si les tracés n'étaient pas toujours à l'échelle, ou si certains dénivelés étaient plus ou moins escarpés qu'indiqué. Mais ce n'était rien en comparaison de ce à quoi Li s'était préparée : qu'elle fût totalement farfelue, erronée. Risque qu'elle était prête à courir, de toute façon, eu égard aux bénéfices escomptés.

Li regarda les flammes dansoter sous ses yeux. Elles se paraient de lueurs orangées, changeant sans cesse de forme, s'étirant, brasillant, pour mieux la fasciner.

— Certes, poursuivit-elle, la carte nous a permis d'éviter certaines ornières dans lesquelles nous serions peut-être tombés si nous nous en étions remis à Fintân pour tracer notre route, mais...

— Ce n'est pas ma faute, l'interrompit ce dernier. J'ai été éduqué comme ça. Dans l'idée qu'il fallait systématiquement privilégier la Voie de l'Eau. Celle qui se glisse au creux des pentes les plus fortes. Celle qui crée son propre chemin. Qui trouve toujours sa route jusqu'à Tout En Bas Tout En Bas, où même l'eau se repose. Ma méthode en valait bien une autre.

— « Toujours plus bas », ironisa Li, en lui rappelant la devise inscrite sur les casques des Pionniers de Cent-Maisons, que seule Tyr continuait de porter.

— Bon, nivel ! Heureusement qu'il y avait ta carte, reconnut finalement Fintân avec un grand sourire. Maintenant, je sais que le chemin le plus court vers Plus Bas n'est pas forcément celui dont la pente est la plus forte. Au moins, elle aura servi à ça !

— C'est déjà beaucoup, souffla Li avec un sourire.

Tyr ne disait rien. Luchna non plus. Comme à son habitude, elle se tenait auprès de Pachinko – qu'elle appelait systématiquement Goïbnu les rares fois où elle parvenait à articuler une parole. Ils avaient souvent cette impression étrange, en le regardant, de voir leur ancien camarade plutôt que lui. Pachinko ne semblait pas s'en formaliser – Goïbnu ne s'en serait sans doute pas formalisé non plus. Ils avaient tous les deux la même corpulence. Ils prenaient tous les deux soin de Luchna. Faisaient tous les deux la cuisine. Et ils étaient tous les deux accompagnés d'un siffleux (Goïbnu disait « marmottin »), que Pachinko avait rebaptisé « Grenouillard » quand Goïbnu l'appelait « Marmite ». Mais, à la différence de Goïbnu, Pachinko allait le plus souvent torse nu. Il avait un os en travers du nez – dont il avait toujours refusé de se séparer, bien que ça leur ait valu quelques jets de cailloux à l'entrée de certains villages. Et il était accompagné par un tel tintamarre d'objets (casseroles, théières, cafetières, poêlons) qu'avec lui le groupe ne passait pas inaperçu. « Mais ça fait fuir les ursidés », assurait-il. Ce qui était peut-être vrai. Car ils n'en avaient jamais vu, en effet.

Autre différence, majeure : Pachinko adorait manger – contrairement à Goïbnu, qui ne touchait presque jamais à la nourriture.

Quoi qu'il en soit, tous avaient accepté de s'en remettre à la carte dite « de Li » pour avancer, choisissant soigneusement leur chemin de manière à ne jamais laisser plus de trois ou quatre jours de voyage entre deux villages.

S'ils avaient écouté Fintân, ils n'auraient traversé que ceux situés sur la pente la plus abrupte – « ceux que la pente nous impose », disait-il.

« Facile pour toi, tu n'as plus de bâton », répliquait Tyr. Qui – s'ils l'avaient écoutée – leur en aurait fait traverser beaucoup plus. (« Un maximum », ne cessait-elle de répéter en caressant son bâton, qu'elle aurait adoré couvrir de runes d'une extrémité à l'autre.)

Mais ils avaient préféré n'en visiter qu'un nombre raisonnable, se limiter au strict nécessaire, afin de diminuer le nombre de mauvaises surprises.

— De toute façon, souffla Tyr, peu importait la pente. Comme on avait la carte, ce qu'il fallait viser c'était le nombre de villages.

— Pour quoi faire ? demanda Li.

— Pour optimiser notre quantité de runes.

— Ta course aux runes nous a déjà valu assez d'ennuis.

— Jamais autant qu'à Rocher-du-Vaisseau !

— Tu oublies Mesure !

— Mesure…, répéta Tyr, le visage sombre. C'était la seconde et dernière fois ! Sur combien de villages visités ? D'ailleurs, vous avez vu : la plupart du temps, personne n'ose remettre en question les runes gravées sur mon bâton. Comme à Espalier, sans vouloir t'offenser, dit-elle en se tournant vers Pachinko.

(« Et comme à Cent-Maisons », songea Li. Elle n'avait pas oublié que personne – pas même elle – ne s'était interrogé sur la validité des runes du bâton d'Erebus.)

Tyr inspira profondément l'air du soir et poursuivit son discours :

— Je peux vous le dire, maintenant. À Mesure, le Maître Ciseleur avait voulu me faire plus ou moins le même coup qu'à Rocher-du-Vaisseau. Il menaçait de me dénoncer au Géomètre…

Elle poussa un profond soupir, et avoua comme à regret :

— Je m'en suis tirée en lui abandonnant toutes mes marques. C'est pour ça que je n'avais plus un sou, pour la carte. Sinon je l'aurais peut-être achetée, qui sait ?

Ce qu'ils soupçonnaient depuis longtemps – sans oser le lui avouer –, c'est qu'il avait dû y avoir un autre prix à payer. Lequel ? Tyr ne le leur dit jamais. Mais sans doute était-ce un prix exorbitant. Un prix qu'elle continuait d'acquitter – et qui se devinait à ses plis d'amertume, et aux regards qu'elle jetait à Fintân et Li quand ils cheminaient ensemble, à l'avant de l'Ondée –, pour qu'elle éprouve le besoin de dissiper leurs soupçons en évoquant les sous que sa supercherie lui avait coûté.

Curieusement, depuis qu'ils avaient retrouvé Fintân et Luchna, Li avait l'impression que le groupe avait également recouvré son ancien équilibre – à quelques nuances près. Les sentiments qu'elle avait éprouvés pour Tyr, dans la capsule, paraissaient être entrés en hibernation. Tandis que ceux qu'elle ressentait à l'égard de Fintân étaient un feu naissant, qui ne demandait qu'à croître à mesure que s'allongeait la distance qui les séparait de Cent-Maisons.

Elle regardait rissoler les claque-becs que Fintân et Tyr avaient tirés à l'arbalète au cours de la journée, et que Pachinko avait farcis d'espolette avant de les mettre à rôtir à la broche. Elle en voyait la peau se dorer, en entendait grésiller les graisses – lorsqu'elles tombaient sur les braises qui rougeoyaient au-dessous –, et en humait le fumet.

Le plus souvent, c'était ainsi qu'ils dînaient – à la belle étoile, autour d'un feu allumé au creux d'un nid de pierres, afin d'en atténuer l'éclat.

Et pendant que les viandes grillaient, et que leurs fumées remontaient les chemins où le petit groupe avait traîné sa faim, descendant, et descendant, jusqu'à ce que la nuit – son éternelle compagne, sa meilleure conseillère – l'invite à se reposer au sommet d'un galgal depuis lequel il choisirait, à l'aube rosissante, la pente qu'il descendrait le jour suivant, Li se remémorait les noms des nombreux villages, camps et cités qu'ils avaient traversés, évités, aperçus, ou dont ils avaient été chassés ou tenus à l'écart au cours de ces derniers mois.

D'abord des villes aux noms si étranges qu'on les aurait crus inventés – ou tirés d'un livre de contes :

Bet-Sha Baraba, où ne vivaient que des femmes.

Sebeka, où ils assistèrent à l'envol d'un fier-volant à vapeur, en partance pour l'Aval.

Middine, où les gens vivaient dans de gros coquillages renversés sur le côté.

Nibshân – la Ville du Sel –, où ils avaient fait halte une dizaine de jours, le temps d'acheter plusieurs sacs de sel, dont leur slug raffolait.

Engaddi, dont on leur avait refusé l'accès – la ville n'acceptant que des Pionniers venus de beaucoup plus haut qu'eux. Même Tyr n'avait pas eu le droit d'entrer. Ce qui l'avait plongée dans une colère sombre.

Siphon, la ville de l'art moderne, où peintres et sculpteurs étaient logés et nourris gratuitement.

Rheana, où l'on proposa à Tyr un poste important – qu'elle refusa, le jugeant indigne d'elle.

Phenomex, où une bagarre éclata sur la place du marché, parce qu'une Ondée de vieux, furieuse d'être rattrapée par eux, voulut leur régler leur compte à coups de bâtons et de sabres à la pointe émoussée.

Et d'autres villes encore, dont les noms sonnaient comme des avertissements – si bien qu'ils préférèrent les contourner, au grand dam de Tyr :

La Fosse.

Consensus.

Purgatorium.

(Deux villes entre lesquelles un mystérieux individu réclama que Tyr et Li lui fussent livrées pour être interrogées au sujet d'un meurtre commis à Rocher-du-Vaisseau, mais qui s'enfuit en promettant de revenir avec des renforts lorsque le groupe lui répondit qu'il préférait mourir que les lui remettre.)

Naufrageurs.

Mortifex.

De toutes ces villes, ils ne voulurent rien savoir. Et puis de petits villages, où ne vivaient parfois pas plus d'une poignée d'habitants :

Adama, dont on chercherait en vain ce qu'il y a à dire.

Parapet, bordé sur sa frontière d'Aval par un garde-corps donnant sur le Vide, qui leur rappela le Bord du Monde, à Cent-Maisons, et leur donna le mal du pays.

Élysée.

Reclus.

(Deux villages entre lesquels ils retrouvèrent, démantibulée, la carcasse du fier-volant parti de Sebeka, tout empêtrée dans ses rouages et empennage.)

Damoiso, où une embuscade leur fut tendue dans une auberge, sans qu'ils puissent savoir exactement par qui et pour quelles raisons, ayant occis leurs agresseurs. (Avaient-ils un rapport avec le mystérieux individu venu leur réclamer Tyr et Li entre Consensus et Purgatorium ? Peut-être.)

Alamut, où vivait une secte persuadée que l'humanité était damnée, et qu'elle ne connaîtrait pas de rédemption tant que tous les hommes ne seraient pas descendus en Enfer – c'est-à-dire Tout En Bas Tout En Bas. (Ce village les effraya tant qu'ils le quittèrent avant d'avoir fini leur repas.)

Samival, où ils eurent le plaisir de revoir certains Transhumants croisés plus haut, avec lesquels ils avaient vaguement sympathisé. (Mais pas au point d'unir leurs Ondées.)

Brisons-Roches, où des furieux avaient entrepris de forer la Montagne pour aller voir de l'autre côté.

Analogue.

Ramuz.

Gilgalad, où un très vieil homme les entretint, pour la première fois, de la Grande Mer qui formait la Frontière. (Cela les intrigua.)

Atrok-Atarak.

Dans ce dernier village, dont les huttes se dressaient telles d'énormes verrues au bord d'un désert de pierres, Li avait été pointée du doigt par un homme d'un certain âge – un grondeur – qui avait hurlé en la voyant : « Je la veux ! » Conformément à la coutume d'Atrok-Atarak, et de quelques autres villages, villes et camps dont ils avaient entendu parler, elle aurait dû s'y fixer. Devenir la première, ou deuxième, ou troisième, ou quatrième épouse de cet homme – qui avait droit à autant de femmes qu'il avait de rangs. Mais Fintân expliqua que Li était sienne – et le grondeur les laissa passer, en grommelant dans sa barbe.

Et d'autres villes et villages, tombés en ruine – dont certains abandonnés depuis longtemps :

Bet-Horôn-le-Très-Bas.

Bet-Horôn-le-Très-Haut.

(Villages dont on dit qu'ils se seraient détruits l'un l'autre, pour de futiles raisons aujourd'hui oubliées.)

Qiryat-Baal, où ils pensèrent s'arrêter une nuit ou deux avant de s'apercevoir que des adorateurs du Très Haut y avaient établi leur culte.

Shinéar, où ils eurent la surprise de rencontrer une Ondée partie comme eux de Cent-Maisons, une poignée de mois seulement plus tard. Il s'agissait de jeunots, formés par Araz. Le petit Calicot, fils de Yephunné, était leur puntero. Il avait à présent fière allure, et une cicatrice à la joue droite, legs d'un combat contre une métabole. Ils parlèrent longuement. Li, surtout, était impatiente de recueillir des nouvelles. Mais ces jeunots n'avaient pas grand-chose à leur apprendre. Maître Babackas s'en était allé. (Araz l'avait remplacé.) Erebus était devenu le nouvel alcade de Cent-Maisons. (Le village était confronté à un nombre sans cesse croissant de Transhumants, et des habitations de fortune se mêlaient à celles en dur.) Quant à Okami, ces jeunes voyaient parfaitement qui c'était : « La veuve de la Pointe de l'Éperon, c'est ça ? » (Certains l'appelaient « Folle au Vent », ce que Li jugea bon de ne pas commenter.) « Elle est partie », leur direntils. Le cœur de Li avait bondi dans sa poitrine. Mais à ses questions (« Vers Aval ou Amont ? Malgré son pied bot ? »), ils avaient répondu qu'elle était partie « dans sa tête » (ce qui attrista Li). Ils n'étaient pas antipathiques – juste un peu hautains. Et fiers d'être arrivés si vite si bas. Fintân hésitait à leur proposer d'unir leurs Ondées. Mais lorsqu'il fit mine d'aborder le sujet, Calicot lui répondit : « Vous nous ralentiriez. »

Alors ils se saluèrent et se séparèrent.

Depuis quelque temps déjà, les villes et villages qu'ils traversaient étaient souvent ruinés, ou abandonnés. Pourquoi ? Était-ce le temps ? le manque de sang frais ? les maladies ? Pour quelle raison – s'il y en avait une – les habitants de ces villages s'en étaient-ils allés ? Était-ce le fruit d'une certaine fatalité, la Montagne s'élargissant au fur et à mesure qu'on la descendait ?

Qui pouvait le dire ?

Ils inscrivaient les noms de tous ces camps, villes et villages dans leur mémoire – et se les récitaient le soir, comme un mantra. Souvent, hélas, ces noms n'avaient pas plus de consistance que les flammèches qu'ils voyaient tourbillonner au-dessus de leurs feux de camp. Ils ne s'y étaient pas arrêtés. N'y avaient fait qu'un bref séjour. Ou s'en étaient fait chasser ou interdire l'accès.

Alors ils se récitaient les noms des villes et des camps qui surplombaient Cent-Maisons, et qui depuis toujours les avaient accompagnés, bercés, rassurés. Comme un douillet cocon tissé de mots. « Haut-Lieu... Montolieu... Bonnieux... Ruaud... Bezaud... Luminaire... Moulins... Falaise... Lâché... Tire-Laine... Colimaçons... Tout-à-Pic... Gouffre-Ville... Cime-City, sa rivale et sœur jumelle... Griffe-Lune... Limon... Sichem... Granit... Tavennec... Babel... Murmures... Larsa... Puente... Assur... Borsippa... Le Roy... Mille-Usines... La Source... Le Nid... Gabelle... Geyser... Ougarit... »

Et enfin, lorsque la litanie touchait à sa fin : « Quatorzième. Tombereau. Juste-Ciel. CENT-MAISONS ! »

Ces derniers noms leur serraient la gorge. Ils se sentaient des étrangers sur cette pente, dont on n'avait cessé de leur dire, avant leur départ, qu'elle leur appartenait. Que le Très Bas la leur avait offerte « pour qu'ils en prennent possession ». (Sauf Li – qui avait toujours compris que cette promesse ne la concernait pas.)

Ils ne se consolaient pas – ou mal – de voir peu à peu s'éteindre l'espoir d'atteindre un jour Tout En Bas Tout En Bas, vers où tant de leurs prédécesseurs avaient déjà dirigé leurs pas. Et parfois de beaucoup plus bas qu'eux. Et comme ils étaient privés de la possibilité de retourner à Cent-Maisons, ils puisaient leur réconfort dans sa remémoration.

— Je ne pensais pas, soupira Li, que nous en viendrions si vite à la nostalgie.

Seule Tyr émit un grognement. Les autres hochèrent la tête, en silence. Tyr ne prenait jamais part à cette récitation, qu'elle jugeait morbide. Elle avait décidé – contrairement au reste du groupe – de ne penser qu'à Tout En Bas Tout En Bas, afin de l'atteindre d'abord en pensée. Estimant que les esprits faibles, ceux qui ne l'atteindraient pas, étaient justement les esprits par trop préoccupés de l'Amont.

— À vous hier, à moi demain ! fit-elle en s'enroulant, comme ses camarades, dans les couvertures qu'ils avaient pu sauver – ou racheter, depuis la tragédie qui leur avait coûté leur slug.

Cette catastrophe s'était produite peu après l'attaque des canidés. Voici comment :

Un matin, alors que le soleil arrachait des nappes de brume à la pente, Marmite s'était mis à siffler – comme il le faisait toujours lorsqu'il y avait du danger. Puis ils avaient entendu monter vers eux de féroces aboiements. C'est alors que les canidés les avaient attaqués.

(« Des canidés ! » Tyr s'était exclamée, indignée : « C'est tout ce que vous avez à nous opposer ? Et pourquoi pas des groins ? » À qui cette supplique s'adressait-elle ? C'était difficile à dire. Peut-être à personne. Ou alors aux démons de l'Amont – qui certainement l'avaient entendue, puisque d'autres créatures, plus à leur mesure, leur furent envoyées le soir même.)

Au terme d'un combat acharné, ils avaient mis les canidés en fuite mais n'avaient pu les empêcher de blesser leur slug. Une substance jaunâtre et malodorante suppurait de ses plaies, attirant toutes sortes de petites bêtes – des insectes, surtout. Pour la plupart, ces animalcules étaient trop petits pour être nuisibles. Pachinko se faisait même un devoir de tous les ramasser « afin de les cuisiner plus tard », expliquait-il – sans qu'il fût possible de savoir s'il plaisantait ou pas. (Il avait l'air sérieux.)

Le soir, alors qu'ils s'étaient arrêtés pour dîner, ils avaient de nouveau entendu de drôles de bruits, dans les pentes autour d'eux. Puis Marmite s'était mis à siffler de manière stridente – lorsque plusieurs énormes araignées filasse leur avaient sauté dessus depuis le sommet des rochers, en crachant leurs toiles.

Ils n'avaient dû leur salut qu'à la fuite, brûlant les fils gluants avec des brandons arrachés à leur feu de camp, abandonnant leur slug aux araignées filasse – et avec lui la majeure partie de leur équipement.

— Nous revoici presque comme au premier jour..., avait soupiré Li lorsqu'ils s'étaient regroupés au pied d'un escarpement.

— J'aurais dû ramasser tous les insectes, avait dit Pachinko. Je savais bien qu'ils attireraient plus gros danger qu'eux.

Ils l'avaient regardé. Il avait raison. Ils auraient dû l'écouter. Mais il n'avait pas semblé leur en tenir grief, et s'était contenté de serrer les dents pendant que Luchna lui passait sur les plaies un baume de sa composition.

Tous ces souvenirs se fondaient à présent en un seul. Une longue descente qui avait été comme un rêve tellement elle s'était accomplie rapidement. Il leur semblait que cela faisait à peine quelques pentes qu'ils étaient partis, laissant derrière eux Cent-Maisons, la Plaine des Morts, la Forêt des Pleutres, Rocher-du-Vaisseau, Espalier, Mesure et toutes les autres villes, et tous les autres villages et campements traversés, entrevus, évités. Mais était-ce une poignée de pentes auparavant ou dans une autre vie ? Ils ne savaient plus. Ce dont ils se souvenaient, toujours, c'était le soleil qui leur montrait la route ; c'était les troncs évidés à bord desquels ils avaient descendu un torrent furieux, avant de regagner la terre ferme parce qu'il tombait en cascade dans un lac, si loin en contrebas qu'il ressemblait à une larme ; c'était Luchna se mettant à peler et à se scarifier, sans qu'ils arrivent à l'en empêcher ; c'était les centaines et les centaines de runes qu'ils découvraient, à moitié effacées par les intempéries, ou bien au contraire gravées de frais (parmi lesquelles un grand nombre qu'ils ne connaissaient pas) ; c'était le squelette pierreux de la Montagne, dont les arêtes mises à nu étaient chauffées par le soleil ; c'était les convois de mules sillonnant l'infini ; c'était Pachinko trébuchant sur une pente rocailleuse, pour la dévaler dans un roulé-boulé fracassant où la moitié de sa vaisselle se perdit ; c'était les antennes de leur slug, tendues dans la direction des fleurs d'artifice tirées pour saluer leur départ ; c'était Fintân et Li, que l'incident du grondeur avait subtilement rapprochés ; c'était Tyr devenant de plus en plus ombrageuse et irritable ; c'était les bergers qui menaient paître à l'horizon les taches noires et beiges de leurs troupeaux de laineux ; c'était les autres Ondées qu'ils croisaient de loin en loin sur la Montagne, et qui tantôt se trouvaient devant eux, tantôt derrière ; c'était les « Aujourd'hui nous sommes arrivés plus bas qu'hier et moins bas que demain » qui scandaient leurs journées (mais dont le réconfort s'épuisait chaque jour un peu plus) ; c'était les cailloux qui roulaient sous leurs pieds, les ronces qui se mettaient en travers de leur route pour mieux les griffer, les brûlures du soleil, les morsures du froid ; c'était la faim, la soif ; c'était les arbres enfouissant leurs racines dans la terre, massifs, feuillus, et baignés de teintes automnales et incandescentes. Et – vers la fin – la terrifiante impression d'abandon qu'ils voyaient partout autour d'eux. Plus une créature humaine, jamais. Un paysage de désolation. Aucun autre bruit que celui de leurs pas martelant la terre, de leur respiration scandant leur descente et du vent rabotant les pentes.

Mais tout cela, se disait Li, d'autres l'avaient vu, entendu et vécu avant eux. Par définition. Puisque c'était sur la carte.

Elle la sortit de sous son manteau, et la contempla. Malgré les précautions qu'ils avaient prises, la carte avait souffert – elle aussi – du voyage. Çà et là se voyaient sur le parchemin des zones plus pâles que les autres, ou au contraire des taches plus foncées. Zébrures et déchirures côtoyaient des parties mâchurées. Par endroits, l'encre avait coulé, traçant de nouvelles côtes, de nouveaux dénivelés.

« Le but de cette carte, songea Li, n'était pas de nous guider vers ces villes, vers ces pentes que nous avons traversées – mais de nous montrer que beaucoup d'autres y étaient allés avant nous. Et qu'une poignée d'autres, au moins, en étaient revenus. » Finalement, le fait qu'elle soit exacte n'était peut-être pas une aussi bonne nouvelle qu'elle l'avait cru au départ.

— Pourquoi continuer à la suivre ? demanda-t-elle à ses compagnons, si c'est uniquement pour aller là où nos prédécesseurs sont allés, avant même, peut-être, la naissance de nos arrière-grands-parents ? Elle sème la zizanie entre nous, frustrant Tyr d'un plus grand nombre de runes et obligeant Fintân à visiter plus de villes et de villages qu'il ne le souhaite. Même si elle t'a appris, dit-elle en se tournant vers ce dernier, que tu pouvais toi aussi te tromper de chemin.

— Sur une courte distance, précisa Fintân. On ne sait pas où ma Voie de l'Eau nous aurait conduits, si on l'avait suivie jusqu'au bout.

— Précisément. On ne le sait pas. Mais moi je sais, et vous savez aussi, que cette carte a rempli son office. Et qu'elle nous égare justement parce qu'elle est fiable.

Les autres la regardèrent, allongés sur l'herbe grasse, se remettant des fatigues du jour. Ils ne dirent rien. Ils savaient ce qu'elle allait faire. Et l'approuvaient.

Li approcha la carte du feu. L'un de ses coins s'embrasa. Ils regardèrent les flammes ronger les bords puis le cœur de la carte. Jusqu'au moment où Li n'eut plus qu'un mince, très mince croissant de papier noirci entre les doigts, à peine plus gros que le premier baiser donné par le feu – auquel elle l'abandonna.

— Et maintenant nous entrons vraiment dans le blanc de la carte, dit-elle en regardant les cendres remonter vers la nuit étoilée.

TROISIÈME PARTIE

CUZCO

10

Les jours qui suivirent ressemblèrent et ne ressemblèrent pas aux précédents. C'était toujours la même montagne. Toujours la même Ondée. Les mêmes pentes où ils ne voyaient que villes et villages en ruine avec – parfois, dans le lointain – quelques monteurs, Transhumants, Biais ou pirates de Travers. Mais ce n'était plus le même chemin. Ni d'ailleurs un chemin. Plus de route. Rien qu'un immense blanc où inscrire leurs pas, sans savoir où il les conduirait, sinon vers demain.

Car à la liberté de choisir que la carte leur avait apportée se substituait une autre liberté, plus subtile : celle de ne pas savoir. Ou plutôt de savoir qu'ils ne savaient pas. L'absence de carte ne leur pesait pas. Au contraire. Fini les savants calculs pour déterminer la meilleure pente. Fini les déceptions lorsqu'une ville – où ils pensaient faire escale – était plus bas qu'escompté. Ils goûtaient à une liberté nouvelle, inattendue. La liberté de descendre comme ils l'entendaient, sans se presser.

S'ils rêvaient encore à Tout En Bas Tout En Bas, ce n'était plus – sauf chez Tyr – une obsession, une obligation. Un but à atteindre sous peine d'être déshonorés. Et Li découvrait un sentiment nouveau. Elle comprenait que l'on puisse avoir envie de se fixer. Mais elle sentait également autre chose, une conviction que la montagne lui murmurait à l'oreille, quand elle s'allongeait dessus, la nuit, pour dormir : elle atteindrait Tout En Bas Tout En Bas justement parce qu'elle ne redoutait plus de ne pas l'atteindre. Elle comprenait maintenant le sens des paroles de Maître Babackas, lorsqu'il lui avait dit : « La réussite doit être une conséquence. Pas un but. » Alors elle profitait du paysage. Marchait non pas seulement pour aller Tout En Bas Tout En Bas, mais surtout pour assouvir sa curiosité. Et honorer la mémoire de son père. Elle ne le reverrait peut-être pas. Tout comme Ma. Mais elle savait en son for intérieur que ses parents l'aimaient – même si l'un avait disparu dans les neiges de l'Amont, et l'autre dans les brumes de la folie.

Depuis que la carte avait brûlé, et que ses cendres avaient été dispersées par le vent, Li savait qu'elle avait fait le bon choix. Et que de là où il était, son père l'approuvait.

Elle referma la main sur son curieux médaillon en forme de soleil, se demandant s'il avait joué un rôle dans l'histoire de son autre mère – sa génitrice –, et si oui lequel. « Et dans ma propre histoire ? » se demanda-t-elle en contemplant autour d'elle le vieux territoire où s'enfonçait leur jeune sang.

Ils avançaient d'un pas serein. Malgré son ancienne foulure, Fintân marchait sans bâton. Et n'en souffrait pas. Il traçait sa route en souriant, accompagnant sa foulée de petits mouvements des bras d'avant en arrière. Sa barbe avait poussé. Ses cheveux aussi. Il ne ressemblait plus au jeune adolescent qui faisait fondre autrefois le cœur de Li, à Cent-Maisons. Elle éprouva un pincement au cœur à l'idée de trahir la confiance ainsi que, peut-être, l'amour d'Araz. Mais décida, encore une fois, de s'en remettre à sa bonne étoile. Et comme il faisait jour et qu'elle n'avait pas d'autre étoile que celle qui pendait à son cou, elle referma la main sur le soleil hérité de sa mère. Une douce chaleur l'envahit. Jamais elle ne s'était sentie si heureuse.

Peu de temps après, ils arrivèrent à ce que Fintân appelait une « pente évidente ». L'une de ces tranchées creusées par un profond cours d'eau, que longe une berge praticable.

— Ne la suivons pas, suggéra Li.

— Pourquoi ? demanda Fintân.

— Parce que, justement. Il est évident que tous ceux qui l'ont vue l'ont descendue. Qui sait si certains ne la descendent pas en ce moment même, sur des pirogues ou des radeaux ?

— Tu as raison.

— Pourquoi suivre ces voies, qui n'ont d'autre intérêt que de descendre en pente abrupte, alors que d'autres voies nous sont offertes ? Des voies plus attrayantes. Des voies inédites.

Le petit groupe l'écoutait, attentif.

— Tu ne songes tout de même pas à remonter ? lui demanda Tyr, inquiète.

— Non. Je veux continuer à descendre. Mais à mon rythme. Et sans que mon choix me soit imposé par la pente la plus forte ou je ne sais quelle carte tracée par je ne sais qui ni dans quelle intention – sinon s'enrichir.

— Que proposes-tu ?

Li marqua un temps de silence, avant de répondre :

— La Voie du Cœur.

Elle s'arrêta et contempla l'Aval.

— Nous pouvons suivre ce fleuve, c'est entendu. Mais pourquoi ne pas escalader cette petite montagne, là-bas ? En quoi est-ce plus absurde que de descendre ce fleuve, puisque nous n'arriverons peut-être jamais ?

— Parce que ça monte ? fit remarquer Fintân.

— Et alors ? Nous redescendrons après. Par ailleurs, une fois au sommet, qui vous dit que nous n'aurons pas un meilleur point de vue sur l'ensemble de l'Aval – qui nous permettra de mieux choisir notre route ? Comme le disait Maître Babackas : « Il faut savoir monter pour descendre ! »

« Il faut savoir monter pour descendre ! » répétèrent-ils tous en chœur – même Luchna, avec un temps de retard et une voix bizarrement sifflante.

— Eh bien ? demanda Li.

Tyr et Fintân échangèrent un regard, éveillant un curieux soupçon de jalousie chez Li.

— Va pour la Voie du Cœur, déclara Fintân.

Ils se mirent donc en route, laissant derrière eux les grondements du fleuve pour gagner la légère pente qui s'élevait au pied de la petite montagne qu'ils avaient décidé de gravir.

— Je suis sûre, déclara Li, que personne ne l'a jamais escaladée.

— Tu as sans doute raison, répondit Fintân, songeur. Je ne vois nulle part de runes de nos prédécesseurs...

— Parce qu'ils ont certainement fait le même raisonnement que toi tout à l'heure, ajouta Li. Ils ont descendu le fleuve...

— Tu veux dire que je pense comme tout le monde ?

— Non. Sans compter que...

— Quoi ?

— Ce choix, tu ne l'as pas fait.

Fintân émit un petit rire.

— C'est vrai ! Tout comme j'ai fait un autre choix que personne n'avait jamais fait avant moi ! s'exclama-t-il.

— Lequel ? demanda Li, curieuse.

— J'ai choisi de te suivre !

Il se retourna vers elle, rayonnant, plus heureux que jamais.

— De suivre la voie de *ton* cœur !

Li rougit jusqu'aux oreilles. Elle bafouilla quelques paroles inintelligibles et sentit une puissante et réconfortante chaleur envahir son corps. Avant de s'arrêter net. Li avait croisé le regard de Tyr. C'était un regard mauvais. Cela lui vrilla le cœur. « Je suis en train de perdre mon amie », se dit-elle.

Ces mots résonnèrent dans sa tête comme jamais auparavant.

Arrivés au sommet de l'éminence, ils inspirèrent une profonde bouffée de l'air des hauteurs, et s'en emplirent les poumons. La montagne n'était pas si élevée que cela, tout compte fait. Et ils avaient eu beaucoup de plaisir à l'escalader, même s'ils avaient trouvé bizarre, et un peu effrayant au début, de gravir une pente alors qu'ils n'avaient fait jusque-là qu'en descendre.

— C'est requinquant ! déclara Li.

— Pas trop d'équerre, mais pas désagréable, fit Pachinko.

— On y prendrait goût ! ajouta Fintân.

Ils baissèrent leurs regards vers le pied de la paroi qui descendait abruptement au-dessous d'eux, vers l'Aval.

— Une pente que personne n'a jamais descendue avant nous, faute d'en avoir gravi le versant opposé, souffla Li. C'est la chose la plus simple et la plus nouvelle que j'aie jamais vue.

Ils se turent. Tous. Contemplant. Éprouvant cette sensation inédite et galvanisante : descendre une pente que nul, jamais, n'avait foulée. Ils avaient envie de hurler de joie. De jeter leur bâton, leur perche, leur casque, leur sac à dos vers le ciel et de crier : « Aval ! Aval ! »

Mais ils ne le firent pas. Conscients qu'un tel débordement d'allégresse ne serait pas à la hauteur – justement – du caractère exceptionnel de cet événement.

— Ça paraissait si simple, reconnut Fintân au bout d'un certain temps.

Il se tenait juste à côté de Li. Sa main près de la sienne.

— Et pourtant jamais personne ne l'avait fait, dit Li.

— À notre connaissance, précisa Tyr.

— Pour autant qu'on s'en souvient, ajouta Fintân. Mais justement… j'ai une excellente mémoire. Et je ne me rappelle pas que quiconque ait jamais escaladé une montagne pour la redescendre de l'autre côté, une fois son sommet atteint.

Il s'approcha de Li et lui murmura à l'oreille : « De même que je ne me souviens pas d'avoir entendu Maître Babackas nous dire qu'il fallait "savoir monter pour descendre"... »

Li laissa flotter un sourire sur ses lèvres.

« Ce dicton, c'est toi qui l'as inventé », ajouta Fintân en s'approchant si près de Li qu'elle sentit son souffle lui chatouiller l'oreille. Elle retint un frisson. Voulut porter la main à sa tempe, mais n'en eut pas le temps : une autre main s'était refermée sur la sienne, et la serrait à en mourir.

La main de Fintân.

« Je ne veux pas te perdre », lui dit-il.

Li ferma les yeux, dans l'espoir de cacher son trouble. Se pouvait-il qu'il l'aime ?

« Et je te fais la promesse d'aller le plus bas possible. Avec toi. »

Elle sentit une douce chaleur sur son visage. Une main lui caressait la joue.

Lorsque soudain Tyr s'exclama :

— Regardez !

— Là-bas ! ajouta Pachinko en tendant le bras.

Li rouvrit les yeux.

Quelque chose tremblait à l'horizon. Une ligne. Qui s'esquissait dans le couchant et gagnait en netteté au fur et à mesure que le soleil descendait vers elle.

— Des monteurs ! fit Tyr.

Des Verticaux venaient dans leur direction. En courant.

Le petit groupe en fut presque choqué. Le souffle court, Li et ses amis les regardèrent, jusqu'à ce que Fintân ordonne :

— Allongez-vous ! Vite !

Les monteurs étaient trop bas pour être distingués. Impossible de savoir quelle était leur tribu. Mais on aurait dit qu'ils fuyaient devant d'étranges nuages de fumée, qu'un vent furieux poussait sur la pente derrière eux.

— Il ne faut pas qu'ils nous voient. C'est peut-être dangereux, dit Fintân en resserrant son poing sur celui de Li.

Curieusement, alors que d'habitude ce genre de geste l'agaçait, Li se sentit rassurée. Elle aspira une grande goulée d'air, et se concentra sur ce qu'elle voyait. Verticaux zigzaguant comme s'ils étaient ivres, courant devant les drôles de nuages de fumée lancés à leurs trousses.

— Restez tous allongés ! ordonna Fintân à ses camarades. Si nous ne bougeons pas, ils ne peuvent pas nous voir.

— Pourvu qu'ils ne nous aient pas déjà vus…, dit Tyr.

— Peut-être qu'ils nous apportent la Bonne Nouvelle ? suggéra Pachinko.

Tyr laissa échapper un petit rire moqueur.

— Ça m'étonnerait !

— Pourquoi ? demanda Pachinko.

— Parce que si la Terre d'Aval existe, et si elle est bien la Terre de lait et de miel dont on nous rebat les oreilles depuis notre naissance, celle « où même l'eau se repose », je ne vois pas pourquoi ils la quitteraient !

— Mais…, commença Pachinko, ne trouvant pas ses mots tant il était scandalisé. Parce qu'ils doivent nous prévenir ! Prévenir ceux de l'Amont ! Tout le monde ! Jusqu'à Tout En Haut Tout En Haut !

— Que tu es naïf, vraiment, dit Tyr. Un vrai caillou. Tu es bien comme Li. Il n'y a que vous deux pour croire que les découvreurs de Tout En Bas Tout En Bas remonteront pour l'annoncer aux autres, et qu'il suffit de les attendre !

— Mais..., fit Li, ne comprenant pas ce que Tyr lui reprochait tout à coup.

— Bien sûr qu'il faut trisser, et ce quoi qu'il arrive, sans renoncer, jamais, jamais, jamais, poursuivit Tyr pour elle-même, effrayant tout le monde – surtout Li, à qui elle rappelait Okami dans sa crise de folie.

« Ma... »

Li fit jouer sa main dans celle de Fintân et passa ses doigts entre ceux de son ami, les serrant à son tour. « Fintân... », pensa-t-elle, comme si ce simple nom pouvait constituer la réponse à toutes ses questions, le remède à tous ses malheurs. « Fintân, fils de Nûn, fils de Sihôn... », pensa-t-elle encore.

Avant d'avoir l'esprit traversé par les mots suivants : « Fils de Fintân... »

En les entendant, Li referma les yeux, très fort. Et vit un petit enfant – un garçon – dormant à poings fermés dans son berceau. Son prénom lui échappait. Mais il était « fils de Fintân ». Elle le savait. Et Fintân était au-dessus de lui. Et il le regardait avec amour. Et c'était son fils. Soudain deux bras de femme se tendirent vers le berceau pour prendre l'enfant qui se réveillait.

Alors Li ouvrit les yeux, aussi surprise qu'effrayée, et le cœur battant à tout rompre.

Car les deux bras qu'elle avait vus étaient roses. Autrement dit…

« C'étaient les miens », pensa-t-elle en se mordant la lèvre. « Les miens… »

— Qu'est-ce que tu dis ? lui demanda Fintân.

— Rien. Je n'ai rien dit.

— Si. Je t'ai entendue murmurer quelque chose…

— Je t'assure que je n'ai rien dit, ajouta Li, confuse.

N'osant pas s'avouer que Fintân l'avait entendue – sans le savoir – penser. « Ce n'est pas possible », se disait-elle, bouleversée. « Pas possible. »

Mais sa remarque ne faisait qu'ajouter à sa confusion. Car Ma et Ba s'entendaient parfois penser, l'un répondant à haute voix à une question que l'autre avait formulée dans sa tête. « Ma et Ba », songea-t-elle encore en se tournant vers Fintân. Intimidée de voir en lui un « Ba », un père – mais ne pouvant s'en empêcher. Ses lèvres. Sa barbe. « Elle doit piquer », se dit-elle, à la fois curieuse et craintive.

Soudain, un grondement emplit l'air – une succession de brèves détonations, accompagnées d'un ronflement, qui émanaient du nuage de fumée.

— Regardez ! s'écria Pachinko.

— Qu'est-ce que c'est ? s'interrogea Fintân.

— Des hommes dans d'étranges petits véhicules !

— Avec des fusils ! Et de drôles de combinaisons !

Si bizarres, à vrai dire, qu'aucune partie de leur corps n'était exposée. Avec leur casque à visière dorée, qui leur couvrait tout le visage, ils ressemblaient à des monstres tout droit sortis de l'Antiquité. Ils précédaient un plus gros véhicule, aux formes boursouflées et pourvu d'épaisses chenilles, qui supportait sur son dos une affreuse bonbonne d'où partaient de lourds tuyaux maniés par des hommes à terre. Une sorte de guérite, fichée sur l'avant de cet engin monstrueux, servait de poste d'observation à un Plannif – reconnaissable à sa tunique blanche frappée d'une grande flèche noire pointée vers le bas. Une main appuyée sur le garde-fou de sa passerelle, il indiquait de l'autre à ses servants où braquer leurs lances cracheuses de fumée.

— Mais qui sont-ils ? se demanda Fintân.

Cinq paires d'yeux se braquèrent sur l'Aval, tâchant de comprendre le drame qui s'y déroulait. La horde de fuyards n'était ni homogène ni, à proprement parler, une ligne de monteurs. Plutôt une foule de personnes apeurées, courant dans tous les sens, femmes serrant des *babas* sur leur cœur, hommes tenant des enfants dans leurs bras, enfants sans parents, parents solitaires, ou vieillards, dans des habits de couleur blanche qui les faisaient ressortir dans le soir et leur donnaient des allures de fantômes. Beaucoup vomissaient en courant – ou s'arrêtaient (erreur fatale) pour le faire. La plupart ne portaient pas d'armes. Certains, pourtant, sortaient parfois un coutelas d'un court étui passé à leur ceinture, et s'en servaient pour essayer de ralentir leurs poursuivants.

Mais le rapport de force était par trop déséquilibré. Pas besoin d'être nombreux quand on combat femmes, vieillards et enfants, et qu'on pilote d'étranges petits véhicules munis de roues très larges, pétaradant et ne faisant qu'une bouchée des dunes et autres obstacles placés sur leur route. Ces véhicules étaient conduits à vive allure par un pilote en combinaison, derrière lequel un tireur muni d'un curieux fusil noir se tenait debout, accroché à l'un des arceaux faisant office de toit. Ce fut un carnage. Bien vite, les monteurs furent exterminés à coups de fusil – malgré leurs efforts pour se disperser en courant dans plusieurs directions.

— Quelle horreur ! souffla Li.

— Ceux-là, je veux bien croire qu'ils ont trouvé Tout En Bas Tout En Bas, déclara Tyr en observant les soldats.

Li se retourna pour la regarder. Voulait-elle dire qu'elle agirait comme eux si elle découvrait la Terre d'Aval ? Assassinerait tous les habitants de l'Amont pour être l'unique, la seule, à en profiter ? « Impossible », se dit Li. « Personne ne ferait ça… »

Mais dans la plaine en pente douce qui s'étalait au-dessous d'eux, le carnage se poursuivait.

Bientôt, il n'y eut plus au milieu des brumes s'effilochant qu'un père et son *baba* – ou en tout cas un homme portant un nourrisson. Ils furent promptement encerclés par trois véhicules. Les tireurs épaulèrent leurs fusils. Les moteurs grondèrent. L'homme se recroquevilla sur lui-même, comme pour une prière, et enfouit la tête du *baba* contre sa poitrine. Le groupe retint son souffle, horrifié. Et les fusils crachèrent leurs rafales mortelles.

Les deux corps basculèrent sur le sol.

Li poussa un hoquet de terreur. Les tireurs relevèrent la tête pour regarder dans leur direction. D'où venait ce cri ? L'avaient-ils entendu malgré le raffut de leurs engins et les détonations de leurs armes ?

Fintân plaqua sa main sur la bouche de Li, lui intimant : « Silence ! »

Li cligna des yeux pour indiquer qu'elle avait compris. Fintân retira sa main. Puis les gros et petits véhicules parcoururent l'étendue jonchée de corps, roulant sur les cadavres pour mieux les enfoncer dans la terre meuble – et les aspergeant de gaz comme pour les désinfecter.

Ces funèbres semailles achevées, les véhicules se retirèrent dans les brumes.

Quand le clair de lune se fut levé, Li et ses compagnons contemplèrent la profonde vallée où ils s'apprêtaient à descendre. Le vent d'Aval leur avait porté de curieux mélanges d'odeurs, où aux parfums de mort et de terre foulée se mêlaient les odeurs âcres crachées par les véhicules – ainsi que d'étranges effluves doux-amers.

— Des gaz empoisonnés, dit Luchna.

— Reculons, suggéra Fintân en sentant un mal de tête le gagner tandis que Tyr était prise d'un accès de toux.

Ils lui obéirent, et redescendirent en empruntant le chemin qu'ils avaient pris pour grimper.

Li était déçue. Elle aurait adoré dévaler une pente nouvelle, et se sentait frustrée.

— Ne t'inquiète pas, lui chuchota Fintân. Je suis sûr que ça n'est que reculer pour mieux sauter !

(La suite de l'histoire devait prouver qu'il ne croyait pas si bien dire.)

Elle lui sourit.

Comme d'habitude, Pachinko faisait un vacarme épouvantable, son assortiment de cafetières, de casseroles, de poêles et de théières, bien que diminué, ne cessant de tintinnabuler, comme animé d'une vie propre.

— Chut ! lui intima Fintân. Tu vas nous faire repérer !

— Désolé ! hoqueta Pachinko en ralentissant le pas.

— Je crois malheureusement, fit remarquer Li, qu'il n'y a plus personne pour nous repérer…

— Les fusils noirs ne sont peut-être pas partis, dit Tyr.

Ils attendirent toute la nuit, tapis au pied de la colline. Ils ne dormirent pas beaucoup. Ils se demandaient s'ils ne devaient pas faire demi-tour – et longer le fleuve que Li les avait convaincus de ne pas suivre.

— Si Ardat était là, cracha Tyr sur un ton acerbe, il vous dirait que nous sommes punis…

— Pourquoi ? demanda Li.

— Pour avoir osé grimper ! Tu sais très bien que c'est interdit : « Toujours descendras, jamais ne monteras. »

— Mais nous descendons, dit Li.

— En grimpant !

— Il n'y a aucune urgence, intervint Fintân. On attend que le jour tombe, et on verra. Je pense qu'il n'y aura plus de danger.

Ils se rangèrent à son avis.

Le lendemain matin, les yeux cernés de fatigue, ils contournèrent la petite montagne au sommet de laquelle ils étaient montés la veille au soir, et se dirigèrent vers les lieux du carnage.

— Pachinko, tu devrais peut-être te délester de ton sac à dos, lui suggéra Fintân.

— Val, répondit-il en déposant précautionneusement son sac à dos à terre.

— Et pas question de toucher aux morts ! l'avertit Tyr sur un ton glaçant.

— Je n'en avais pas l'intention.

La zone était jonchée de tant de cadavres qu'ils n'osèrent pas y pénétrer. Ils préférèrent la longer – par crainte respectueuse.

Mais ils avaient beau descendre, descendre et descendre encore, il y avait toujours des morts. On aurait dit une masse de terre et de chairs mêlées, exhalant des odeurs de charnier sur une distance incroyable. Malgré leur vue perçante et l'horizon dégagé, ils peinaient à en prendre l'exacte mesure.

— Quelle horreur ! Mais qu'est-ce qui s'est passé ? Pourquoi ont-ils été massacrés ? Ce n'étaient quand même pas tous des monteurs ? s'interrogea Li en glissant Fouinard dans sa poche.

— Ou alors un village de monteurs, dit Pachinko en leur montrant des fumées qui s'élevaient dans le lointain.

Ces fumées, ils s'en aperçurent bientôt, étaient celles d'un village livré aux flammes.

Ils se figèrent, horrifiés. Tendant l'oreille, à l'affût du moindre bruit. Mais hormis le ronflement de l'incendie, avec en toile de fond les craquements des poutres qui s'effondraient, il n'y avait pas un son – pas même une plainte ou des pleurs.

— Qui peut commettre de telles atrocités ? demanda Fintân.

— Tu les as vus comme moi, répondit Tyr. Des soldats en tenue de camouflage conduisant des véhicules de cauchemar. Avec d'étranges fusils noirs.

— Ma question ne portait pas sur leur apparence, mais plus sur leurs origines et motivations.

— Pour le savoir, il nous faudra continuer à descendre.

— Continuer à descendre, répéta Li. Descendre. Des cendres.

C'était plus fort qu'elle. Son regard était attiré par les cendres qui s'envolaient des bâtiments livrés aux flammes, cendres grises et noires, ou parfois rougeoyantes, qui s'élevaient dans le jour naissant pour se substituer aux étoiles.

« C'est là ! » songea-t-elle. « Nous approchons… »

Cela provoqua chez elle des frissons de terreur. Elle avait le sentiment – la certitude – que derrière ce spectacle se cachait une puissance maléfique, et que Tout En Bas Tout En Bas n'était pas loin.

— J'ai l'impression que le Très Haut tire les fils qui nous font bouger, déclara-t-elle, et que chacun de nos pas nous rapproche un peu plus d'une horreur indicible.

— À travers des lumières qui puent, ajouta Pachinko en se pinçant le nez, car les rayons obliques du soleil arrachaient aux corps calcinés une odeur insupportable.

Luchna se pressait contre lui, sans mot dire. Il lui passa un bras autour des épaules, pour la réconforter. En contre-jour – où seules leurs silhouettes se dessinaient – on aurait dit Goïbnu revenu s'occuper de sa sœur.

Ils marchèrent et marchèrent encore, toute la journée, refusant de s'arrêter tant qu'ils n'auraient pas dépassé ce village de morts – tant qu'ils continueraient à en sentir la puanteur aigre attaquer leurs narines, picoter leurs poumons.

— Voilà notre punition pour avoir osé gravir une montagne, fit remarquer Tyr.

— C'était plus une colline qu'une montagne, objecta Fintân. Et puis, tu crois vraiment à ce genre de superstition ?

Tyr haussa les épaules, refusant tout d'abord de répondre. Puis elle répliqua comme on crache :

— Tu parles d'une Voie du Cœur !

Choquée, Li ne sut quoi répondre – car oui, Tyr avait raison : « Tu parles d'une Voie du Cœur ! »

C'était elle qui les avait conduits ici. Elle la responsable. Et les autres le savaient – tous pensaient comme elle et Tyr. La preuve ? Ils se taisaient.

Ils n'échangèrent pas un mot de toute la journée. Cheminant jusqu'à ce que la nuit efface l'horreur du massacre au dernier acte duquel ils venaient d'assister.

Les jours suivants ressemblèrent aux paysages traversés. Dévastés. Vides. D'une tristesse angoissante. Ils voyaient de moins en moins de villages. Et les rares qu'ils apercevaient n'étaient que ruines de ruines ou décombres fumants. Li se demandait : « Le village que nous avons vu incendié était-il le dernier ? l'ultime trace d'humanité avant Tout En Bas Tout En Bas ? »

Même la nature semblait pleurer la fin des hommes. Les arbres avaient disparu. Il ne restait plus que des souches mutilées, coupées à ras du sol.

Et les fusils noirs ? Ils entendaient parfois des bruits pétaradants, au loin. Alors ils couraient se cacher – derrière un rocher ou des buissons d'épineux. Au fond d'un trou. N'importe où. Ils avaient peur. Ils redoutaient ces soldats plus que tout. Pour ne pas se faire repérer, ils décidèrent de voyager la nuit et de dormir le jour.

Et toujours, ils continuaient à descendre, dans une tension grandissante. Même Fouinard devenait de plus en plus nerveux. Une nuit, il sauta maladroitement hors de la poche de Li et se mit à gratter la terre comme un fou.

— Qu'est-ce qu'il a ? s'étonna Fintân.

— Je ne sais pas, répondit Li. C'est depuis quelque temps. On dirait que cet endroit lui fait perdre la tête. Il passe son temps à vouloir creuser.

— Ce n'est pourtant pas le printemps, se moqua Tyr.

— N'est-ce pas plutôt parce que cette terre regorge d'artefacts ? demanda Fintân.

— Peut-être, je l'ignore...

— Val ! Pas de temps pour ça ! Reprends ton poilu et trissons ! s'exclama Tyr.

— Mon taupard, grommela Li en remettant Fouinard dans sa poche.

Un soir, ils croisèrent deux hommes qui remontaient à vive allure. Les monteurs se figèrent, effrayés. Puis ils s'aperçurent que Tyr et ses camarades n'avaient pas d'intentions hostiles, et poursuivirent leur ascension en hurlant :

— Fuyez ! Ne restez pas ici !

— Quoi ? Pourquoi ? demanda Fintân.

— Les hommes de Cuzco ! Ils vont vous rattraper ! Trissez amont !

— Cuzco ?

Mais les deux trisseurs étaient si terrorisés qu'ils ne voulurent pas en dire ni s'attarder davantage. Ils acceptèrent le peu de nourriture que le groupe pouvait leur céder, se hâtèrent de l'enfouir au fond de leur besace, et leur conseillèrent, sans se retourner :

— Vous devriez remonter !

— Mais nous allons vers l'Aval ! répliqua Tyr.

— Vous ne passerez pas ! crièrent-ils en réponse.

Les deux hommes disparurent au sommet de la pente, indifférents aux avertissements (« Attention aux gabelous ! ») que leur lança le groupe.

— Quelle bande de moules, soupira Tyr en secouant la tête.

Troublés par cette rencontre, la première depuis longtemps, les compagnons se remirent en route. Et continuèrent à descendre en se fiant pour moitié à l'instinct de Li, pour moitié au savoir de Fintân.

Mais plus les journées s'écoulaient et plus les animaux se faisaient rares. Et plus rares encore les cours d'eau. La faim les gagna. La soif les taraudait. Ils mangeaient de moins en moins, économisant au maximum sur les rations qu'il leur restait.

Puis un matin, alors que le soleil s'élevait dans leur dos, ils s'arrêtèrent, interdits.

C'était le plus extraordinaire et le plus terrifiant spectacle qui se puisse imaginer. Une impressionnante muraille, d'une hauteur d'une centaine de toises et d'une longueur s'étendant d'un horizon à l'autre, barrait le bas de la pente. Elle était bâtie en pierres massives hérissées de hautes tours où brillaient des lumières. Elle paraissait vouloir prendre en étau la montagne elle-même, fermant la route à tout ce qui descendait.

Même l'eau ne pouvait plus passer.

Ils demeurèrent un certain temps à regarder. Jusqu'à ce que Tyr désigne un fleuve venant mourir au pied des fortifications.

— Si ça se trouve, dit-elle à Li, c'est le fleuve que tu ne voulais pas qu'on descende...

Li garda le silence, mais Fintân déclara :

— Là n'est pas l'important.

— Ah non ? Alors c'est quoi ?

— L'important, c'est de continuer à descendre, répondit Li d'une voix tremblante.

Ce furent leurs premiers mots prononcés après toute une nuit de marche. Mais dans le calme inhabituel de ce début de matinée, ils furent pour eux le signe d'un changement important. Le terme de leur voyage approchait. Ils en avaient la conviction.

— Ce barrage est si long qu'il semble enserrer la montagne, commenta Li en tentant de calmer un Fouinard de plus en plus agité.

— On dirait qu'il s'étend jusqu'à l'autre côté, ajouta Fintân.

« Jusqu'au Versant noir », songea Li en pensant à son père.

Ils avaient beau écarquiller les yeux, ils ne le voyaient s'interrompre nulle part. À droite comme à gauche, ses parois s'étendaient aussi loin que portait le regard.

Par endroits, au pied de la muraille, des petits points dorés, comme des scarabécédés, se déplaçaient à vive allure – sans doute des patrouilles constituées des affreux petits véhicules qu'ils avaient déjà aperçus.

— Des gabelous, dit Fintân, impressionné.

C'était la première fois qu'ils en voyaient dotés d'un tel équipement.

Ils avaient la gorge serrée.

— Ils vont nous arrêter, souffla Fintân.

— Ou nous tuer, ajouta Tyr en serrant son bâton.

Li avait l'impression d'être de retour à Cent-Maisons – auprès d'un second Bord du Monde, écho de celui auprès duquel elle avait grandi. Mais devant cette muraille construite par les hommes, elle se sentait plus petite encore, et plus misérable, qu'en haut du précipice de son enfance. « Maintenant, je sais », songea-t-elle. Et les brumes lui manquaient.

La sensation d'être pris au piège s'accentua encore lorsque le soleil se fut suffisamment élevé pour leur révéler de nouveaux détails, tous plus effrayants les uns que les autres. Ce fut un spectacle aussi grandiose qu'effroyable, auquel rien de ce qu'ils avaient vu jusque-là ne les avait préparés. Une cité grotesque était incrustée tout le long du sommet de l'enceinte, à perte de vue. Aussi loin que portait le regard, tout n'était que masures empilées sur d'autres masures, avec parfois des édifices pyramidaux qui saillaient de l'ensemble, pour mieux le dominer. (Sans doute des temples ou des palais.) Des panaches de fumée flottaient au-dessus de petites cahutes et montaient se mêler aux épaisses vapeurs noires que vomissaient d'immenses usines tournant à plein régime. La ville était grise de cendres.

— Nous qui voulions voir une grande ville, soupira Fintân. Nous sommes servis.

Les autres continuaient à se taire, fascinés par les nuées de corbacs qui survolaient la cité en escadrilles compactes, semant dans la vallée leurs longs croassements douloureux.

Ils en étaient là de leurs découvertes, lorsque Marmite poussa un « Squiiiik ! » suraigu. Un bruit pétaradant déchira l'air. Ils eurent à peine le temps de se retourner. Six véhicules les encerclaient, moteur vrombissant, avec autant de fusils noirs braqués sur eux.

9

Après avoir été obligés, sous la menace des armes, de passer autour de leur cou de lourds colliers métalliques reliés les uns aux autres par des chaînes, ils furent attachés à l'arrière des véhicules et conduits au pas de course vers le barrage.

Quelques instants plus tard, ils atteignirent une herse incrustée au bas de la muraille, et qu'ils n'avaient pas vue depuis la butte où ils s'étaient arrêtés.

— Comment s'appelle votre ville ? demanda Fintân à l'un des gardes alors qu'ils en franchissaient l'entrée.

Il ne reçut, en guise de réponse, qu'un coup de crosse sur la tête. Et en déduisit qu'il devait s'agir de la fameuse « Cuzco », contre laquelle les monteurs les avaient mis en garde.

L'entrée donnait sur un long et large corridor, qui leur permit de mieux prendre la mesure des dimensions du barrage. Il était immense – ce qu'ils savaient déjà – mais beaucoup plus profond qu'ils ne l'avaient de prime abord imaginé. Sur toute la longueur du couloir, des flèches de diverses couleurs étaient pointées dans de nombreuses directions. (« Y compris vers le Haut et le Bas », remarqua Li.) Des dalles lumineuses étaient incrustées dans les parois, diffusant une lumière blafarde. Enfin, de lourdes chaînes terminées par des roues retenaient d'épais blocs de pierre suspendus au plafond – blocs que l'on pouvait faire descendre afin de condamner le corridor.

La ville semblait bien défendue. Comme si ses habitants étaient nés pour la guerre. Rien n'avait été laissé au hasard, et les véhicules les cernaient – un devant, un sur chaque côté, un derrière –, ne leur laissant aucune chance de s'échapper. De toute façon, ils n'y pensaient pas. Car où aller ? Dans ce barrage, tout dépassait l'entendement.

Li serra sa perche contre elle, afin d'en sentir le bois, réconfortant, dans sa paume. Puis elle pressa le pas pour ne pas se laisser distancer – et donc tirer par le cou – comme cela lui était déjà arrivé sur le chemin de la cité. D'autres gardes, certains à bord de véhicules, d'autres non, circulaient dans l'impressionnant corridor. Soit pour en sortir – peut-être pour aller patrouiller au-dehors, fusil en bandoulière –, soit pour monter et descendre divers escaliers étroits menant à des portes et galeries le bordant.

« Quel endroit fascinant », ne cessait de se dire Li. Elle ne pouvait s'empêcher d'éprouver un mélange de crainte et d'admiration. « Jamais je n'aurais cru que la Montagne puisse en abriter un pareil. »

À bout de forces et les muscles endoloris, ils arrivèrent dans une pièce ronde au toit voûté. Placés en cercle tout autour, des gardes pointaient vers eux de lourdes arbalètes.

Les gabelous qui les avaient capturés les remirent aux gardes, puis se retirèrent vers d'autres tunnels où les échos pétaradants de leurs véhicules résonnèrent lugubrement. Alors, sous la menace des arbalètes, les cinq Transhumants furent contraints d'abandonner leurs armes et sacs à dos, et ne furent autorisés à conserver que leurs vêtements.

— Pas mon bâton ! s'insurgea Tyr.

Un garde lui assena un violent coup de crosse entre les jambes, la faisant tomber à terre, où elle entraîna ses amis à sa suite. Tyr jura qu'elle aurait sa peau. Un nouveau coup l'atteignit au visage, plus violent que le précédent.

— Ici, c'est moi qui donne les ordres, lui dit le garde qui l'avait frappée, un homme vêtu d'une lourde cape rouge frangée d'or.

Il s'était exprimé en langue commune, quoique teintée d'un fort accent comme ils n'en avaient jamais entendu.

Tyr se releva. Voulut lui cracher au visage – car ces gardes n'avaient pas de casque leur couvrant la face. Mais Fintân lui cria :

— Non !

Elle se retint. Et cracha à ses pieds.

Des rires éclatèrent. Li et ses amis levèrent les yeux pour regarder les gardes qui se moquaient d'eux, craignant d'être roués de coups. Mais au lieu d'ordonner qu'on les punisse, l'officier qui venait de frapper Tyr tonna d'une voix impérieuse :

— Libérez-les !

Plusieurs hommes et femmes vêtus d'un pagne crasseux surgirent de tunnels donnant sur la pièce, et se précipitèrent vers les prisonniers pour les débarrasser de leurs colliers. Ils étaient d'une maigreur terrifiante, et n'avaient pour armure que leur peau et leurs côtes qui saillaient. « Des esclaves », pensa Li pendant que ceux-ci leur ôtaient d'une main tremblante leurs chaînes et colliers.

Li et ses amis se massèrent le cou, soulagés de pouvoir enfin respirer à leur aise, mais se demandant quels nouveaux supplices les attendaient. Les malheureux retournèrent dans leurs tunnels au pas de course, laissant retomber à terre les lourds colliers de métal des prisonniers.

— Déclamez-vous ! ordonna le garde.

Leurs noms et ascendants fusèrent de nouveau, seule chose rassurante en ces lieux.

— De quel village descendez-vous ? clama le garde, avant d'ajouter, conformément à l'usage : Nommez le plus haut !

Les cinq amis se regardèrent. Devaient-ils dire la vérité ? Et sinon, quoi ?

— Cent-Maisons, répondit Li la première.

Les gardes ne bronchèrent pas.

— Cent-Maisons, lança Fintân à son tour.

— Espalier, fit Pachinko, inquiet de la réaction que le nom de son village susciterait chez les gardes.

Mais elle n'en suscita aucune.

— Cent-Maisons, siffla Luchna à sa suite.

(« Jusqu'ici tout va bien... », songea Li. « Pourvu que Tyr ne fasse pas de bêtises... »)

— Haut-Lieu, déclara Tyr sur un ton aussi tranchant qu'assuré.

Et elle défia du regard celui qui semblait être le chef des gardes.

Mais celui-ci ne broncha pas et se contenta de lui demander :

— En avez-vous la preuve ?

— Ici, répondit-elle simplement en indiquant le bâton que les gardes lui avaient pris.

L'officier fit un geste. Un garde alla ramasser le bâton jeté à terre et le lui apporta. Quand il l'eut examiné d'un rapide coup d'œil, il aboya :

— Apportez-le au Maître Ciseleur !

Le garde hocha la tête et se retira avec le bâton.

Tyr laissa échapper un sourire narquois. Puis l'officier se retourna vers les cinq amis, qui se sentaient nus comme au premier jour, et leur intima :

— Suivez-moi. Au moindre geste brusque, vous mourrez tous.

Il les conduisit alors, sous bonne escorte, vers un nouveau dédale de corridors et d'escaliers fermés par de lourdes portes et éclairés par des dalles de lumière d'un jaune pisseux. Li caressa discrètement Fouinard, toujours aplati sur sa peau, pour le calmer – pas question qu'il se fasse remarquer ici !

Arrivé devant une porte métallique percée d'un judas garni de barreaux, l'officier sortit de sous sa cape une sorte de carte à jouer, l'introduisit dans une fente et attendit qu'un voyant lumineux passe du rouge au vert. Puis la porte s'ouvrit, et il ordonna :

— Entrez.

Li et ses amis pénétrèrent dans un lieu bas de plafond puant la transpiration et les excréments, comme si des milliers de gens macéraient là depuis Aval sait combien d'hivers. De minces rais de lumière filtraient de soupiraux situés au sommet des murs, à l'autre bout de la salle. Des grappes de prisonniers étaient agglutinées à leurs barreaux, tendant les bras vers l'extérieur pour se repaître du peu de fraîcheur qu'ils distillaient.

Li eut un frisson. Ces gens. On aurait dit ceux qui s'étaient penchés sur sa fenêtre de Cent-Maisons pour regarder chez elle. Les Récupérateurs qui avaient ouvert de grands yeux pour examiner l'intérieur de la nacelle où Balaam les avait obligées à entrer, Tyr et elle. Ces gens. Elle en faisait désormais partie.

La lourde porte se referma en grinçant, et ils virent devant eux des milliers d'yeux. Plus d'yeux, en vérité, qu'ils ne pouvaient en compter, car beaucoup étaient plongés dans une obscurité trop vaste pour qu'ils puissent la sonder. C'étaient des yeux de vieux, de jeunes, d'hommes et de femmes d'âge mûr. Des yeux qui avaient cessé d'espérer et de croire. Des yeux qu'ils avaient peut-être croisés au cours de leur descente, mais qu'ils peinaient à reconnaître.

Les yeux les contemplèrent, donnant la curieuse impression d'attendre quelque chose – en ces sinistres lieux où l'horizon se limitait à des soupiraux.

Au bout d'un temps qu'ils furent incapables d'estimer, Fintân guida ses amis au bas du petit escalier qui menait à la vaste salle. Comme ils descendaient, des dizaines de bras se tendirent vers eux, pour les toucher.

— Quel est cet endroit ? demanda Fintân à l'un des prisonniers.

Mais les bras et les yeux ne lui répondirent pas. Ils se contentaient de les tâter, de les palper, comme pour s'assurer de leur réalité.

— S'il vous plaît ! Comment s'appelle cet endroit ? répéta Fintân d'une voix haute et claire.

Il se tournait de tous les côtés, guettant derrière une barbe un visage qu'il aurait connu glabre, ou dans une chevelure en bataille une natte, un chignon, qu'il aurait déjà vus. Il croyait reconnaître des visages familiers, mais n'arrivait pas à mettre de noms dessus. Peut-être se faisait-il des idées ?

Celui-ci – qui marmonnait des phrases inintelligibles en roulant de grands yeux –, ne l'avait-il pas croisé en descendant ? Et celui-là ? N'était-ce pas l'un des vieux de l'Ondée qui les avait attaqués à Phenomex ? Ou bien un jeune croisé plus haut ? Ou plus bas ?

— Y a-t-il quelqu'un ici qui puisse nous renseigner ? insista Fintân.

— CUZCO ! lui répondit une voix depuis l'un des soupiraux. Vous êtes arrivés à Cuzco, la ville maudite, la ville des cendres, où toutes les pentes aboutissent !

(« La ville des cendres », songea Li. « Cela aurait-il un rapport avec mon rêve ? »)

Elle tourna son regard en direction de la voix, mais ne put rien distinguer – à cause de l'effet de contre-jour produit par la lumière.

— Pardon, s'il vous plaît…

Fintân guida ses amis à travers la marée humaine vers la voix. Les cinq compagnons s'accrochaient les uns aux autres, pour ne pas se perdre dans cette masse de corps compressés qui les bousculait plus qu'une mer agitée.

— Laissez-nous passer, s'il vous plaît...

Plus ils se rapprochaient des soupiraux – et donc des minces filets d'air poussiéreux qu'ils laissaient filtrer –, plus la masse de chairs était compacte, difficile à fendre. Fintân devait se mettre de biais et pousser de tout son poids, épaulé par ses amis, pour arriver à se frayer un passage au milieu des prisonniers. Petit à petit, à force de coups de coude et d'épaule, et aidé par ses quatre compagnons, il parvint à s'ouvrir une voie vers l'homme qui leur avait répondu depuis le soupirail.

— Vous ! s'exclama Li en le reconnaissant.

— Val ! fit Tyr en le reconnaissant à son tour.

— Vous ne parliez pas quand on vous a vu, poursuivit Li.

— Nuance, fit l'homme en se tournant vers eux sans lâcher les barreaux du soupirail auxquels ses deux mains étaient accrochées. Je pouvais parler. Mais je ne *voulais* pas. Ce n'est pas pareil.

C'était Marl, le compagnon de Balaam.

8

Li brûlait de questions à lui poser. Mais ils devaient – s'ils ne voulaient pas hurler – rester auprès de lui. Ce qui était plus facile à dire qu'à faire. Les gens massés dans la salle étaient sans cesse en train de les pousser dans un sens ou dans l'autre. Aucun repos n'était possible.

— Comprenez pourquoi j'lâche pas ces barreaux, leur dit Marl.

— Mais que faites-vous ici ? lui demanda Li.

— C'te question ! D'après vousse ? Pourquoi que je serais descendu de ma forêt, sinon pour vous retrouver !

— Nous ?

— Oui. Tyr et vous. C'est bien vous qui avez causé à Balaam tous ces ennuis, s'pas ?

Leur silence fut un aveu.

— Il a de gros problèmes, leur apprit Marl. Non pas que vous puissiez y changer quoi que ce soit asteure, s'pas ?

— Je suis désolée, dit Li. Il avait dit qu'il nous rejoindrait dès que possible, et nous ne l'avons pas attendu.

— Ça non !

— Mais j'ai laissé des messages à son intention ! s'exclama Li. Pour qu'il puisse nous retrouver !

— Pas malin non plus, soupira Marl. Z-en avez laissé beaucoup ?

Il avait l'air si inquiet que Li n'osa pas lui répondre que oui, c'était bien le cas. Dans chacun des villages qu'ils avaient traversés – même si ses amis ne s'en étaient pas toujours aperçus. Elle se contenta de lui demander :

— Pourquoi ?

— Parce que des traqueurs ont été envoyés à vos trousses !

— Des traqueurs ?

— Vous ne savez pas ce que c'est ? Vous êtes arrivés jusqu'icitte et vous n'en avez jamais entendu parler ?

Encore une fois, leur silence parla pour eux.

— Balaam en était un, autrefois. Mais il avait renoncé à son poste pour s'occuper de nousse, les Pleutres. Il nous apportait des nouvelles des nôtres. Et puis d'autres p'tites choses, qu'on ne trouve qu'à Rocher-du-Vaisseau. Des médicaments. Des armes et des munitions. Des outils…

— Alors Balaam…

— L-est en prison, ousqu'il attend d'être jugé pour complicité de meurtre. En tout cas, c'est là qu'il était quand j'suis descendu…

Tyr et Li baissèrent la tête, mal à l'aise.

— C'est quoi cette histoire de meurtre ? demanda Fintân à Li.

— J'ai… J'ai tué un homme, expliqua-t-elle.

— Non. C'est moi, dit Tyr.

Elle repoussa violemment Li pour se placer face à Fintân, et lui avoua :

— C'est à cause de moi que c'est arrivé. À cause de mon orgueil !

Cet aveu. Ils avaient du mal à y croire. Comment pouvait-elle le faire ? En ces lieux maudits entre tous ?

— C'est moi qui l'ai tué, affirma-t-elle sur un ton définitif.

— Bon, fit Fintân. Mais qu'est-ce que c'est qu'un traqueur exactement ? demanda-t-il à Marl.

— Une sorte de justicier envoyé sur la trace des criminels. Un ancien fixe, généralement. Souvent tombé de Haut. Des hommes, ou des femmes, qui acceptent de redescendre pour rattraper – et arrêter – les ceusses qui ont déserté la ville ousqu'ils ont commis un crime. Ce sont des sacrifiés. Jamais y reverront leur foyer.

— Et s'ils ne les arrêtent pas ?

— Alors ils les tuent. Aussi simple que cela. Pas envie de s'encombrer avec un procès dans un monde aussi pentu que le nôtre.

— Je me demande, poursuivit Fintân, si nous n'en avons pas déjà croisé un, sur notre route. Ce mystérieux individu qui avait réclamé qu'on lui livre Tyr et Li, entre Consensus et Purgatorium… Je pense que c'était un traqueur.

— Sinistres noms de villes, pour une sinistre profession, commenta Marl.

— Alors, vous êtes descendu pour nous, c'est ça ? demanda Li.

— Non. Pas pour vousse. Pour lui. Pour Balaam.

Le ton de sa voix en disait beaucoup plus que ces simples mots. Et Li comprit que Balaam et Marl étaient amants.

— Il faut qu'on remonte ! décida-t-elle.

— On ne remonte pas d'icitte, je vous l'ai déjà dit, répéta Marl. Pas plus qu'on n'en descend… Cet endroit est comme une barrière passée en travers de la Montagne, ousque viennent se briser toutes les Transhumances.

— Mais pourquoi ? Qu'en font-ils, à Cuzco ?

— Est-ce que j'sais ? Certains racontent qu'ils construisent une armada de centaines de vaisseaux destinés à atteindre Tout En Bas Tout En Bas. D'autres prétendent que c'est pour conquérir Tout En Haut Tout En Haut. D'autres encore affirment que des armées d'esclaves travaillent à étendre la muraille, jusqu'au fameux Versant noir. Peut-être font-ils tout ça à la fois, comment savoir ?

(« C'est dément », pensa Pachinko, fasciné.)

— D'autres enfin, poursuivit Marl, vont même jusqu'à prétendre que la Terre d'Aval n'existe pas. Ou qu'elle est ici, à Cuzco.

— Et vous ? demanda Li. Que croyez-vous ?

— Je ne crois pas, moi, hélas. Je sais. Je vois.

D'un signe de la tête, il l'invita à le rejoindre auprès du soupirail auquel il se tenait accroché comme si sa vie en dépendait.

En se dressant sur la pointe des pieds, Li se hissa jusqu'au soupirail. Celui-ci donnait sur une gigantesque arène à ciel ouvert. Ses parois montaient en s'évasant jusqu'au sommet du barrage, pourtant situé à une hauteur impressionnante. Elles étaient toutes équipées de gradins, pouvant accueillir des milliers de personnes – « Peut-être même des centaines de milliers », songea Li, le souffle coupé. Mais pour l'instant ils étaient vides. Ou presque. Seuls quelques gardes, placés aux endroits stratégiques, pointaient en direction de l'arène des arbalètes montées sur des trépieds.

— Et c'est par là que vous ressortirez, si vous ressortez, souffla Marl.

— Si nous ressortons ? Mais comment ?

— En vous battant…

Il leva les yeux vers le ciel, comme s'il lui coûtait personnellement d'apporter plus de précisions.

— Mais contre qui ? insista Li.

— Des Très Hauts, répondit-il. Cette ville n'aime rien tant qu'assassiner les Pionniers que d'autres villes auraient encensés.

À ces mots, un frisson les saisit tous les cinq. Tyr déglutit, serra les poings et baissa la tête, comme pour se préparer à encaisser un choc.

Qui se produisit un instant plus tard, lorsque la porte à l'autre bout de la geôle s'ouvrit de nouveau en grinçant.

— Tyr, fille de Jaftar, fils de Qaïdan ! tonitrua la voix de l'officier à la cape rouge.

— … fils d'Atlaï, fils de Nergal, fils d'Origane, fils de Lamech, fils de Caan, fils de Lioa, fils de Hingna, fils de Turanf, fils d'Uya, fils de Lafcad, fils de Qunwu, fils de Saerlio, fils de Kaur, ajouta fièrement Tyr en mêlant sa voix à celle de l'officier alors que les gardes s'ouvraient un chemin vers elle, à grands coups de crosse dans la foule.

Et elle poursuivit la longue litanie des noms de ses ancêtres, remontant plus haut qu'ils ne l'avaient jamais entendue faire, plus haut qu'il semblait possible d'aller, tandis que deux gardes la ramenaient vers leur officier, et que les autres menaçaient le reste du groupe de leurs fusils, au cas où ils tenteraient de la sauver.

— Qu'allez-vous lui faire ? demanda Li.

— Regardez par là quand le soleil sera à son zénith, vous le saurez ! répondit l'officier en indiquant le soupirail.

Et il se retira, emmenant Tyr.

Puis la porte se referma.

Marl se signa vers le bas, déclamant :

— « Tout va dans un même lieu ; tout provient de la poussière, et tout retourne à la poussière. »

— « Ou quelque chose comme ça », scandèrent-ils tous en se signant à leur tour.

Dans la geôle, plusieurs détenus au visage gris, aux cheveux gris et aux yeux gris leur proposèrent les places qu'ils occupaient auprès des soupiraux. Fintân et Pachinko les acceptèrent avec reconnaissance, mais pas Luchna. Elle se recroquevilla au pied du mur pour se passer les ongles sur les avant-bras.

Li et ses amis n'eurent pas à attendre longtemps. Ils s'accrochaient de leur mieux aux barreaux pour y voir, Li se dressant sur la pointe des pieds pour rester à niveau.

L'une des grilles donnant sur l'arène se souleva, livrant passage à une Tyr habillée d'une longue et magnifique robe bleu azur.

« La robe de ma mère ! » se dit Li. « Mais qu'est-ce que ça veut dire ? »

— Tyr ! cria-t-elle par le soupirail en agitant un bras. Tyr ! Dis-leur la vérité !

Mais Tyr n'eut pas un regard pour elle. Elle serrait son bâton à deux mains, y puisant le courage et la concentration nécessaires à l'épreuve qui l'attendait.

— Tyr ! cria Fintân à son tour. Dis-leur que tu viens de Cent-Maisons ! Avoue !

Les entendait-elle ? Il était possible que non. En effet, les gradins se noircissaient d'une foule vociférante, impatiente d'assister au combat.

— Elle vient de Cent-Maisons ! cria Pachinko à destination des spectateurs. Elle a menti ! Elle vient de Cent-Maisons !

En vain.

C'est alors qu'une voix surgit mystérieusement d'une série de porte-voix placés à intervalles réguliers, le long de l'arène.

— Cette jeune Transhumante prétend descendre de Haut-Lieu, entendit-on. Si c'est le cas, après toutes les épreuves qu'elle a traversées pour arriver jusqu'ici, nul doute qu'elle n'aura aucun mal à vaincre notre champioooon !

Un tonnerre d'applaudissements et de pieds tapés contre le sol des gradins fit trembler les murs de l'arène, tandis qu'au son de nouveaux hurlements une grille se levait sur un colosse au torse nu et à la tête coiffée d'un casque en forme de soleil. Ses bras se terminaient par deux gants figurant des soleils aux rayons effilés. Il les leva vers le ciel, en s'inclinant devant une loge où un vieil homme aux yeux d'un blanc d'ivoire était assis sur un trône surmonté d'un soleil d'or. À sa gauche se tenait un Plannif, en tenue d'apparat, flèche noire sur la poitrine. À sa droite, Li vit un sémillant jeune homme aux épaules couvertes d'une cape frangée d'or – semblable à celle des officiers. Au-dessus d'eux était gravée en lettres écarlates la devise de Cuzco : « Seuls nous ».

— Elle vient de Cent-Maisons ! Elle vient de Cent-Maisons ! crièrent, plus fort que jamais, Li et ses compagnons, Marl et plusieurs prisonniers.

L'homme assis sur le trône leva un bras, pour ordonner à la foule de se taire. Dans la chaleur cuisante du soleil à son zénith, même le silence était incandescent.

— Disent-ils vrai ? demanda-t-il à Tyr.

Tyr secoua la tête.

— Non. J'ai dit la vérité. Je viens de Haut-Lieu. Et même de Tout En Haut Tout En Haut par ma cordée. Sacrifiez-moi si tel est votre souhait.

— Telle est la volonté de mon peuple, répondit-il en désignant ses sujets.

Dans les gradins, la foule hurla de plus belle.

— Tyr ! Dis-leur ! Dis-leur ! crièrent d'une seule et même voix Fintân, Li et Pachinko.

(« Dis-leur », répéta tout bas Luchna, si bas que personne ne l'entendit.)

Mais leurs cris furent couverts par les clameurs vengeresses du public. Lorsque le silence retomba, une voix monocorde annonça :

— Conformément à nos usages, notre roi, Sa Majesté Andabate Ier, vous accorde une ultime faveur. Quelle estelle ?

Tyr regarda autour d'elle, réfléchit un instant puis réclama :

— Qu'on libère mes amis !

— Faveur refusée, rétorqua le roi en tournant le pouce vers le haut. Le combat peut commencer.

Tyr ravala sa rage et s'approcha du champion de Cuzco. Tels deux astres sondant leur force d'attraction, ils commencèrent par se tourner autour. Très vite, Tyr adopta une posture défensive – bâton pointé devant elle –, tandis que le champion virevoltait de plus en plus vite autour d'elle, pour l'obliger à constamment se déplacer. Des perles de sueur gouttèrent du visage de Tyr, dont les mains empoignaient fermement son bâton.

Après s'être tourné autour un certain temps, testant les limites l'un de l'autre, faisant mine de porter un coup pour ouvrir une brèche dans la défense de l'adversaire et l'obliger à se découvrir, le champion poussa un cri et se fendit pour abattre son bras droit sur le bâton de Tyr – qui se rompit aussitôt.

Le coup avait été porté à une vitesse extraordinaire, qu'aucun mouvement – ni la corpulence – du champion n'avait permis d'anticiper. Tyr blêmit. Elle raffermit sa prise sur son moignon de bâton, et chercha – en s'en servant comme d'une épée – à frapper son adversaire à la poitrine.

Mais celui-ci esquivait chacun de ses assauts avec une facilité déconcertante. Pourtant, Tyr ne renonçait pas – et, plus d'une fois, elle arracha aux spectateurs des cris de stupeur en réussissant une feinte. Contrée malheureusement par l'habileté du champion de Cuzco.

Les compagnons suivaient le combat sans proférer un mot, pour ne pas troubler la concentration de Tyr, espérant, peut-être, qu'elle parviendrait à triompher de son adversaire. Mais le combat était par trop inégal. Tyr n'avait aucune chance.

Sans s'en rendre compte, Li se mit à chanter. Et sa voix s'éleva peu à peu dans le silence de ce début d'après-midi :

Gloire à tous ceux de l'avant-garde,
Aux vaillants Pionniers de Cent-Maisons !
Vertical les regarde,
Ce sont eux les plus forts !

Filez droit ! Filez droit, compagnons !

De timide murmure, son chant gagna en intensité lorsque les voix de ses camarades – puis celles des autres prisonniers – se joignirent à la sienne pour encourager Tyr :

Puissiez-vous éviter de tomber
Comme de vulgaires cailloux !
Et surtout prenez garde
À ne jamais vous fixer !

Filez droit ! Filez droit, compagnons !

Curieusement, ce chant sembla perturber le champion de Cuzco. Celui-ci – au moment où retentissaient les premiers couplets – avait marqué le pas et tourné la tête en direction des soupiraux. Fatale erreur d'inattention qui lui avait valu de recevoir un coup à la poitrine. Sous la violence du choc, il pivota sur ses talons et envoya – comme par réflexe – l'un de ses poings cloutés dans le flanc de Tyr.

Qui s'effondra sur le sable de l'arène en crachant du sang.

Respect pour l'adversaire tombé à terre ? Autre raison ? Toujours est-il que le champion ne lui porta pas de second coup. Il continuait à regarder en direction des soupiraux par où sortait le chant des Pionniers de Cent-Maisons. On le sentait plus troublé que jamais. Toute volonté de se battre paraissait l'avoir abandonné.

Une rumeur de colère parcourut les gradins. La foule voulait encore du sang. Plus de sang. Et son champion tardait à le lui offrir.

Tyr le regardait, essoufflée. Bien que mortellement blessée, elle continuait à brandir son restant de bâton, s'y raccrochant comme à une perche tendue un noyé.

Du sang sortait à gros bouillons de sa poitrine et de sa bouche. Elle approchait de son aval. Alors, en guise de dernier coup porté à son adversaire, elle entama elle aussi (du bout des lèvres, mais suffisamment haut pour que tous l'entendent) le chant des Pionniers de Cent-Maisons :

Tout En Bas Tout En Bas vous attend...
Ne le décevez pas...

Le champion s'était tourné vers elle, sans la frapper. Il la regardait, tête baissée, bras le long du corps, comme une mécanique enrayée.

Li n'en croyait ni ses yeux ni ses oreilles. Car il lui semblait entendre, filet de voix quasi imperceptible derrière son masque en forme de soleil, la voix du champion se joindre à celle de Tyr pour l'aider à terminer la dernière strophe :

Tout En Bas Tout En Bas vous attend,
Tout En Bas Tout En Bas !

Li se sentit prise de vertige. Une douleur lui noua l'estomac. Car tout cela ne pouvait avoir qu'une seule explication – horrible –, qui commençait de lui apparaître lorsque la voix du roi ordonna :

— Achève-la !

Le champion marqua un instant d'hésitation.

Le jeune homme placé au côté du roi – probablement le prince – fit un signe à l'un des officiers placés dans sa loge, et aussitôt de nombreux fusils furent braqués en direction des combattants.

— Achève-la. Je ne le répéterai pas.

Le champion demeurait immobile. De là où elle était, Li voyait Tyr remuer les lèvres, le regard rivé sur le champion de l'arène. Que lui disait-elle ? De l'épargner ? Ou au contraire de l'achever, pour ne pas mettre en danger sa propre vie ?

Dans les loges, le jeune prince adressa un nouveau signe à ses soldats, qui armèrent leurs fusils. Alors, doucement, le champion se baissa vers Tyr, dont il orienta délicatement la tête en direction du soleil qui amorçait sa descente vers l'Aval. Puis il leva son poing ganté vers le ciel tandis que le chœur des prisonniers clamait de plus belle :

Tout En Bas Tout En Bas vous attend,
Ne le décevez pas !
Tout En Bas Tout En Bas vous attend,
Tout En Bas Tout En Bas !

Le champion abattit son poing clouté sur le crâne de Tyr. Il frappa, et frappa, jusqu'à ce qu'il n'y eût plus qu'une pulpe sanguinolente où se noyèrent les espoirs, l'ambition et les longs cheveux noirs de la jeune Transhumante. Puis il se redressa pour se tourner en direction des soupiraux, et Li crut voir des larmes couler de sous son masque. Mais peut-être était-ce de la sueur.

Alors que des esclaves couraient ramasser le corps de Tyr sur le sable, le chant des Pionniers de Cent-Maisons fut remplacé par un autre chant – cette fois issu des gradins de Cuzco, où le public de l'arène acclamait son champion :

— Jubal ! Jubal ! Jubal ! Jubal !

Celui-ci leva au ciel ses poings ornés de soleils sanglants, et salua la foule qui continuait à scander son nom.

— Jubal ! Jubal ! Jubal ! Jubal !

En l'entendant, Li repensa aux sinistres paroles prophétiques de sa mère, alors que la foule l'emmenait vers la falaise : « Tu vas revoir ton frère. »

Elle trembla de tout son corps tandis que, contre elle, Fintân ouvrait de grands yeux en cherchant à reconnaître dans la corpulence du champion de Cuzco celui qu'il avait connu, enfant, quand il avait grandi à Cent-Maisons. Il voulut se rapprocher de Li pour lui prendre la main, la serrer contre lui, mais il eut à peine le temps de se retourner vers elle que la jeune fille s'effondrait à terre.

7

Fintân était penché sur Li. Entouré de ses amis, il essayait de réveiller la jeune fille, mais elle était plongée dans un profond sommeil.

— Il faut qu'on sorte d'ici, dit-il en se tournant vers ses compagnons. Faute de quoi, nous allons tous y passer.

Aucun de ses amis ne lui répondit. Bien sûr qu'ils devaient s'enfuir. Cela allait de soi. Mais la première chose à laquelle ils pensaient, celle qui les obsédait et les emplissait d'horreur, c'était la cruauté avec laquelle Tyr avait été tuée. Ils n'arrivaient pas à s'expliquer cette violence, et ne voyaient pas que, peut-être, Jubal avait offert à Tyr une mort à sa hauteur. Au moins était-elle partie le regard tourné vers l'Aval, conformément à son souhait le plus cher.

Mais le traumatisme causé par la mort de Tyr s'était ajouté à celui des retrouvailles avec Jubal, ce qui avait plongé Li dans un état catatonique. Recroquevillée sur elle-même, au pied du mur où s'ouvrait le soupirail, elle ne bougeait pas plus qu'une pierre. Même la main de Fintân, posée sur son épaule, ne parvenait pas à l'extirper de sa torpeur.

— Li… Li…

Elle entendait Fintân l'appeler. Mais qui était Fintân ?

— … Li… Li…

Ce mot, elle le savait, servait à la désigner. Mais qui était Li ? Et qui était la fille qui venait d'être massacrée sous ses yeux ? Li s'efforçait de s'en souvenir. Mais peinait à retrouver le nom de la jeune victime. Pourtant, il lui semblait qu'elle l'avait bien connue. N'est-ce pas ? Elle revoyait un beau visage, tourné vers elle. Se rappelait une volonté. Un fou rire dans une forêt. Un corps appuyé contre le sien, dans une étrange capsule. Une expression. « Toujours plus bas. » Et cette flèche pointée vers le bas, comme pour les écraser, toujours. Les plaquer au sol dont ils peinaient à s'arracher. Les obliger à descendre. Plus bas. Toujours plus bas. Et Li comprenait que plus bas ne serait jamais assez bas.

— … Li… Li…

Li ferma les yeux. Laissa les larmes couler sur ses joues, atteindre la commissure de ses lèvres. Leur goût salé sur sa langue. Et leur trajet qui se poursuivait. Sous son menton. Sur son cou. Où elle sentit quelque chose bouger.

— … Fouinard…, souffla-t-elle en inclinant la tête sur le côté, comme pour s'endormir. Fouinard…

Elle revoyait son père. Quand il avait sorti la petite bête de sa gibecière en y plongeant profondément la main. Comme si son sac n'avait pas de fond. « Pas de fond… »

Elle releva la tête. Rouvrit les yeux. Il y avait un garçon, en face d'elle, qui la regardait d'un air inquiet. Il lui était familier. Mais comment s'appelait-il, déjà ?

— … Li… Li…

Était-ce lui qui l'appelait ainsi ? Ou un autre ? Un autre garçon. Elle s'en souvenait à présent. C'était sur la falaise où elle avait l'habitude d'aller ramasser des œufs d'oiseaux des roches et racler des lichens. Comment s'appelait-il ? « Araz… » Il s'appelait Araz. Et lui avait montré une voie.

— Araz, dit-elle, d'une voix si faible qu'elle ressemblait à un souffle. La Voie des Pierres… J'ai gardé le secret…

— Li ? Pourquoi parles-tu d'Araz ? C'est quoi cette Voie des Pierres ? De quel secret parles-tu ?

Fintân était mort d'inquiétude. « On ne peut pas la laisser dans cet état. On ne peut pas se permettre d'en perdre deux. Pas comme ça… » Il était tourmenté. Perdu. Lui, le montreur de voies, il ne savait comment sortir son amie de l'ornière où elle paraissait s'être enfoncée à tout jamais.

— Poussse-toi, lui ordonna une voix qu'il eut du mal à reconnaître.

C'était celle de Luchna.

Sans mot dire, il se retourna. C'était bien Luchna. Mais pourquoi avait-elle ces curieux yeux aux pupilles fendues et cette voix sifflante ? Derrière elle, il vit Pachinko. Comme toujours torse nu et os dans le nez. Pachinko lui adressa un signe : « Tu peux lui faire confiance. »

Fintân hésita un instant. Le temps de prendre dans ses mains les mains de Li et de les serrer de toutes ses forces. « Je ne veux pas te perdre », murmura-t-il. « Jamais… »

Puis il se recula autant que la configuration des lieux le lui permettait, c'est-à-dire d'un tout petit pas.

Luchna le bouscula un peu. Se plaça devant Li et la regarda longuement – sans la toucher. Li ne semblait pas la voir, comme perdue dans un autre monde.

— Qu'est-ce qu'elle fait ? demanda Fintân à Pachinko.

— Attends, répliqua celui-ci.

— Li, siffla Luchna. Li.

Mais Li ne l'entendait pas. Luchna approcha sa main du visage de Li, et soudain la griffa. Elle lui fit une vilaine estafilade sur la joue gauche, par où s'écoula un filet de sang rouge.

— Eh ! cria Fintân. Qu'est-ce que tu fais ?

Mais Luchna ne lui répondit pas. Pas plus que Li ne réagit.

— Laisse, intervint Pachinko. Elle l'aide à se remémorer.

— Quoi ?

— Luchna. C'est une remémorante. Si son frère rêvait de fouiller les souvenirs de la Terre, Luchna, elle, peut aider les gens à accéder à leurs souvenirs les plus anciens, les plus refoulés.

— En les griffant ?

— Chhhut, leur intima Luchna, furieuse.

Son regard rappelait celui des serpentes. Il luisait, rouge, dans le noir de la geôle. Fintân en fut presque effrayé. S'il avait pu, il aurait reculé. Mais il avait derrière lui une telle quantité de prisonniers qu'il pouvait à peine bouger.

Quant à Li, elle voyait bouillonner de grosses masses sombres. De la fumée. Mais pas celle de sa soupe de vie. Non. Plutôt de gros nuages gris sur un ciel d'encre zébré d'éclairs éblouissants. Par une nuit d'orage. Un homme était parvenu – Aval sait comment – à remonter la falaise pour atteindre Cent-Maisons. Cet homme était blessé. Il était seul. Un éclair illumina le ciel, en détachant la Montagne. D'une blancheur imposante. Elle le dominait de toute sa stature. Immense et silencieuse. Puis ce fut de nouveau l'obscurité. L'homme fit un pas, puis un autre, dans la neige. Il avançait avec difficulté. Non pas seulement parce qu'il était blessé. Non pas seulement à cause de la tempête. Mais aussi parce qu'il portait un paquet. Un tout petit paquet. Vert. Dans lequel dormait une petite fille. Rose. Avec un toupet de cheveux blonds. Cette petite chose rose était le bien le plus précieux de cet homme. Li le savait. Elle le sentait aux battements de cœur de l'homme. Aux efforts qu'il faisait pour continuer à avancer. À ses paroles. Et parfois aussi à ses larmes, qui lui roulaient sur le visage. Il murmura un nom. Qu'elle n'entendit pas, car le tonnerre gronda. « Brrrrrmmm… »

Puis un nouvel éclair révéla, non loin d'eux, la forme dressée d'un grand rocher. Un couple marchait dans sa direction. Un homme et une femme. Ils n'étaient plus tout jeunes. Mais ils feraient l'affaire, se dit l'homme. Le tonnerre gronda de nouveau, « Brrrrrmmmm… », et un éclair zébra la montagne.

Alors l'homme pressa l'enfant sur son cœur. Le pressa dans ses bras. Si fort, si fort, qu'il se mit à pleurer. « C'est bien… C'est bien… », disait-il d'une voix étrange, avec un accent atrocement reconnaissable, car c'était celui de Cuzco. « Pleure, ma belle, pleure, ma… »

« Brrrrmmmm… », gronda de nouveau l'orage, arrachant un autre flot de larmes à Li.

Un cri d'enfant déchira la nuit. Tokamak et Okami l'entendirent et se dirigèrent vers lui. « Près du Grand Rocher », indiqua Tokamak en tendant le doigt dans sa direction. Et là ils se penchèrent vers elle. La toute petite chose rose que l'homme avait pressée sur sa poitrine, une toute dernière fois, puis abandonnée – hurlante, d'une voix à couvrir l'orage – au pied de l'impavide rocher de granit gris.

« Brrrrmmm... », gronda de nouveau l'orage. « Adieu », dit l'homme en voyant le couple prendre l'enfant dans ses bras. « Adieu, ma Brume adorée... »

— Brume ! hurla Li de toute la force de ses poumons.

Mais l'homme s'éloignait. Et elle criait, criait, pour le retenir. Le forcer à revenir. Mais plus elle criait, plus il s'éloignait. Jusqu'à ce que la nuit l'efface, après un dernier éclair où elle le vit se diriger vers le sommet.

— Brume, lui dit Fintân en lui prenant les mains. Brume !

Il avait écarté Luchna – qu'il ne remercierait jamais assez, malgré ses étranges méthodes –, et avait pris les mains de Li dans les siennes.

— Brume ! criait-il.

— Qu'est-ce que tu dis ? demanda Li en revenant peu à peu à elle.

— Brume !

Fintân riait. Les autres le regardaient, sans comprendre.

— Quand je t'ai vue, pour la première fois, au bas de la Plaine des Morts, je t'avais appelée en secret : « Celle de la Brume ». Et c'est le mot que tu as prononcé, en reprenant conscience.

— Celle de la Brume ? répéta Li. Tu m'as appelée « Celle de la Brume » ?

Elle tremblait de tous ses membres. « Je suis la fille d'un monteur », se disait-elle. Horrifiée. Mais en même temps elle regardait Fintân. Sans parvenir à croire à sa chance. Il l'avait appelée par le nom qu'elle s'était donné en secret – son nom de mariage.

« Alors, c'est toi ? C'est vraiment toi ? »

— Oui, c'est moi, répondit Fintân sans qu'elle eût formulé de question à haute voix.

Marl et Pachinko échangeaient des regards éberlués. Seule Luchna n'avait pas l'air étonnée. Li et Fintân se jetèrent dans les bras l'un de l'autre et se serrèrent de toutes leurs forces.

Ils demeurèrent ainsi un certain temps, reprenant leur souffle. Se remettant de leurs émotions. Lorsqu'ils se séparèrent, la nuit tombait. « Avons-nous passé tout le jour dans les bras l'un de l'autre ? » Mais il était inutile de se poser la question. Ils le savaient. À leurs bras ankylosés. Au bonheur qui coulait dans leurs veines. À la confiance nouvelle qui les habitait.

Au bruit de la porte qui s'ouvrit dans leur dos pour livrer passage aux esclaves chargés d'apporter le repas des prisonniers : de grosses marmites débordant de sauterelles grillées.

— Encore ! fit Marl, écœuré. La sauterelle devient pesante ! Quand je pense que dans ma forêt j'avais tous les poissons que je voulais…

Mais, comme les autres, il abandonna son poste auprès des soupiraux pour se rapprocher des énormes marmites, rapidement prises d'assaut.

— Vous devriez venir, dit-il au petit groupe. Il n'y en a jamais assez pour tout le monde.

Les compagnons refusèrent, secouant la tête en signe de dénégation.

— Pas assez faim pour ça, bougonna Pachinko.

— Comptez sur moi pour m'assurer qu'aucun de nous n'aura jamais assez faim pour cette horreur, ajouta Fintân en regardant – dégoûté – les prisonniers engloutir de pleines bouchées de sauterelles.

— Des idées pour sortir ? demanda Fintân à son groupe.

— La porte d'entrée ? suggéra Pachinko.

— Trop bien gardée.

— Les soupiraux ?

— Trop étroits. Et puis je n'ai aucune envie de me retrouver dans l'arène.

— Moi non plus...

Ils se regardèrent tous les quatre, Li, Fintân, Pachinko et Luchna. Et ne purent s'empêcher d'échanger un sourire. Ils étaient encore vivants ! C'est donc que tout espoir n'était pas perdu. S'ils continuaient – s'ils s'évadaient –, d'une certaine façon, ce serait comme si Tyr s'évadait et continuait elle aussi à descendre avec eux. Ils étaient une Ondée. Pour toujours. Il suffisait qu'un seul d'entre eux atteigne Tout En Bas Tout En Bas pour que tous l'atteignent.

— D'autres suggestions ? reprit Fintân.

— Je suis sûre que le champion de l'arène peut nous aider..., intervint Li sur un ton énigmatique.

Mais elle s'interrompit. À cause de Jubal. Elle avait tellement honte. Était-ce ou n'était-ce pas son frère ? Et si c'était le cas ? Les aiderait-il ? Elle voulait croire que oui, mais n'arrivait pas à faire la part des choses. Pas encore. Elle devait réfléchir. Et ne pas faire courir à son groupe de risques inutiles.

— Qu'est-ce qui te fait penser cela ? s'enquit Fintân.

— La manière dont sa main a tremblé lors du chant des Pionniers. Et puis la façon dont il a tué Tyr. Malgré tout, il avait du respect pour elle.

— Il faudrait qu'on arrive à lui parler, répondit Fintân. Comment faire ? Ses appartements doivent être bien gardés, s'il est aussi célèbre qu'il en a l'air.

— Peut-être qu'on y trouverait des choses intéressantes ? poursuivit Li.

En vérité, elle mourait d'envie de visiter ces appartements, persuadée qu'ils lui permettraient d'en apprendre plus sur Jubal.

— Tu veux dire en dehors de ses armes ? Oui, sans doute. Mais ensuite ? l'interrogea Fintân.

— Je ne sais pas, admit-elle. Mais au moins, nous ne serions plus dans ce trou…

— Je ne crois pas qu'on nous permettra jamais de rencontrer ce champion ailleurs que dans l'arène.

— J'ai peut-être une idée, fit Li.

Elle regarda autour d'elle. Les murs lépreux et noirs qui les cernaient. Le plafond bas qui pesait sur leurs crânes. Les odeurs d'excréments qui leur montaient à la tête. Et les soupiraux – qui en ces lieux tenaient à la fois de torture et de consolation.

— De toute façon, je préfère encore mourir que m'attarder ici.

— Moi aussi, dit Fintân.

— Moi aussi, dit Pachinko en faisant claquer sa langue dans sa bouche.

— Moi aussssi, siffla Luchna.

— Et nous aussi, ajoutèrent Marl et Calicot en revenant vers eux, laissant aux autres prisonniers le soin de rafler les dernières sauterelles.

— Calicot ! s'écria Fintân en voyant le jeune apprenti d'Araz qu'ils avaient croisé, au cours de leur descente, dans les ruines de Shinéar.

— J'ai entendu le chant des Pionniers, leur apprit-il. Quelle joie de vous revoir !

— Alors ton Ondée et toi aussi avez été capturés ?

— Non, répondit Calicot. Pas mon Ondée. Seulement moi.

Les lèvres de Fintân tremblèrent un instant.

— Seulement toi, tu veux dire...

— Ils sont morts, dit simplement Calicot, fils de Yephunné.

Ils ne lui demandèrent pas de détails. Ni d'explications. Un puntero était toujours responsable de son Ondée.

— Veux-tu te joindre à nous ?

— Volontiers, merci !

Les deux garçons se serrèrent la main. Et Marl posa la sienne par-dessus leurs deux mains réunies.

— Et si vous m'acceptez, puis-je me joindre à vousse moi aussi ? demanda-t-il.

— Avec plaisir ! répondit Fintân.

Ensemble, ils remontèrent leurs mains réunies, puis les plongèrent brusquement vers le sol, déclarant d'une même voix : « Tous ensemble vers En Bas ! »

Puis Calicot se tourna vers Li, et lui dit :

— Bonval, Li.

— Salut Calicot, répondit-elle avec un léger hochement de tête.

Elle continuait de se méfier de lui, car elle n'avait pas oublié que lors de leur précédente rencontre il l'avait appelée « la Tremblote ». Comme si pour lui rien n'avait changé. Mais sans doute voulait-il à présent se faire pardonner.

— L'histoire de Cuzco se perd dans la nuit des temps, leur apprit-il. Son origine remonte à bien plus haut que celle de Cent-Maisons. Qui l'a fondée ? Je l'ignore – tout comme je doute qu'aucun de ces prisonniers le sache, ajouta-t-il en les désignant. En tout cas, si j'en crois ce que j'ai pu apprendre des gardes ou des bribes de conversations surprises çà et là, ses habitants considèrent que c'est à eux, et à eux seuls, que revient l'honneur de découvrir Tout En Bas Tout En Bas. C'est pour ça qu'ils ont construit cet immense barrage. Pour priver d'eau les habitants de Plus Bas – s'il y en a. Et pour stopper les pèlerins descendus de l'Amont.

— Moi j'ai entendu dire, intervint Marl, que Tout En Bas Tout En Bas n'existait pas. Qu'il était vain de le chercher. Ou que c'était icitte. Dans cette saleté de cité…

— Vraiment ? s'étonna Pachinko. À même pas une année de voyage d'Espalier ! Quand je pense que notre peuple descend la Montagne depuis plus de générations qu'il n'y a d'étoiles dans les cieux ! C'est inouï !

— Quand je pense, ajouta sinistrement Marl, à tous ceux qui se sont fixés alors qu'ils n'avaient plus que quelques pas à faire... pour arriver en ce lieu impie. Je comprends les ceusses qui ont pas envie de partir.

Ils se regardèrent. Déconcertés.

— Quand je pense, fit Calicot à son tour, au sort que Cuzco réserve aux villes et villages situés dans sa périphérie – ça c'est pentu !

— Cuzco, ajouta Marl, semble sélectionner ses proies. Elle tue les fixes. Capture les Transhumants. Et envoie les Très Hauts se battre dans l'arène.

Il marqua un temps de silence, puis reprit :

— Mais si ses habitants se sont réservé Tout En Bas Tout En Bas, cela ne signifie pas pour autant qu'ils sont unis. Car en plus des factions qui veulent s'élancer à la conquête de l'Amont, il y a aussi celles qui souhaitent étendre la muraille jusqu'au Versant noir de la montagne – et qui semblent jusqu'à présent avoir prévalu...

— Et celles qui veulent continuer de descendre ? demanda Li.

— Désolé, fit-il en écartant les mains. Je n'ai pas vraiment d'informations à ce sujet... Comme si ici c'était tabou. Au contraire de partout ailleurs...

« Alors Tyr avait raison », songea Li. « C'est vraiment horrible. Pas étonnant que cet endroit soit un cauchemar. » Cependant, elle ne pouvait se contenter de cette explication. Elle ne cessait de se demander : « Que faut-il pour descendre ? » « Que faut-il pour descendre ? » Et entendait sans cesse la réponse de Maître Babackas : « N'arrête jamais de te le demander. » « N'arrête jamais de te le demander. » « Jamais. » « Il doit y avoir autre chose », se disait-elle. « C'est forcé. Il y a toujours autre chose. » Elle serrait les poings, comme pour en presser une nouvelle réponse – mais n'en trouvait pas.

Et pendant ce temps-là, Marl poursuivait sa présentation de la grande Cuzco, encore appelée la Cité des cendres.

— ... quatre-vingt-dix pour cent des habitants de Cuzco sont des esclaves, ou quasi-esclaves, œuvrant au bien-être des dix pour cent restants. Si bien que pour ceux-ci, Cuzco est presque une sorte de Terre d'Aval.

— Mais alors, pourquoi ont-ils l'air si malheureux ? Pourquoi sont-ils si violents ? demanda Li.

— Je ne sais pas. Probablement parce qu'il s'agit d'un paradis factice, qui ne peut exister que s'ils font un enfer de la vie de tous les ceusses qui – comme nousse – cherchent à l'atteindre.

— Alors ce n'est certainement pas pour apporter la Bonne Nouvelle qu'ils élaborent de gigantesques nefs volantes inspirées de celles des Anciens, intervint Calicot.

Les cinq autres se tournèrent vers lui, les yeux écarquillés. Se demandant à quoi ces nefs ressemblaient.

— Je le sais. J'ai travaillé quelques journées dans leurs usines, avant votre arrivée. C'est là que leurs Maîtres Tessons analysent les reliques des Anciens découvertes dans les parages de Cuzco, où elles semblent abonder. C'est grâce à elles qu'ils ont pu dessiner et concevoir des nefs presque aussi grandes que nos cités. Plus grandes que tous les bateaux que vous pourriez imaginer.

— Comme à Rocher-du-Vaisseau ? demanda Marl.

Calicot fronça les sourcils.

— Rocher-du-Vaisseau ?

Ils lui expliquèrent ce que c'était. Mais il ne connaissait pas cette ville.

— Elle n'était pas sur ma pente, leur dit-il.

— Ils préparent sûrement que'que chose de majeur, poursuivit Marl. Car depuis plusieurs mois les travaux de construction de la muraille se sont ralentis, tandis que ceux des usines d'armement se sont accélérés. Beaucoup d'entre nousse y sont morts, à force de travailler jour et nuit. À coudre des combinaisons d'un genre particulier et à forger des armures. À assembler pistolets et fusils. À boulonner des buggys. (Ainsi s'appelaient les étranges petits véhicules à vapeur à bord desquels patrouillaient les gabelous de Cuzco.) Ou à fabriquer ces horribles engins automoteurs destinés à détruire des villages entiers au moyen d'armes chimiques. Les habitants de Cuzco sont de féroces guerriers. Si nous nousse échappons d'icitte, quoi qu'il advienne, il ne faudra s'attendre à aucune pitié de leur part.

— Chaque problème en son temps, dit Fintân. D'abord, sortir d'ici. Ensuite, voir ce qui nous attend dehors.

— Il y a icitte des gensses qui rêvent de s'échapper de ces murs depuis plus haut que tu n'es descendu, et qui n'y sont pas parvenus.

— Je n'ai pas des années à perdre !

— La patience n'est-elle pas la première des leçons de Maître Babackas ? lui rappela Li, sourire en coin.

— Et combler l'absence la deuxième ? C'est ça que tu veux me dire ? lui demanda Fintân.

— Combler l'absence la deuxième..., répéta Li d'un air songeur.

— Oui. C'est ce que j'ai dit. Ce n'est pas ça ?

— Si.

Li se redressa. Et leur annonça :

— Je viens d'avoir une idée. J'espère que vous ne m'en voudrez pas. Faites-moi confiance. C'est tout ce que je vous demande.

Résolument, elle se fraya un chemin parmi la foule, toujours agglutinée autour des marmites de sauterelles, et se dirigea vers la porte d'entrée. Où elle tambourina de toute la force de ses petits poings.

— Ouvrez-moi ! Ouvrez-moi ! Je veux sortir d'ici !

Les gardes de l'autre côté de la porte eurent un rire moqueur.

— Je veux parler à votre champion ! déclara Li d'une voix tremblante.

— C'est ça ! répliqua l'un des gardes sur un ton bourru.

— Vous feriez une grave erreur en ne me laissant pas lui parler !

Les deux gardes s'esclaffèrent de plus belle.

— La seule façon qu'a une esclave de lui parler, c'est de le combattre dans l'arène.

— Et t'as intérêt à bien choisir tes mots, parce qu'il ne te laissera pas aligner plus d'une phrase, déclara le deuxième garde.

(Nouveaux rires.)

— Très bien, dit Li. Alors, dites-lui que je le défie.

6

Quelques instants plus tard, Li était conduite sous bonne escorte dans le quartier des gladiateurs. L'endroit offrait un saisissant contraste avec le reste de Cuzco, sur le plan aussi bien visuel que sonore. Alors que partout ailleurs les murs suintaient de crasse et d'humidité, ici les parois étaient passées à la chaux. De vigoureux « Han ! » et « Ha ! » poussés par des combattants à l'exercice, et le fracas des glaives frappant cuirasses et boucliers, avaient remplacé les grondements sourds des buggys et les trépidations des usines.

Par des portes entrouvertes, Li aperçut des hommes de tous âges, grands ou petits, mais tous vifs et musculeux, qui s'entraînaient en prévision des prochains jeux. Certains d'entre eux, armés d'un trident et d'un filet plombé, étaient confrontés à des adversaires qui n'avaient à leur opposer qu'une épée courte – handicap offensif compensé par des jambières, une cuirasse et un casque de bronze frappés d'un soleil. Ailleurs, c'étaient des combattants aux yeux bandés ou crevés, qui se battaient avec des glaives. Des bracelets de clochettes tintinnabulaient autour de leurs mollets et poignets.

— Ils se repèrent au son, apprit à Li l'un des gardes qui l'escortaient. On les appelle des Andabates. D'ailleurs notre roi en était un. D'où son nom de règne : Andabate Ier.

— Et le jeune homme qui était debout à ses côtés ?

— C'est son fils adoptif, Cascadelle. Le prince héritier. Il commande à l'armée. Crois-moi, tu n'as pas envie d'avoir affaire à lui...

Li ne demanda pas pourquoi. Elle était trop occupée à mémoriser le trajet menant des geôles à son nouveau quartier – au cas où il lui faudrait le refaire à l'envers. Comme ils laissaient derrière eux toutes les salles d'entraînement, elle se demanda où on la menait.

— Entre ici, déclara l'un des gardes en ouvrant une porte devant elle. Le prochain combat n'aura lieu que demain. Alors, profite. Car c'est ta dernière nuit.

Ils la poussèrent dans la petite cellule, qu'ils verrouillèrent derrière elle après avoir crié : « Voici celle qui veut vous défier ! »

— Et moi, je n'ai pas le droit de m'entraîner ? répliqua Li en ramassant les bras autour de sa poitrine.

Il fallait croire que non. Mais à peine avait-elle eu le temps de se faire cette réflexion qu'elle s'aperçut qu'elle n'était pas seule. Quelqu'un était assis sur le petit lit qui constituait – avec une modeste console – l'unique mobilier de cette pièce austère.

L'homme se leva à son entrée.

— De toute façon tu mourras, déclara-t-il en s'avançant.

Li déglutit. Serra les poings et l'observa. Sa haute stature. Les muscles de ses bras. Son cou épais comme celui d'un aurochs. Ses lèvres charnues. Ses deux yeux noirs, couleur de cendre. Elle savait qui c'était.

— Jubal, articula-t-elle.

Il la frappa de son poing, l'envoyant rouler à terre.

— Qui es-tu pour prononcer mon nom ? s'offusqua-t-il.

Li se passa la main à l'endroit où son frère l'avait frappée. Elle ne s'attendait pas à cette réaction.

— Je suis… votre sœur, dit-elle péniblement. Ta sœur.

Jubal leva la main pour la frapper de nouveau.

— Assez ! Comment oses-tu dire une chose pareille !

— Tokamak ! Okami ! cria-t-elle en espérant que ces deux noms lui serviraient de boucliers.

Jubal arrêta son geste et la regarda, le regard écumant de colère.

— Qu'as-tu dit ?

— Tokamak. Okami. Mes parents. Et les tiens aussi. Les vôtres, se reprit-elle. Ba. Ma.

Jubal avait l'air décontenancé. Il rabaissa son bras et se dirigea vers la console où reposait un compotier débordant de fruits frais.

Li en profita pour se relever et regarder par la fenêtre. Elle donnait sur un ciel d'un bleu uniforme, où le soleil amorçait déjà son déclin. S'en rapprochant de quelques pas, Li distingua – à des milliers de pieds au-dessous d'elle – une pente qui descendait à perte de vue vers l'Aval. « Alors ce n'est pas ici Tout En Bas Tout En Bas », songea-t-elle en sentant renaître un espoir – tempéré par le fait que cette bande de terrain n'était constituée que de terre brûlée, impropre à toute vie, à toute culture.

Elle voulut s'en rapprocher davantage, mais un bruit glougloutant la fit se retourner. Jubal se servait une coupe de vin.

— Alors comme ça tu serais ma sœur ? demanda-t-il d'un ton amer. Et moi qui pensais qu'on t'envoyait à moi, comme tous mes adversaires féminins, pour une ultime étreinte.

Il but une rasade en la dévisageant attentivement, plongeant ses yeux dans ceux de Li.

— Une sœur aux yeux bleus et aux cheveux blonds ?

— Demi-sœur, avoua Li. Ma et Ba n'ont fait que m'adopter...

Il eut un ricanement.

— Évidemment. Comme c'est commode !

Li eut le sentiment qu'il allait rameuter les gardes. Elle serait alors renvoyée en prison – dans le meilleur des cas. Elle devait trouver quelque chose à lui dire. Vite !

— Je vous dois des excuses ! cria-t-elle en se jetant à ses pieds alors qu'il vidait sa coupe à grands traits.

— À la bonne heure.

— Non ! Ce n'est pas ce que vous croyez, ajouta-t-elle en comprenant qu'il se méprenait sur ses intentions. Je ne vous ai pas menti ! C'est juste que...

(Cet aveu était plus difficile à faire qu'elle ne l'aurait cru.)

— Eh bien ? Parle, je t'écoute, lui ordonna-t-il, impatient.

— C'est à cause de moi si...

— Parle ! ordonna-t-il en retournant se servir une coupe de vin.

— C'est à cause de moi si Tokamak n'est pas descendu vous chercher, avoua-t-elle, les yeux baignés de larmes. Après votre chute…

Il ne réagit pas à cette information. N'eut pas un tressaillement. Juste un instant d'immobilité qui trahissait son écoute.

— Pourquoi ça ? demanda-t-il.

— Parce qu'il venait de me trouver à ce moment-là, et qu'il s'est occupé de moi. Parce qu'il ne pouvait pas abandonner Ma. Parce qu'il vous croyait mort.

— Eh bien je ne l'étais pas ! cria-t-il en jetant sa coupe à terre, où elle roula sur les dalles avec un bruit sourd qui s'ajouta à ceux des combats qui leur parvenaient, étouffés, depuis les salles d'entraînement.

— Vous lui manquez ! cria Li à son tour en espérant l'apaiser.

Mais, loin de le calmer, cela plongea Jubal dans un nouvel accès de fureur.

— Mensonges !

Li crut qu'il allait la frapper de nouveau. Mais la porte s'ouvrit sur un garde venu demander si tout allait bien.

— Laissez-nous ! vociféra Jubal en tendant le poing.

Le garde se retira, tête basse. Jubal alla se chercher un nouveau verre dans sa console, avant de se retourner vers Li.

— Mais je ne lui en veux pas, à ce vieux fou ! Cette chute est ce qui m'est arrivé de meilleur.

Li trembla. « Vieux fou… », songea-t-elle. « C'est lui qui l'est. »

Mais comment ne pas perdre la tête après tant d'épreuves ? D'ailleurs, Li était persuadée qu'il ne l'avait pas totalement perdue – ne l'avait-elle pas vu tressaillir, dans l'arène, lorsque avait retenti le chant des Pionniers ? Ne l'avait-elle pas vu hésiter avant d'achever Tyr ? Ne l'avait-elle pas entendu entonner le chant des Pionniers ? N'avait-elle pas vu des larmes couler sous son masque ? Ou tout cela n'avait-il été que le fruit de son imagination ?

— Tu peux te relever, lui dit Jubal alors qu'il se servait une troisième coupe de vin.

Li se remit debout. C'est alors qu'elle repéra, accrochée sur un mur, une pince de métabole.

— Cette pince, demanda-t-elle, d'où vient-elle ?

— Si je te le disais, tu ne me croirais pas, répondit Jubal en tournant distraitement les yeux vers l'objet.

— J'ai vu beaucoup de choses. Je suis prête à en croire encore plus.

— C'est celle du monstre à qui je dois la vie.

Ses yeux se troublèrent. Comme s'il se remémorait un événement dont Li peinait à dire s'il avait été heureux ou malheureux. Sans doute un mélange des deux.

— Lorsque je suis tombé de la falaise, après le glissement de terrain, le Très Bas m'a envoyé une métabole pour que j'atterrisse sur son dos… Évidemment, j'ai dû lutter pour conquérir cet honneur. Mais j'y suis parvenu. Ce fut une lutte âpre, et longue, qui nous amena jusqu'au-dessus d'un fleuve où j'ai fini par sombrer avec cette abomination…

(Il but une nouvelle gorgée de vin, plus longue que la précédente.)

— … et la noyer, ajouta-t-il.

Ses yeux étaient injectés de sang. Li le sentait en proie à un mélange de colère et de tristesse. Elle avait l'impression de revivre l'épisode où Ma avait perdu la raison. Et se demandait comment aider son frère.

— Tout n'est pas perdu, déclara-t-elle. Ba disait toujours : « Quand quelque chose te ronge, nomme-le. Crie-le ! Pour le sortir de toi et… »

Mais Jubal ne prêtait aucune attention à Li. Il trempa de nouveau ses lèvres dans sa coupe, et poursuivit son récit :

— Le courant du fleuve était beaucoup trop fort. Même pour moi. Il nous a roulés, roulés et roulés dans ses interminables tourbillons, jusqu'à une cascade suivie d'une longue chute se terminant dans des filets.

— Espalier, souffla Li. J'y suis allée…

Et elle se rappela la métabole mutilée suspendue au plafond de la salle à manger d'Espalier. Était-ce elle que son frère avait vaincue ?

Jubal la regarda avec un curieux sourire. Sans doute commençait-il à la croire. Si elle était passée par Espalier, alors il se pouvait qu'elle fût descendue de Cent-Maisons. Voire de beaucoup plus haut qu'elle ne le prétendait. Et pourtant, ses cheveux…

Le regard dans le vague, il fit jouer sa coupe entre ses doigts, et poursuivit :

— Et ensuite, la descente. Ou plutôt devrais-je dire la chute. La déchéance. Une éprouvante errance où chaque pas était une lutte, une conquête. Car je n'étais rien. Pas même un pèlerin… Jusqu'à Cuzco. Les combats dans l'arène. Et la victoire, chaque fois.

Mais à l'entendre, ces victoires devaient être particulièrement amères.

— Vous devez nous sauver ! le supplia-t-elle.

— Impossible. Il n'y a que deux moyens de quitter Cuzco. Le premier n'est pas pour vous. Et je ne crois pas que le second vous plairait.

— Quel est le premier ?

— Le premier c'est de monter à bord des nefs qui vont bientôt décoller d'ici pour Tout En Bas Tout En Bas. Cuzco travaille à leur conception depuis plus de générations que tu ne peux l'imaginer. La Terre d'Aval n'est pas loin. Leurs instruments l'ont repérée. Ils aspirent à y retourner, car c'est de là qu'ils prétendent venir. Ils se proclament seuls Fils de l'Aval.

Jubal se retourna vers sa console, piocha un grain de raisin dans le compotier puis se servit une nouvelle coupe de vin. (« Mais comment fait-il pour ne pas s'effondrer, ivre mort ? » se demanda Li. Puis elle se rappela la résistance de Ba à l'alcool. Jamais elle ne l'avait vu saoul. Peu importe la quantité de gingba qu'il ingurgitait.)

— Ce sont des vaisseaux vraiment magnifiques, même s'ils sont horribles. Il faudrait que tu les voies. Les ingénieux de cette ville ont développé des technologies qui n'ont rien à envier à celles des Anciens.

Il se retourna vers Li, coupe à la main.

— C'est pour ça que Cuzco est sans égale sur Vertical ! Longue vie à elle !

Il but une grande rasade, faisant dégouliner du vin sur son torse.

Et lorsqu'il eut fini de boire, il dit à Li :

— Tu n'avais pas besoin de t'excuser ! Peu m'importent Ba et Ma ! Comme si j'avais voulu remonter les voir ! Cette chute a été ma chance, tu comprends ? Mon aubaine ! Elle m'a permis de devenir le champion de Cuzco ! Le Très Bas (loué soit-Il) me protège comme Il protège mon peuple d'adoption !

— Mais votre peuple c'est Cent-Maisons ! Vous n'avez pas été abandonné !

Il éclata d'un rire tonitruant.

— *Cent*-Maisons ! As-tu seulement idée du nombre de maisons que compte Cuzco ?

— On ne mesure pas la valeur d'une ville à la quantité de ses maisons !

— Plus qu'il n'y a de nuages dans le ciel !

Des étoiles brillaient dans ses yeux. Il avait prononcé ces mots dans le même état d'exaltation que lorsque Tyr parlait du nombre de runes dont devait s'orner son bâton.

— À Cent-Maisons, je n'étais qu'un vulgaire Tombeur ! Le fils d'une Un et d'un Biais, tout juste bon à descendre d'un niveau ou deux ! Sais-tu seulement combien de niveaux j'ai descendus ?

— Autant que moi, fit remarquer Li.

— Peut-être. Mais contrairement à toi, moi je remonterai l'annoncer à Ma et Ba !

(Li n'osa pas lui dire que Ba avait disparu et que Ma avait sombré dans la folie. « Cela ne servirait à rien », songea-t-elle. « Il ne m'entendrait pas... »)

— Encore deux combats et je serai affranchi ! Encore une poignée de lunes et les vaisseaux de Cuzco atteindront la Terre d'Aval ! Je serai couvert de plus d'honneurs que Ba et Ma n'auraient pu le rêver.

— Ils ne rêvaient que de votre bonheur.

— Eh bien je l'ai trouvé !

— Je refuse de vous croire !

— Peu m'importe, lâcha-t-il en haussant les épaules.

Mais quelque chose dans sa voix disait le contraire. Et Li songea : « Les mensonges que l'on se fait à soi-même sont ceux auxquels on s'accroche le plus. » Comment l'amener à changer d'avis ? Jubal s'était détourné pour regarder par la fenêtre. Li s'approcha de lui, tout doucement. Il lui semblait qu'il s'ouvrait à elle. Lui découvrait une faille. Qu'attendait-il ? Cherchait-il à la convaincre de l'aider ?

— Et le second…, s'enquit-elle.

— Quoi ?

— Le second… Vous avez dit qu'il y avait deux moyens de sortir d'ici, et que le second ne me plairait pas.

— Le second, répondit-il en s'approchant de la fenêtre, c'est celui que tu as choisi. C'est affronter le champion de Cuzco. Et tomber sous ses coups. (Il déglutit.) Les corps des vaincus sont jetés dans le Vide, de l'autre côté du barrage.

Le cœur de Li manqua un battement. Une idée venait de lui traverser l'esprit.

— Et si l'on feignait la mort ? Nous jetteraient-ils quand même ?

— C'est possible. De toute façon, mourir dans l'arène ou après, c'est *idem*.

— Mais après, qu'y a-t-il ?

Il haussa les épaules.

— Qui le sait ? De la terre et des os. Cuzco assèche les terres qui s'étendent en aval de ses murs depuis tant de générations que même l'herbe a renoncé à y pousser.

Il se tut un instant. Li attendit. Il avait autre chose à lui dire – elle le savait.

« Bien que… », déclara-t-il au bout d'un certain temps. « Bien que… »

Li retint son souffle. « Bien que quoi ? » Elle attendait – c'était là, à portée de main. Elle le sentait : la solution !

— Regarde là-bas, lui dit-il.

La prenant doucement par l'épaule, il l'invita à plonger son regard vers l'Aval. Elle sentait son souffle chargé de vin. Il tendit le bras et lui désigna l'horizon.

— Qu'est-ce que c'est ? demanda-t-elle.

— Il existerait une issue. Un passage secret, légué par les Anciens. L'endroit par où ils auraient surgi, aux Jours d'Avant les Jours. Mais ce n'est qu'une rumeur. Peut-être n'y a-t-il rien…

Son regard ne quittait pas le lointain, où il se perdait. Il continua à discourir.

— Le bas de la montagne serait parcouru de galeries où circulerait un moyen de transport des Anciens, appelé le Transroche. Plus rapide qu'un griffu, il leur permettait d'aller d'un coin à l'autre de la base de Vertical à la vitesse de l'éclair.

— Et les Maîtres Tessons ne l'ont jamais retrouvé ?

— Ils l'ont cherché, mais on raconte que les Anciens en ont caché et piégé l'entrée. Par ailleurs, la terre a été tellement retournée, et elle grouille de tant de métaboles et autres créatures, qu'ils ont préféré renoncer. D'autant que ça n'est qu'une légende. De toute façon, s'il existe, il n'est sûrement plus que ruines de ruines.

— Si on pouvait le réparer, ce serait extraordinaire.

— Pour qui ?

Il eut une sorte de hoquet dédaigneux, et poursuivit :

— Des monteurs s'en serviraient sans vergogne pour apporter nouvelles et marchandises à certains villageois ou membres de leur famille...

— Ce ne serait pas un mal, commenta Li en repensant à cette voie secrète que lui avait montrée Araz et en se demandant s'il s'agissait d'une section du Transroche.

— ... Si tu parviens à découvrir l'un de ces tunnels, peut-être arriveras-tu à tes fins. Mais méfie-toi. L'entrée sera sûrement piégée, et les galeries qui s'étendent après plus dangereuses encore.

Li regarda droit devant elle, vers l'horizon qui semblait l'appeler.

— Je suis sûre que c'est par là qu'il faut aller, déclara-t-elle.

— Peut-être. De toute façon, cela ne change rien pour moi. Peu m'importe Tout En Bas Tout En Bas. Je suis bien ici. J'ai ma propre cellule. Du vin à volonté. Des esclaves pour me distraire. De quoi me plaindrais-je ?

— De pouvoir mourir d'un jour à l'autre ?

— N'est-ce pas notre lot à tous ?

— De n'être qu'un jouet soumis aux quatre volontés des souverains de Cuzco ?

— La liberté... Parce que tu crois vraiment qu'une telle chose existe ?

— Et même si elle n'existait pas ?

Elle se pencha par la fenêtre pour humer l'air de la nuit, et vit une longue série de fenêtres serties dans la muraille. Elles brillaient dans l'obscurité, s'étendant en une longue file jusqu'à la pente vertigineuse qui menait vers l'Aval, à mille pieds au-dessous d'elle.

— Je n'ai peut-être pas choisi de venir ici, poursuivit Li. Mais j'ai choisi la route qui m'y a conduite.

Elle repensa au fleuve qu'elle avait convaincu ses compagnons de ne pas descendre. Lui aussi menait à Cuzco – probablement comme tout ce qui descendait de Plus Haut. Elle repensa à Araz et à Fintân. Avait-elle choisi de ne pas aimer le premier pour lui préférer le second ? Elle ne savait plus. « On ne choisit jamais », disait Ba. Elle fronça les yeux. Serra les poings. Non ! Elle refusait de le croire ! C'était comme avec la soupe de vie ! On se croyait prisonnier parce qu'on ne pouvait pas refaire le monde – mais être libre ce n'était pas refaire le monde, c'était tout simplement tenter de vivre.

— Le destin ne s'écrit qu'à la fin, déclara-t-elle à son frère.

Jubal haussa de nouveau les épaules, d'un air indifférent.

— Grand bien te fasse. J'y ai cru, moi aussi. Avant d'être appelé par le Vide.

— Mais vous avez survécu ! Vous vous êtes battu ! Vous n'avez pas renoncé. Jamais !

— D'une certaine façon, si. J'ai renoncé. J'ai renoncé au moment même où je suis tombé. J'ai renoncé alors que je me battais pour survivre. J'ai renoncé alors que je descendais. Je renonce chaque fois que je me bats dans l'arène.

— Je ne comprends pas.

— Je renonce parce que je suis mort et que je ne l'accepte pas.

Li se tut. Elle comprenait – du moins, elle croyait le comprendre. Elle se rappela sa propre expérience – lorsque sa mère s'était jointe à la foule pour la jeter dans le Vide. Elle aussi avait renoncé à vivre à ce moment-là. Plus rien n'avait d'importance. Il avait fallu l'intervention providentielle de Maître Babackas pour qu'elle reprenne goût à la vie et retrouve l'envie de se battre.

— Nous sommes au moins cinq de Cent-Maisons, déclara-t-elle. Sans compter ceux des autres camps. Nous avons tous envie de poursuivre notre route. Non pas seulement pour atteindre Tout En Bas Tout En Bas, mais parce que nous voulons être libres.

Jubal hocha la tête.

— Libres...

Il ne put s'empêcher d'esquisser un sourire, et dit à Li :

— Écoute, petite sœur ou pas, tu fais face à une armée composée de plusieurs centaines de milliers de soldats et de nombreux vaisseaux capables de traverser en un jour une plus grande distance que toi dans ta vie. Il est donc rigoureusement impossible que tu t'en sortes. Mais c'est justement là que ça devient intéressant... Car il était *rigoureusement impossible* que je survive à ma chute. *Rigoureusement impossible* que nous nous rencontrions. (Il inspira profondément.) Après tout, tu as raison. Il n'y a pas de fatalité, et rien ne prouve que le destin soit contre nous. (Il s'approcha de la fenêtre et regarda vers l'extérieur.) Même si les plans les mieux élaborés ont tendance à échouer dès qu'on les met à exécution, j'en ai un à te proposer. Tu vas m'écouter attentivement, et ensuite nous irons nous entraîner. On a toute la nuit devant nous…

5

Le lendemain matin, ils répétaient les mouvements de l'incroyable ballet qu'ils devraient enchaîner pour donner l'illusion du combat. Li se battrait avec sa perche et son racloir à lichens. Jubal avec ses gants-soleils.

Lorsque les gardes vinrent les chercher, ils se tenaient prêts et droits. Attendant. Li avait revêtu la robe bleu azur des condamnées à mort et caché Fouinard dans son col.

Elle savait qu'elle pourrait compter sur le soutien des prisonniers – elle savait même comment permettre à ses amis de la rejoindre. Ce qu'elle ignorait, c'était si leur stratagème fonctionnerait. Et comment faire sortir les autres… « Mais chaque chose en son temps », se dit-elle.

Après quoi, ils furent conduits par les mêmes tunnels et escaliers que Li avait empruntés la veille pour atteindre le quartier des gladiateurs, avant d'être séparés à l'entrée d'un tunnel en T. Li partit vers la droite, et Jubal vers la gauche. Ils se reverraient – elle le savait – dans l'arène. Li espérait que tout se déroulerait comme Jubal et elle l'avaient prévu. Leur plan paraissait sans accroc.

Paraissait.

Ce qui l'inquiétait.

Portant la main à sa poitrine, comme d'habitude quand elle avait peur, elle enserra le médaillon de sa mère. Y puisant réconfort et courage. Fouinard émit un discret sifflement, si faible qu'elle fut la seule à l'entendre.

— Tout va bien se passer, lui dit-elle. Ne t'inquiète pas.

Peu après, ils entrèrent dans l'arène.

Il y avait encore plus de monde que la veille. Sans doute le public avait-il appris qu'une jeune femme, amie de la précédente victime, avait défié son champion. La folle allait mourir. C'était un spectacle à ne pas rater. Les gradins bruissaient de rires et de discussions enflammées. Des familles entières étaient venues assister au combat. Des enfants agitaient de petits drapeaux aux armes de Cuzco – soleil d'or sur carré blanc –, tandis que des vendeurs ambulants passaient entre les rangs, proposant kawas glacés et beignets d'aragnes aux spectateurs hurlant : « Seuls nous ! »

Li inspira une profonde bouffée de l'air surchauffé de l'arène, qui lui brûla les poumons. Si ses calculs étaient justes, c'était pourtant l'hiver. Or il faisait une chaleur torride. « Quel endroit étrange », songea-t-elle. « Mais pas plus étrange que tous ceux que j'ai traversés pour arriver jusque-là. » Cela ferait bientôt un an qu'elle avait entamé son Grand Voyage. Et elle n'avait pas l'intention de s'arrêter ici.

Enfin, la même voix qu'hier s'éleva des porte-voix (des « haut-parleurs », disait Jubal) disséminés sur le pourtour de l'arène :

— Cette jeune femme a défié notre champion ! tonitrua la voix au timbre métallique.

— Bouuuuh ! Bouuuuuh ! Bouuuuuuuh ! vagit le public à l'intention de Li.

— Val, val, poursuivit la voix. Je vous demande de saluer son courage... ou sa folie !

Les huées reprirent de plus belle. Li scruta les gradins pour voir si personne ne l'encourageait. Mais elle ne repéra qu'un marmot, qui agitait son drapeau dans sa direction et la saluait du bout des doigts. Li lui adressa un discret signe de la main, et s'autorisa un sourire. Cela lui suffisait.

— Et maintenant, je vous invite à acclamer le champion de Cuzco ! Applaudissez-le bien fort, car, après tout, qui sait ? il livre peut-être son dernier combat !

De nombreux rires parcoururent les gradins, pour s'éteindre aussitôt lorsque Jubal fit son entrée sur le sable de l'arène, du côté opposé à Li.

Comme la veille, applaudissements et pieds tapés contre le sol ébranlèrent les parois. Jubal leva les bras au ciel, en s'inclinant devant la loge royale où le roi Andabate Ier, son fils adoptif le prince héritier et le grand Plannif avaient pris place.

C'est alors que du côté des soupiraux un chant s'éleva – similaire à celui de la veille :

Gloire à tous ceux de l'avant-garde,
Aux vaillants Pionniers de Cent-Maisons !
Vertical les regarde,
Ce sont eux les plus forts !

Des dizaines de mains étaient accrochées aux barreaux des prisons, entre lesquels se devinaient des visages aux yeux brillants. Li jeta un rapide coup d'œil dans leur direction. Elle aperçut Fintân – et son cœur s'emballa. Il avait l'air mort d'inquiétude. Elle chercha à le rassurer en lui murmurant du bout des lèvres : « Ça va aller. » Elle le vit cligner des yeux. Avait-il compris son message ? Il lui semblait que oui.

Mais alors que le chœur des prisonniers achevait le premier couplet du chant des Pionniers, la voix métallique des haut-parleurs retentit de nouveau :

— Silence ! glapit-elle. Ou nous faisons exécuter la moitié des détenus !

Le chant s'arrêta net. Un silence épais comme de la poix s'abattit sur l'arène, où tous les sons s'engluèrent. Pendant une ou deux secondes, on entendit les corbacs criailler dans le ciel. Puis la voix métallique reprit :

— Voilà qui est plus propice au combat !

Quelques rires fusèrent d'entre les gradins, où des doigts boudinés portaient beignets et friandises vers des bouches graisseuses.

Enfin, le vieux roi se leva.

(Pour une raison inexplicable, Li n'arrivait pas à détacher son regard du vieil homme. Il la fascinait.)

La même voix monocorde que la veille retentit dans les haut-parleurs, et annonça :

— Conformément à nos usages, notre roi, Sa Majesté Andabate Ier, vous accorde une ultime faveur. Quelle est-elle ?

L'« usage », avait appris Jubal à Li, voulait qu'on offrît une ultime faveur à celui qui paraissait avoir le moins de chances de l'emporter. Si la requête déplaisait au roi, il la refusait. En son temps, Jubal avait demandé à se battre avec les armes de son adversaire – faveur qui lui avait été accordée. Et maintenant, c'était à Li de formuler la sienne. D'après Jubal, le roi devrait la lui accorder.

— J'aimerais, déclara-t-elle, qu'on accorde à mon Ondée le droit d'emporter ma dépouille hors de l'arène, si je perds…

Un bref silence, suivi de la réponse du roi, pouce tourné vers le bas :

— Accordé.

Quelques instants plus tard, Pachinko, Fintân et Luchna étaient conduits au pied des gradins, à l'emplacement réservé aux esclaves chargés d'évacuer morts et blessés de l'arène. « Dommage », songea Li. « J'aurais aimé qu'il y ait également Marl et Calicot, mais on ne peut pas tout avoir… »

Elle échangea un rapide coup d'œil avec Fintân, en espérant qu'il comprendrait que cela faisait partie du plan.

— Le combat peut commencer, déclara le roi d'une voix que Li trouva curieusement mal assurée.

Jubal et elle s'approchèrent l'un de l'autre et entamèrent la série de pas minutieusement mise au point et répétée durant la nuit. Ils ne commirent pas la moindre erreur, et les passes s'enchaînèrent avec souplesse. Ils avaient décidé de livrer au public le spectacle qu'il attendait – feintes, attaques au visage esquivées par un retrait du corps, assauts, revers et parades, ripostes et contre-ripostes virevoltantes. La foule applaudissait, conquise.

À un moment, pourtant, un brouhaha se fit dans la loge royale – le roi semblait pris d'un malaise. Instinctivement, Li tourna la tête de côté, manqua un pas et se prit un violent coup de masse en pleine poitrine.

Elle roula à terre au moment même où le roi s'effondrait.

Des cris s'élevèrent dans le stade. Jubal se précipita sur Li. Une tache vermeille grossissait sur sa robe.

Un murmure parcourut les gradins : « Le roi a fait un malaise ! » « Sa Majesté est malade ! » « Andabate Ier est mort ! » Les rangs se répercutaient l'information, la déformant, l'amplifiant, sans plus prêter attention à ce qui se déroulait dans l'arène.

Fintân et ses camarades coururent vers Li. Fintân était terrorisé. Il avait vu le gant soleil frapper Li au niveau du cœur. Il avait vu Li tomber, la robe déchirée, poisseuse d'un sang écarlate.

— Li ! Li ! criait-il.

Ses cris attirèrent l'attention du jeune prince héritier, qui baissa les yeux dans sa direction.

Quelle était la cause de ce remue-ménage ? La jeune femme qui avait défié Jubal était morte ? Qu'à cela ne tienne :

— Qu'on l'emporte ! ordonna-t-il à Fintân et ses amis.

« Je suis morte, songea Li. Quelle drôle de sensation. » Pourtant, si l'on excluait le malaise du roi – qu'ils n'avaient pas prévu –, leur plan s'était déroulé à merveille. Elle avait raté un enchaînement, certes. Mais Jubal l'avait frappée à l'endroit et avec la force convenus. À peine avait-elle senti les piquants du poing-soleil lui effleurer la poitrine. Ils n'avaient fait qu'érafler…

— Des grains de raisin ! souffla Fintân en n'en croyant pas ses yeux. De vulgaires grains de raisin !

— Et beaucoup de chance, murmura Li.

— Elle est morte ! hurla Jubal. Que l'on emporte son corps hors de ma vue ! tempêta-t-il, de crainte d'éveiller les soupçons des gardes.

— À vos ordres ! fit Fintân.

Il souleva Li par les jambes tandis que Pachinko et Luchna s'emparaient de ses bras. Ils s'avancèrent en direction du tunnel servant à évacuer les vaincus. Encore quelques pas…

Les gradins de l'arène se vidaient lentement – le public, tout à son trouble, ne voulait pas bouger. Pourtant les gardes le poussaient vers les vomitoires. Dans la loge royale, le corps du roi était emporté sur un brancard, escorté par le grand Plannif, tandis que Cascadelle – le prince héritier – restait sur place, tétanisé. Avant d'être emmené, le roi lui avait susurré quelque chose à l'oreille. Ces paroles l'avaient amené à regarder dans l'arène. Que lui avait dit son père ? Que cette jeune fille était… Il n'était pas sûr d'avoir bien entendu. « Sa *petite-fille* ? L'héritière du trône de Cuzco ? » Certainement le vieux fou divaguait-il.

Plus qu'une dizaine de pas et Li et ses amis auraient atteint le tunnel conduisant aux mâchicoulis par où les ordures et les morts étaient évacués. C'est alors que le plan connut un nouvel accroc – fatal cette fois. Luchna lâcha le bras qu'elle tenait. Li tomba lourdement sur le sol. Elle ne fit pas un geste, ne poussa pas un cri – elle faisait une morte parfaite.

Mais le médaillon qu'elle portait autour du cou et qu'elle considérait – jusqu'alors – comme son porte-bonheur glissa hors de sa robe et refléta un rayon de soleil.

— Qu'est-ce que c'est que ça ? s'étonna le prince héritier. Un médaillon-soleil ! Arrêtez-les ! Baissez les grilles ! hurla-t-il.

Aussitôt, les grilles retombèrent avec un fracas redoutable. Il n'y avait plus d'issue.

Le jeune roi s'empara du micro installé dans la loge royale, et déclara :

— Le spectacle n'est pas terminé !

Le public s'arrêta et tourna ses regards vers l'arène. Même les gardes l'imitèrent.

— Votre champion vous a trahis ! Alors qu'il ne lui manquait plus qu'un combat avant d'être affranchi… (Sa voix prenait des accents déchirants, comme si le sort de Jubal l'affectait vraiment.) Tant pis pour lui ! Mais tant mieux pour vous, cher public, car il va devoir livrer dès aujourd'hui le plus redoutable et le dernier d'entre tous ses combats…

— Courez ! cria Jubal sur un ton sans réplique.

— Mais ? Par où ? demandèrent Li et ses amis.

— Par ici ! répondit-il en leur montrant une autre herse, qui se levait non loin d'eux.

— Mais je croyais qu'il avait dit de fermer les grilles…, s'étonna Pachinko.

— Pas ces grilles-là.

Les cinq amis regardèrent dans la direction des herses qui s'élevaient lentement, et par où fusait déjà un bruit strident, suraigu. Un bruit de pierre que des griffes lacèrent.

— Ces grilles-là, personne n'a envie d'aller voir de l'autre côté !

Aussitôt, trois ombres brunes en jaillirent pour atterrir dans l'arène et entourer les combattants. Li étreignit sa perche. Fouinard siffla de toutes ses maigres forces, et Jubal invita les bêtes à l'attaquer :

— Par ici ! Par ici ! cria-t-il en entrechoquant ses poings-soleils pour attirer l'attention des griffus.

Car c'était d'eux qu'il s'agissait. Trois formidables spécimens affamés, qu'on avait mal nourris exprès pendant de longs mois afin d'aiguiser leur appétit ; trois monstres aux crocs étincelants, et dont les côtes tendaient le cuir. Capturés Aval sait comment, ils étaient gardés en prévision des célébrations les plus importantes, telles qu'un nouveau couronnement.

Les griffus bondirent en feulant sur Jubal, qui eut à peine le temps de crier à Li et ses amis :

— Aval val !

4

Après un instant d'hésitation, Li et ses amis se précipitèrent de l'autre côté de la herse d'où avaient jailli les monstres. L'enclos où ils s'engouffrèrent puait la charogne et les déjections animales. Des escaliers de pierre montaient ou descendaient d'une salle voûtée comme ils n'en avaient jamais vu. Les parois étaient couvertes de striures qui leur donnèrent froid dans le dos et les incitèrent à dévaler la première volée de marches qu'ils trouvèrent. Mais avant de descendre, Li s'empara d'une torche accrochée à un mur, puis se retourna pour un ultime coup d'œil vers l'arène.

Jubal avait jeté l'un des félins à terre, en lui fichant un tel coup de poing-soleil en pleine gueule que la bête avait poussé un feulement à glacer le sang. Mais déjà les deux autres se mettaient en position pour le prendre en tenaille. Jubal tournait calmement sur lui-même, impassible. Pas une goutte de sueur n'avait coulé sur son torse, et les rayons du soleil en se réfléchissant sur ses armes et son casque lui conféraient une aura de prestige telle que Li se prit à croire en sa victoire.

Puis elle rejoignit ses camarades, qui l'appelaient depuis les marches de l'escalier voûté.

Ici aussi, les pierres étaient semées de profondes entailles, sans doute creusées par les griffus – qui adoraient bondir d'une paroi à l'autre, quelle que fût leur inclinaison.

— Quel endroit stupéfiant ! murmura Li en se dépêchant de rejoindre ses amis. Il doit dater des Anciens, Fouinard est tout excité.

— Pas le temps d'entamer des fouilles, leur rappela Fintân. Les gardes ne vont pas tarder à arriver. Et si ça se trouve…

Ses craintes furent confirmées par un feulement qui retentit au-dessus d'eux.

— Tous les griffus ne sont pas sortis ! s'exclama Pachinko.

Les quatre amis se serrèrent les uns contre les autres, jetant des regards autour d'eux tout en descendant les marches dans l'obscurité grandissante.

— Comment on va faire ? Nous ne sommes même pas armés ! s'inquiéta Fintân.

— Tu n'as qu'à prendre mon racloir à lichens, proposa Li.

À peine s'en était-il emparé que des échos de rumeurs enthousiastes leur parvinrent de l'arène. Celles de la foule hystérique, applaudissant à tout rompre. Jubal avait-il triomphé ? Ou les griffus se disputaient-ils sa carcasse ?

— Faut trisser ! dit Fintân. Pas question que Jubal se soit sacrifié en vain. Le temps nous est compté.

Il donnait l'impression d'être sur le point d'exploser.

— Quelqu'un a une idée ?

— À part nous transformer en fumée, je ne vois pas, dit Pachinko.

« En fumée », songea Li. Il y a forcément des aérations dans ces tunnels, il suffit de les trouver.

— Regarde dans quelle direction part la fumée de notre torche, et allons dans la direction opposée ! suggéra-t-elle.

Ce qu'ils firent.

Après avoir tourné plusieurs coudes et descendu plusieurs volées de marches, ils débouchèrent dans une zone où leurs pas semèrent des échos métalliques. Désormais, il n'était plus question de descendre des escaliers de vieille pierre, mais de se laisser glisser le long d'échelles en métal. Il y en avait dans tous les sens, partant parfois d'en haut, parfois des côtés, comme si cet endroit avait été bâti pour défier la gravité. Un véritable cauchemar d'architecte, dont l'ordonnancement rappela Rocher-du-Vaisseau à Li.

Enfin, ils arrivèrent dans un étroit passage aux parois couleur rouille, de la largeur à peine d'un griffu.

Un vent le parcourait.

— Qu'est-ce qu'on fait ? demanda Pachinko.

De nouveau, le feulement retentit au-dessus d'eux. S'était-il rapproché ? Ou était-ce un résultat de l'écho produit par ces vieux murs ?

— Ce n'est pas comme si nous avions le choix ! On y va ! déclara Li.

Elle s'engouffra la première dans l'étroit tunnel. Pachinko et Luchna la suivaient. Fintân fermait la marche – poussant devant lui Pachinko et Luchna, que leurs rondeurs empêchaient d'avancer comme l'urgence le commandait.

Au bout de quelques minutes de progression, ils tournèrent dans un sens, puis dans l'autre. Parvinrent à un premier croisement – « On prend à gauche », leur dit Li. Puis à un deuxième. « Encore à gauche ! » À un troisième. « Toujours à gauche. »

— Pourvu que tu ne nous fasses pas tourner en rond, souffla Pachinko dans son dos.

— Je remonte le vent ! se contenta-t-elle de lui répondre. Fais-lui confiance !

Mais les doutes l'assaillaient. Tout ce qu'elle savait, c'était qu'ils erraient dans une sorte de labyrinthe des temps anciens, et que dans un labyrinthe il fallait toujours se donner une direction à suivre. Et s'y tenir.

Après avoir progressé quelque temps ainsi, à tâtonner dans une obscurité que leur torche peinait de plus en plus à dissiper, ils aperçurent une lueur tremblotante. Droit devant. Ils s'arrêtèrent pour écouter. Pas un bruit – sinon celui d'une brise. C'est alors qu'une brusque rafale leur apporta une odeur qu'ils reconnurent entre toutes – celle de l'Aval !

Li trembla de tous ses membres. « Nous sommes sauvés ! »

Elle n'osait pas y croire. « Sauvés ! Sauvés ! Mais à quel prix ? »

Elle se passa une main dans les cheveux. « Allons ! Ressaisis-toi ! Nous ne sommes pas encore tirés d'affaire ! »

Elle avait pourtant envie d'y croire – c'était plus fort qu'elle. Elle fit un pas en direction de la lueur, et celle-ci se mit à grandir, devint rectangulaire et adopta la forme d'une meurtrière. « Pourvu qu'elle soit assez large ! » pensa-t-elle.

Soudain, Fouinard échappa à Li et courut maladroitement vers l'ouverture. Il s'était déjà faufilé au travers avant qu'ils n'aient le temps de le rattraper. La petite bête était comme folle. Probablement la proximité d'un lieu truffé de reliques des Anciens lui avait-elle fait perdre la tête.

— Fouinard ! s'écria Li, des sanglots dans la voix.

Et tous de s'élancer à sa poursuite.

Arrivée à la fente, Li s'aperçut qu'elle était suffisamment large pour les laisser passer, Fintân et elle. « Les Anciens devaient être beaucoup plus trapus que nous, ou n'avaient pas peur du Vide... »

— À moins que..., réfléchit-elle en touchant du doigt des taches de rouille sur chacun des côtés de l'ouverture. Il a dû y avoir des barreaux à cet endroit. Une chance qu'ils aient rouillé.

« Une chance. Ou le destin », songea-t-elle. Car se seraient-ils enfoncés dans ces souterrains si son médaillon n'avait pas glissé hors de sa robe ? Assurément non. Elle frémit en repensant à sa conversation avec Jubal au sujet de la liberté. « Nivel », se dit-elle. « Comme je le lui disais, le destin c'est ce qui s'écrit à la fin ! Val ! Val ! Val ! »

Elle fit un pas. Un second. Et glissa la tête par la meurtrière.

— En vous tassant un peu vous devriez pouvoir passer vous aussi, déclara-t-elle à Pachinko et à Luchna.

— Je resterai en arrière pour pousser, proposa Fintân.

Li baissa les yeux. Elle se trouvait dans la partie inférieure de Cuzco, du côté tourné vers l'Aval. À ses pieds s'étendait un précipice encore plus vertigineux que celui de son enfance. Elle déglutit. Cette fois, il n'y avait pas d'escalier taillé dans la falaise pour le descendre. Et elle n'avait aucune envie d'y plonger. Il lui semblait plus escarpé que la veille au soir, quand elle l'avait vu depuis la chambre de Jubal.

— Fouinard ! appela-t-elle – pas trop fort, pour ne pas alerter d'éventuelles oreilles indiscrètes, mais suffisamment pour se faire obéir.

Pas de réponse.

— Fouinard !

Cette fois, Li entendit un discret sifflement – sur sa gauche. Se penchant plus avant, elle aperçut son taupard. Il se dandinait sur un rebord de la largeur à peine d'une main, et progressait en direction de…

— C'est incroyable ! s'exclama Li.

— Qu'est-ce qu'il y a ? Qu'est-ce que tu vois ? demanda Fintân derrière elle, inquiet.

Li sentit son cœur s'emballer.

— Il y a peut-être une possibilité, mais c'est risqué.

— Parce que tu crois que jusqu'à présent on a choisi la facilité ?

— À côté de ce qui nous attend, je le crains, hélas, fit Li. Tu ferais bien de venir voir par toi-même.

Li retourna dans le tunnel pour laisser Fintân s'avancer à son tour dans la meurtrière. Il fit un pas. Puis deux. Et se retrouva en partie de l'autre côté, le haut du corps penché au-dessus du Vide.

— Regarde sur ta gauche, lui dit Li. Du côté de Fouinard…

Fintân se pencha plus avant sur sa gauche, en se tenant d'une main à la meurtrière, et vit le taupard cavaler sur un étroit rebord rongé par les intempéries. Au-dessous de lui se dessinait une tache bleu clair, synonyme d'un lac. Ils ne pouvaient pas y plonger, bien sûr. Mais au-dessus du lac, sur tout le long de la muraille, des écoulements d'eau provenant sans doute du fleuve que Li leur avait proposé de ne pas descendre avaient permis à des mousses de proliférer. « Mousses dont raffolent les boucs des roches… »

— Alors ?

— Je vois ! C'est incroyable !

Il avait presque envie de rire.

— Mais qu'est-ce qu'il voit ? Qu'est-ce qu'il voit ? s'égosilla Pachinko, impatient.

— Des bouquetins ! répondit Fintân. Par centaines ! Par milliers ! Une véritable infestation. Ils broutent la mousse qui crible ce côté-ci de la muraille ! C'est fol ! Si je ne les connaissais pas aussi bien, je me demanderais comment ils font pour ne pas débouler ! La pente est presque à la verticale !

— Et alors ? demanda Pachinko.

— Ils sont notre nacelle pour trisser d'ici !

Et il fit un troisième pas, qui l'emmena totalement de l'autre côté de la meurtrière. Un vent violent soufflait sur la muraille, menaçant de le faire glisser. Mais Li le tenait par l'arrière de son surcot, d'une main aussi ferme que possible.

— Et nous ! Et nous ! s'indigna Pachinko. Fintân avait dit qu'il resterait en arrière pour nous pousser !

— C'est moi qui vous pousserai ! dit Li. Et gare à vous si vous ne rentrez pas vos graisses !

— On ne va jamais y arriver, se lamenta Pachinko. On est beaucoup trop gros…

— Mais sssi…, siffla Luchna.

Elle le prit par la main et lui promit :

— Tu vas y arriver, Pachinko !

C'était la première fois qu'elle prononçait son nom. Pachinko la regarda, hocha la tête et répondit :

— Nivel.

Le premier, il se glissa de l'autre côté de la meurtrière, tandis que Li et Luchna poussaient sur ses fesses. « Ho hisse ! » Ses hanches coinçaient ! Elles poussèrent de plus belle, et enfin Pachinko parvint de l'autre côté de la meurtrière.

— Ne regarde pas vers le bas ! l'avertit Li.

— Je n'en avais pas l'intention ! répliqua-t-il, paniqué.

Les jambes tremblantes, dos plaqué contre le mur, il fit un pas, puis deux, en direction du côté gauche. Et appela – tout doucement :

— Fouinard ! Fouinard !

Fintân, quant à lui, en bon disciple de Maître Babackas, avait parcouru une grande partie du rebord sans trop de difficultés et s'était rapproché des premiers bouquetins.

— Yal ! Yal ! Yal ! cria-t-il en faisant claquer sa langue dans sa bouche. Yal ! Yal !

Les boucs les plus proches dressèrent leur tête et le regardèrent.

— Yal ! Yal !

Fintân siffla et tendit la main.

— Yal ! Yal ! Yal !

Les bouquetins l'observaient, intrigués.

— Il faudrait leur donner quelque chose à manger ! dit-il à Pachinko.

— Je n'ai qu'un reste de sauterelle, répondit ce dernier.

— Ils sont végétariens ! Tu n'aurais pas plutôt un fruit ou un légume ?

Pachinko se tourna vers les deux filles restées dans le tunnel, et leur demanda :

— Vous n'auriez pas des fruits ou des légumes par hasard ? C'est pour Fintân.

Luchna secoua la tête. Mais Li enfouit la main sous sa robe, en retira quelques grains de raisin éclatés, et déclara :

— C'est tout ce qu'il me reste…

Pachinko les fit passer à Fintân, qui les tendit aux bouquetins. Ceux-ci dressèrent leurs oreilles et s'approchèrent, en deux ou trois bonds incroyablement assurés, de l'étroite margelle où Fintân était perché.

— Yal ! Yal ! Yal ! continuait-il à appeler en faisant claquer sa langue dans sa bouche.

Un premier bouc – un superbe mâle, mesurant au moins six pieds au garrot – bondit lestement auprès de Fintân et entreprit de lui lécher la main à grands coups de langue râpeuse.

— Eh ! pas tout ! Laisses-en pour tes copains ! fit-il en lui caressant le front.

La bête s'ébroua.

— C'est bien, tout doux…

Fintân s'approcha d'elle jusqu'à la coller. L'exercice était périlleux. Il n'avait droit qu'à un seul essai. Il voulait monter sur le dos de la bête – en espérant qu'elle l'accepterait. Pour ce faire, il devait sauter du rebord – au risque de tomber dans le vide.

— Tout doux, tout doux, poursuivit Fintân. Tu veux bien nous aider à descendre Tout En Bas Tout En Bas ?

Le bouc le fixait de ses grands yeux noirs, écoutant. Comprenait-il ? On aurait dit que oui.

— Seuls, nous ne pouvons pas y arriver. C'est important ! (Le jeune puntero joignit les mains devant lui et inclina la tête.) C'est pour échapper aux griffus ! S'il te plaît !

La bête lui donna un petit coup de mufle, pour l'inviter à monter.

— Merci ! Merci !

Sous les regards anxieux de ses trois amis, Fintân agrippa les longues cornes que le bouc des roches lui tendait pour l'aider à grimper, s'élança en l'air et bascula sur le dos de l'animal – qui tressaillit à peine, envoyant quelques cailloux dans le vide.

Par bien des côtés, ce bouquetin lui rappelait Shittim. Il lui flatta l'encolure et le pria d'avancer jusqu'à la meurtrière où Pachinko et les filles s'étaient renfoncés.

— Val ! Monte ! dit-il à Pachinko une fois à sa hauteur.

Après quoi ils regagnèrent l'extrémité du rebord – d'où le bouquetin bondit juste à côté d'une de ses sœurs, sur le dos de laquelle Fintân sauta à son tour.

Un à un, les jeunes Transhumants grimpèrent sur le dos d'un bouquetin que Fintân était allé leur chercher. Li récupéra Fouinard et l'enferma dans sa poche

– « Pas bouger ! » –, puis ils dévalèrent rapidement l'immense à-pic formé par l'envers de la muraille. Les bouquetins sautaient sur des défauts de construction invisibles pour les humains. Les quatre chuteurs avaient passé les bras autour du cou de leur monture, regardant défiler au-dessous d'eux l'impressionnante paroi tendue de filets de mousse dont les bouquetins raffolaient.

« Pourvu qu'il ne glisse pas ! Pourvu qu'il ne glisse pas ! » se répétait Pachinko agrippé à son bouc. Jamais il n'avait eu si peur de toute sa vie.

Mais jamais le pied ne leur manquait – et les bouquetins descendaient l'à-pic avec autant d'aisance qu'un ruisseau dévalant une pente.

— Oh ! regarde, maman ! s'écria à un moment un bambin qui regardait par la fenêtre de sa chambre. C'est la dame en bleu de l'arène !

Li l'entendit, alors qu'elle filait vers le Bas. Elle eut à peine le temps d'apercevoir le garçonnet agiter un drapeau à son intention que déjà sa mère l'obligeait à rentrer en poussant des cris effarouchés.

— On est repérés ! cria Li à ses amis.

— On trisse ! répondit Fintân.

Quelques instants plus tard, leurs bouquetins atterrissaient dans la terre détrempée qui s'étendait au pied de Cuzco. La pente descendait à perte de vue, vers un val gris cendre semé de bosses et de crevasses désolées. Sans prendre le temps de souffler, ils talonnèrent leurs montures et galopèrent vers l'Aval qui s'ouvrait devant eux comme un abîme.

3

« Et voilà, se disait Li tandis que le vent du galop sifflait à ses oreilles, c'est reparti… »

Ses camarades la laissèrent prendre la tête de leur petite troupe, réduite à quatre membres durement éprouvés – mais épaulés par les fantômes de leurs nombreux compagnons de cordée. Ardat. Goïbnu. Marl. Balaam. Calicot. Jubal. Et bien sûr Tyr. Tous avaient donné leur vie ou sacrifié leur liberté pour que ce voyage puisse s'accomplir.

« À nous maintenant de le poursuivre. Et de l'achever », songea Li. Elle en avait la conviction, c'était possible. Tout En Bas Tout En Bas n'était pas loin. Elle le sentait dans ses veines.

Et se savait poussée, épaulée, par bien plus de fantômes et de souvenirs que ceux de leurs compagnons disparus. Elle se sentait encouragée par ses propres ancêtres – quels qu'ils fussent – et ceux de tous ses amis. Grâce à leur sacrifice, elle pourrait atteindre Tout En Bas Tout En Bas, puis remonter chercher son père. *Ses* pères.

— Où allons-nous ? s'enquit Fintân, dont le bouquetin talonnait celui de Li.

— On cherche un trou ! Une ouverture dans la terre !

— Mais où ?

— Par là-bas je pense, lui indiqua-t-elle en tendant le bras.

— Mais où ? De ce côté-ci ? De ce côté-là ? répliqua-t-il en faisant mine de ne rien voir.

Mais si Fintân était d'humeur taquine – comme souvent lorsqu'il chevauchait un bouquetin –, ce n'était pas le cas de Li.

— Par là-bas je te dis ! tempêta-t-elle en orientant sa monture dans la direction qu'elle croyait mener le plus droit vers l'Aval.

Ils la suivirent en soulevant de grands nuages de poussière, qui reflétèrent l'éclat du couchant. Après avoir longtemps galopé – sans que jamais la muraille, dans leur dos, leur laisse voir la Montagne qu'elle barrait –, ils ralentirent l'allure. Il ne servait à rien d'épuiser les bêtes. Eux-mêmes avaient le dos et les fesses en compote – surtout Pachinko, qui n'était jamais monté à cru.

Ils devaient bivouaquer. Mais la terre, autour d'eux, maintes fois rançonnée et jamais nourrie, n'avait pas d'eau à leur offrir. Ils durent se contenter de baies et de racines, qu'ils peinèrent à déterrer. Les terres saccagées qui s'étendaient à perte de vue témoignaient du déferlement des Horreurs sur le monde. D'une manière ou d'une autre, la Grande Catastrophe avait tout ravagé. Des sillons creusaient les pentes gris cendre. Des saillies bizarres boursouflaient le paysage. Ce chaos géographique éveillait en Li un écho incompréhensible : « Et si le monde était mort sans qu'on le sache ? » Mais non, cela ne se pouvait pas !

Elle regarda autour d'elle, chercha Fintân des yeux et s'approcha de lui. Il était en train de donner à manger à son bouc.

— Je suis désolée, lui dit-elle.

Elle se tenait près de lui, penaude.

— Mais non, ne t'inquiète pas. On est toujours mieux ici qu'à Cuzco.

— De toute façon, c'est toujours la même chose. Un coup à gauche, un coup à droite, et ensuite…

— Vers le Bas, soupirèrent-ils de conserve.

— Un jour, nous remonterons ensemble, je te le promets, lui dit-il. Je t'aiderai à retrouver ton père.

Elle s'approcha de lui, et se blottit contre son corps. Il referma ses bras sur elle. Elle se sentait à l'abri – rien ne pouvait l'atteindre. Comme elle aurait aimé que cette étreinte se prolonge jusqu'au lendemain.

Mais Fintân brûlait de mille questions à lui poser :

— C'était quoi, ce collier ? Et ce Transroche dont Jubal t'a parlé, il existe vraiment ?

Li leva les yeux vers lui. Elle n'avait pas envie de lui répondre. Pas maintenant. Elle avait tant de choses à lui raconter.

— Chaque chose en son temps…

— Oh non ! fit-il d'un air inquiet.

À ces mots, Li comprit qu'un danger approchait. Elle s'écarta du jeune puntero et regarda dans la même direction que lui – c'est-à-dire vers Cuzco.

Un objet plongeait vers eux depuis le ciel. Énorme, il se rapprochait d'eux à toute allure, hoquetant, fumant, grondant. Ses formes sombres et bossuées, hérissées d'armes et de capteurs, rappelaient celles d'un scarabé-cédé. Ou plutôt celles de Rocher-du-Vaisseau !

— Val ! Val ! Val ! fit Fintân en tapant dans ses mains. On trisse ! Aval !

Soudain Li poussa un cri de surprise en s'apercevant que la poche où elle avait enfermé Fouinard était vide.

— Fouinard ! Il a encore fichu le camp ! Il faut le retrouver !

— Pas le temps ! Le vaisseau arrive ! cria Fintân depuis le dos de son bouc des roches.

La nef était encore plus grosse qu'ils ne l'avaient cru au premier regard. Même s'ils détalaient tous les quatre dans des directions opposées, leur galop ne leur permettrait pas de sortir de son ombre. Gigantesque, elle couvrait la pente d'une noirceur hivernale et soulevait dans son sillage d'épais nuages de poussière, qui dévalèrent la montagne et obscurcirent l'Amont.

— On trisse !

— Fouinard ! appela Li.

— Il est là-bas ! Je le vois ! cria Pachinko en montrant du doigt un petit monticule de terre que le taupard avait édifié en creusant le sol.

— Je m'en charge ! cria Fintân.

Il talonna son bouquetin et fila vers la motte de terre que lui avait désignée Pachinko. Arrivé à sa hauteur, il bascula sur le côté, plongea la main vers le sol et en remonta la petite bête – qui couina de frustration. Jamais on ne la laissait creuser !

— Qu'est-ce que vous attendez ! hurla Fintân en se retournant sur sa selle. Venez !

Mais la petite bête mordit la main de Fintân, qui poussa un cri de douleur et ne put faire autrement que de la laisser s'échapper.

Fouinard détala plus bas de toute la force de ses courtes pattes, vers l'Aval. Il était excité comme jamais.

Fintân, furieux, poursuivit son galop frénétique en direction du taupard. Celui-ci filait, plus rapide que l'éclair, à une vitesse inimaginable. Ses petites pattes faisaient voler la terre autour de lui, le rendant difficile à voir.

Bientôt, les quatre amis galopèrent après Fouinard, le vaisseau de Cuzco à leurs trousses. Telle la main d'un géant se tendant sur un échiquier pour y déplacer un pion, le vaisseau les couvrit de son ombre. Avec un bruit funeste, une trappe s'ouvrit à l'arrière de la soute. Une dizaine de buggys en jaillirent tour à tour en vrombissant. Après avoir heurté le sol, ils foncèrent sur les quatre cavaliers. Leurs moteurs poussaient des grondements de bêtes sauvages.

— On se disperse ! ordonna Fintân.

— Fouinard ! hurla Li, ne voulant pas abandonner son taupard.

Bien décidés à ne pas faciliter la tâche à leurs poursuivants, les jeunes chuteurs s'écartèrent les uns des autres.

Les buggys les prirent en chasse.

Plusieurs fusils furent braqués dans leur direction – tandis qu'un officier leur ordonnait à l'aide d'un porte-voix :

— Arrêtez-vous ! Par ordre du roi !

Les quatre Transhumants talonnèrent leurs montures de plus belle.

— Ne nous obligez pas à tirer ! poursuivit l'officier.

Rien à faire. Li et ses amis n'avaient pas l'intention de ralentir – pas plus que les soldats ne semblaient avoir celle de les tuer. D'ailleurs, Li les vit tendre d'un buggy à l'autre un gigantesque filet – suffisamment grand pour les y prendre au piège, monture et cavalier.

À cause des accidents du terrain, les buggys leur passaient parfois au-dessus de la tête, ou c'étaient eux qui bondissaient en travers d'un buggy – multipliant les sauts les plus acrobatiques pour échapper aux filets et aux véhicules.

— Fouinard ! ne cessait de hurler Li, comme pour ramener le taupard à la raison.

Mais celui-ci n'en faisait qu'à sa tête, et filait tel un aimant dans une direction dont rien ne paraissait pouvoir le détourner.

— Suivons-le ! cria Li. Fouinard ! Je crois savoir où il va !

Les quatre Transhumants réorientèrent leur course ; mais les bouquetins s'essoufflaient et les chasseurs commençaient à se lasser. Déjà, l'un d'eux avait braqué son fusil en direction de la plus lente des proies : Pachinko.

Une déflagration fendit l'air saturé de rugissements de moteurs, et la chèvre de Pachinko s'effondra sur elle-même. Pachinko fut éjecté du dos de sa monture et roula sur la pente en poussant des cris de douleur, meurtri et contusionné.

— Pachinko ! hurla Luchna.

— Nooon ! hurla Li à son tour à l'intention de sa camarade.

Trop tard, la jeune fille avait fait faire demi-tour à sa chèvre – et galopait vers celui qui désormais n'était plus seulement le remplaçant de son frère.

Li allait les suivre à son tour, lorsqu'une main lui agrippa le bras.

Fintân !

— Je ne te quitterai pas ! lui cria-t-il. Où que tu ailles !

L'air claqua au-dessus d'eux – le vaisseau venait de les survoler en rase-mottes, les obligeant à rentrer la tête dans les épaules.

— Que veux-tu qu'on fasse ? hurla-t-il.

Les yeux mouillés de larmes, Li regarda Pachinko et Luchna qu'encerclaient les soldats, et lança :

— On continue ! Vers Fouinard !

Ils talonnèrent leurs montures, bien décidés à ne pas ralentir – ou à mourir ensemble.

Le vaisseau glissa sur l'aile et revint vers eux. Les stridences de ses réacteurs étaient si violentes qu'ils crurent devenir sourds. Inutile de se parler – ils ne s'entendraient pas dans un tel vacarme. Alors ils redoublèrent leurs efforts et cavalèrent côte à côte, leurs bouquetins franchissant plus de pentes en un bond que les buggys avec leurs grosses roues, qui se prenaient dans les tranchées et autres accidents du terrain.

Li se concentrait sur Fouinard. Il semblait dévaler une ornière en particulier, comme s'il avait un but précis. Li le voyait régulièrement disparaître dans un nuage de poussière, d'où il réapparaissait quelques instants plus tard, comme galvanisé. Soudain, le taupard plongea dans un gouffre ouvert dans la terre, où il disparut bel et bien. D'un noir impénétrable, la faille s'ouvrait au milieu de la pente – telle une bouche hideuse à jamais figée sur un cri d'épouvante.

Li se pencha sur le cou de son bouquetin et le talonna de plus belle :

— Plus vite ! Plus vite !

— Val ! Val ! cria Fintân à ses côtés.

Dans un rugissement infernal, deux buggys se rapprochèrent d'eux. Impossible de leur échapper. Ils étaient beaucoup trop près ! Mais la faille était là, elle aussi. À portée de saut !

Plus qu'un saut – un dernier saut ! Son tout dernier saut. Et elle saurait ! Inspirant une bouffée de ce qui serait peut-être le dernier air qu'elle respirerait jamais, Li poussa son bouquetin au-delà de ses forces – jamais la bête n'avait tant galopé – et bondit !

— YA ! YA ! hurla-t-elle à pleine gorge.

— YAAAAAA ! cria Fintân en s'élançant dans les airs avec elle.

Ils retombèrent dans le grand abîme où le taupard venait de disparaître.

Derrière eux, les buggys manœuvrèrent juste à temps pour l'éviter, dérapant dans d'impressionnants nuages de poussière et crissements de freins. Le vaisseau fit rugir ses réacteurs pour dissiper les brumes, puis braqua la lumière de ses projecteurs en direction de la faille – en vain. Le vide ne reflétait que le vide.

Les buggys tournèrent autour du trou en faisant râler leurs moteurs – on aurait dit des griffus fous de rage, ivres de colère. Puis ils s'éloignèrent alors que le vaisseau remontait en sifflant dans les airs pour tirer un missile dans l'ouverture – où il disparut aussitôt.

Un battement de cœur après, une explosion secoua la pente. La faille s'effondra sur elle-même dans un champignon de fumée qui monta jusqu'au ciel.

2

Lorsqu'ils étaient tombés dans le trou, Fintân et Li avaient cru revivre cette première chute, qui naguère les avait menés au bas de la falaise du Bout du Monde, dans la Plaine des Morts. Mais cette chute-là dura beaucoup plus longtemps que la précédente, et lorsque les pattes de leurs bouquetins touchèrent enfin le sol, ce fut pour continuer à dévaler, encore et encore, une pente interminable qui conduisait, apparemment, au plus profond des entrailles de la Terre où résonnaient les cris affolés du taupard.

Alors qu'un instant auparavant ils galopaient follement pour échapper à leurs poursuivants, ils se retrouvèrent soudain à chuter vertigineusement dans l'obscurité d'un boyau presque à la verticale. Combien de temps dura cette affreuse glissade ? Elle leur parut s'éterniser pendant des heures, où l'angoisse la plus vive le disputait à la crainte de mourir – surtout quand retentit dans les hauteurs une déflagration plus terrible que celle de l'orage, qui engloutit le peu de jour qui brillait au-dessus d'eux et fit pleuvoir sur leurs têtes une averse de terre et de roches.

Mais toujours ils descendaient, dans une obscurité si dense qu'elle en était palpable, se fiant aux cris stridents de Fouinard pour trouver le seul chemin valable – vers En Bas, vers ces intangibles et inatteignables lointains (comme disait Fintân) qu'ils avaient cherché à atteindre, comme leurs ancêtres avant eux.

« Et si le monde n'avait pas de fin ? » songea Li, accrochée au cou de son bouquetin. « Ce qui existe est loin, profond, profond, qui peut l'atteindre ? » Elle déglutit. « Allons, se dit-elle, la Montagne a forcément un pied… »

Elle n'allait sans doute pas tarder à le découvrir – quand ils auraient fini de plonger dans cet abîme inconcevable où d'étourdissants tourbillons d'air humide, à la puanteur sépulcrale, leur soulevaient le cœur.

Puis, au bout d'un temps infini, ils se rendirent compte que leurs bouquetins ralentissaient. La pente se faisait plus douce. Même les cris de Fouinard se faisaient plus rares. Et c'est là, dans l'obscurité, qu'ils se donnèrent la main. Ils craignaient de basculer dans un autre gouffre, et refusaient d'y chuter autrement que côte à côte.

« Pas question de la lâcher », ne cessait de se dire Fintân en serrant la main de Li dans la sienne. « Je ne te lâcherai pas. Jamais. » Il lui semblait qu'ils pourraient descendre ainsi pendant l'éternité – sans que leur corps connaisse la faim, la soif ou la mort. Il n'y avait plus ni ciel ni terre, rien qu'une longue descente, sans fin.

Puis ils aperçurent devant eux la lueur malsaine – et cependant réconfortante – de champignons phosphorescents. Dans leurs halos se dessinaient les contours de concrétions et draperies rocheuses, qui donnaient à la grotte un aspect de cathédrale. Au pied d'un de ces champignons, ils distinguèrent un dernier trou creusé par le taupard. Il l'avait rebouché derrière lui, abandonnant dans son sillage un monticule de terre retournée. Impossible de le suivre dans ce petit tunnel.

— Fouinard…

Ils poussèrent un soupir, sentant que leur descente arrivait à son terme.

Li se retourna.

Derrière eux, une falaise de basalte montait à pic vers l'infini – celle-là même qu'ils avaient dévalée.

Comme le terrain s'aplanissait, ils mirent pied à terre – aussi bien pour soulager leurs montures que pour sentir le sol sous leurs semelles.

Et tandis qu'ils glissaient vers le Pays Bas, Li crut distinguer une forme. « Là-bas ! » cria-t-elle, le cœur battant à tout rompre.

Fintân plissa les yeux. Rien. Il ne voyait rien – qu'une pénombre où luisaient faiblement les nimbes phosphorescents de bosquets de champignons géants.

— C'était peut-être une ombre, déclara Li.

— Qui ressemblait à quoi ?

— À un homme.

— Ici ? Dans ces ténèbres ?

Li soupira. Peu probable, en effet. C'était pourtant ce qu'elle avait cru voir se dessiner à la surface d'une des parois de la caverne où ils continuaient à descendre.

— Tu crois que ce pourrait être le Transroche ?

— Je l'ignore. Jubal ne m'a pas dit à quoi il ressemblait.

Bientôt, la fatigue les gagna. La tension nerveuse ajoutée à la faim – et à l'épuisement de Li, qui avait passé la nuit précédente à s'entraîner – leur fit pousser des bâillements.

— Nous devrions nous reposer, suggéra Fintân. Je ne crois pas que nous soyons en danger...

Ils arrêtèrent leurs bouquetins sur une pente si douce qu'ils auraient pu la qualifier de plane.

— Crois-tu qu'ils soient comestibles ? demanda Fintân en tendant le doigt vers l'un des champignons qui brillaient dans le noir.

— Je ne sais pas, répondit Li.

Elle s'approcha d'un champignon aussi gris qu'un arbre – et crut voir une ombre bouger derrière. « Encore ?! » Elle le contourna rapidement – mais l'espace était vide, encore une fois. Plaquant sa main sur la paroi rocheuse, elle se dit : « Ce devait être un jeu de lumière. Ou la fatigue... »

Elle aperçut alors d'autres champignons, de couleur beige et beaucoup plus petits que les précédents. (Les gros étaient rouges ou violacés.) Elle ignorait lesquels étaient comestibles ou vénéneux – mais les plus petits ressemblaient à certains de ceux que Ma cuisinait.

— Je crois que ceux-ci sont mangeables, dit-elle en s'accroupissant.

Elle tendit la main vers les petits champignons, dont la luminosité décrut à mesure qu'elle s'en approchait, comme s'ils avaient voulu passer inaperçus. « Probablement pour qu'on ne les mange pas. »

— C'est une question de vie ou de mort, les supplia-t-elle en joignant les mains. Mon camarade et moi avons faim. Nous ne prendrons pas plus que ce dont nous avons besoin, promis.

Comme s'ils l'avaient comprise, certains des champignons se rallumèrent. Li les cueillit délicatement, en prenant soin de ne pas toucher aux autres. Quand elle eut récolté de quoi non pas les rassasier, mais simplement calmer leur faim, elle partagea sa cueillette avec Fintân. Elle avait l'impression de revivre un épisode très ancien – lorsqu'elle descendait sur sa nacelle pour racler des lichens et ramasser des œufs d'oiseaux des roches.

Elle revit le visage d'Araz. Son bouquet de fleurs des brumes. Que cela semblait loin !

Après avoir mangé, le dos appuyé contre le tronc d'un des plus gros champignons, Li entendit un ronflement. Fintân s'était endormi, vaincu par l'épuisement. Elle regarda la bouche du jeune homme. La fine moustache qui l'ornait. « Ça doit piquer », se dit-elle. Puis elle ferma les yeux. Et s'endormit elle aussi.

Au bout d'un moment – ou deux, ou plus – Li s'éveilla. Elle avait l'impression de flotter dans l'espace. Une nuit sans étoiles ni soleil. Vivement, elle porta la main à son cou pour y sentir le médaillon rassurant, et le trouva à sa place – comme toujours. Il émit une faible lueur. Et elle vit qu'elle flottait dans le noir éternel. Seule. Curieusement, elle n'avait pas peur. Les ténèbres qui l'entouraient n'étaient pas du tout hostiles – peut-être pas accueillantes, mais pas indifférentes. « Curieuses » était le mot qui convenait. Elle se frotta les yeux. Rêvait-elle ?

Où donc était passée la phosphorescence des champignons lumineux ? Et où était Fintân ?

— Il y a quelqu'un ? demanda-t-elle.

Ses paroles flottèrent devant sa bouche, et elle les entendit se répercuter longtemps autour d'elle comme si les ombres se les répétaient. À l'infini.

— Hé ho ? fit-elle.

« HÉ HO ? HÉ HO ? HÉ HO ? » fit l'écho.

Li sentit un mélange de colère et d'anxiété l'envahir.

— Ça suffit à la fin ! Répondez !

« RÉPONDEZ ! RÉPONDEZ ! » fit l'écho.

— Ce n'est pas drôle !

« DRÔLE ! DRÔLE ! »

Elle se tut. Convaincue qu'à ce jeu-là l'écho gagnerait toujours.

« Bon. Je me tais », pensa-t-elle. « Je ne dis plus rien. J'ai tout mon temps. »

Elle attendit un certain temps, persuadée que l'écho reviendrait vers elle. Quelque chose lui disait que ces ténèbres étaient sans doute aussi impatientes que curieuses.

Et en effet, une première lueur s'alluma auprès d'elle. Puis une autre. Et encore une autre. Si bien qu'elle se retrouva entourée de centaines de petites étoiles, qui brasillaient dans le noir et flottaient doucement à ses côtés.

— Bonval, fit l'une d'elles. Tu me reconnais ?

Li ne voulut pas répondre sans prendre le temps de l'examiner attentivement et de voir si cette étincelle lui rappelait ou non quelque chose.

— Je crois que oui, dit-elle. Tu es l'une des étoiles que j'observais dans le ciel quand j'étais petite.

L'étoile émit un rire, semblable à un grelot.

— Tu es encore petite, répliqua-t-elle.

Li sourit.

— Pourquoi dis-tu cela ?

— Tu n'as que quinze ans !

— Bientôt seize !

— Pas encore.

— Bientôt !

— Dans un jour du monde d'où tu viens.

— Le monde d'où je viens ?

— Nous, nous avons plus d'années que de consœurs dans le ciel, poursuivit l'étincelle comme si elle n'avait pas entendu la question de Li.

— Tu parlais du monde d'où je viens ?

— Tous les hommes sont petits à nos yeux.

— Si tu es aussi sage que tu le prétends, pourquoi ne réponds-tu pas à mes questions ?

— Devine, fit la luciole.

Li n'eut pas besoin de beaucoup réfléchir. Maître Babackas et son père avaient trop souvent joué à ce jeu avec elle pour qu'elle n'y réponde pas tout de go.

— Parce que je connais la réponse.

— Tu fais des progrès !

— Est-ce que je suis morte ? Empoisonnée ?

Une nouvelle étincelle s'approcha d'elle en flottant.

— Morte ? Qu'est-ce que c'est ?

— Tu prétends avoir plus d'années qu'il n'y a d'étoiles dans le ciel et tu ne le sais pas ?

— Ce mot n'existe pas chez nous.

— Mort. C'est quand on ne vit plus.

— Ah bon, fit l'étoile. Ne plus vivre ? Mais qu'est-ce que cela signifie ?

Li aurait bien aimé lui répondre. Mais ce n'était pas facile. Elle réfléchit et dit :

— Je ne sais pas trop. C'est un état que je n'ai pas connu. Mais je crois que cela signifie ne plus sentir battre son cœur. Ne plus sentir le vent dans ses cheveux. Ne plus avoir faim. Ne plus avoir soif. Ne plus avoir froid. Ou chaud. Ne plus avoir de fièvre. Ne plus avoir peur. Ne plus avoir envie de rien. Des choses comme ça.

— Je vois, fit la luciole. Mais il s'agit d'un état transitoire.

Li regarda autour d'elle. Se trouvait-elle toujours au fond du gouffre ?

— Où sommes-nous ? demanda-t-elle.

— Tu ne l'as pas encore deviné ?

Li réfléchit un instant. Sa main, instinctivement, se porta vers son médaillon en forme de soleil. Elle savait.

— C'est ici le Transroche ?

Les étoiles clignotèrent, figurant de longs trajets dans l'espace.

— Tu te trouves dans l'une des anciennes gares de triage, exactement.

Elle eut un petit hoquet de terreur.

— Je croyais que l'accès en était piégé !

— Pas pour les porteurs du médaillon, répondit l'étoile.

Li éprouva un curieux soulagement, empreint de fierté. Là aussi, elle savait. Au fond, elle n'était pas surprise et éprouvait – au contraire – une étrange sensation de retour à la maison.

— Alors, c'est donc ici…

Son cœur battit à tout rompre.

— Je vais pouvoir atteindre Tout En Bas Tout En Bas ?

Les étoiles adoptèrent une configuration de flèche clignotante, pointée vers le bas.

— Si tu veux.

— Oui…

Les étoiles clignotèrent de plus belle, jusqu'à se faire aveuglantes.

— Mais pas toute seule ! cria Li.

— Tu ne seras jamais toute seule, répondirent les étoiles. Et tu ne l'as jamais été !

Il y eut un flash éblouissant et Li éprouva au-dessous d'elle quelque chose de dur et de solide. La terre. Elle était allongée sur le sol d'une caverne.

Puis les étoiles s'éteignirent les unes après les autres, jusqu'à ce qu'il n'en reste plus qu'une. Qui s'approcha de Li en flottant et lui dit :

— Les hommes-creux sont arrivés.

L'étoile papillota autour de Li, tel un feu follet.

— Je t'accompagne, lui dit-elle.

Sur ces mots, l'étoile disparut dans le médaillon de Li, dont le pourtour se mit à luire brièvement, comme constellé de cristaux lumineux – avant de s'estomper rapidement.

Li se demanda si elle n'avait pas rêvé.

Mais autour d'elle, les lueurs phosphorescentes des champignons lui révélaient que non. Fintân dormait toujours – comme les bouquetins. Et derrière eux, dans les parois de la caverne, des sortes de creux en forme de corps. Des cavités qui se mouvaient dans la roche !

« Approche ! » lui dit l'une d'elles en pensée.

Li fit un pas en avant. La cavité semblait avoir les mêmes proportions qu'elle.

— Non… Ce n'est pas possible… Je dois rêver !

« Tends ta main vers moi ! »

Obéissant à l'injonction télépathique, Li tendit sa main vers la femme-creuse qui habitait la pierre et s'aperçut qu'elle s'ouvrait pour l'accueillir.

« Viens en moi ! »

— Pas sans mes amis, déclara Li.

« Ils sont déjà en nous », résonna la voix dans sa tête.

Li se retourna. Les corps de Fintân et des bouquetins étaient à moitié enfoncés dans le sol, dans des creux épousant leurs formes.

— Où m'emmenez-vous ?

« Là où tu rêves d'aller. »

Li entra dans la pierre et se fondit dans la cavité répliquant sa silhouette. Les roches épousèrent ses contours – sans l'empêcher de respirer. Elle sentit une douce odeur l'envelopper. Une odeur de pierre humide et fraîche. L'odeur – elle s'en souvenait à présent – du Grand Rocher au pied duquel elle avait été retrouvée.

Il y eut un cahot suivi d'un claquement sourd – comme une détonation.

Et elle fila vers En Bas, plus rapide que l'éclair.

QUATRIÈME PARTIE

TOUT EN BAS TOUT EN BAS

1

Une éternité s'écoula. Enveloppée dans son cocon de pierre, Li s'enfonçait dans la terre.

Des lignes saturées de couleurs chatoyantes succédèrent à d'autres lignes saturées de lumières, formant la trame de la montagne. Voilà tout ce dont elle se souvenait. Avoir aperçu ce qu'aucun œil humain n'avait vu avant elle – l'envers de Vertical, sillonné de lumières et de créatures fouisseuses aux contours vaguement insectoïdes.

Puis elle se réveilla sur l'herbe, le dos mouillé de rosée, au bas d'une pente immense et verdoyante, si gigantesque que son sommet échappait à la vue. La tête lui tournait. Elle avait l'impression d'être ivre – encore que cette sensation lui fût inconnue.

Près d'elle, Fintân dormait encore à poings fermés, lové en chien de fusil. Juste à côté, leurs deux bouquetins se redressèrent sur leurs pattes, bêlant d'incompréhension. Très vite, ils se mirent à brouter l'herbe grasse.

Fouinard était tout près, non loin d'un petit tas de mécanismes antiques – écrous et boulons, vis, engrenages et autres rouages, dont les formes anciennes évoquaient d'insolubles mystères.

La petite bête partit creuser un énième trou dans la terre, d'où elle revint chargée de trésors qu'elle ajouta à son magot. Elle semblait exulter. Autour d'elle, la prairie était constellée de trous.

Le mal de tête de Li redoubla. Elle regarda vers le ciel. Le soleil s'y trouvait au zénith, plus majestueux que jamais.

Puis elle regarda à ses pieds. Une brise venue de la mer lui souffla dans les cheveux. De la mer ? Au bas de la falaise où elle se tenait, Li distingua une étendue d'eau si gigantesque que le ciel peinait à la couvrir. « J'ai déjà vu ça », se dit-elle en fouillant dans sa mémoire. « Je connais cette image… »

La mer ! C'était la mer ! La mer était l'aboutissement de la frontière. Une succession de flots sans cesse renouvelés par d'autres flots survolés par de grands oiseaux blancs dérivant dans l'azur.

Li en resta bouche bée.

C'est alors qu'elle sentit un mouvement sous ses pieds.

La terre bougeait.

Les hommes-creux et femmes-creuses du Transroche avaient regagné les entrailles de la Terre. Li avait du mal à y croire. Elle y était arrivée ! Le monde n'était pas infini ! Elle était Tout En Bas Tout En Bas ! La Fille la Plus Basse du Monde, c'était elle ! Comme Ba serait fier d'elle s'il l'apprenait ! Et sa mère ! Et Jubal ! Et Maître Babackas ! Et tant et tant d'autres !

Ivre de joie et d'excitation, elle étreignit la pente. Elle aurait voulu l'embrasser tout entière, et l'embrassait en sanglotant, en l'inondant de larmes et en se promettant de l'aimer, de l'aimer toujours. « Arrose la pente de larmes de joie et aime-les… » Ces paroles retentissaient dans son âme. Sur quoi pleurait-elle ? Dans son exaltation, elle pleurait même sur les étoiles, qui scintillaient à l'infini, comme sur ses adversaires, et sur tous ceux qui l'avaient aidée à descendre. Elle pleurait sur Ba et Ma. Elle pleurait sur Tyr et Jubal, et sur tous ses compagnons, sur les animaux, et même sur la montagne, dont elle pressentait l'au-delà des Monts, Tout En Haut Tout En Haut.

On aurait dit que les trames de pentes innombrables convergeaient dans son âme et que celle-ci frémissait à leur contact. Elle aurait voulu pardonner, à tous et pour tout, et demander pardon non pas seulement pour elle, mais aussi pour les autres et pour tout. « Puissent les autres le demander de leur côté », priait-elle. De plus en plus, elle sentait d'une façon claire et quasi tangible qu'un sentiment ferme et inébranlable s'était établi dans son âme, et qu'une force s'était enracinée dans son esprit. Elle était descendue faible adolescente et se relevait jeune femme vaillante, irréductible, jusqu'à son dernier souffle. Et plus jamais, par la suite, Li ne put oublier cet instant. « Mon âme unie à la montagne… »

— Fintân ! Fintân ! Réveille-toi ! Regarde !

Elle le secoua comme un prunier.

Fintân ouvrit les yeux et regarda autour de lui. La parole lui manqua. Il tendit le bras et bafouilla.

— La mer ! La mer !

— Je sais ! dit Li, plus heureuse que jamais.

Elle se pencha vers lui, et ils regardèrent ensemble ces flots parcourus de vagues silencieuses.

— C'est magnifique ! dit-il. Tu as réussi ! Tu as réussi ! Li !

Elle lui souriait.

— C'est la montagne, dit-elle. Elle nous a aidés.

— Non ! C'est toi ! C'est toi qu'elle a aidée ! Tu es la Fille la Plus Basse du Village ! C'est incroyable !

Il se redressa et lui prit les mains.

— Maintenant on va remonter, tous les deux ! Il faut leur annoncer la Bonne Nouvelle ! À tous ! Les gens seront libres d'aller et venir à leur guise ! Plus personne ne sera obligé de descendre…

Il avait envie de pleurer, lui aussi.

Mais d'abord il la prit dans ses bras pour l'embrasser tendrement, lentement, comme il avait envie de le faire depuis qu'elle avait surgi de la Brume, il y a si haut de cela – une éternité !

Mais à peine s'était-il penché pour l'embrasser qu'une ombre les recouvrit, accompagnée d'un grand froid. Li leva les yeux. Un amoncellement de nuages grossissait rapidement dans le ciel, si lourds qu'ils peinaient à se maintenir au firmament. Ils furent suivis d'intenses vrombissements, si forts que Li et Fintân durent plaquer leurs mains sur leurs oreilles.

Ces bruits ! Ils les reconnaissaient ! Ils poussèrent un cri :

— Noon !

Une escadrille d'énormes vaisseaux boursouflés glissait lourdement dans les airs. Leurs moteurs crachaient d'épaisses fumées tourbillonnantes, qui noircissaient l'horizon. Sur la proue de l'un d'eux était peinte une immense flèche blanche pointée vers le bas. Un autre – le plus gros – arborait un gigantesque soleil d'or sur fond de carré blanc orné de la devise de Cuzco : « Seuls nous ».

— Noon ! cria Li. Ce n'est pas possible ! Pas eux ! Pas déjà !

Les vaisseaux s'immobilisèrent au-dessus d'eux dans des stridences infernales, puis amorcèrent leur descente – couchant les herbes avec leurs réacteurs, faisant fuir les bouquetins et contraignant Fintân et Li à se recroqueviller pour ne pas basculer par-dessus la falaise. Le taupard, terrorisé, courut se réfugier sur l'épaule de Li.

Quelques instants après, les vaisseaux entreprirent de se poser. Mais avant même qu'ils aient atterri, et alors que leur coque creusait de profonds sillons dans la terre, les flancs du vaisseau amiral s'ouvrirent sur une escouade de soldats qui sautèrent à pieds joints sur la pente herbeuse et la dévalèrent pour encercler Li et Fintân. Plus d'une vingtaine de fusils furent braqués sur eux.

Fintân les regardait d'un air mauvais.

— On se rend, dit-il.

— Posez vos armes à terre ! rugirent les soldats. Doucement !

Li laissa tomber sa perche et Fintân le racloir à lichens qu'elle lui avait prêté.

— Voilà ! Inutile de tirer !

Les soldats ne bronchèrent pas. Leur visière dorée dissimulait leur visage mais reflétait Fintân et Li.

Soudain, ils s'écartèrent pour laisser passer l'un des leurs – aux épaules couvertes d'une cape d'officier.

— Donnez-moi le collier ! tonitrua une voix que Li reconnut pour l'avoir entendue dans l'arène.

C'était celle du prince héritier. Cascadelle.

— Pourquoi le voulez-vous ? demanda-t-elle.

Un coup de crosse dans le ventre la fit se plier en deux. Fintân voulut la défendre, mais une pluie d'autres coups de crosse s'abattit sur lui.

Au moins, les gardes n'avaient pas tiré.

— À genoux ! Tous les deux ! Mains sur l'arrière de la tête ! beugla un aide de camp.

Ils obéirent. Le prince héritier s'approcha d'eux. Li ne voyait que ses hautes bottes de cuir noir, qui lui montaient jusqu'aux genoux. Elles étaient si brillantes que les nuages s'y reflétaient dans des teintes blanchâtres. Li eut envie de vomir.

— Le collier ! répéta Cascadelle dont elle vit se tendre la main sous ses yeux.

Elle baissa la tête.

— Obéis !

Mais Li refusa d'obéir.

— Plutôt mourir !

— Quand tu m'auras dit où tu l'as eu !

— Jamais !

— En ce cas, c'est ton ami qui mourra !

Il dégaina un pistolet et le braqua sur la tempe de Fintân.

« Ne parle pas… », semblait-il la supplier du regard.

Li déglutit.

— C'est ma mère…, commença-t-elle d'une voix que l'émotion faisait trembler.

— Ta mère ? Explique-toi.

— Il appartenait à ma mère…

— Mensonges ! Il appartient à la famille royale ! Et donc à moi !

Il la repoussa du pied, la faisant rouler sur l'herbe, tout près du bord de la falaise.

— Donne-le-moi ou je tue ton ami !

— Si vous faites ça, je le laisse tomber ! répliqua Li en tendant le collier au-dessus du vide.

Cascadelle tressaillit.

— Ne fais pas ça ! Je suis sûr que tu ne sais même pas d'où il vient !

— Je vous l'ai dit, il appartenait à ma mère !

Une rumeur parcourut les soldats. Ils avaient l'air troublés par les déclarations de Li. Se pouvait-il qu'elle fût liée, d'une manière ou d'une autre, à la famille royale ?

— Sais-tu qu'une légende existe à son sujet ? On dit… On dit… Mais je ne vois pas pourquoi je te la raconterais, si tu ne me dis pas comment tu es entrée en sa possession.

— C'est pentu, souffla Li en se rappelant aussitôt la façon dont Tyr avait prononcé ces mêmes mots lorsqu'elle lui avait demandé comment s'était passée son entrevue avec le Maître Ciseleur de Mesure.

« Pentu… », songea-t-elle. Et elle revit s'imprimer dans sa mémoire le corps ensanglanté, méconnaissable, de Tyr.

— Elle rêvait d'atteindre Tout En Bas Tout En Bas, fit-elle sans se soucier de savoir si Cascadelle la comprendrait ou pas.

— Qui ça ?

— Mon amie. Celle que votre peuple a condamnée à mourir dans l'arène.

Cascadelle haussa les épaules.

— Seuls nous sommes dignes de l'atteindre !

Il claqua des doigts. Deux mains agrippèrent Li par les épaules, la tirant en arrière.

— Arrêtez ! cria-t-elle. Ou je laisse tomber le collier !

Les mains cessèrent de tirer, mais continuèrent à la plaquer à terre.

— Te voilà bien avancée maintenant, déclara Cascadelle.

Il partit d'un éclat de rire. Li eut envie de lui sauter dessus, mais les mains la tenaient fermement. Elle échangea un regard avec Fintân – que d'autres mains agrippaient. Que pouvaient-ils faire ? Il n'y avait pas d'issue.

Le prince s'agenouilla pour regarder Li dans les yeux.

— J'aimerais savoir qui tu es, et comprendre comment tu as fait pour arriver ici…, déclara-t-il en lui glissant deux doigts sous le menton pour la contraindre à lever la tête.

Puis il regarda le collier dans le poing fermé de Li, d'un air empli à la fois de désir et de morgue.

— En tout cas, je te remercie de me l'avoir apporté. Car tu auras certainement deviné que notre ville est bâtie en hommage au soleil, qui chaque jour accomplit la descente de Tout En Haut Tout En Haut jusque Tout En Bas Tout En Bas, poursuivit-il en fixant sur elle ses yeux perçants.

Il eut un sourire mauvais, satisfait. Il était sûr de sa victoire – « trop sûr », songea Li.

— Si j'en crois la légende, continua-t-il, ce collier proviendrait des Anciens, dont nous nous sommes employés à reconstituer le savoir. Tu ne peux pas imaginer combien de temps nos Maîtres Tessons ont mis à pieusement rassembler les artefacts dont les abords de notre cité pullulaient. Combien de générations d'ingénieux se sont succédé au-dessus d'eux pour les analyser. Les démonter. Les recopier. Au point qu'aujourd'hui nos technologies n'ont plus rien à envier à celles des Anciens. Moment que nous attendions pour partir à l'assaut de Tout En Bas Tout En Bas, où ton Pleutre et toi nous avez traîtreusement précédés. Mais ça, fit-il en se relevant, personne n'en saura jamais rien.

Une nouvelle fois, Li et Fintân eurent l'impression que des soldats n'approuvaient pas.

Cascadelle regarda autour de lui, les mains sur les hanches, dans une posture de conquérant.

— Comme il est écrit dans le Livre du Vide : « Tout lieu que foulera la plante de vos pieds, je vous le donne », déclara-t-il. « Ou quelque chose comme ça », fit-il en se signant vers le bas.

Ses soldats l'imitèrent.

— Vertical est à nous ! Nous allons désormais remonter annoncer la Bonne Nouvelle à tous les camps et villages en amont de Cuzco !

Il ricana.

Car il était évident qu'en guise de Bonne Nouvelle Cascadelle et les siens n'apporteraient que feu et sang à ceux qui ne se soumettraient pas à leur pouvoir.

Li se cambra. Elle devait empêcher cette monstruosité. Mais comment ? Ses yeux parcouraient les alentours, à la recherche d'une solution. Mais elle n'en trouva pas.

— Si je vous donne le collier, nous laisserez-vous vivre ?

Après un silence, Cascadelle répondit :

— Comme esclaves, oui.

Li sentit qu'il mentait.

La main de Cascadelle revint effleurer le poignet de Li – on aurait dit qu'il hésitait à prendre le collier, comme s'il craignait de commettre un sacrilège. Mais pour combien de temps encore ?

— D'après certains récits antiques, ce collier permettrait à son possesseur de contrôler toutes les technologies. Il avait disparu au Temps de la Colère, aux Jours d'Avant les Jours. Avant de réapparaître quelques années plus haut, au cou d'une ensorceleuse. D'où venait-elle ? L'histoire ne le dit pas. Toujours est-il qu'Adoni-Çédeq, le prince héritier de l'époque, tomba amoureux d'elle...

Li l'écoutait, tout ouïe. Ce récit. C'était celui de ses parents biologiques. Elle le savait. Le sentait dans ses chairs. Elle se mit à trembler de tous ses membres. Car elle avait déjà compris que son père était originaire de Cuzco – l'accent qu'elle avait entendu, au cours de la remémoration provoquée par Luchna, était celui de cette ville immonde.

Et Cascadelle poursuivit :

— Pour une raison inconnue, le prince et la sorcière s'enfuirent tous les deux vers Plus Haut, où nous ne les avons jamais retrouvés malgré nos efforts. (Sa voix prit un accent plus terrible qu'auparavant.) Voilà pourquoi j'aimerais que tu me dises où tu as découvert ce collier !

Il fixa son regard sur elle comme s'il voulait l'hypnotiser. Ses yeux étaient deux braises flamboyant sur sa face rougissante.

Le cœur de Li fit un bond dans sa poitrine. « Trouver une solution ! Vite ! » Elle tourna ses regards affolés de tous les côtés, mais ne vit rien d'autre que les gardes qui la tenaient par les épaules et le prince héritier – son oncle ? – qui la dévisageait en souriant cruellement. Son oncle… Mais si le père de Li était Adoni-Çédeq, alors Li était…

— Je suis l'héritière de Cuzco ! cria-t-elle en se redressant brusquement. Cet homme est un imposteur !

Les gardes relâchèrent leur poigne. Disait-elle vrai ? Il leur semblait que oui. D'ailleurs, elle avait le collier – et les mêmes cheveux couleur d'or que la fiancée de l'ancien prince héritier. Les officiers auraient pu le jurer.

— Sire, déclara l'un d'eux, peut-être devrions-nous remonter voir Sa Majesté votre père, et tirer cette affaire au clair…

— Silence ! Et toi, donne-moi ce collier, s'emporta Cascadelle en tirant violemment dessus.

— Non ! cria Li.

Le prince héritier tira, tira et tira sur le collier – sur lequel Li tirait elle aussi.

Li tira en arrière – le prince tira de son côté. Mais Li avait beau tirer, le prince était plus fort. Elle allait céder – lorsque soudain Fouinard descendit le bras de Li et remonta vers la main du prince, où il enfonça ses crocs. Cascadelle poussa un cri de douleur et lâcha le collier.

Li bascula à la renverse, tête la première vers l'océan.

INTERLUDE

0

Quinze ans, c'est bien jeune pour descendre.

C'est ce que Li n'arrêtait pas de se répéter alors qu'elle tombait en chute libre vers la mer.

Quatorze. Treize.

Faisant voler ses cheveux et sa robe en tous sens, le vent la giflait si violemment qu'elle n'arrivait plus à respirer.

Douze. Onze.

Ses poumons la brûlaient.

Dix.

Puis, moins sous l'effet des larmes que du manque d'oxygène, sa vision se troubla.

Neuf.

Mais tandis que l'horizon se réduisait à une immense tache bleue, synonyme de mort, elle ne put s'empêcher de sourire.

Huit.

Car si sa mort prochaine était assurément une mauvaise nouvelle, son esprit, fonctionnant à toute allure, lui en indiquait deux bonnes, comme en compensation.

Sept.

La première, c'est qu'elle n'avait pas vécu en vain.

Six.

La seconde, c'est qu'elle serait bientôt la Fille la Plus Basse du Village – et même de tout Vertical.

Cinq.

Ses parents seraient fiers d'elle !

Quatre.

Le problème, c'est qu'à ce moment-là elle serait morte.

Trois.

Li ferma les yeux, se demandant si ce qu'on disait était vrai.

Deux.

Revoyait-on toute sa vie en un éclair avant de mourir ?

Un.

Dans un instant elle le saurait.

CINQUIÈME PARTIE

ENCORE PLUS BAS

-1

La réponse était « oui ».

Ce qui n'empêcha pas Li de se réveiller dans son lit. Avait-elle rêvé toute cette aventure ? Elle s'attendait presque à entendre Ma lui intimer de se lever. Elle cligna des yeux, se frotta les paupières, puis regarda autour d'elle.

Et poussa un cri.

Ba était penché sur elle, et lui souriait avec amour.

— Nous sommes ravis de vous revoir ici, lui dit Ba.

— Ba ?

Li tremblait de tous ses membres. Que faisait son père ici ? Et pourquoi la vouvoyait-il ?

— Vous ne m'avez pas encore donné de nom. Souhaitez-vous m'appeler « Ba » ?

— Mais qu'est-ce que tu racontes ?

— Si vous souhaitez m'appeler « Ba », dites « oui ». Sinon, dites « non » pour choisir un nouveau nom, poursuivit Ba, imperturbable.

Li se sentait perdue. Elle était assise dans une grande pièce blanche, aux murs tapissés d'armoires métalliques munies de parois transparentes derrière lesquelles on devinait toutes sortes d'instruments chirurgicaux et de flacons. Une odeur aseptisée flottait dans l'air.

— Où suis-je ?

— À Sanctuaire, reprit Ba. Comment vous sentez-vous ?

Elle scruta plus attentivement le visage de son père. Mais celui-ci était d'une immobilité troublante. Presque glaciale.

— Vous n'êtes pas Ba ! s'écria-t-elle en posant le pied sur une surface froide, faite de carreaux de céramique.

— Certes non. J'ai pioché cette image dans votre mémoire en pensant qu'elle vous serait agréable. Si vous le souhaitez, je puis en changer.

Ba se transforma alors successivement en Fintân. Puis en Araz. Puis en Maître Babackas. Puis en Tyr. Puis en Ma. Et tout cela en un clin d'œil.

— Laquelle vous agrée le plus ?

— Aucune !

Ma parut troublée et adopta alors l'apparence de Li.

— Et surtout pas celle-ci ! s'énerva Li en cherchant quelque chose à lui jeter à la figure.

Avisant une sorte de tube métallique, elle le lui lança. Mais le tube traversa l'image sans la blesser et atterrit dans un fracas assourdissant de l'autre côté. Comme si elle n'avait été qu'un fantôme.

— Je puis prendre la forme d'un trombone si cela vous agrée, continua l'Intelligence Artificielle.

— Un trombone ? Qu'est-ce que c'est ? demanda Li tout en continuant à regarder autour d'elle, à la recherche d'une porte.

— Un hommage aux Anciens, fit le trombone en sautillant après elle. Si j'en crois mes données, il s'agissait d'une fonction d'aide à un système d'exploitation défaillant qui fut remplacé par un autre, prétendument plus efficace.

— Je ne comprends rien à ce que tu racontes, dit Li en apercevant enfin une drôle de porte.

D'une curieuse matière blanche et dépourvue de poignée.

— Comment ça s'ouvre ce truc ? demanda-t-elle en appuyant des deux mains sur le panneau lisse.

— Comme ça, fit l'Intelligence Artificielle en faisant passer du rouge au vert un voyant lumineux au-dessus de la porte.

Qui s'enfonça dans le mur avec un chuintement.

Derrière s'étendait un long couloir. Blanc et incrusté de plaques lumineuses, un peu comme celles de Cuzco. Mais en plus beau, et propre.

— Je veux revoir Fouinard ! tempêta Li.

— Voilà qui est fait, répliqua le trombone en se changeant en taupard.

Li le regarda d'un air déconcerté. Puis lui dit :

— C'est encore ce que tu as trouvé de moins moche. Mais je préférerais qu'on te donne une apparence plus personnelle. Tu n'as rien qui te plairait ?

— Je l'ignore. Cela n'est pas inscrit dans mes bases de données.

— Peux-tu prendre la forme de ce médaillon ? demanda-t-elle en montrant celui qu'elle tenait à la main.

— Je le puis, en effet.

Et Fouinard se métamorphosa en étoile.

— C'est mieux, fit Li. Maintenant il te faut un nom.

— C'est que je n'en ai aucun qui m'appartienne en propre. C'est à vous de m'en donner un.

Li réfléchit un instant.

— Bon. Nous verrons cela plus tard. Pour l'instant j'ai d'autres pentes à descendre. Où sommes-nous ?

— Je vous l'ai dit. À Sanctuaire.

— Mais qu'est-ce que c'est Sanctuaire ? Encore un village ? Une ville ? Un campement ? Comment ai-je pu me retrouver ici ? Je me souviens d'être tombée dans la mer. Je devrais être morte.

L'étoile vacilla un instant – comme choquée, si une telle chose se pouvait.

— Pourquoi laisserions-nous mourir navigateurs et navigatrices ? Ils ne sont pas si nombreux.

— Alors cet endroit serait sous les flots ?

— Plus Bas que Tout En Bas Tout En Bas, en effet. Nous sommes juste en dessous de là où « même l'eau se repose », ainsi qu'aimait à le dire votre compagnon de cordée.

— Fintân..., soupira Li.

Elle ferma les yeux, brièvement, pour mieux le revoir. Fintân. « Dire que nous n'avons même pas échangé un baiser », songea-t-elle.

Et elle rouvrit les yeux.

— Alors c'est ici ? L'Endroit le Plus Bas du Monde ?

— En effet. Celui d'où tout est parti.

— Mais qu'est-ce que cela signifie ?

— D'où tout a commencé.

Sans s'expliquer pourquoi, Li sentit que l'étoile était troublée : avait-elle du mal à lui fournir des explications ?

— J'ai quelques difficultés à comprendre…

— Ce lieu est un ancien laboratoire scientifique, dont les recherches sur les forces primitives à l'origine de la création de l'univers déclenchèrent la colère divine qui a ravagé votre monde, et lui a donné la forme qu'il a actuellement. Vous devez comprendre qu'autrefois, lorsqu'ils eurent soumis toutes les énergies, escaladé toutes les montagnes et exploré tous les fonds marins, les humains se crurent les maîtres de la Terre…

Ces paroles. Li les connaissait. Au plus profond d'elle-même, gravées dans ses gènes. Elle les connaissait depuis qu'elle était née – on les lui avait répétées tant et tant de fois. Elles étaient même ciselées, au-dessous de peintures les illustrant, sur les parois de la Grotte du Rideau d'Eau : « Aval, voyant la façon dont les humains se comportaient avec la Terre, ainsi qu'avec toutes les créatures qui l'habitaient, dit aux humains : "Il est venu le temps d'être soumis à la Terre ainsi qu'à tous les poissons de la mer, les oiseaux du ciel et tous les animaux qui rampent sur la Terre." Et il leur dit encore : "Je vous reprends toutes les herbes portant semence qui sont sur la surface de la Terre, et tous les arbres qui ont des fruits portant semence : ce sera votre pénitence, afin que vous sachiez que ce qui fut donné peut être repris." Mais les humains trouvèrent le moyen de contourner la sentence divine. Alors Aval dit : "Je m'en vais répandre les eaux du déluge sur Terre pour faire mourir toute chair qui respire et effacer de la surface du sol les hommes que j'ai créés – et avec les humains, les bestiaux, les bestioles et les oiseaux du ciel – car je me repens de les avoir faits." Et il fit pleuvoir sur Terre pendant plus de quarante et cent millions d'années – au terme desquelles les eaux stagnèrent puis décrurent. Mais là encore certains humains avaient trouvé le moyen de survivre, à bord d'immenses stations sous-marines à l'intérieur desquelles ils commencèrent à bâtir des vaisseaux capables de les emmener plus loin que les étoiles. Et ils recommencèrent à mal se comporter. Alors Aval leur dit : "Les monts sur lesquels vous vous êtes posés, je vais les soulever jusqu'aux plus hautes étoiles. Les souterrains où vous vous êtes réfugiés, je vais les plonger au fond des plus vertigineux abîmes." »

— ... alors, poursuivit l'étoile, la Terre déroula ses entrailles. Les fosses s'ajoutèrent aux fosses pour former le plus profond des abîmes et les plaines se soulevèrent pour s'unir aux sommets les plus hauts. Et tous formèrent la plus extraordinaire des montagnes : Vertical...

— ... une montagne si haute, poursuivit Li, que personne n'était jamais redescendu de son sommet pour dire qu'il l'avait vaincu, ni remonté de son pied pour dire qu'il l'avait foulé.

Sauf que si, elle l'avait foulé, justement – songea Li le cœur battant. Et elle n'était pas la seule. Bientôt, ils remonteraient vers Tout En Haut Tout En Haut, et la prophétie pourrait s'accomplir : « Une fois Bas et Haut réunis, l'Ancien Monde s'effondrera et le Nouveau commencera. »

Sauf que personne ne savait exactement ce que cela signifiait. Cette prophétie pouvait tout aussi bien s'appliquer au passé. Li serra son médaillon dans sa main, pour en sentir la douce chaleur. Elle le repassa autour de son cou.

— Très bien. Et maintenant, dis-moi : qui es-tu ?

— L'Intelligence Artificielle chargée de veiller sur ces lieux durant le sommeil de leurs gardiens.

— Intelligence Artificielle ? Gardiens de ces lieux ?

— Si vous voulez bien vous donner la peine de me suivre…

L'étoile voleta dans les couloirs, où les panneaux lumineux s'allumèrent à son passage pour s'éteindre aussitôt après.

— C'est magique ? demanda Li.

— Non, c'est économique.

L'étoile revint voleter vers elle, et lui dit :

— Inutile de laisser les lumières allumées. L'énergie est précieuse.

— Ah. Nivel, répliqua Li.

— Toute énergie est précieuse, ajouta l'étoile en prenant de la vitesse.

Enfin, elle arriva devant une gigantesque double porte aux parois vitrées. Des étoiles de givre étaient collées aux fenêtres.

— Qu'est-ce que c'est ? demanda Li.

— La crypte.

La porte s'ouvrit avec un chuintement, laissant s'échapper des vapeurs glacées. Li pénétra dans une salle immense, où des rangées de sarcophages transparents s'étageaient à perte de vue sur des rayonnages métalliques où clignotaient des voyants.

— Ce sont les scientifiques de Sanctuaire, déclara l'étoile. Et leur chef…

L'étoile voleta jusqu'à l'un des sarcophages non loin de la porte.

— … était votre mère, poursuivit-elle en flottant devant un cercueil de verre au couvercle soulevé.

Li s'en approcha doucement et tressaillit en reconnaissant – au pied du sarcophage – une image représentant la femme dont elle avait vu la statue, dans la Forêt des Pleutres. C'était sa mère – sa mère biologique. Avec des cheveux blonds comme les siens – couleur soleil.

Li passa la main sur une plaque incrustée au-dessus du cercueil de verre, où des runes indéchiffrables étaient inscrites à côté de ce qui ressemblait à des chiffres.

— Liv, déclara l'Intelligence Artificielle.

— Liv ?

— C'était son nom.

— C'était ma mère, dit Li en avançant une main tremblante vers le cercueil de verre.

Il était froid au toucher.

— Vous lui ressemblez énormément, dit l'étoile. Vous avez les mêmes cheveux. Et les mêmes yeux.

— Elle avait les yeux bleus, elle aussi ? demanda Li.

Une image s'alluma au-dessus du cercueil, où elle se mit à tournoyer : celle d'une jeune femme en uniforme impeccable, avec de magnifiques yeux bleus. Couleur de ciel.

Li se mit à pleurer. Ce fut plus fort qu'elle. « Ma mère ! Maman ! Alors ces yeux, ce sont… »

Elle se tourna vers la petite étoile et lui dit d'une voix tremblante :

— Crois-tu qu'on puisse se souvenir de sa naissance ?

— Je me souviens fort bien de la mienne, répondit l'étoile. Mais je ne suis pas de chair et d'os.

— Je crois que j'ai vu ces yeux, quand j'étais tout *baba.* C'est peut-être même mon plus ancien souvenir. Les yeux de ma mère ! « Œil bleu, œil d'amoureux… » Comme Ba aurait ri, s'il avait su !

Les yeux bleus de sa mère. Elle était si heureuse de les voir.

Mais une chose la chiffonnait :

— Pourquoi ma mère n'est-elle pas ici ? Je veux dire : j'ai vu son squelette, dans la Forêt des Pleutres.

— Je sais, virevolta l'étoile. J'étais là !

— Ah ?

— Dans le médaillon… Il s'agit d'un relais. Il est relié à ce centre, et se cale sur les ondes cérébrales de son porteur. Si bien que j'étais avec vous, comme maintenant. De même que j'étais aussi avec votre mère, autrefois, avant que je ne la sorte de son long sommeil.

— Explique-toi, je ne comprends pas.

— Depuis Sanctuaire, où ces scientifiques dormaient, je suivais l'évolution de Vertical. Votre monde est en train de s'effondrer, à cause des erreurs commises par ceux du Sommet. Votre mère m'avait donné l'ordre de la réveiller si je détectais ce genre d'incident. Ce que j'ai fait.

L'étoile parut prendre une inspiration – mais bien sûr ce n'était qu'une impression –, et continua :

— Elle a quitté Sanctuaire toute seule, et contre mon avis. Elle est remontée jusqu'à Cuzco grâce au Transroche, pour annoncer la Bonne Nouvelle et la Mauvaise. Et là…

— Elle a rencontré mon père, poursuivit Li. Un homme l'a arrêtée. Et ils se sont fixés, un temps durant…

L'étoile clignota, comme troublée. Elle n'aimait pas qu'on parle des choses de l'amour, qu'elle ne comprenait pas. Malgré tout, elle continua :

— En fait votre père l'a obligée à reprendre sa route. Sa mission. C'est grâce à lui, peu après votre naissance, qu'ils sont montés.

— Ce qui les condamna, conclut Li.

L'étoile oscilla de haut en bas, comme pour approuver.

— Votre père était le prince Adoni-Çédeq, héritier de Cuzco. Il a abandonné son futur trône pour tenter de sauver votre monde.

Li pleurait à chaudes larmes. Ses deux pères étaient remontés pour sauver l'un Vertical, l'autre Cent-Maisons.

— Sont-ils encore en vie ?

— Je ne sais pas. Mes senseurs sont puissants, mais pas à ce point. Sans compter que quelque chose brouille les émissions en partance du sommet.

Li ne put s'empêcher de frissonner, à l'idée de tous ces corps endormis autour d'elle. Elle se trouvait ici dans un mausolée. (Mais finalement quoi de plus normal – quand on descend profondément sous terre, se disait-elle – puisque tout va dans un même lieu : « Tout provient de la poussière, et tout retourne à la poussière », comme il était dit dans le Livre du Vide.)

Li inspira une grande goulée d'air froid de la crypte, puis regarda l'étoile et lui demanda :

— C'est pour ça que tu m'as dit que tu étais contente de me « revoir » lorsque je me suis réveillée ?

L'étoile parut troublée.

— C'était une façon de parler.

— Comment cela ?

— Lorsque vous êtes tombée de la falaise, les systèmes de surveillance de Sanctuaire vous ont repérée puis scannée. Ils ont reconnu l'ADN de votre mère, mêlé à un autre qu'ils ne connaissaient pas.

— ADN ? Scannée ? Système de surveillance ? Mais de quoi parles-tu ?

L'étoile émit un flash – et projeta une séquence d'images où l'on voyait Li tomber vers la mer. Arrivée juste au-dessus des flots, elle avait perdu connaissance alors que la mer s'entrouvrait pour la laisser passer – et la confier à d'étranges rayons lumineux qui avaient transporté son corps jusqu'à la base sous-marine de Sanctuaire. Et de là à l'infirmerie.

Où d'autres lumières l'avaient scannée et soignée.

Puis l'image s'effaça.

Li n'était pas sûre d'avoir tout compris. Mais l'étoile poursuivit :

— Quoi qu'il en soit, comme je le disais, c'est une erreur impardonnable. Jamais je n'aurais dû vous dire que j'étais « contente de vous revoir ». Je n'étais pas programmé pour. Si vous le permettez, je vais allouer un infime pourcentage de mes formidables ressources à l'analyse de ce problème. Peut-être cela nous livrera-t-il une explication ?

— Fais-le si tu veux. De toute façon je ne comprends rien à ce que tu racontes.

Un silence s'écoula, au terme duquel l'étoile annonça :

— Désolé. Réponse introuvable. Il faut croire que je n'ai pas été programmé pour interagir avec des profanes. Je vais voir si je peux mettre à jour mon champ lexical… Ah non.

L'étoile avait l'air dépitée.

— Bon. Que peux-tu m'expliquer alors ? Pour que je comprenne, avec mes mots ?

L'étoile brilla soudain plus vivement.

— Peut-être puis-je les réveiller tous ? Sûrement, ils sauraient vous expliquer tout ça mieux que moi…

Li hésita.

— Non, dit-elle. C'est trop tôt. Même s'il est vrai que je me sens seule, ici.

— N'est-ce pas, confirma l'étoile. J'ai moi-même énormément souffert. La solitude est difficile à supporter, même pour une Intelligence Artificielle aussi évoluée que moi. C'est long des millions d'années. Heureusement, je n'ai eu aucun mal à trouver une solution.

— Ah bon ? Laquelle ?

L'étoile clignota et dit :

— Sortons. Je vais vous montrer.

Le couloir dans lequel Li déboucha n'avait plus rien à voir avec celui de tout à l'heure, avant qu'elles n'entrent dans la crypte. Il grouillait de vie ! Mais les gens passaient à côté d'elle ou la traversaient sans même la remarquer. Au début, Li chercha à les éviter, mais l'étoile lui dit :

— Ils ne peuvent pas vous voir. Ce ne sont que des images en trois dimensions. On appelle ça des « hologrammes ». Je les ai créés à partir des véritables scientifiques de Sanctuaire.

— J'espère qu'on ne verra pas ma mère !

— Elle est au PCNO. Mais je la désactiverai si nous y allons.

— PCNO ?

— Poste Central Navigation Opération. C'est de là que les ordres partent. Le cerveau de cet endroit, si vous préférez.

— J'ai du mal à comprendre, mais je crois que je vois à peu près…

— Peut-être me comprendriez-vous mieux si vous aviez l'estomac plein ? D'après ma base de données, la faim joue un rôle important chez vous autres, humains. Et peut-être même qu'une douche, et une nouvelle garde-robe…

— Oui, oui, mais rapidement ! s'exclama Li. N'oublie pas que nous avons un monde à sauver !

-2

Une douche et un uniforme plus tard, Li pénétra dans un vaste réfectoire débordant d'odeurs et de personnes attablées. Les conversations allaient bon train, dans des langues incompréhensibles. On aurait dit que les hologrammes ne se doutaient de rien. En tout cas, ils ne donnaient pas l'impression de s'émouvoir de la présence de Li en ces lieux.

Bientôt, elle se retrouva à faire la queue avec un drôle de plateau creusé de petits compartiments, où lui furent servis un étrange poisson rose, comme elle n'en avait jamais vu, ainsi qu'une pleine louchée de curieux rubans jaunes surmontés d'une noisette de matière blanche et d'une plante frisée, verte.

— J'ai programmé l'un des plats favoris de votre mère. Comme ça vous pourrez apprendre à mieux la connaître. À travers ce qu'elle aimait manger.

— Décidément, tu es pleine de ressources !

Il sembla à Li que l'étoile rosissait. Mais bien sûr, c'était impossible. Ce devait être encore une impression.

— Puis-je me permettre une remarque ? s'enquit l'étoile.

— Bien chûr ! répondit Li en enfournant une pleine fourchée de tagliatelles.

Elle avait une faim de griffu. Ça faisait une éternité qu'elle n'avait pas mangé à sa faim. Depuis Mesure, en fait.

— Vous avez utilisé le féminin pour me parler. Pourtant, je n'ai pas de sexe.

— Mais tu es une étoile ?

— Pas exactement. Plutôt une Intelligence Artificielle dernier cri (pour l'époque en tout cas).

— Bon, fit Li en mâchant son saumon. Chi tu veux. Et donc ? Tu préfères quoi ?

— Je ne préfère rien. Je voulais juste vous signaler que l'emploi du féminin supposait un « genre », dont je ne suis pas doté. Même si dans certaines civilisations le féminin est le genre par défaut. Quand dans d'autres c'est le masculin. Le neutre étant quant à lui généralement réservé aux…

— Val, Val…, l'interrompit Li sans trop prêter attention aux radotages de l'étoile. Comme tu veux. Va pour le masculin. Allez !

— Mais le masculin implique…

— On ne va pas pacher des heures à dichcuter du chexe des étoiles, tu ne crois pas ? Je te rappelle qu'on a un monde à chauver.

— Entendu. Je comprends, fit l'étoile en pâlissant. Je disais ça seulement pour aider. Mes paramètres…

— Ce qui m'aiderait plutôt, ce serait de remonter voir mes amis. Et Fintân ! déclara Li en s'essuyant les lèvres avec une serviette.

— Vous ne voulez pas de dessert ?

— Un dessert ?

Li ne savait pas ce que c'était. Alors l'étoile fit apparaître devant elle un bol de riz au lait, où Li plongea sa cuillère.

— Délichieux ! Tu es un vrai cordon-bleu !

— Merci, dit l'étoile. Mais je n'y suis pour rien. Remerciez plutôt l'autocuiseur.

Li regarda autour d'elle, leva les yeux au plafond et dit à tout hasard au plafonnier : « Merci ! »

— Peut-être apprécierez-vous cette autre attention, poursuivit l'étoile.

Un pan de mur s'effaça, livrant passage à un chariot métallique se déplaçant tout seul. Sous une coque percée de trous se trouvait Fouinard. La petite bête regardait autour d'elle, les moustaches frétillantes. Elle couina de joie en apercevant Li.

— Fouinard ! s'écria Li en l'apercevant.

Elle se pencha vers l'étoile pour lui donner un baiser, mais la traversa.

— J'avais oublié ! On ne peut pas te toucher !

— Non. En effet. Je ne suis qu'un hologramme, moi aussi.

— Il faudra bien te trouver un nom, répliqua Li en soulevant la coque en plastique pour prendre Fouinard dans ses bras.

Elle le déposa sur la table du réfectoire, et lui tendit une gamelle pour qu'il se restaure. Puis elle demanda à l'étoile :

— Et maintenant ? Si on faisait le point sur notre situation ?

— Pour le dire comme chez vous, c'est pentu, dit l'étoile.

— Ah non ! pas de ça avec moi !

— Fort bien, dit l'étoile. Que voulez-vous savoir ?

Li prit un air grave, et demanda :

— Où sont mes amis ? Comment vont-ils ?

— Ils sont toujours à Cuzco, où ils sont prisonniers. Ils vont bien. Pour l'instant.

— Pour l'instant ?

Une image apparut dans l'air, montrant une série de petites cellules aux parois métalliques. Fintân, Pachinko et Luchna s'y trouvaient enfermés. Ils étaient couverts de multiples bleus et de contusions, comme s'ils avaient été roués de coups.

— Et les autres ?

— Toujours dans les geôles de Cuzco.

— Et Jubal ?

— Il a triomphé des griffus…

— C'est vrai ? Des trois ?

Li n'en croyait pas ses oreilles.

— … mais Cascadelle l'a fait exécuter. Je suis désolé.

Li se rembrunit. Elle regarda autour d'elle, les conversations les plus banales se poursuivaient comme si de rien n'était – lui donnant l'impression qu'elle était un fantôme.

— Et Cascadelle ? Que fait-il ?

— Il remonte vers l'Amont. Avec son escadrille et ses armées. Ils répandent la « Bonne Nouvelle », comme ils disent.

Une nouvelle image vint remplacer la précédente. Cette fois, Li vit des vaisseaux cracher missiles et fumigènes sur des villages dont les habitants s'échappaient en criant.

— On peut les en empêcher ?

— Je l'ignore. Malgré mon intelligence surgéniale, un certain nombre de paramètres de votre monde m'échappent. C'est bien pour cela que votre mère m'avait ordonné de la réveiller. Afin de remonter vers l'Amont et d'empêcher une nouvelle catastrophe.

— Quel genre de catastrophe ?

— Du genre qui détruit des mondes et en façonne de nouveaux. Comme celle qui mit fin au monde de ceux que vous nommez les Anciens et créa le vôtre.

Li sentit la nervosité la gagner.

— Tu parles du Temps de la Colère ? Des Jours d'Avant les Jours ?

— Oui.

— Et cette nouvelle catastrophe ? Elle partirait d'où ?

— D'après mes relevés, de Tout En Haut Tout En Haut. Contrairement à la précédente. Qui était partie d'ici, comme je vous l'ai déjà dit.

Li sentit un frisson la parcourir de la tête aux pieds.

— D'ici ?

— Oui. Ce que votre peuple appelle la « Grande Catastrophe » est parti de Tout En Bas Tout En Bas. Ce sont les forces primitives que tentaient de dompter votre mère et les chercheurs de Sanctuaire qui bouleversèrent le monde des Anciens et donnèrent naissance à Vertical. Et maintenant une nouvelle « Grande Catastrophe » est sur le point de se produire, Tout En Haut Tout En Haut.

Li prit un air soucieux et s'enquit :

— C'est quoi ces « forces primitives » ?

— C'est difficile à expliquer. C'est ce qui est au cœur de la matière et du temps. Votre mère les appelait des « YS ». Des sortes de géants, si vous préférez. Même si certains sont minuscules.

Li prit un air soucieux. Des « sortes de géants » ? « Minuscules » ? Elle se demanda à quoi ils ressemblaient.

— Bon, dit-elle en posant sa cuillère. Je pense qu'il est temps de remonter. N'as-tu rien à me proposer ? Un bouquetin ?

L'étoile se mit à luire d'un air ravi, et déclara :

— J'ai mieux que ça ! Si vous voulez bien me suivre, j'ai quelque chose qui devrait vous agréer...

— Je te suis, répliqua Li en lui emboîtant le pas.

L'étoile voleta à toute allure dans les couloirs de Sanctuaire. Li lui courut après, suivant les lumières qui s'allumaient devant elle. Par endroits, de larges fenêtres rectangulaires s'ouvraient au milieu des murs. Elles donnaient sur le fond marin – où des bancs de poissons multicolores nageaient parmi des ruines antiques, comme dans l'aquarium de *la Perche Joyeuse*. Mais en grandeur nature. Peut-être, en ces lieux, était-ce Li qui avait l'air d'être dans un aquarium, aux yeux des poissons qui nageaient dans l'océan.

— Où m'emmènes-tu ? demanda Li à l'étoile lorsqu'elle l'eut rejointe, à bout de souffle.

— Au PCNO.

De plus en plus déconcertée, Li demanda :

— J'espère que tu vas m'expliquer.

— Patience, dit l'étoile. Patience...

« La première des leçons », souffla Li. « J'espère que j'aurai bientôt la deuxième... »

Celle-ci se présenta sous la forme d'une salle immense, bordée de consoles et d'écrans de toutes les dimensions. Des scientifiques circulaient d'un poste de contrôle à l'autre ou étaient assis sur l'un des nombreux sièges tournés vers des claviers munis de gros boutons colorés. Comme d'habitude, ils s'exprimaient dans des idiomes que Li ne comprenait pas.

Un siège frappé d'un emblème que Li reconnut aussitôt pour l'avoir déjà aperçu à Rocher-du-Vaisseau – un trident bleu azur – dominait l'ensemble. Il était vide. « Probablement celui de ma mère », pensa-t-elle. Juste en face, un pan entier de mur était occupé par une gigantesque dalle de verre opaque.

— Entrez, n'ayez pas peur, dit l'étoile en tourbillonnant dans la salle – dont les plaques lumineuses s'allumèrent aussitôt, la baignant de lumière dorée.

— Je n'ai pas peur, fit Li. Je suis juste impressionnée.

Elle regardait partout autour d'elle, n'en croyant pas ses yeux.

— C'est l'endroit le plus grand que j'aie jamais vu après Cuzco, dit-elle.

« Et aussi le plus étrange... », ajouta-t-elle intérieurement en caressant son taupard.

— Oh, il y en a de beaucoup plus grands, croyez-moi ! dit l'étoile.

— Vraiment ?

En guise de réponse, l'étoile voleta près du panneau de verre – qui d'opaque devint transparent. Derrière, sur plus de lieues qu'elle ne pouvait le voir, Li distingua une sorte de hangar, ou d'entrepôt, si démesuré qu'il paraissait pouvoir contenir plusieurs villes et villages en entier. Li le contempla dans l'espoir d'en repérer l'extrémité – mais les dalles lumineuses continuaient à s'allumer les unes à la suite des autres, comme des vagues tentant d'atteindre l'horizon, et Li ne l'apercevait toujours pas.

— C'est de là que vos ancêtres sont montés à bord de leurs vaisseaux, dit l'étoile. Des nefs qui devaient les emmener au sommet, et les sauver. Mais l'une d'elles s'est échouée dans la région de la Forêt des Pleutres, où votre mère repose.

— Le *Conqueror* ? Alors, Rocher-du-Vaisseau vient d'ici ?

— À l'origine, oui.

— Et les autres ?

— Si j'en crois les données dont je dispose, l'une d'elles a atteint le sommet. Certaines se sont écrasées en route. Quant aux autres, je ne sais pas.

Li était bouche bée. Elle avait le plus grand mal à comprendre ce qu'elle voyait et entendait. Elle inspira profondément, éprouvant le besoin de rassembler ses idées. Toutes ces informations la bouleversaient. Elle qui pensait aboutir à une fin se trouvait face à un nouveau début.

« Procédons par priorités », se dit-elle. Les vaisseaux de Cascadelle n'allaient pas tarder à atteindre Cent-Maisons – peut-être s'y trouvaient-ils déjà. Comment les rattraper ?

L'étoile vibra comme si elle avait entendu sa question.

— Ainsi que je vous l'ai dit, il n'y a plus grand-chose dans cette base. Plus aucune nef. Elles l'ont toutes quittée. Avec leur équipage. Seuls votre mère et ses chercheurs sont restés, pour superviser leur départ. Une nef était supposée revenir les chercher, ensuite. Mais les événements ont pris un tour inattendu…

Li déglutit.

— Ma mère a attendu qu'on vienne la chercher ?

— Mais comme personne ne venait, et que la Grande Catastrophe mettait le monde sens dessus dessous, votre mère et son équipe entrèrent en hibernation. Un peu comme un taupard pendant la saison froide. Sauf qu'eux dormaient depuis les Jours d'Avant les Jours.

(Li avait-elle bien entendu ? Elle n'était pas sûre d'avoir tout à fait compris. Une telle chose était-elle possible ?)

— Alors ma mère aurait des centaines d'années ?

— Si je vous disais son âge exact, vous ne me croiriez pas.

— Dis toujours.

— Plusieurs millions d'années.

Li se sentit vaciller.

— Et mon père ? demanda-t-elle d'une voix tremblante.

— Votre père est un mortel. Comme la plupart des habitants de Vertical.

Li sentit une question lui brûler les lèvres. Elle déglutit et demanda :

— Et moi ?

L'étoile vibra de nouveau. S'approcha d'elle et lui susurra :

— Vous ne ressemblez qu'à vous-même. Même si le sang de vos parents coule dans vos veines, vous avez tissé avec ce monde un lien qui vous est propre.

Li fut prise de vertige. Elle ne savait comment encaisser le choc. Était-ce une bonne ou une mauvaise nouvelle ? Puis elle se ressaisit, pensant : « Chaque chose en son temps. »

— Le savoir des Anciens est vraiment impressionnant !

Elle tourna ses regards de tous les côtés et demanda, après avoir dégluti :

— Alors, si je comprends bien, il n'y a plus personne ici d'éveillé… que nous deux…

— Affirmatif, dit l'étoile.

Li la regarda.

— Tu parlais d'un moyen de remonter ? Ce n'est quand même pas un escalier ou l'un de tes rayons ?

— Non. Je vous ai parlé de quelque chose qui devrait vous plaire, je vais tenir ma promesse.

L'étoile s'approcha en virevoltant de la baie vitrée qui donnait sur le gigantesque hangar, dont Li voyait maintenant qu'il avait un plafond transparent. Des myriades de poissons, attirés par sa lumière, flottaient majestueusement au-dessus de lui – formant le plus stupéfiant des ballets.

Subitement, toutes les lumières de l'entrepôt s'éteignirent – à l'exception d'une seule, braquée sur une sorte de nacelle semblable à celle que Li avait l'habitude de manœuvrer, sur la paroi de sa falaise.

— Tous les vaisseaux sont peut-être partis, mais il reste un véhicule d'entretien, déclara l'étoile.

— Ça, je connais ! s'enthousiasma Li. Comment ça se commande ?

— Comme ça !

L'étoile fila rejoindre le médaillon en forme de soleil où – Li le comprit aussitôt – elle résidait en temps ordinaire. (Si une chose telle que le « temps ordinaire » existait pour cette étoile.)

Sous la houlette de l'étoile, Li prit un ascenseur conduisant aux docks, où l'étoile ordonna à la nacelle de se rapprocher de Li.

Et tandis qu'au-dessus d'elle s'éclairait de nouveau le plafond transparent donnant sur la mer, Li se sentit comme régénérée, pareille à une plante que renouvelle son feuillage printanier, pure et prête à monter jusqu'au firmament.

***

Suite et fin dans le tome 2 : *La Terre qui monte*

Remerciements

L'auteur tient à remercier Fabien Le Roy, Elsa Whyte, Glenn Tavennec, Nicolas Fructus, Claire Poulin, Inès Paulin, Ombeline Ermeneux, Lora Fountain, Jonathan Swift, Hayao Miyazaki, le baron de Münchhausen, Sandrine Paccher, Hélène Camus, Ghislaine Jegou, Clémentine et Émilie Camus, Anna Pilśniak et les équipes des éditions Robert Laffont pour leur confiance, leur soutien et leurs encouragements tout au long de cette longue descente.

Imprimé en France par
CPI Brodard & Taupin
en octobre 2023

Composition réalisée par Nord Compo à Villeneuve-d'Ascq

#lisez engagé !
www.lisez.com
Pour plus d'information :
Imprimé sur du papier issu de forêts gérées durablement.

N° d'édition : 66150/01 – N° d'impression : 3054701